BESTSELLER

Douglas Preston y **Lincoln Child** son coautores de las exitosas series de novelas protagonizadas por el agente especial del FBI Aloysius X. L. Pendergast, por un lado, y por el brillante Gideon Crew, por otro. Todos sus libros se han convertido en best sellers internacionales. Douglas Preston ha trabajado en el Museo de Historia Natural de Nueva York y en la Universidad de Princeton. También ha publicado numerosos artículos científicos para *The New Yorker*. Lincoln Child ha sido editor de varias antologías de cuentos de terror y analista de sistemas. Además, ambos han escrito libros de gran éxito por separado.

Para más información, visita la página web de los autores: www.prestonchild.com

Biblioteca

PRESTON & CHILD

Infierno de hielo

Traducción de
Raul García Campos

DEBOLS!LLO

Papel certificado por el Forest Stewardship Council®

MIXTO
Papel procedente de
fuentes responsables
FSC® C117695
www.fsc.org

Título original: *Beyond The Ice Limit*

Primera edición en Debolsillo: febrero de 2019

Printed in Spain – Impreso en España

ISBN: 978-84-663-4622-1 (vol. 361/23)
Depósito legal: B-28.909-2018

Compuesto en La Nueva Edimac, S. L.

Impreso en Novoprint
Sant Andreu de la Barca (Barcelona)

P 3 4 6 2 2 1

Penguin
Random House
Grupo Editorial

Para Jamie Raab

1

Gideon Crew observaba estupefacto a Eli Glinn. De pie (¡de pie!) en la cocina de la cabaña de Gideon, en la cordillera de Jémez, Glinn lo miraba con sus serenos ojos grises. La silla de ruedas todoterreno (en la que llevaba meses sentado y desvalido) seguía vacía desde que, para asombro de Gideon, se había levantado de ella hacía unos minutos.

Glinn señaló la silla de ruedas.

—Discúlpeme por el numerito. Pero había un buen motivo: demostrarle que nuestra expedición a la isla perdida, a pesar de algunos aspectos lamentables, no fue en vano. Más bien al contrario: yo soy la prueba viviente de aquel triunfo.

Siguió un silencio. La pausa se prolongó durante un minuto, dos. Al cabo, Gideon se acercó al fogón, cogió la sartén que contenía la pechuga de ganso con emulsión de jengibre y trufa negra que acababa de cocinar con exquisito cuidado y la vació en el cubo de la basura.

Sin decir palabra, Glinn dio media vuelta y, con paso vacilante, apoyándose en un bastón de senderismo, se encaminó hacia la puerta de la cabaña. Manuel Garza, director de operaciones en Effective Engineering Solutions (EES), la compañía de Glinn, se ofreció a llevarlo hasta la silla de ruedas, pero él lo ignoró.

Gideon los miró salir de la cabaña, cosa que Garza hizo empujando la silla vacía y con la advertencia que Glinn le había expresado minutos antes resonando en su cabeza: «Esa cosa está volviendo a crecer. Debemos destruirla. Es el momento de actuar».

Cogió su abrigo y los siguió. El helicóptero que había llevado a los hombres de la EES hasta ese lugar remoto seguía con el motor en marcha, las hélices silbaban y formaban ondas en la hierba.

Subió a bordo detrás de Glinn y tomó asiento, se abrochó el cinturón y se puso los cascos. El helicóptero ascendió hacia el cielo azul de Nuevo México y viró hacia el sudeste. Gideon vio empequeñecerse su cabaña hasta quedar reducida a una simple mota en medio del inmenso valle. De pronto lo asaltó el presentimiento de que nunca volvería a verla.

Miró a Glinn y por fin habló:

—Así que es capaz de caminar de nuevo. Y el ojo lesionado… ¿Puede ver con él ahora?

—Sí. —Glinn levantó la mano izquierda, que antes era una garra retorcida, y flexionó los dedos poco a poco—. Cada día estoy mejor. Y ya casi no necesito ayuda para andar. Gracias al poder curativo de la planta que descubrimos en la isla, ahora puedo concluir el trabajo más importante de mi vida.

Gideon no tuvo que preguntarle a qué planta se refería. Ni qué quería decir con «el trabajo más importante» de su vida. Ya conocía las respuestas a ambas preguntas.

—No hay tiempo que perder. Tenemos el dinero, el barco y los equipos.

Gideon asintió.

—Pero antes de volver al cuartel general de la EES, hemos de dar un pequeño rodeo. Hay algo que debe ver. Por desgracia, no será agradable.

—¿De qué se trata?

—Preferiría no adelantarle nada más.

Gideon se reclinó en el asiento, algo enfadado; Glinn seguía siendo tan inescrutable y enigmático como siempre. Miró durante un momento a Garza, que le pareció tan hermético como su jefe.

—¿Podría decirme al menos adónde nos dirigimos?

—Desde luego. Tomaremos el reactor de la EES en Santa Fe y volaremos a San José. Desde allí iremos en un vehículo particular hasta las colinas de Santa Cruz, donde le haremos una visita a cierto caballero que reside allí.

—Qué misterioso.

—No pretendo hacerme el interesante.

—Por supuesto que sí.

Una sonrisa leve, mínima.

—Me conoce demasiado bien. Y por eso mismo es consciente de que siempre hago las cosas con un propósito.

El helicóptero dejó atrás las montañas. Gideon vio a sus pies la franja brillante que era el río Bravo a su paso por el cañón de White Rock y, más allá, las colinas de la Caja del Río. Santa Fe se extendía a su izquierda. Mientras sobrevolaban el extremo sur de la ciudad, el aeropuerto apareció ante ellos.

—Durante la conversación sobre su último proyecto —expuso Gideon— me habló sobre un extraterrestre. Una semilla. Dijo que suponía una amenaza para el planeta. Todo eso me pareció muy confuso. ¿Por qué no me da los detalles, como, por ejemplo, por qué necesita exactamente mi ayuda?

—Todo a su debido tiempo —respondió Glinn—. Después de nuestra pequeña excursión a Santa Cruz.

2

Un Lincoln Navigator, conducido por un hombre tocado con una gorra verde que le hacía parecer un elfo, los recogió en el aeropuerto de San José. Desde allí partieron en dirección sur por la carretera 17, hacia las colinas tapizadas de secuoyas. Era un trayecto precioso a través de aquellos bosques encantados, llenos de árboles colosales. Glinn y Garza se acogieron a un silencio obstinado; Gideon percibió cierta tensión entre ellos.

Al llegar a lo más profundo del bosque, el coche abandonó la autopista y empezó a serpentear por una sucesión de valles, y a dejar atrás pequeños ranchos y granjas, aldeas aisladas, remolques desvencijados y cabañas ruinosas, mientras cruzaba grupos de secuoyas, praderas y agitados arroyos. La estrecha y agrietada carretera de asfalto se transformó en una pista de grava. La tarde caía y las oscuras nubes se cerraban, extendiendo su mortaja sobre el paisaje.

—Creo que acabamos de pasar por delante del motel Bates —dijo Gideon con una risa nerviosa.

Nadie se rio de la broma. Notó que el tenso ambiente del coche se crispaba cada vez más.

Una vez que la pista de grava se adentró en un nuevo bosque de secuoyas, no tardaron en llegar a una verja de hierro forjado que cerraba una alta pared de piedra. En un letrero de madera, en su día dorado y pintado con elegancia pero un tanto desvaído ahora, se leía:

DEARBORNE PARK

Atornillada debajo había una placa fea y meramente funcional.

NO PASAR.
SE ACTUARÁ CONTRA LOS INTRUSOS
CON TODO EL PESO DE LA LEY

Mientras se aproximaban a la verja, esta se abrió de forma automática. Después de cruzarla se detuvieron ante una garita. El conductor de la gorra verde bajó la ventanilla y habló con un hombre que salió enseguida y les autorizó el paso con un gesto. El camino, que zigzagueaba entre las lúgubres secuoyas, apareció más adelante. Empezó a llover y unas grandes gotas caían contra el parabrisas.

La atmósfera en el coche ya era completamente opresiva. El conductor activó los limpiaparabrisas, que comenzaron a mecerse incesantes con una cadencia monótona.

El SUV ascendió hacia la cresta, donde de pronto las secuoyas dieron paso a una pradera elevada que abarcaba bastantes hectáreas. A través de la cortina de lluvia Gideon creyó atisbar a lo lejos el Pacífico. En su extremo, la pradera se alzaba en una loma alfombrada de césped sobre la cual se erigía una mansión construida en piedra caliza gris al estilo neogótico, veteada por la humedad. Cuatro torres se elevaban hacia los torreones almenados que enmarcaban un suntuoso salón central, de cuyas ventanas góticas arqueadas emanaba un tenue resplandor ambarino bajo el tormentoso crepúsculo.

Avanzaron hacia la mansión por un camino con curvas, haciendo rechinar la grava bajo los neumáticos. El viento lanzaba latigazos de lluvia contra el parabrisas. Se produjo un relámpago a lo lejos y, momentos después, se oyó el rumor rezagado del trueno.

Gideon se calló una bromita sobre la familia Addams cuando el conductor se detuvo entre los pilares de la puerta cochera. Al desmontar del vehículo se encontraron con un celador pelirrojo con los musculosos brazos cruzados y ataviado con una chaqueta blanca aguardando en las escaleras. Nadie salió a recibirlos. El celador les hizo una seña brusca para que lo siguiesen, dio media vuelta y empezó a subir las escaleras de piedra. El trío entró tras él en el gran salón que servía como recibidor. Decorado de manera austera, estaba casi vacío, y sus pasos resonaron en aquel gran espacio mientras la puerta se cerraba de golpe a su espalda, empujada por una mano invisible.

El celador giró a la derecha, pasó bajo un portal arqueado y continuó por un largo pasillo hasta que llegó a una sala. Al fondo de esta había una puerta de roble tallada, a la que el celador llamó. Una voz desde el otro lado los invitó a pasar.

La estancia era un despacho pequeño y acogedor. Un hombre de cabello plateado y rostro ancho y afable que vestía una chaqueta de tweed con coderas de cuero se levantó del escritorio. Las paredes estaban cubiertas de estanterías repletas de libros. La leña ardía en una chimenea que había en la pared del fondo.

—Bienvenido, señor Glinn —dijo mientras rodeaba la mesa con la mano extendida—. Señor Garza.

Se estrecharon la mano.

—Y usted debe de ser el doctor Crew. Bienvenido. Yo soy el doctor Hassenpflug. Por favor, siéntense.

Señaló sus sillas, dispuestas acogedoramente en torno a la chimenea. La apacible calidez de la lumbre contrastaba de forma marcada con la inquieta ansiedad que se advertía entre Garza y Glinn.

Se produjo un breve silencio, que rompió al final el doctor Hassenpflug.

—Imagino que querrán saber cómo se encuentra el paciente. Me temo que no tengo buenas noticias.

Glinn juntó las palmas de las manos y se inclinó hacia delante.

—Gracias, pero no hemos venido a conocer el estado del paciente. Como ya hablamos, nuestro único deseo hoy es verlo. El pronóstico no es de nuestra incumbencia.

Hassenpflug se reclinó.

—Entiendo, pero tal vez sea pertinente avisarlos de que...

—Me temo que no es necesario.

El doctor guardó silencio y empezó a fruncir el ceño. Su aspecto amigable flaqueó ante el tono brusco y antipático de Glinn.

—Muy bien. —Miró al celador, que esperaba detrás de ellos con las manos entrelazadas por delante de su chaqueta blanca—. Ronald, ¿está el paciente preparado para recibir visitas?

—Todo lo listo que puede estar, doctor.

—Por favor, lleve a los invitados a su habitación. Usted y Morris deberán permanecer a su lado. —Hassenpflug miró a Glinn—. Si el paciente se pusiera nervioso, tendríamos que dar por concluida la visita. Ronald y Morris se encargarán de valorar la situación.

—Entendido.

Cruzaron la sala y el gran salón y atravesaron otro arco para acceder a lo que aparentemente debía de haber sido una amplia recepción. Al fondo había una puerta, que en este caso no era de madera, sino de acero remachado, y hacia ella se dirigieron. El celador que respondía al nombre de Ronald se detuvo ante ella y pulsó el botoncito de un interfono.

—¿Sí? —respondió una voz metálica.

—Las visitas del señor Lloyd han llegado.

A la vez que sonaba el zumbador, la puerta se abrió con un clic para dar paso a un largo y elegante pasillo de mármol, flanqueado de retratos antiguos. Si bien no emanaba en absoluto el ambiente de un manicomio, Gideon tenía ahora claro que, en realidad, aquel lugar era precisamente eso. El pasillo los condujo hasta una habitación suntuosa, inundada de luz. La estancia estaba amueblada con sofás y sillones oscuros de estilo victoriano; las paredes, cubiertas con cuadros de montañas, ríos y otros paisajes de la escuela del río Hudson. Pero lo que más llamó la atención de Gideon fue el hombre corpulento y encanecido de unos setenta años que estaba sentado en uno de los sofás. Llevaba puesta una camisa de fuerza. Un celador —Gideon supuso que debía de ser Morris— estaba sentado junto a él con una bandeja, sobre la cual había una variedad de platos, cada uno de los cuales contenía un montoncito de puré. El celador iba introduciendo cucharaditas de papilla amarronada en la boca del anciano. Gideon observó que en la bandeja había también una botella de un tinto; un Château Pétrus, nada menos. Al lado de esta había un vaso de plástico con tapa lleno de vino.

—Sus visitas ya están aquí, señor Lloyd —anunció Ronald.

El hombre llamado Lloyd alzó su enorme cabeza desgreñada y ensanchó sus penetrantes ojos azules en el mismo momento en que vio a Glinn. A pesar de la edad y de la camisa de fuerza, aún irradiaba vigor y fuerza. Muy poco a poco se levantó y los escrutó mientras parecía inflarse con una singular intensidad; fue entonces cuando Gideon vio que llevaba inmovilizadas las piernas, lo que solo le permitía caminar a pequeños pasitos.

Inclinó el cuerpo y escupió la sustancia amarronada que el celador acababa de introducirle en la boca.

—Glinn —expelió el nombre del mismo modo en que había rechazado el puré—. Y Manuel Garza. Qué sorpresa.

Su tono indicaba que la sorpresa no era en absoluto de su agrado. Su voz era extraña, temblorosa y profunda, saturada de grava. La voz de un demente.

A continuación, sus inmutables ojos azules se posaron en Gideon.

—¿Habéis traído a un amigo?

—Este es el doctor Gideon Crew, mi socio —dijo Glinn.

La tensa atmósfera podía cortarse con un cuchillo.

Lloyd miró al celador.

—¿Un amigo? Qué sorpresa. —Se volvió hacia Glinn—: Quiero verte de cerca.

—Lo siento, señor Lloyd —se opuso Glinn—, pero debe permanecer donde está.

—Entonces acércate tú. Si te atreves.

—No creo que sea prudente... —comenzó Ronald.

Glinn se aproximó a Lloyd. Los celadores se irguieron pero no llegaron a intervenir. Se detuvo a metro y medio de él.

—Más cerca —gruñó Lloyd.

Glinn dio un nuevo paso y, luego, otro más.

—Más cerca —repitió—. Quiero mirarte a los ojos.

Glinn siguió avanzando hasta situar su cara a escasos centímetros de la de Lloyd. El hombre de pelo cano lo miró con detenimiento durante bastante tiempo. Los celadores, inquietos, se mantuvieron cerca de ellos, tensos al parecer por lo que pudiera ocurrir.

—Bien. Ahora puedes retirarte si eres tan amable.

Glinn siguió su indicación.

—¿A qué habéis venido?

—Estamos organizando una expedición. Al Atlántico Sur. Al Límite del Hielo. Vamos a solucionar de una vez por todas el problema que ha surgido allí.

—¿Tenéis dinero?

—Sí.

—De modo que no eres solo un insensato y un criminal. Además, eres imbécil.

Silencio.

—Hace cinco años y dos meses te dije, te rogué, te ordené que accionases la compuerta de seguridad —prosiguió Lloyd—. Y tú, obseso hijo de puta, te negaste. ¿Cuántas personas murieron? Ciento ocho. Sin contar a los desgraciados del *Almirante Ramírez*. Tienes las manos manchadas de sangre, Glinn.

—No puede acusarme de nada por lo que yo no me haya maldecido ya mil veces —le respondió Glinn en un tono sereno y neutral.

—No te me pongas dramático. ¿Te gustan las tragedias? Mírame bien. Por el amor de Dios, ojalá me hubiera hundido con el barco.

—¿Por eso lleva la camisa de fuerza? —le preguntó Glinn.

—¡Ja! Soy dócil como un gatito. Me tienen así, en contra de mi voluntad, para que no me mate. Suéltame una mano, dame diez segundos y seré hombre muerto. Seré libre. Pero no; ellos prefieren mantenerme con vida y despilfarrar mi dinero al hacerlo. Fíjate en mi cena. Filet mignon, patatas gratinadas con gruyer, coles de Bruselas ligeramente asadas a la parrilla... Todo hecho puré, por supuesto, para que no intente suicidarme atragantándome. Y todo regado con un Pétrus del 2000. ¿Gustáis?

Glinn no respondió.

—Y ahora, aquí estás.

—Sí, aquí estoy. Y no he venido a pedir disculpas, porque sé que ninguna sería adecuada ni aceptada.

—Deberías haber acabado con aquella cosa cuando tuviste la oportunidad. Ahora es demasiado tarde. No has hecho nada, mientras que el extraterrestre no ha parado de crecer, de hincharse, de expandirse...

—Señor Lloyd —intervino Morris—, recuerde que prometió no volver a hablar de extraterrestres.

—¿Has oído, Glinn? ¡Me prohíben hablar de extraterrestres! Llevan años intentando acallar mis delirios sobre alienígenas. ¡Ja, ja, ja!

De nuevo, Glinn guardó silencio.

—Y entonces ¿qué plan tienes? —inquirió Lloyd mientras se serenaba.

—Vamos a destruirlo.

—Disculpen —dijo Morris—, pero no debemos alimentar las fantasías del paciente, ya que...

Glinn le hizo callar con un gesto de impaciencia.

—¿Destruirlo? ¡Qué bravata! No se puede. Fracasarás en el intento, al igual que te pasó hace cinco años. —Silencio—. ¿Va a ir McFarlane?

Ahora fue el turno de Glinn de hacer una pausa.

—Al doctor McFarlane no le ha ido muy bien estos últimos años, y no parecía prudente que...

—¿Que no le ha ido muy bien? ¿Que no le ha ido muy bien? ¿Y a ti sí? ¿Y a mí? —Lloyd soltó una risotada amarga—. En fin. En lugar de a Sam, llevarás a otra gente contigo, además de a este pobre bobo de... ¿Cómo se llamaba? Gideon. Los enviarás a un infierno que has desatado tú mismo. Porque no eres consciente ni por asomo de tu maldita debilidad. Conoces muy bien a los demás, pero ignoras tu arrogancia y tu estupidez.

Guardó silencio mientras respiraba con pesadez y el sudor se le escurría por la cara.

—Señor Glinn —le advirtió Ronald—, no está permitido poner nervioso al paciente.

Lloyd lo miró, calmado de pronto, convertido en la voz de la razón.

—Como puedes ver, Ronald, no estoy en absoluto nervioso.

El celador se agitó con incertidumbre.

—No he venido a justificarme ante usted —prosiguió Glinn a media voz—. Me merezco todo esto y más. Y tampoco he venido a pedirle que me perdone por mis actos.

—Entonces ¿a qué has venido, mamarracho? —bramó Lloyd de súbito, proyectando una rociada de saliva y hebras parduzcas de filet mignon hecho puré contra la cara de Glinn.

—Ya basta —zanjó Ronald—. La visita ha terminado. Ahora deben marcharse.

Glinn sacó su pañuelo, se limpió la cara con meticulosidad y habló con calma.

—He venido a solicitarle su aprobación.

—Eso es lo mismo que si un perro le pidiera permiso a una farola para mearse en ella. Lo desapruebo. Eres un iluso si crees que todavía puedes acabar con lo que ha crecido allí abajo. Pero siempre fuiste un estafador arrogante y un comemierda. ¿Quieres que te dé un consejo?

—¡Ya basta! —exigió Ronald, que se interpuso entre ambos y agarró a Glinn del brazo para arrastrarlo hasta la puerta.

—Sí, quiero su consejo —dijo Glinn mirando hacia atrás.

Mientras seguía al celador que estaba sacando a Glinn de la estancia con amabilidad pero con firmeza, Gideon oyó sisear a Lloyd:

—Deja dormir en paz a los extraterrestres.

3

De regreso en el cuartel general de la EES, ubicado en Little West con la calle Doce, en la sala de juntas que se elevaba sobre el antiguo Meatpacking District de Nueva York, Gideon ocupó su asiento en la mesa. Eran las tres de la mañana y solo estaban ellos tres: Garza, Glinn y él. Daba la impresión de que Glinn, que parecía no tener la necesidad de dormir, esperaba que sus empleados renunciaran también a esta costumbre.

Gideon empezaba a preguntarse si Glinn había cambiado de verdad. Nunca lo había visto tan resuelto, aunque a su manera calmada e intensa. La reunión con Lloyd en aquel inmenso psiquiátrico de un solo paciente lo había alterado de forma notoria.

El hombre que les estaba sirviendo el café se retiró en silencio y cerró la puerta al salir. Las luces tenues mantenían la sala en penumbra. Glinn, que ocupaba la cabecera de la mesa con las manos entrelazadas frente a sí, dejó que se hiciese el silencio antes de hablar. Orientó sus ojos grises hacia Gideon.

—Bien, ¿qué opina del encuentro con Palmer Lloyd?

—He flipado —admitió Gideon.

—¿Sabe por qué quería que lo conociera?

—Ya lo dijo usted. Para solicitar su aprobación, para que le diera su bendición. Al fin y al cabo, esa cosa de allí abajo le costó un dineral, además de la cordura.

—Así es. Y también quería, como usted ha dicho, que flipara. Que se hiciera una idea de la magnitud de la empresa. Debe ir con los ojos bien abiertos, porque sin usted esto no tendrá éxito.

—¿De verdad provocó la muerte de ciento ocho personas?

—Sí.

—¿No hubo ninguna investigación? ¿Nadie presentó cargos?

—Se dieron ciertas circunstancias irregulares en lo tocante a las relaciones entre Chile y Estados Unidos que llevaron a ambos Departamentos de Estado a cerciorarse de que la investigación no fuese demasiado exhaustiva.

—No me gusta cómo suena eso.

Glinn miró a Garza.

—Manuel, ¿sería tan amable de proporcionarle a Gideon el contexto necesario?

Garza asintió y extrajo de su maletín una voluminosa carpeta que puso sobre la mesa.

—Ya está al tanto de parte de esto. Pero empezaré por el principio de todas formas. Si tiene alguna pregunta, no dude en interrumpirme. Hace seis años, Palmer Lloyd acudió a la EES para encargarle una misión muy peculiar.

—El mismo Palmer Lloyd que he conocido en Dearborne Park.

—Exacto. El multimillonario quería construir un museo de historia natural en el valle del río Hudson. Estaba coleccionando las piezas más raras, excelentes y grandes de todos los tipos imaginables; el dinero no suponía ningún impedimento. Ya había conseguido el diamante más grande, el tiranosaurio más gigantesco e incluso una pirámide egipcia auténtica. Entonces recibió un informe según el cual habían hallado el mayor meteorito nunca visto en el mundo. Se encontraba en la isla Desolación, un islote deshabitado de las islas del Cabo de Hornos, justo en la punta de Sudamérica, que forman parte del territorio de Chile. Lloyd sabía que este país jamás permitiría que el meteorito saliera de allí. Por lo tanto, contrató a la EES y a un buscador de meteoritos llamado Sam McFarlane para robarlo.

—Disculpe —lo interrumpió Glinn—, pero «robarlo» no es el término adecuado. No hicimos nada ilegal. Arrendamos los derechos de excavación mineral de la isla Desolación, lo que nos permitía extraer hierro en cualquiera de sus formas.

—Tal vez «robarlo» no sea la descripción más exacta —admitió Garza—, pero de todas maneras fue un engaño.

Ante esta reprimenda, Glinn guardó silencio.

—El meteorito era extremadamente pesado —continuó Garza—: veinticinco mil toneladas. Era de color rojo vivo, muy denso, y tenía otras propiedades... peculiares. Así, bajo la tapadera de las operaciones de extracción de mena de hierro, armamos un barco, el *Rolvaag*, navegamos hasta la isla, excavamos la roca y la subimos a bordo. Huelga decir que este proyecto de ingeniería supuso todo un reto. Pero salió bien... de maravilla, de hecho. Y entonces nos cogieron. El deshonesto capitán de un destructor chileno se olió lo que nos traíamos entre manos. Comandaba el *Almirante Ramírez*, el barco que mencionó Lloyd. En lugar de informar a sus superiores, prefirió hacerse el héroe y virar hacia el sur para perseguirnos, rumbo al Límite del Hielo.

—El Límite del Hielo. Ya ha empleado antes esa expresión. ¿Qué es exactamente?

—Es la frontera donde los océanos del sur se encuentran con las banquisas de deriva del Antártico. Jugamos al escondite entre los icebergs. El *Rolvaag* salió muy malparado de la confrontación, pero al final conseguimos hundir el destructor.

—¿Cómo lo consiguieron?

—Es una historia enrevesada que será mejor dejarla para su cuaderno informativo. En cualquier caso, el *Rolvaag*, que transportaba el meteorito de veinticinco mil toneladas en la bodega, también sufrió graves daños. El clima empeoró. Llegamos a un punto donde debíamos tomar una decisión: tirar la roca al mar... o hundirnos.

—¿Cómo se echa al mar una roca de veinticinco mil toneladas?

—Habíamos instalado una compuerta de seguridad a tal efecto, por si acaso. Bastaba con accionarla para que el meteorito fuese expelido por una compuerta del casco.

—¿Y de esa manera no se hundiría también el barco?

—No. Entraría una cantidad ingente de agua antes de que la compuerta se cerrase, pero el barco estaba dotado de bombas y mamparos herméticos pensados para expulsarla a su vez. La tripulación y la capitana querían librarse de la roca… —Garza pareció titubear, mientras mantenía los ojos clavados en Glinn.

—Cuéntelo todo, Manuel. No se ahorre ningún detalle.

—Al final, todos querían librarse de la roca. Incluso Lloyd entró en razón. Pero solo Eli tenía el código para activar la compuerta de seguridad. Insistió en que el barco soportaría el peso. Se lo rogaron, se lo imploraron, lo amenazaron… pero se negó. Sin embargo, Eli estaba equivocado. El *Rolvaag* se fue a pique.

Garza volvió a mirar a Glinn.

—Permítame contar el resto —le pidió Glinn en tono calmado—. Sí, me negué a accionar la compuerta. Me equivoqué. La capitana ordenó la evacuación. Algunos lograron abandonar el barco, pero muchos no. La capitana… —Titubeó y se quedó sin voz por un momento—. La capitana, una mujer de gran valor, se hundió con el barco. Muchos perecieron en los botes salvavidas o murieron de frío en una isla de hielo cercana antes de que pudiera llegar cualquier tipo de ayuda.

—¿Y Lloyd? ¿Qué le ocurrió?

—Lo evacuaron en el primer bote salvavidas… En contra de su voluntad, debo decir.

—¿Cómo sobrevivió usted?

—Estaba en la bodega, intentando asegurar el meteorito. Pero terminó saliéndose del contenedor y partió el barco por la mitad. Se produjo una explosión. Dio la impresión de que el meteorito, al entrar en contacto con el agua salada, reaccionó de una manera inusual, lo que generó una onda expansiva. Salí despedido del barco. Recuerdo que desperté sobre una balsa hecha de escombros flotantes. Estaba muy malherido. Me encontraron al día siguiente, medio muerto. —Glinn guardó silencio mientras jugueteaba con su taza de café—. De modo que ahora esa cosa yace abandonada en medio del lecho marino. ¿Por qué, entonces, dicen que supone un peligro? ¿Por qué hablan de extraterrestres?

Glinn apartó la taza de café.

—Fue McFarlane, el buscador de meteoritos, quien dedujo qué era la roca en realidad.

A esta afirmación la siguió un largo silencio.

—En el campo de la astronomía existe una teoría muy respetada, la panspermia —continuó finalmente Glinn—. Sostiene que la vida se habría propagado por la galaxia en forma de bacterias o de esporas, las cuales viajarían en los meteoritos o en las nubes de polvo. No obstante, esta teoría da por supuesto que se trataría de vida microscópica. Nadie habla de una posibilidad obvia, la de que la vida se propagase mediante semillas. Una gigante tendría más posibilidades de sobrevivir al frío y a la intensa radiación del espacio exterior gracias a su mero tamaño y a su resistencia. Por esa razón los cocos son tan grandes, para sobrevivir a los largos viajes oceánicos. La galaxia se compone de multitud de planetas y lunas cubiertos de agua en los que una semilla de este tipo podría caer y luego germinar.

—¿Quiere decir que el meteorito era en realidad una de esas semillas? ¿Que cuando el *Rolvaag* se hundió, la semilla se precipitó al lecho marino… y quedó plantada?

—Sí. A tres kilómetros bajo la superficie. Y después brotó.

Gideon negó con la cabeza.

—Increíble. De ser cierto.

—Ah, le aseguro que lo es. Echó raíces y creció hacia arriba, como un árbol gigante, con gran rapidez. Diversas estaciones sismológicas distribuidas por todo el mundo registraron multitud de terremotos superficiales en el lecho marino de la zona. Varios pequeños tsunamis rastrillaron las costas de la isla de Georgia del Sur y de las islas Malvinas. Pero todo estaba ocurriendo a tres kilómetros de profundidad y el rastro sísmico de los temblores parecía deberse a erupciones de volcanes submarinos. Al igual que los pequeños tsunamis. Dado que se trataba de una región muy alejada de cualquier ruta marítima y que no entrañaba ningún riesgo para nadie, el «volcán submarino» no tardó en caer en el olvido. Incluso los vulcanólogos lo ignoraron, ya que estaba a una profundidad excesiva y su estudio era demasiado peligroso. Y entonces pasó a estar inactivo. Todo esto explica por qué nadie supo ver lo que estaba ocurriendo en realidad… salvo yo, obviamente. Y Sam McFarlane. Y Palmer Lloyd. —Se agitó en su silla—. Pero durante los últimos cinco años hemos desarrollado un plan para solucionar este problema. Manuel se lo resumirá.

Garza miró a Gideon.

—Vamos a matarlo.

—Pero dice que pasó a estar inactivo. ¿Por qué tomarse la molestia y asumir semejante gasto? Y, sobre todo, ¿por qué correr el riesgo?

—Porque es un extraterrestre. Es inmenso. Y peligroso. Y que esté inactivo no implica que vaya a seguir así para siempre; de hecho, nuestros modelos predicen todo lo contrario. Piénselo por un momento. ¿Qué ocurriría si floreciera o produjera más semillas? ¿Y si estas plantas se propagasen hasta cubrir la totalidad del lecho marino? ¿Y si se reprodujesen también en tierra? Lo mire como lo mire, esa cosa supone una amenaza. Podría destruir el planeta.

—¿Y cómo piensa matarla?

—Contamos en nuestro poder con un núcleo de plutonio de unos treinta kilos, un dispositivo disparador de neutrones, explosivos lentos y rápidos de alta potencia, transistores de alta velocidad… Todo lo necesario para fabricar una bomba atómica.

—¿De dónde demonios ha sacado todo eso?

—Hoy en día se vende de todo en algunos de los antiguos Estados satélites.

Gideon negó con la cabeza.

—Joder.

—También tenemos en nuestro equipo a un experto en armas nucleares.

—¿Quién?

—Usted, claro está.

Gideon lo miró fijamente.

—Bien —dijo Glinn sin inmutarse—. Ahora ya conoce la verdadera razón por la que lo contraté. Pues siempre supimos que llegaría este día.

4

La sala quedó en silencio. Gideon se levantó despacio de la silla y consiguió ocultar su ira.

—De manera que me contrató para supervisar la fabricación de una bomba atómica —resumió con calma.

—Sí.

—Dicho de otro modo, hace cuatro meses, cuando Garza se presentó en mi refugio de pesca de Chihuahueños Creek y me ofreció cien mil dólares por una semana de trabajo, una misión que consistía en robarle los planos de un nuevo tipo de arma a un científico chino que había desertado, en realidad era este momento, este encargo, lo que usted tenía en mente.

Glinn asintió.

—Y pretende utilizar la bomba atómica para aniquilar una planta extraterrestre gigante que supuestamente está creciendo en el fondo del mar.

—En pocas palabras.

—Olvídelo.

—Gideon —dijo Glinn—, ya hemos pasado por este tedioso proceso otras veces; primero se niega en redondo, después se marcha iracundo y, por último, regresa después de haberlo pensado dos veces. ¿Podemos saltarnos todo eso en esta ocasión, por favor?

Gideon tragó saliva, zaherido por la observación.

28

—Permítame explicarle por qué esta idea es una locura.

—Si es tan amable.

—En primer lugar, no puede hacer algo así por su cuenta. Necesita llevar este problema a la ONU y conseguir el apoyo de todo el mundo para matar a esa cosa.

Glinn negó con la cabeza con pesar.

—A veces me sorprende, Gideon. Con lo inteligente que parece, me cuesta creer que diga semejantes estupideces. ¿De verdad está sugiriendo que pidamos a Naciones Unidas que resuelvan el problema?

Gideon hizo una pausa. Debía admitir, si lo pensaba bien, que no sonaba como una idea muy inteligente.

—De acuerdo, tal vez no a la ONU, pero al menos exponga el caso ante el gobierno de Estados Unidos. Que se encarguen ellos.

—¿Quiere decir que dejemos que el excelentísimo Congreso lidie con esta situación del mismo modo que se ha ocupado de los otros problemas acuciantes de nuestro país, como el calentamiento global, el terrorismo, la educación y el deterioro de las infraestructuras?

Gideon se devanó los sesos en busca de una respuesta ingeniosa, pero no encontró ninguna.

—No es momento para los debates —dijo Glinn—. Nosotros somos los únicos que pueden hacer algo. Y tiene que ser ahora, aprovechando la inactividad de ese ser. Espero que nos ayude.

—¿Y si no?

—Si no, tarde o temprano, el mundo tal como lo conocemos desaparecerá. Porque, sin usted, fracasaremos. Y se arrepentirá de ello el resto de su vida.

—El resto de mi breve vida, querrá decir. Gracias a lo que está creciendo en mi cerebro, me quedan ocho o nueve meses en este mundo. Ambos lo sabemos.

—Puede que ya no sea así.

Gideon miró a Glinn. Parecía haber rejuvenecido varios años;

mientras hablaba, gesticulaba con ambas manos y su ojo lesionado, ahora sano, volvía a tener la misma mirada clara y profunda que en el pasado. Su silla de ruedas no se veía por ninguna parte. Durante la última misión en la que trabajaron juntos probó el loto vigorizante y reconstituyente, al igual que él. El remedio había curado a Glinn, pero no, según parecía, a Gideon.

—¿De verdad cree que fracasarán sin mí? —preguntó Gideon.

—Nunca digo nada que no crea.

—Tengo que convencerme de que esa cosa entraña una amenaza tan grande como usted dice si pretende que lo ayude con temas nucleares.

—Se convencerá.

Gideon titubeó.

—Y deberá nombrarme codirector del proyecto.

—Eso no tiene ningún sentido —se opuso Glinn.

—¿Por qué no? Dijo que se nos daba bien trabajar en equipo. Pero nunca lo hemos hecho. Usted siempre es el que me dice qué debo hacer, luego yo actúo como me parece, usted protesta y, al final, se demuestra que yo tenía razón y usted estaba equivocado.

—Eso es simplificar demasiado las cosas —replicó Glinn.

—No quiero que ande cuestionándome ni invalidando mis decisiones. Sobre todo si vamos a manejar algo tan peligroso como un arma nuclear... y esa semilla de la que habla.

—No soy partidario de los gobiernos asamblearios —dijo Glinn—. Cuando menos, tendría que someter la posibilidad a los programas de análisis conductual cuantitativo, de ACC, para ver si es factible.

—Ha dicho que nos estamos quedando sin tiempo —le recordó Gideon—. Si no se decide ahora, me desentiendo del asunto. Por una vez en su vida, haga algo sin consultar sus dichosos programas de ACC.

Por un momento, el semblante de Glinn se encendió de rabia, pero enseguida se relajó de nuevo, se transformó en una máscara neutral y recuperó por completo su característico aire enigmático.

—Gideon —dijo—, reflexione por un segundo sobre las cualidades que debe reunir un buen líder o un colíder. Sabe jugar en equipo. Se le da bien inspirar a los demás. Es capaz de ocultar sus verdaderos sentimientos, de mostrar una fachada falsa si es necesario. Irradia confianza en todo momento, aunque no se sienta seguro. No actúa por su cuenta. Y, desde luego, no es un solitario. Ahora, dígame: ¿alguna de estas cualidades lo describe a usted?

Hubo una pausa.

—No —admitió Gideon al cabo.

—Muy bien. —Glinn se levantó—. Nuestra primera parada será en la Institución Oceanográfica de Woods Hole. Después partiremos hacia el Atlántico Sur... y atravesaremos el Límite del Hielo.

5

A medida que el helicóptero se inclinaba, el sol de la tarde brilló sobre las aguas de Great Harbor, Massachusetts, y el buque oceanográfico *Batavia* apareció ante ellos. Gideon se asombró de lo grande que parecía desde el aire y de cómo empequeñecía, con su enorme proa y su elevada superestructura central, a todas las demás embarcaciones científicas que se encontraban en el amarradero.

—Un buque de investigación oceanográfica de clase naval Walter N. Harper —le informó Glinn desde el asiento contiguo al advertir el interés de Gideon—. Cien metros de eslora, dieciocho de manga, siete de calado. Cuenta con dos hélices de tres mil quinientos caballos en sección Z, un propulsor acimutal de mil cuatrocientos caballos, posicionamiento dinámico completo, un depósito de combustible de un millón de litros, una autonomía de dieciocho mil millas náuticas a una velocidad de crucero de doce nudos...

—Me he perdido a partir del «propulsor acimutal».

—Tan solo significa que el propulsor puede rotar horizontalmente en cualquier dirección, por lo que no se necesita timón para gobernar el barco. Esto hace posible un posicionamiento dinámico muy preciso, incluso en mares revueltos con vendavales y corrientes.

—¿Posicionamiento dinámico?

—Se emplea para mantener la nave en el mismo sitio. Gideon,

estoy seguro de que lo sabe todo sobre el mundo de los barcos después de su reciente aventura caribeña.

—Sé que no me gustan, que tampoco me gusta navegar y que no tengo ningún inconveniente en seguir siendo un analfabeto náutico.

El helicóptero terminó el giro y empezó a descender hacia el helipuerto ubicado en medio del buque. Un marinero de cubierta con unos cilindros luminosos los guio hasta la plataforma e, instantes después, las puertas se abrieron y el grupo bajó de un salto. Era una brillante tarde de otoño, con el cielo de un tono azul frío y el sol cayendo de soslayo sobre la cubierta.

Gideon cruzó el helipuerto detrás de Manuel Garza y de Glinn, quien iba un tanto encogido para protegerse de la estela de las aspas. Cruzaron una puerta para acceder a una sala de espera y preparación que casi no tenía mobiliario. Tres personas se levantaron de inmediato: dos de ellas vestían uniforme y la otra iba de civil. Afuera, el helicóptero retomó el vuelo.

—Gideon —dijo Glinn—, me gustaría presentarle al capitán Tulley, comandante del buque oceanográfico *Batavia*, y a la primera oficial Lennart.

El capitán, que mediría poco más de metro y medio, dio un paso al frente y le estrechó la mano a Gideon con solemnidad, mientras en su rostro prieto y serio empezaba a arrancar el sucedáneo de una sonrisa. Tras una sacudida seca de arriba abajo, dio un paso atrás.

La primera oficial Lennart no tenía nada que ver con Tulley; era una rubia escandinava de cincuenta y pocos años que le sacaba medio cuerpo al diminuto capitán, que desprendía cordialidad y naturalidad, y cuya mano cálida y envolvente semejaba un guante de horno.

—Y esta es Alexandra Lispenard, que dirige nuestra flotilla de cuatro VSP. Será su instructora de pilotaje.

Lispenard se apartó la melena de color teca y le dio la mano con una sonrisa para conseguir un apretón pausado.

—Encantada de conocerte, Gideon —dijo con una voz de contralto que contrastaba con el silencio formal de los demás.

—¿VSP? —le preguntó Gideon, procurando no mirarla fijamente.

Tendría alrededor de treinta y cinco años y era muy atractiva, con un rostro en forma de corazón en el que destacaban unos exóticos ojos de color ágata.

—Vehículos de sumersión profunda. Un batiscafo motorizado, en realidad. Una maravilla de la ingeniería.

Gideon notó que Glinn le apretaba el hombro con la mano.

—Ah, aquí está el doctor. Gideon, me gustaría presentarte al doctor Brambell, el médico de la expedición.

Un anciano enjuto de calva reluciente ataviado con una bata de laboratorio blanca acababa de aparecer en la entrada.

—¡Es todo un honor! —exclamó con un irónico acento irlandés.

No le tendió la mano.

—El doctor Brambell —dijo Glinn— viajaba en el *Rolvaag* cuando se hundió. Seguro que en cuanto tenga ocasión, se lo contará todo al respecto.

El inesperado comentario dejó tras de sí un breve silencio. Los dos oficiales del buque parecían sorprendidos, además de molestos. Gideon se preguntó si no considerarían a Brambell una especie de desafortunado Jonás.

—Ese no es un asunto que me apetezca airear —replicó Brambell con sequedad.

—Le pido disculpas. En cualquier caso, Gideon, ya conoce a varias de las personas más importantes que viajan a bordo. Alex lo acompañará a la cubierta del hangar. Me temo que yo tengo otro compromiso.

Sin añadir nada más, Lispenard se dio media vuelta y Gideon la siguió: cruzaron la puerta de un mamparo, una escalera de caracol metálica y pasaron por un laberinto de estrechos pasillos, escaleras y escotillas hasta que de repente salieron a una zona despejada y luminosa. Distribuidos por los flancos había varios compartimentos; algunos de ellos estaban tapados con lonas, pero cuatro permanecían abiertos. El interior de tres de estos huecos estaba ocupado por sendas pequeñas y redondeadas embarcaciones de aspecto idéntico, pintadas de un amarillo chillón con detalles turquesas. Contaban con una multitud de gruesas portillas, así como con varias prominencias y salientes, y con una suerte de brazo robótico acoplado en la proa. En la pared posterior del hangar había una gran puerta, que se encontraba abierta y dejaba a la vista la cubierta flotante de popa. Allí se veía una cuarta embarcación bajo una grúa triangular.

Lispenard comenzó a tararear *Yellow Submarine*.

—Me has leído el pensamiento —dijo Gideon—. Muy monos.

—Tan monos como los veinte millones de dólares que cuestan. El de la grúa es *George*. Los otros tres son *Ringo*, *John* y *Paul*.

—Ay, por favor.

La instructora recorrió el hangar, se acercó a *George*, apoyó la mano en su casco y le dio una cariñosa palmada. Era sorprendentemente pequeño, de poco más de dos metros y medio de largo y de unos dos metros de alto.

Lispenard se volvió hacia Gideon.

—Dentro hay una cápsula personal de titanio, como un submarino dentro de otro, con una escotilla en el techo y tres puestos de observación. Cuenta con un panel para la electrónica, un asiento, mandos, pantallas de vídeo… y nada más. Ah, y tiene una cesta en la parte delantera para depositar cosas en ella con el brazo robótico. Si algo saliera mal, hay un eyector de emergencia que expulsa la cápsula y la envía a la superficie. Por lo demás, el VSP dispone de depósitos de lastre, un depósito de compensación de mercurio, cámaras, faros y pilotos estroboscópicos, sonar, un compartimento de baterías, un motor propulsor de popa, hélices y un timón. Muy sencillo. —Se encogió de hombros—. Mañana, zambullida de prueba.

Gideon apartó los ojos de *George* para mirarla.

—Genial. ¿Quién va a bajar?

La instructora sonrió.

—Tú y yo. A las siete cero cero.

—Espera. ¿Tú y yo? ¿Crees que voy a manejar un trasto de estos? No soy el capitán Nemo.

—Cualquiera puede pilotarlos. Están hechos a prueba de tontos.

—Muchas gracias.

—Lo que quiero decir es que funcionan con un programa de piloto automático. Son como los coches de Google, pero se controlan mediante una palanca. Basta con moverla para indicar hacia dónde quieres ir y la inteligencia artificial del minisubmarino hace el resto: se encarga de las decenas de pequeños ajustes necesarios, esquiva los obstáculos, maniobra por lugares estrechos y asume las tareas más complicadas sin que ni siquiera seas consciente de ello. No podrías estrellarlo aunque quisieras.

—Seguro que hay otras personas a las que les gusta dar estos paseos y que tienen más experiencia con los VSP.

—Las hay. Antonella Sax, por ejemplo, la jefa de astrobiología. Pero todavía no va a unirse a la tripulación. Además, Glinn dijo que existía un motivo por el que tenías que acostumbrarte a pilotar un VSP. Algo que tenía que ver con tu papel en la misión.

—Nunca dijo nada de que tendría que manejar un submarino. No me gusta estar encima de la superficie, así que mucho menos por debajo, y a tres kilómetros de profundidad, por el amor de Dios.

La instructora esbozó una media sonrisa.

—Qué raro. No me habías parecido tan timorato.

—Pues sí, soy muy timorato. Puedo afirmar que soy, sin ningún género de duda, un mandilón medroso, apocado, pusilánime e ignavo.

—¿Ignavo? Curiosa palabra. Pero mañana bajas conmigo. Se acabó la discusión.

Gideon la miró fijamente. Dios, estaba harto de mujeres mandonas. Pero por ahora no tenía ningún sentido discutir con ella; ya lo hablaría con Glinn.

—En fin, ¿y qué más hay que ver por aquí?

—Están los distintos laboratorios, son impresionantes, ya los verás, además del centro de control, la biblioteca, la cocina, el comedor, la sala de estar y de ocio y los camarotes de la tripulación. Por no hablar de la sala de máquinas, el taller de maquinaria, el economato, la enfermería y demás instalaciones necesarias a bordo. —Consultó su reloj—. Pero ya es hora de cenar.

—¿A las cinco?

—Cuando desayunas a las cinco treinta, las demás comidas también se adelantan.

—¿Se desayuna a las cinco y media? —Esto también tendría que discutirlo con Glinn, no veía ninguna necesidad de plegarse a la disciplina militar—. Rezaré por que al menos no esté prohibido beber a bordo.

—Por ahora no. Lo estará cuando lleguemos a nuestro destino. Nos espera un largo viaje.

—¿De cuánto estamos hablando?

—Nueve mil millas náuticas hasta el punto de destino.

Gideon ni siquiera se había parado a considerar que tendrían que realizar una larga travesía preliminar antes de alcanzar su objetivo. Por supuesto, le habría bastado pensarlo durante un momento para darse cuenta de ello. ¿Qué había dicho Glinn sobre la velocidad de crucero del barco? Doce nudos. Doce millas náuticas por hora divididas entre nueve mil millas náuticas...

—Treinta y dos días —resolvió Alex.

Gideon gruñó.

6

—Llevemos las bebidas a cubierta —le propuso Gideon a Alex Lispenard.

—Buena idea.

Gideon se apartó de la barra y procuró no derramar su segundo martini. El bar del buque oceanográfico *Batavia*, anexo al comedor, era pequeño y austero, aunque en él se respiraba un agradable ambiente náutico. Incluía una hilera de ventanas que en ese momento daban a Great Harbor y las orillas planas de Ram Island. Tras cruzar una puerta baja, salieron a cubierta. Era una perfecta tarde de octubre, fresca y cristalina, con una luz dorada que incidía oblicuamente sobre el barco mientras las gaviotas graznaban en la distancia.

Gideon tomó un buen trago de su martini y se acodó en la barandilla mientras Alex se unía a él. Se sentía bien; muy bien, de hecho, todo lo contrario que hacía tan solo dos horas. Era increíble la influencia que tenían una cena exquisita y un cóctel en el color con el que se miran las cosas.

—¿Crees que seguirán dándonos de comer así de bien durante toda la travesía? —preguntó Gideon.

—Ah, desde luego que sí. He viajado en muchos buques oceanográficos y la comida siempre es buena. Cuando pasas meses y meses en el mar, una mala alimentación puede minarte la moral. Para una travesía como esta, la comida es el menor de los gastos, así que más vale aprovisionarse con lo mejor. Además, Vince Brancacci es uno de los mejores chefs que trabajan en barcos.

—¿Te refieres a ese tipo con delantal blanco, el de la risa de hiena y la complexión de un luchador de sumo?

—A ese mismo.

Gideon dio otro sorbo y le lanzó una mirada furtiva a Alex, que estaba apoyada sobre la barandilla mientras la brisa revolvía su brillante cabello castaño; su nariz respingona y sus ojos de color ágata estaban orientados hacia el horizonte azul del mar, y sus pechos apenas tocaban la borda.

Apartó los ojos. Por muy atractiva que fuese, de ninguna manera iba a iniciar un romance durante un largo viaje a las antípodas de la civilización.

Alex se volvió hacia él.

—Bien, ¿y cuál es tu historia?

—¿No te han puesto al tanto?

—Más bien al contrario. Aparte de pedirme que te instruya en el funcionamiento de los VSP, Glinn se ha andado con mucho misterio. Me dio la impresión de que prefería que lo averiguase todo por mí misma.

Gideon se sintió aliviado. Esto significaba que la instructora no sabía nada sobre su estado de salud.

—¿Por dónde puedo empezar? Inicié mi carrera profesional robando obras de arte y después conseguí un trabajo como diseñador de bombas atómicas.

Alex se rio.

—Lo habitual.

—Es cierto. Trabajo en Los Álamos diseñando las lentes de alto poder explosivo que se usan en la implosión de los núcleos. Formaba parte del programa Stockpile Stewardship, donde me dedicaba a realizar simulaciones informáticas y a ajustar las lentes para que las bombas pudieran explotar incluso después de haber pasado años pudriéndose en alguna cámara nuclear remota. En la actualidad estoy de excedencia.

—Entonces ¿no estás de broma?

Gideon negó con la cabeza. Lamentó que se le hubiera acabado la bebida. Pensó en volver al bar a por un tercer cóctel, pero la voz de la conciencia le advirtió de que no era una buena idea.

—De modo que de verdad te dedicas a diseñar bombas atómicas.

—Más o menos. De hecho, por eso formo parte de esta travesía.

—¿Qué tienen que ver las bombas atómicas con este viaje?

Gideon la miró con detenimiento. Así que no la habían puesto al corriente. Se desdijo a toda prisa de sus palabras.

—Solo soy un ingeniero con conocimientos de explosivos, nada más.

—Y tampoco bromeabas con lo del robo de obras de arte, ¿verdad?

—No.

—Una pregunta. ¿Por qué?

—Era pobre, necesitaba el dinero. Y lo que era más importante, me encantaban las obras que hurtaba. Además, solo les robaba a las sociedades históricas y los museos que descuidaban sus colecciones, piezas que de todas maneras nadie iba a ver.

—Supongo que eso lo vuelve moralmente aceptable.

El comentario irritó a Gideon.

—No, y tampoco pretendo justificarme. Pero no esperes que me pase la vida humillándome en medio de la culpa y el reproche a mí mismo.

Silencio. Ahora sí que quizá necesitaba de verdad esa tercera copa. O tal vez fuese el momento de cambiar de tema.

—También trabajé de mago. De prestidigitador, para ser exactos.

—¿Eras mago? ¡Yo también!

Gideon se irguió y se apartó de la barandilla. Ya lo había oído otras muchas veces, gente que se había aprendido un par de trucos de cartas y se había adjudicado el sagrado título de mago.

—Así que ¿puedes sacar una moneda de detrás de la oreja de alguien?

Alex frunció el ceño y no respondió nada.

Gideon volvió a apoyarse en la borda, tras darse cuenta de que había herido sus sentimientos.

—Era un profesional —explicó—. Actuaba en escenarios y me pagaban bien. Incluso creé trucos propios. Trabajaba con animales vivos, con conejos y demás. Tenía un truco formidable con una pitón de dos metros que siempre espantaba a la mitad del público. —Juguetéo con la copa vacía—. Y todavía se me da bien, sigo hurtando alguna que otra cartera por mera diversión. Es como cuando aprendes a tocar el violín, tienes que seguir ensayando si no quieres oxidarte.

—Entiendo.

—Da la casualidad de que la magia y el latrocinio son, en realidad, ámbitos relacionados.

—Ya me lo imagino.

Gideon tuvo una idea. Una ocurrencia estupenda. Sería divertido. Se inclinó hacia ella.

—Voy a entrar a por otra copa. ¿Te pido una a ti?

—Dos es mi límite, pero sigue tú. Tráeme un vaso de agua, si eres tan amable.

Al volver al bar, la rozó con naturalidad y aprovechó la distracción del contacto para cogerle la cartera del bolso abierto. Se la guardó en el bolsillo, junto con la suya propia, dejó la cubierta y volvió al bar.

—Otro Hendrick's con hielo y un toque, y un vaso de agua, por favor.

Observó al barman mientras preparaba el cóctel. De repente Alex apareció a su lado.

—Empieza a hacer frío ahí fuera. —Para sorpresa de Gideon, y algo más, se apretó contra él—. ¿Te importa darme un poco de calor?

La rodeó con el brazo y notó cómo se le aceleraba el corazón.

—¿Qué tal así?

—Bien. Así vale, ya he entrado en calor, gracias.

Se libró del leve abrazo.

Un tanto desilusionado, agarró la copa mientras ella cogía su vaso con torpeza y se derramaba parte del contenido encima.

—Vaya por Dios.

Cogió una servilleta y enjugó el agua de la blusa.

Gideon tomó un trago.

—Bien, ¿y cuál es tu historia?

—Me crie en la costa de Maine. Mi padre tenía un criadero de ostras y yo lo ayudaba a llevarlo. Se puede decir que crecí dentro del agua. Como era un cultivo submarino, obtuve el diploma de Instructor de Buceo en Mar Abierto a los diez años, el de Buzo de Naufragio a los quince y el de Aire Enriquecido a los dieciséis; después me saqué los diplomas de Buceo en Gruta, a Gran Profundidad, Bajo Hielo y demás. Adoro el mar y todo lo que hay bajo su superficie. Me especialicé en Biología Marina por la USC y luego me doctoré.

—¿En qué?

—En el Bentos del Abismo de Calipso. Es la región más profunda de la Zanja Helénica, cinco mil doscientos metros.

—¿Dónde está, exactamente?

—En el Mediterráneo, al oeste de la península del Peloponeso. Allí pasé mucho tiempo a bordo del buque oceanográfico *Atlantis* y hacía inmersiones en el *Alvin*, que en realidad fue el primer VSP.

—De crucero por las costas de Grecia, buena manera de sacarse el doctorado.

—Solo me siento en casa de verdad a bordo de un barco.

—Es curioso, porque para mí el mar es todo lo contrario al hogar. Me mareo. A mí dame las montañas altas del oeste y un río lleno de truchas degolladas.

—Tú te mareas en el océano y a mí las montañas me producen mal de altura.

—Lástima —dijo Gideon—. Yo que pensaba pedir tu mano.

La broma no tuvo la gracia esperada y Alex tomó un sorbo de agua durante el incómodo silencio que se hizo a continuación.

—¿Y eso de la magia? ¿Sigues practicando? —se apresuró a preguntarle Gideon.

Alex agitó la mano.

—¡Nunca podría competir contigo! Solo era una bobada que hacía con mis amigos para divertirme.

—Me encantaría enseñarte los fundamentos.

Alex levantó la mirada hasta él.

—Eso sería maravilloso.

—Tal vez deberíamos regresar a nuestros camarotes, si los encuentro, quiero decir. Me he traído los elementos necesarios para hacer unos cuantos trucos. Seguro que, con un poco de ayuda, te los aprenderás enseguida.

—Vamos. Te diré por dónde se va a los camarotes de la tripulación.

Gideon apuró su copa y fingió palparse los pantalones.

—Ay, me he olvidado la cartera. ¿No te importa invitarme? El próximo día pago yo.

Con una sonrisa expectante, vio cómo introducía la mano en el bolso en busca de su cartera, sabiendo que no la encontraría. Para su asombro, Alex la sacó y la puso sobre la barra.

—Un momento… ¿Esta es tu cartera?

—Claro.

Sacó un billete de veinte y pagó la cuenta.

Gideon se llevó la mano al bolsillo y comprobó que la cartera de la instructora no estaba allí. Ni tampoco la suya.

—Ay, mierda —renegó—. Creo que se me ha caído algo en cubierta.

Se levantó del taburete y automáticamente cayó al suelo de bruces. Estupefacto, se miró los pies y vio que tenía atados unos con otros los cordones de los zapatos. Cuando levantó la vista,

Alex estaba riéndose a mandíbula batiente con la cartera y el reloj de pulsera de Gideon en la mano.

—Bien, Gideon —dijo entre carcajadas—. ¿Qué decías sobre esos fundamentos?

7

Gideon se puso rojo de la vergüenza. Dios, se sentía como un auténtico imbécil. Se desató los cordones a los pies de Alex, que no se molestó en ocultar el júbilo de su victoria. Luego se levantó y se sacudió el polvo. La vergüenza empezó a transformarse en otra cosa cuando ella le devolvió la cartera y el reloj.

—¿No estás enfadado? —le preguntó Alex mientras se serenaba.

Gideon se quedó mirándola, de pie ante él, con el rostro radiante, los brillantes ojos de color ágata, la lustrosa melena de revoltosos bucles derramada sobre los hombros bronceados, los pechos palpitando aún con la agitación de la reciente risa. Ella lo había humillado y ¿cómo reaccionaba él? Deseándola con todo su ser.

Apartó la vista y tragó saliva.

—Supongo que me lo merecía.

Miró al camarero, pero este se mantuvo inexpresivo, como si no hubiera visto nada.

—¿Todavía quieres que te enseñe dónde están los camarotes de la tripulación? —le preguntó Alex.

—Claro.

Ella se dio media vuelta, salió del bar y cruzó el comedor seguida de Gideon. Dejaron atrás otro laberinto de pasillos y escaleras, pasaron por la escotilla de un mamparo y accedieron a un pasillo largo y estrecho con varias habitaciones en uno de sus lados.

Alex se detuvo ante una de las puertas y la abrió.

—Los científicos disponemos de habitaciones privadas. Esta es la mía.

Gideon entró tras ella. La estancia, sorprendentemente espaciosa, tenía las paredes pintadas de blanco crema y contaba con una cama de metro cincuenta, dos portillas, un tocador empotrado, un escritorio con un ordenador portátil y un espejo.

—Aquí está el baño.

Alex abrió otra puerta para mostrarle un pequeño cuarto de baño dotado de una tercera portilla.

—Muy bonito —dijo él—. Una habitación muy adecuada para una… en fin, una científica.

Alex se volvió hacia Gideon.

—No soy solo piloto de minisubmarinos. Soy la jefa de oceanografía de la misión, como bien sabrás. Ya llevo cinco años en la EES.

—A decir verdad, no lo sabía. A mí tampoco me han dado muchos detalles. ¿Cómo es que no nos habíamos conocido hasta ahora?

—Seguro que ya sabes lo mucho que le gusta a Glinn compartimentarlo todo.

—¿Y cuál es tu posición con respecto a Garza?

—Él es ingeniero; yo soy científica. La EES no posee una estructura corporativa normal, como estoy segura de que habrás comprobado. Las cosas cambian de una misión a otra.

Gideon asintió mientras la veía moverse por el camarote con soltura y elegancia. Tenía el cuerpo de una nadadora, esbelto y atlético. Se había hecho a sí mismo la férrea promesa de no meterse en más líos amorosos. Teniendo en cuenta la pena de muerte médica que pendía sobre su cabeza, no sería justo, ni para él ni para ella. Aun así, eso era la teoría; Alex era real.

—¿Cuál es tu número de habitación? —le preguntó.

—La dos catorce.

—Esa está al fondo del pasillo. Vayamos a verla.

Alex salió por la puerta y Gideon la siguió.

Recorrieron el pasillo hasta que llegaron a la puerta identificada con el número 214. Gideon sacó la tarjeta magnética de acceso que se le había entregado durante el registro que había realizado ese mismo día y la acercó a la puerta, que emitió un clic. Gideon la abrió y, al encender la luz, se encontró con un lujoso y amplio camarote, equipado con una hilera de portillas, una cama de metro ochenta y un pequeño salón con un sofá y dos sillones. El suelo estaba cubierto por una gruesa moqueta de color crema y la luz era suave e indirecta. Su equipaje ya había sido colocado en un rincón y ordenado con esmero.

—Vaya —se asombró Alex, que pasó adentro—. ¿Y qué posición ocupas tú en la EES para ser digno de todo esto?

—No lo sé. ¿Jefe de gandulería?

Entró tras ella y la observó dando una vuelta por el cuarto mientras acariciaba los cubrecamas acolchados y regulaba las luces. Luego abrió la puerta del baño.

—¡Con bañera y todo! —Como si estuviera en su casa, a continuación Alex exploró el saloncito, donde había espacio para una cocina con microondas, cafetera y frigorífico, el cual abrió—. Y mira: ¡Veuve Clicquot!

Sacó un benjamín de champán y lo agitó en su dirección.

—Genial, abrámoslo para celebrarlo —dijo Gideon.

Alex volvió a guardarlo y cerró el frigorífico con firmeza.

—Dos es mi límite, ¿recuerdas? Y tú ya has sobrepasado el tuyo. Mañana te necesito con la cabeza despejada para la inmersión. Y, además, nunca bebo champán en la habitación de un extraño.

—¿Un extraño? ¿Yo?

—Ladrón de obras de arte, diseñador de bombas atómicas, mago... Muy extraño.

—Entonces lo dejaremos para mañana noche. Tú y yo.

—Estaremos hechos polvo después de la inmersión de prueba. —Echó un vistazo al reloj—. De hecho, será mejor que regrese a mi camarote. Tengo una montaña de trabajo por despachar antes de acostarme.

Se acercó a ella y le puso la mano en el hombro cuando Alex se daba la vuelta para salir. ¿Qué estaba haciendo? Sabía que esa tercera copa había sido un error, pero no iba a parar ahora. Sentía que le faltaba el aire de puro deseo. Alex se detuvo al notar el contacto y él se inclinó hacia ella. No obstante, la instructora se zafó diestramente de su mano y se hizo a un lado.

—No, señor. No a bordo de un barco. Ya deberías saberlo.

—Ojalá lo hubiera sabido.

—Desayuno a las cinco treinta, no lo olvides; después bajaremos al hangar de los VSP y nos prepararemos. Hasta entonces.

Y, sin más, se marchó.

Gideon se sentó en la cama suspirando. Él también tenía una montaña de trabajo pendiente: carpetas y documentos que revisar, aparte de un ordenador que configurar y conectar a la red del barco. Además, no podía ir a hablar con Glinn para decirle que se negaba a sumergirse, no después de haberse tomado tres martinis y apestando a alcohol.

Se tumbó sobre la cama con las manos detrás de la cabeza. Al notar que el perfume sutil de Alex flotaba en el aire, lo inhaló y sintió otra punzada de deseo. Pero ¿qué le pasaba? Debería estar hecho una furia después de que lo hubiese humillado y, sin embargo, su reacción era totalmente diferente.

Alex, concluyó, tenía razón en una cosa: más le valía controlarse si no quería que el viaje se le hiciera muy largo.

8

Un enorme sol otoñal se alzaba sobre el lejano faro de Nobska y la ensenada de Vineyard, arrojando su resplandor dorado sobre el mar, cuando salieron a cubierta la madrugada del día siguiente. Una brisa recia soplaba del este y levantaba crestas espumosas por todo el puerto y en la distante ensenada.

La grúa triangular había sacado dos VSP de la cubierta del hangar y los había colocado en la cubierta flotante de popa. En opinión de Gideon, tenían un aspecto achaparrado, incluso caricaturesco; parecían demasiado pequeños para que cupiera una persona, más aún para contener todo lo demás. Alex le había aconsejado llevar ropa ajustada pero cálida. Ella vestía un chándal liso azul marino con rayas blancas de competición que se ceñía a sus piernas musculadas, sus glúteos y su torso de una manera que desconcentraba a Gideon. Él, por el contrario, se había vestido de manera desaliñada con un pantalón vaquero y una camiseta de manga larga.

Glinn y Garza estaban esperándolos cuando llegaron. El primero llevaba pantalones y jersey de cuello alto negros, una figura delgada, casi espectral en medio de la cubierta ventosa. Garza se había puesto una chaqueta de ante con el cuello subido y el viento agitaba su cabello encanecido.

—Justo a tiempo —dijo Glinn satisfecho mientras se acercaba con el brazo extendido para darle un apretón de manos a Gideon—. ¿Listo para zambullirse?

—Debería haberme avisado de que tendría que pilotar uno de esos submarinos amarillos como los de la canción.

—¿Para qué? Lo único que habría conseguido es preocuparle. Los VSP son a prueba de tontos.

—Ya me lo ha dicho Alex.

—Es una instructora excelente. Lo hará bien.

—Pero pensaba que iba a trabajar para usted como experto en explosivos nucleares. Podría haber contratado a otro piloto de submarinos más.

En lugar de responderle, Glinn le dio una palmada en el hombro de un modo que a Gideon le pareció condescendiente. Miró a Garza en busca de una explicación, pero el ingeniero se mantuvo, como era habitual en él, mudo e impenetrable.

—Tú llevarás a *George* y yo a *Ringo* —le dijo Alex.

Mientras Glinn y Garza los observaban, ella le mostró a *George* por fuera, señalando y nombrando las distintas partes: las cámaras, los pilotos estroboscópicos, los puestos de observación, el sonar TCFM, las luces de navegación, el sensor de medición de corriente, el estroboscopio identificativo de emergencia, la radio de localización de emergencia, las hélices de elevación, la hélice de timón y de espolón, el transductor del teléfono subacuático, la cesta de recogida y el brazo robótico.

—La escalera lleva hasta la escotilla de navegación —explicó—. Es muy fácil, solo tienes que subir por ella y bajar al interior con ayuda de los dos asideros. La cápsula personal mide metro y medio de diámetro. Yo me meteré dentro de *Ringo* y nos comunicaremos por radio. Haremos una prueba en seco en cubierta y después nos sumergiremos.

—¿Tengo que subir ya?

Alex asintió.

—Solo tienes que bajar hasta la silla. En un gancho que verás encima de ti encontrarás el casco de comunicación; póntelo y desliza el interruptor de la parte inferior derecha. Espera a que yo te hable. No necesitas pulsar ningún botón de transmisión:

por encima del agua funciona en dúplex completo. Bajo la superficie, el alcance real de la conversación queda limitado a quinientos metros. Más allá de esta distancia, solo es posible comunicarse a través del sonar digital, únicamente mediante texto y voz sintetizada.

Gideon asentía mientras intentaba asimilarlo todo.

—Vale. Ahora arriba.

Gideon subió las escaleras, se agarró de los asideros y bajó al interior de la cápsula. Alguien cerró y aseguró la escotilla mientras él se acomodaba en el asiento y se ponía los cascos.

El interior de la cápsula estaba cubierto casi en su totalidad por componentes electrónicos, pantallas, paneles, botones y diales. El puesto de observación de proa, situado justo frente a su cara, lo complementaban los de babor y de estribor, así como el inferior. Una pequeña consola a su derecha contenía un teclado, una palanca direccional y varios botones de emergencia tapados con sus respectivas jaulitas, las cuales podían levantarse. Todo estaba iluminado por un tenue resplandor rojizo.

Al cabo de unos instantes oyó la voz de Alex.

—Gideon, ¿me recibes?

—Alto y claro.

—Voy a indicarte la función de las distintas consolas y pantallas, de izquierda a derecha.

Alex dedicó los siguientes sesenta minutos a describir con lujo de detalles todos y cada uno de los componentes de la cápsula, hasta que Gideon desistió de intentar memorizarlo todo. Por último, Alex se explayó con el panel de la palanca direccional.

—En realidad, no te hace falta saber nada más —dijo—. Funciona como cualquier palanca direccional: adelante, atrás, babor y estribor. Cuanta más fuerza apliques en una dirección, más acelerará el submarino hacia allí. Pero se rige siempre por un piloto automático muy bien afinado, es decir, que corregirá cualquier error que puedas cometer. Si empujas la palanca hacia delante para adentrarte, por ejemplo, en la cavidad del costado de un buque, te conducirá por la abertura de manera automática, sin necesidad de que toques nada. Te llevará por los pasillos estrechos sin ni siquiera rozar las paredes. Impedirá que arañes el suelo o que choques con posibles obstáculos. El piloto automático sigue tus indicaciones, pero maniobra a pequeña escala por sí mismo. No entrará en lugares demasiado angostos para el submarino ni te obedecerá si intentas dirigirlo contra el fondo del mar o hacia un abismo.

—¿Hay algún modo de desconectarlo?

—No de forma directa, y ese es el propósito. Sin embargo, de ser necesario, el control del VSP podría transferirse a la superficie. Bien, ¿ves esos dos botones rojos que hay debajo de las jaulas abatibles? El que indica EYECCIÓN DE EMERGENCIA liberará la cápsula de titanio, que ascenderá a toda velocidad hacia la superficie. Nunca se ha probado y, además, la aceleración del ascenso podría llegar a matarte, así que no lo pulses. Después está la BALIZA DE EMERGENCIA, que la activa si te metes en líos.

—¿De qué sirve la eyección de emergencia si puede resultar letal?

—Es un último recurso. Bueno, ¿listo para la prueba bajo superficie?

—No.

—La grúa levantará tu VSP, lo introducirá en el agua y lo liberará. Comenzarás a sumergirte automáticamente mediante el software del piloto automático. Lo habitual es llevar cien kilos de lastre de hierro a bordo para descender a toda velocidad los tres kilómetros que te separan de los restos del naufragio. Pero aquí solo hay unos treinta metros de profundidad, así que no será necesario. El piloto automático te llevará hasta tres metros del fondo. Permanece a la espera y no toques nada hasta que yo te diga lo que tienes que hacer.

—Sí, mi capitana.

Notó que alzaban el submarino y lo desplazaban hasta colocarlo encima del mar. A continuación lo bajaron, con mucha delicadeza, hasta que el agua azul apareció por los puertos de observación. Y justo después, con un clanc, el submarino quedó liberado y empezó a descender. Las luces de posición se encendieron automáticamente en la proa, en la popa y en la parte inferior. Gideon vio cómo las burbujas se elevaban a su alrededor. El agua estaba turbia, pero en cuestión de escasos minutos empezó a distinguir el fondo. Como se le había prometido, el submarino frenó y quedó suspendido a unos tres metros de un lecho de quelpos ondeantes, rodeado de un agua verde oscuro. Se oía el suave siseo del aire cálido. No le gustaba la sensación de claustrofobia. Casi notaba la presión del agua sobre él, la fuerza con la que comprimía el aire que respiraba.

Y un momento después, a cinco metros enfrente de él, vio descender y detenerse el otro submarino amarillo, que le hizo señas con el parpadeo de las luces de posición.

—Gideon, ¿me recibes?

—Te recibo.

—¿Por qué no empiezas habituándote a usar la palanca direccional? Muévela hacia delante, hacia los lados y hacia atrás, y fíjate en cómo responde el submarino.

—¿Cómo hago para ascender y descender?

—Buena pregunta. ¿Ves el interruptor para el pulgar que hay encima de la palanca? Hacia delante asciende y hacia atrás desciende. Venga, juega con él un rato mientras yo te observo y voy comentándote cosas.

Con suma cautela, Gideon empujó la palanca hacia delante. Se oyó un leve zumbido al tiempo que el submarino avanzaba muy despacio.

—Podrías ser un poco más agresivo. El piloto automático suavizará cualquier movimiento brusco que intentes hacer.

Gideon lo apretó un poco más fuerte y el submarino ganó velocidad.

—Vienes derecho hacia mí, Gideon. Intenta realizar un viraje.

En lugar de girar, Gideon envió el submarino hacia arriba y pasó por encima del de Alex; tras esto volvió a descender hasta detenerse justo por encima del lecho de quelpos. Cuando movió la palanca hacia un lado, el submarino efectuó un giro suave. Instantes después, el minisubmarino de Alex volvió a aparecer en el puesto de observación.

—¿Gideon? ¿Qué tal si aprendemos a andar antes de volar?

El tono didáctico de Alex empezaba a resultarle irritante. Aceleró hacia ella y ascendió de nuevo; pero esta vez le falló la coordinación y el submarino siguió una trayectoria casi vertical que le hizo ascender de golpe hacia la superficie.

—Desciende.

Gideon movió el interruptor para bajar, pero también empujó la palanca hacia delante sin querer. Empezaba a entender que el problema era que la respuesta del submarino no era tan instantánea como la de un coche; el agua entorpecía y ralentizaba todas las acciones. Y ahora iba directo al fondo, embalado.

—Joder.

Llevó hacia atrás el interruptor y la palanca, pero, presa del pánico, volvió a ejercer una fuerza excesiva y giró el mando sin darse cuenta. El submarino rotó sobre sí mismo hasta que se detuvo de forma abrupta momentos después, espontáneamente, justo por encima de los quelpos. Una lucecita roja empezó a parpadear mientras sonaba una elegante alarma; en la pantalla de control principal apareció un mensaje.

TOMA DE CONTROL POR PARTE DE PILOTO AUTOMÁTICO
CESIÓN A OPERADOR DENTRO DE
15 SEGUNDOS

Observó la cuenta atrás.

—Mierda —masculló.

La voz serena de Alex sonó en su oído.

—Bien, Gideon, te felicito. Ha sido la mayor demostración

de ineptitud que he visto nunca en un VSP. Y ahora que ya has dejado al crío que llevas dentro que se divierta, ¿quieres intentarlo de nuevo? Esta vez como un adulto.

—Si no estuvieras parloteándome todo el rato —se quejó airado—, habría sabido cómo hacerlo. ¡Vaya con la copiloto!

La voz serena de Alex volvió a oírse.

—Recuerda que esta conversación y todo cuanto hagamos está siendo monitorizado con detalle en el centro de control de la misión.

Gideon se calló su siguiente comentario. Se imaginaba a Glinn, Garza y los demás reunidos en el centro de control, escuchándolos con el ceño fruncido con un gesto de absoluta desaprobación. O quizá riéndose. En cualquier caso, la idea lo fastidiaba.

—Vale.

Finalizada la cuenta atrás, la pantalla indicaba:

CONTROL CEDIDO A OPERADOR

Empujó la palanca hacia delante con cuidado y el submarino avanzó despacio en línea recta; dio una vuelta con suavidad, regresó a la posición previa y se detuvo.

—Buen chico —dijo Alex—. Fácil y bonito.

Gideon tuvo la impresión de que oía una risita contenida en sus cascos.

9

El buque oceanográfico *Batavia* había «atravesado la línea» con toda la tontería y con la ceremonia correspondiente que implicaba el cruce del ecuador, de lo cual Gideon se había desentendido con cierto entusiasmo. Durante los últimos quince días, desde que partieron de Woods Hole, la vida a bordo del *Batavia* había sido monótona: los mareos se alternaban con el aburrimiento de las comidas copiosas, de la lectura, de las sesiones de *Juego de tronos* en el cine del barco, de las partidas de backgammon con Alex (que ya le llevaba más de cien victorias de ventaja) y de obligarse a no beber demasiados cócteles por la noche.

Aunque ahora ya conocía a numerosos científicos y a muchos de los otros actores destacados de la travesía —Frederick Moncton, jefe de ingenieros, siempre vestido con elegancia; Eduardo Bettances, el adusto y formidable jefe de seguridad, y George Lund, el contramaestre, que parecía intimidado por todo y por todos—, había hecho pocas amistades a bordo. La mayor parte de los tripulantes eran exmarines y llevaban el pelo cortado al rape y el uniforme planchado: no tenían mucho que ver con Gideon. Por su parte, los distintos científicos y equipos técnicos estaban demasiado ocupados preparándose para el trabajo que iban a realizar y no les sobraba demasiado tiempo para hacer vida social. Glinn estaba más distante que nunca. Gideon y Garza, pese al reciente deshielo de su relación, seguían recelando el uno del otro. La única persona que le gustaba de verdad —incluso demasiado— era Alex, pero la instructora le había dejado claro que, aunque ella también disfrutaba de su compañía, no iniciaría ningún romance a bordo.

No obstante, viajaba alguien a bordo que, con el tiempo, había empezado a intrigarlo: el médico del barco, Patrick Brambell. Parecía un gnomo, un viejo taimado con la cabeza tan reluciente como una bola de billar, de cara pequeña y ojos azules afilados y astutos que caminaba encorvado por el barco, como si fuera un fantasma. Siempre llevaba un libro encajado bajo el brazo y jamás se dejaba ver por la cantina; según parecía, prefería comer en su camarote. Las contadas ocasiones en las que Gideon lo había oído hablar había notado que tenía un leve acento irlandés.

Lo que más curiosidad le suscitaba era que, aparte de Glinn y Garza, Brambell era el único miembro de la expedición que había estado en el *Rolvaag* cuando se hundió. Gideon tenía la irritante sensación de que Glinn y Garza le estaban ocultando información acerca del naufragio, y que tal vez incluso le hubieran mentido sobre la suerte del *Rolvaag* a fin de persuadirlo para contar con sus conocimientos sobre armas nucleares. Por todo ello, Gideon se propuso hacer una visita sorpresa a Brambell.

Así, una bochornosa tarde tropical, se dirigió a los camarotes de la tripulación y, tras cerciorarse de que Brambell se encontraba en su cuarto, llamó a la puerta. En un primer momento no obtuvo respuesta, por lo que volvió a llamar, con más fuerza y persistencia, sabedor de que la artera bola de billar se había refugiado allí dentro.

—¿Sí? —contestó al final el doctor con irritación, tras el tercer intento.

—¿Puedo pasar? Soy Gideon Crew.

Silencio.

—¿Es por una cuestión médica? —inquirió la voz a través de la puerta—. Estaré encantado de atenderlo en la enfermería.

Gideon no quería aquello, sino desafiarlo en su elemento.

—Hum… no —se limitó a decir.

Mientras menos explicaciones le diera, menos motivos encontraría Brambell para negarse.

Se oyó un crujido débil y la puerta se abrió. Sin esperar a que lo invitaran a pasar, Gideon entró en el camarote de sopetón y Brambell, cogido por sorpresa, se apartó instintivamente. Llevaba una novela de Trollope en una mano venosa, con el dedo metido entre las páginas a modo de punto de lectura.

Gideon tomó asiento sin esperar a que se lo ofrecieran.

Brambell, con la agostada cara arrugada en una mueca de fastidio, permaneció de pie.

—Como le decía, si se trata de una cuestión médica, la consulta es el lugar adecuado para…

—No es el caso.

Silencio.

—Muy bien, entonces —dijo Brambell, más resignado que derrotado—, ¿qué puedo hacer por usted?

Gideon asimiló entonces la amplitud de la habitación. Estaba asombrado. Hasta el último centímetro de pared, portillas incluidas, estaba cubierto de estanterías fabricadas a medida y, a su vez, todos los estantes estaban repletos de libros de todo tipo, el surtido más ecléctico imaginable, desde clásicos encuadernados en cuero hasta novelas de suspense baratas, pasando por títulos de no ficción, biografías y obras históricas, así como por diversos volúmenes en francés y latín. Mientras pasaba la vista por la colección, el único tipo de libros que no vio de inmediato eran los dedicados a la medicina.

—Una verdadera biblioteca —se admiró Gideon.

—Paso muchas horas leyendo —explicó el doctor con sequedad—. Es mi principal ocupación. La medicina es un pasatiempo.

A Gideon lo impresionó su franqueza.

—Supongo que a bordo de un barco sacará mucho tiempo para leer.

—De eso se trata —afirmó Brambell con su acento afilado y punzante.

Gideon entrelazó las manos y miró al doctor, que lo escrutaba con curiosidad, extinguida la irritación inicial, al menos en apariencia. Brambell dejó el libro.

—Entiendo que ha venido a verme por alguna razón.

Gideon ya había advertido que Brambell respondía bien a la sinceridad. Sabía cuándo alguien no se ajustaba del todo a las convenciones sociales, y el médico del buque era de esa clase de personas.

—Glinn dice que me lo ha contado todo acerca del hundimiento del *Rolvaag* —comenzó Gideon con naturalidad—. Pero algo me dice que se ha dejado una parte.

—Sería muy propio de él.

—Por eso estoy aquí. Para oír la historia de sus labios.

Brambell bosquejó una sonrisita, se apoyó en los brazos del que sin duda era su sillón de lectura y tomó asiento.

—Es una larga historia.

—Tenemos todo el tiempo del mundo.

—Cierto. —Formó una pirámide con los dedos y frunció los labios—. ¿Sabe quién es Palmer Lloyd?

—Nos hemos conocido.

Brambell enarcó las cejas.

—¿Dónde?

—En una institución mental privada de California.

—¿Está loco?

—No. Pero tampoco le aseguro que esté cuerdo.

Brambell hizo una pausa y reflexionó sobre esto durante un momento.

—Lloyd era un hombre curioso. Cuando se enteró de que habían hallado el mayor meteorito del mundo en una isla cubierta de hielo del cabo de Hornos, adoptó la resolución de hacerse con él para exhibirlo en el museo que estaba construyendo. Contrató a Glinn para ello. La EES compró un barco, el *Rolvaag*, a una constructora naval de Noruega. Era un petrolero de última generación, pero lo disfrazaron para que pareciera una carraca desvencijada.

—¿Por qué un petrolero? ¿Por qué no un carguero de mena?

—Los petroleros cuentan con depósitos de lastre y bombas sofisticados, que serían necesarios para estabilizar el buque. El meteorito, además de ser el mayor jamás encontrado, era increíblemente denso: veinticinco mil toneladas. Por lo tanto, Glinn y Manuel Garza tuvieron que desarrollar un elaborado plan de ingeniería para desenterrarlo, transportarlo por la isla, cargarlo en el barco, traerlo y trasladarlo por el río Hudson. —Se interrumpió de nuevo para reflexionar—. Cuando llegamos a la isla, le aseguro que era uno de los lugares más dejados de la mano de Dios de este planeta. La isla Desolación, el nombre lo dice todo. Y ahí fue cuando las cosas empezaron a torcerse. Para empezar, aquel no era un meteorito de hierro normal.

—Manuel me dijo que tenía «propiedades peculiares». Supongo que el mero hecho de que fuera una semilla extraterrestre ya lo volvía bastante especial.

Brambell desplegó una sonrisa apagada.

—Era de un intenso color rojo. Estaba hecho de un material tan duro y denso que ni siquiera los mejores taladros de diamante conseguían arañarlo. De hecho, parecía estar compuesto de un elemento desconocido con un número atómico muy elevado. Tal vez fuera uno de esos elementos hipotéticos pertenecientes a la llamada «isla de estabilidad». Claro está, esto lo convertía en mucho más interesante. Aunque con gran dificultad, se cargó en el barco. Sin embargo, cuando pusimos rumbo a casa, nos vimos atacados por un destructor chileno corrupto. Glinn, por medio de una de sus brillantes estratagemas, logró hundir el destructor. Pero el *Rolvaag* también había sufrido daños graves, a lo que se sumó una tempestad que embraveció el mar. El meteorito empezó a sacudirse en la bodega y fue dañando el contenedor poco a poco con cada bandazo del buque.

—Miró un instante a Gideon—. ¿Sabe lo de la compuerta de seguridad?

—Sé que Glinn se negó a utilizarla.

—Esa fue la mayor estupidez de todas. Por mucho que el propio Lloyd le suplicó que accionase esa maldita compuerta, Glinn se opuso. Es una de esas personas que creen que nunca se equivocan. Pese a su palabrería sobre la lógica y el razonamiento, en el fondo es un obseso sin remedio.

Gideon asintió.

—Tengo entendido que la capitana se hundió con el barco.

—Sí. Fue una pérdida trágica. —Brambell negó con la cabeza—. Era una mujer extraordinaria. Sally Britton. Ante la negativa de Glinn de accionar la compuerta, ella ordenó evacuar el barco y, gracias a ello, se salvaron decenas de vidas. Ella insistió en permanecer a bordo. Después el meteorito se liberó del contenedor, abrió una brecha en el casco y se produjo una gran explosión. Britton falleció, pero Glinn salió despedido y de alguna manera sobrevivió. Un verdadero milagro. Tiene las siete vidas de un gato.

Gideon prefirió no decir nada sobre la minusvalía que sufrió Glinn ni cómo se curó.

—¿Y usted? ¿Cómo sobrevivió?

Brambell prosiguió con la misma voz seca y desenfadada, como si estuviera describiendo algo que le había sucedido hacía mucho tiempo a otra persona.

—Después de la explosión, muchos de los supervivientes se encontraban en el agua, donde flotaba gran parte de los restos del barco y también un par de botes salvavidas. Algunos conseguimos subir a los botes y navegar hasta una isla de hielo. Pasamos la noche allí y nos rescataron a la mañana siguiente. Sin embargo, mucha gente murió de frío en aquella isla, bajo una oscuridad absoluta. Como médico, hice cuanto pude, que no fue mucho bajo aquel clima glacial.

—De modo que en efecto Glinn fue el responsable de todas aquellas muertes.

—Sí. Glinn, y también el meteorito, qué duda cabe. —Brambell miró las paredes cubiertas de libros—. No fue hasta que hubo pasado todo cuando McFarlane dedujo lo que era aquella cosa en realidad.

—Glinn me ha hablado de McFarlane, pero en los informes no se recoge nada sobre él. ¿Cómo era?

Brambell le concedió otra de sus medias sonrisas. Extendió las palmas de las manos.

—Ah, sí. Sam. Era un buen hombre, un poco tosco, sarcástico, directo. Pero tenía un buen corazón. También era muy brillante, uno de los pocos expertos mundiales en meteoritos.

—Tengo entendido que sobrevivió.

—Lo hizo, sí… pero quedó marcado. Se convirtió en una persona amargada, enfadada, atormentada… o al menos eso dicen.

—¿Y usted? ¿Usted no quedó marcado por lo que sucedió?

—Tengo mis libros. No vivo en el mundo real. Soy imperturbable.

Gideon miró a Brambell.

—Debo preguntárselo. Teniendo en cuenta todo lo que sabe acerca de Glinn y de sus limitaciones, y todo el horror que usted vivió, ¿por qué aceptó unirse a esta expedición?

Brambell apoyó una mano venosa en el libro.

—Simple curiosidad. Este es nuestro primer encuentro con una forma de vida extraterrestre, aunque no se trate más que de una enorme planta sin cerebro. No podía rechazar la oportunidad de participar en un descubrimiento de este calibre. Además —le dio una palmada al libro—, mientras tanto, aprovecho para leer hasta hartarme.

Dicho esto, sonrió, se levantó y le tendió la mano a Gideon.

10

A medida que se aproximaban al Límite del Hielo, los icebergs
de deriva empezaron a aparecer en el océano del sur; Gideon
pensó que aquellas profundas tonalidades azules y su belleza
escultural constituían una de las vistas más asombrosas que Gideon había contemplado jamás. Se había acercado a la barandilla,
desde donde veía cómo el barco se deslizaba entre dos preciosos
icebergs, uno de los cuales tenía un agujero en medio que lo
transformaba en una especie de arco helado a través del cual el
sol de la mañana brillaba con fuerza. Era 20 de noviembre, fecha
que, recordó Gideon, pertenecía a la primavera, el equivalente
climatológico al 20 de abril en el hemisferio opuesto; aun así, la
temperatura era cálida y agradable y el mar estaba en calma total.
No se parecía en nada a los «chillones sesenta» de los que había
oído hablar, así llamados porque a sesenta grados de latitud la
Tierra quedaba rodeada en su totalidad por los océanos; los vientos soplaban sin cesar alrededor del planeta y levantaban olas
enormes que envolvían todo el globo sin dejar nunca de crecer,
ya que no encontraban costas que frenasen su avance.

Sin embargo, ahora no se oía ni el más distante bramido. El
mar era un espejo que reflejaba las majestuosas formas de los
icebergs que se escurrían hacia el norte desde los glaciares de la
Antártida, tras haberse desprendido durante la temporada de
desgajamiento de la primavera.

Con el fin de orientarse, Gideon había dedicado un rato a estudiar las cartas que se incluían en su cuaderno informativo. No cabía duda de que estaban en medio de ninguna parte. La punta de Sudamérica quedaba a mil cincuenta kilómetros al noroeste; la península Antártica a cuatrocientos kilómetros al sudoeste y la franja de tierra más cercana, la isla Elefante, a doscientos veinticinco kilómetros al oeste. No, no era del todo así; la carta del cuaderno informativo mostraba además una zona rocosa, una montaña coronada por un glaciar que emergía del mar a ciento cincuenta kilómetros de su posición y recibía el nombre de isla Clarence.

Acababa de llenar los pulmones de aire fresco, limpio y salado cuando notó que alguien se le acercaba por detrás.

—Calmado como un estanque —dijo Alex Lispenard, que se apoyó en la barandilla junto a él y contempló el mar moteado de icebergs, mientras la brisa acariciaba su melena castaña y el sol dorado esculpía su perfil.

Gideon respiró hondo.

—Me habían dicho que sería un viaje agitado.

—Y lo será, no te preocupes.

El barco había desacelerado hasta casi detenerse y Gideon sentía que la cubierta vibraba sutilmente a medida que los motores empezaban a trabajar primero de un modo y después de otro.

—¿Lo notas? —le preguntó Alex—. Es el sistema de posicionamiento dinámico, que se está activando. Hemos llegado. En adelante el buque se mantendrá en una posición fija, aquí mismo, por mucho que nos empujen las corrientes y los vientos. De vez en cuando sentirás que el propulsor acimutal se apaga y se pone en marcha.

Gideon asintió. Con los ojos hundidos en las gélidas aguas negriazules, sintió un escalofrío al pensar en lo que yacería bajo sus pies y en que iba a tener que descender hasta allí, a una profundidad de tres kilómetros. La mera idea lo aterraba.

—Sí —afirmó Alex—, ahora está justo debajo de nosotros, supongo.

—No exactamente debajo —corrigió Gideon—. Nos encontramos casi a un kilómetro de distancia, por cuestiones de seguridad.

Lo sabía después de haberse empollado el cuaderno informativo. Además, había cenado varias veces en la mesa del capitán, a la que a menudo se sentaban también Glinn y Garza, veladas que también le habían servido para recabar gran cantidad de información acerca del proyecto. Pese a todo, seguía sintiéndose desinformado, cosa que no le hacía ninguna gracia.

Consultó su reloj.

—¿Te acompaño a la reunión? —le preguntó a Alex.

—Claro.

Sentía el cuerpo de ella moviéndose a su lado mientras bajaban la escalerilla que llevaba a la sala de control, el centro neurálgico de los sistemas electrónicos de la nave.

Aunque llegaron pronto, Glinn esperaba ya en la plataforma de juntas, hojeando un fajo de documentos. Durante el viaje al sur, Gideon había sido testigo de su progresiva recuperación física, que casi podía calificarse de milagrosa. Muy lejos del minusválido condenado a desplazarse en una silla de ruedas, ahora ni siquiera necesitaba un bastón para mantenerse en pie.

Glinn le hizo una seña para que se uniera a él en la plataforma. Gideon se soltó a regañadientes de la mano cálida de Alex y subió con él.

—¿Qué ocurre? —murmuró.

—Tal vez durante la reunión me venga bien la ayuda del «jefe de gandulería de la EES» —dijo Glinn.

—¿Cómo sabe eso? —le preguntó Gideon.

Glinn, sin embargo, se limitó a esbozar una sonrisa inerte en respuesta.

Los asientos del centro de la sala empezaron a ocuparlos los miembros más veteranos de la tripulación y el personal científico. Era una zona impresionante, de forma ovalada, repleta de elementos de alta tecnología. Las paredes estaban cubiertas de pantallas LCD gigantes, la mayor parte de las cuales estaban ahora apagadas. En principio, estas servían para mostrar lo que transmitían las cámaras subacuáticas, los vehículos de sumersión profunda, los vehículos controlados a distancia, los enlaces vía satélite de bajada, el radar y el sonar de a bordo, el GPS y los trazadores de cartas. Había varias filas de estaciones de trabajo y amplias consolas alargadas sembradas de diales, botones, teclados y pequeñas pantallas LCD, además de una abundancia de dispositivos que Gideon encontraba abrumadora. El centro de control parecía sacado de una película de ciencia ficción.

Llegada la hora de la reunión, un silencio se impuso sobre los murmullos del grupo. Al mirar a su alrededor, Gideon reconoció muchas de las caras: el capitán Tulley, tan soso, respetable y formal como siempre, se había sentado al frente, con el uniforme planchado a la perfección; el asiento contiguo lo ocupaba la primera oficial Lennart. Gideon sentía ahora bastante simpatía hacia ella; le recordaba a las diosas escandinavas, tan rubia y corpulenta, pero dotada de un carácter terrenal, una mujer a la que, fuera de servicio, le gustaba contar chistes verdes, de los que parecía tener un surtido interminable. Tenía una risa grave y resonante de lo más contagiosa y una actitud subversiva de chica mala. Al mismo tiempo, su personalidad recordaba a Jekyll y Hyde, pues en su trabajo demostraba una profesionalidad pasmosa y una competencia que se antojaba casi sobrenatural. Justo detrás del capitán y la primera oficial estaban sentados el jefe de ingenieros del buque, Moncton, y el jefe de seguridad, Eduardo Bettances.

Después, sentado al fondo, detrás de un grupo de científicos y técnicos, estaba Prothero. Había olvidado su nombre de pila, ya que nadie lo empleaba, ni siquiera el propio Prothero. Estaba repantigado en su silla, vestido como de costumbre con una camiseta y unos vaqueros desgastados, apoyaba las zapatillas de lona sobre la silla de delante y llevaba la cara tapada en parte por un mechón rebelde de cabello moreno y rizado. Junto a él estaba sentada una asiática alta y atractiva. La cara de Prothero, pálida y redonda, con su barbilla huidiza y cubierta por un pegote de vello, parecía flotar bajo el resplandor tenue de los controles, que hacía brillar sus grandes ojos y sus labios con un exceso de humedad. Lo mirara como lo mirase, Gideon encontraba que Prothero era un tipo desagradable. Por lo general, le caían bien los inconformistas pero, siempre que había intentado acercarse a él de forma amistosa, Prothero le había respondido quejándose de su camarote, de la falta de potencia informática del buque, de la pésima velocidad que ofrecía la conexión a internet vía satélite y de muchos otros agravios, como si Gideon fuese el responsable de ellos. Prothero era el especialista en sonares de la expedición, y se decía de él que poseía la mayor colección existente de voces y «canciones» de cetáceos. Se rumoreaba que pretendía descifrar su idioma. No obstante, jamás hablaba de ese tema con nadie, o al menos que Gideon supiera.

Glinn carraspeó.

—Hola a todos —comenzó con la voz templada—. Damas y caballeros, hemos llegado a nuestro destino. Permítanme darles la bienvenida al Límite del Hielo. —Hizo una pausa para dejar brotar un aplauso breve—. Para ser más exactos, nos encontramos en la frontera variable de hielo flotante que circunda el continente antártico, al borde del mar de Scotia, a unos cuatrocientos kilómetros al nordeste de la península Antártica. Tanto los restos del *Rolvaag* como el objeto buscado yacen a unos tres kilómetros y medio por debajo de nosotros, en una zona del lecho marino conocida como fosa Hespérides. Nuestra posición es de 61º 32' 14" sur, 59º 30' 10" oeste.

Nadie tomaba notas; toda la información figuraba en los cuadernos informativos.

—Con el avance de la primavera antártica, veremos desgajarse cada vez más icebergs a medida que la temperatura de las aguas aumente. Nos ofrecerán todo un espectáculo, pero suponen una amenaza escasa o inexistente. Aquí el verdadero peligro es el clima. Nos encontramos en los chillones sesenta y, aunque estemos en primavera, probablemente los vientos arrecien y el mar se embravezca de vez en cuando.

Rodeó despacio la plataforma antes de darse la vuelta.

—Los objetivos de nuestra misión son sencillos. Estudiaremos esta forma de vida extraterrestre con el único propósito de determinar en qué medida es vulnerable, a fin de destruirla. —Hizo una pausa para darle mayor peso a la última directriz—. No hemos venido a satisfacer nuestra curiosidad personal, a colaborar con la ciencia ni a ampliar nuestros conocimientos. Hemos venido a matarla. —Una nueva pausa dramática—. El primer objetivo de los próximos días será recuperar las dos cajas negras del *Rolvaag*, que contienen información vital sobre el hundimiento del barco, así como los vídeos del meteorito en la bodega y las acciones de la tripulación en el puente y otros puestos durante los últimos minutos de la nave en la superficie. Asimismo, mapearemos y evaluaremos los restos, además del ser.

Gideon vio con el rabillo del ojo que Prothero se agitaba en su silla y cruzaba las piernas mientras apuntalaba la cara sobre una mano.

—El hecho es que, aunque acabamos de llegar, ya nos hemos encontrado con un desconcertante misterio. —Glinn se hizo a un lado y un panel LCD que había tras él se encendió para mostrar una imagen compuesta de colores falsos—. Esta es una toma obtenida por sonar de los restos del *Rolvaag*, que acabamos de escanear a una resolución de veinticinco metros. Es algo tosca, pero se aprecia que el barco yace en el lecho marino partido en dos, con unos cincuenta metros de distancia entre ambas mitades. Mañana efectuaremos una inmersión inicial de reconocimiento en un VSP. —Se volvió—. Aquí tenemos otra imagen por sonar del área, a doscientos metros al sur.

Una nueva toma apareció en el panel LCD. Esta era más extraña, un remolino de colores difuso y neblinoso.

—Esta es una imagen por sonar de la forma de vida que creemos que ha brotado a partir de la semilla del meteorito que se precipitó al fondo del mar.

Silencio.

—Pero ahí no hay nada —señaló un técnico.

—Ese —dijo Glinn— es el problema. Ahí no hay nada. Ni siquiera se ve el lecho marino. La señal del sonar se desvanece sin más, como si cayese dentro de un agujero negro, de tal modo que solo recibimos escasos datos estocásticos que no cesan de cambiar.

—¿Hay algún problema con el sistema de sonar? —preguntó el técnico.

Prothero se incorporó y proyectó su voz áspera hacia toda la sala.

—No, no hay ninguno, como ya he dicho en repetidas ocasiones. Lo he comprobado dos y hasta tres veces.

—Bueno —se sumó Alex—, a mí me parece que la explicación más probable es una avería del equipo que…

—Eh, eh, al equipo no le pasa nada —insistió Prothero quejumbroso—. Todo funciona a la perfección. Estoy harto de que me echen a mí la culpa de esto.

—Entonces ¿tienes alguna idea de lo que pasa? —le plantcó Alex con educación.

Mientras lo escuchaba, el desagrado que Gideon sentía por Prothero creció exponencialmente.

—¿Cómo quieres que lo sepa? Puede que haya un conducto que esté arrojando al agua nubes de partículas en suspensión, de arcilla, por ejemplo. Puede que haya un pequeño volcán submarino en erupción. Estoy hasta las narices de que siempre me preguntéis lo mismo.

—No hace falta que te pongas así, Prothero —intervino Gideon—. Alex está haciendo preguntas lógicas.

Prothero se carcajeó.

—Aaah, el caballero andante acude al rescate de la dama en apuros.

Gideon sintió que se le encendían las mejillas y estaba a punto de responder cuando Manuel Garza se le adelantó:

—Nadie está culpando a nadie. Tenemos ante nosotros un enigma, que la misión de reconocimiento se encargará de resolver mañana. Así que centrémonos en eso y discutamos como personas civilizadas.

Prothero resopló con fuerza y volvió a repantigarse en la silla.

—En cuanto a la misión de reconocimiento —prosiguió Glinn—, no vamos a complicarnos la vida. Un VSP descenderá para fotografiar el objetivo y llevará a cabo una exploración rápida de los restos, por medio de fotografías y del sonar, para que así podamos hacernos una idea mejor de su posición en el lecho marino. Recuperar las cajas negras será crucial. —Hizo una pausa—. El reconocimiento se realizará mañana. Hemos tardado un mes en llegar hasta aquí, así que no tiene sentido perder el tiempo. Alex Lispenard, como jefa de VSP, será quien asigne la misión. ¿Alguna pregunta?

No hubo ninguna.

—Hemos terminado. Muchas gracias a todos.

Mientras la sala se vaciaba, Glinn le puso una mano en el brazo a Gideon para retenerlo, indicándole que debía quedarse. Cuando todos se hubieron marchado, Garza incluido, se inclinó hacia él.

—No importune a Prothero.

Gideon se exasperó.

—No tenía por qué atacar a Alex de esa manera. Es un gilipollas y le llamé la atención.

—Y acabó humillado. Nunca le ganará una discusión. Tiene un cociente intelectual un cuarenta por ciento superior al suyo.

Gideon se rio.

—¿En serio? ¿Se sabe el cociente intelectual de cada uno de nosotros?

—Desde luego. Ahora hablemos del reconocimiento. Como he dicho, Alex será quien asigne la misión. Y querrá encargarse ella misma. Su trabajo consiste en convencerla para que le deje hacerlo a usted. Si es necesario, le ordenaré a ella que se lo permita.

—¿Yo? Si no tengo ni idea de pilotar un VSP. Esto es demasiado importante para que bajemos nosotros en plan tortolitos, ¿no le parece?

—Hasta un bebé podría pilotar un VSP. Pero le diré por qué quiero que descienda usted: presiento que esta misión de reconocimiento entraña un peligro mayor del que todos creen, precisamente porque no sabemos lo que hay ahí abajo. ¿Por qué no aparece en el sonar? Es muy inquietante.

—¿Quiere decir que soy prescindible? Creía que mis conocimientos en materia nuclear no tenían precio para usted.

—No es prescindible. Y, en efecto, sus conocimientos no tienen precio. Nunca pensé que diría esto, pero es usted… afortunado. Siempre sale bien parado de las situaciones más apuradas.

—¿A pesar de mi humilde cociente intelectual?

—Tal vez por eso mismo —teorizó Glinn con sequedad.

—Muy alentador.

—Escúcheme bien, Gideon. Quiero que baje ahí y vea las cosas con sus propios ojos. Me dijo que necesitaba convencerse de que esta cosa era peligrosa antes de aportar su experiencia; pues bien, esta es su oportunidad. Además, cuanto más sepa acerca de eso a lo que nos enfrentamos, cuanto mejor lo comprenda, más útil le será esa información cuando llegue el momento de construir, y colocar, la bomba que lo destruirá.

Y, dicho esto, hizo un gesto con la cabeza para indicarle a Gideon que podía retirarse.

11

Le habían dicho que tardaría cuarenta minutos en realizar el descenso si todo iba bien. Gideon, amarrado en el asiento del VSP bautizado como *Ringo*, intentó aplacar la creciente sensación de desasosiego y claustrofobia mientras bajaban el sumergible al agua.

Había mantenido una discusión tremenda con Alex cuando le pidió que le encomendase la misión a él en lugar de sumergirse ella. Nada había funcionado: ni la persuasión, ni los halagos ni el tono de exigencia; tampoco le sirvió de nada enviarla a la mierda. Al final, sin embargo, no necesitó recurrir a Glinn; cuando ella misma fue a hablar con él, su superior aprobó la solicitud de Gideon. Alex se puso furiosa con todo aquel asunto, lo cual apesadumbró a Gideon, sobre todo porque no estaba exactamente emocionado por presentarse voluntario a ser un conejillo de Indias.

La superficie del mar se veía por el puesto de observación de proa, ondulada a causa de la brisa pero mansa por lo demás. Sintió el leve bamboleo del VSP al introducirse en el agua. Al momento siguiente, ya estaba bajo la superficie, una columna de burbujas destellantes se agitaba frente al puesto de observación y, un instante después, se encontraba contemplando las profundidades infinitas y rasgadas por el sol.

Respiró hondo. Intentó olvidarse del hecho de que se dirigía hacia la negrura que se abría al otro lado, a tres kilómetros de profundidad.

—*Ringo*, ¿me recibe?

—Alto y claro.

La persona de contacto de Gideon en el centro de control era Garza, quien, pese a no destacar por su calidez humana, era una de las personas más competentes que viajaban a bordo. Por esa parte, Gideon estaba agradecido.

—Lo mantendremos a una profundidad de cinco metros mientras realizamos las comprobaciones de sumersión. ¿Está listo?

—De momento, sí.

Con el VSP suspendido en el agua, sujeto todavía por los cables, Garza llevó a cabo una serie de comprobaciones y le indicó a Gideon que deslizara un interruptor, que leyese un segundo dial, que activase esta bomba y desconectase aquella, mientras él confirmaba que todos los sistemas funcionaban como debían.

—*Ringo*, prepárese para la liberación dentro de un minuto —avisó Garza por último.

El procedimiento, como sabía Gideon por el informe que había leído en la superficie, consistía en soltar el VSP en el agua y dejar que se hundiera hasta el fondo, arrastrado por el lastre de hierro. Una vez en el lecho marino, los pesos se soltarían y, así, el VSP adquiriría flotabilidad neutra. Dado que las comunicaciones acústicas y electromagnéticas entre el VSP y el barco se volvían imposibles a una profundidad de tres kilómetros, *Ringo* permanecería para esta primera inmersión en contacto con el centro de control por medio de un cable, el cual se iría desenrollando con el propio descenso del VSP. En el caso de que el cable se rompiera —algo que al parecer ocurría con cierta frecuencia—, el piloto automático asumiría el control y llevaría a *Ringo* de regreso a la superficie. El cable transmitiría las maniobras, los vídeos y los datos del sonar del VSP al centro de control, de forma que, si algo fallaba, lo sabrían en tiempo real.

—Liberación dentro de diez segundos.

Gideon escuchó por los auriculares la voz de Garza contando hacia atrás. Después oyó un bam amortiguado y notó que empezaba a hundirse. Vio que las pequeñas partículas que había en el agua ascendían más allá de los puestos de observación cada vez a mayor velocidad. El agua empezó a oscurecerse a su alrededor; del azul claro pasó al azul, hasta que, por último, adquirió un intenso tono añil.

—Todos los sistemas en orden —anunciaba Garza cada dos minutos con su voz neutral y tranquilizadora.

Ahora, los puestos de observación se habían fundido ya a negro. De vez en cuando, algo, alguna partícula desprendida, cruzaba a toda prisa los haces de las luces de posición, ascendiendo a medida que el VSP descendía.

—Respire hondo, Gideon. Su pulso está empezando a dispararársele.

Se dio cuenta de que respiraba rápida y superficialmente y notó los latidos acelerados del corazón. Estaban registrando sus constantes vitales, cómo no, y sabía que estos síntomas de pánico no darían buena impresión. Puso todo su empeño en relajar la respiración, serenarse y convencerse de que esa inmersión era mucho menos peligrosa que cruzar la Séptima Avenida en hora punta.

—Mejor —dijo Garza.

Gideon miró el reloj: por Dios, solo habían pasado siete minutos. Quedaban treinta y tres. Una pantalla mostraba la lectura que el sonar realizaba de manera constante del lecho marino, y decidió centrarse en ella para distraerse. La imagen se volvió más nítida poco a poco. Aparecieron dos tomas más brillantes que representaban las dos mitades del *Rolvaag* que había en el fondo del mar. Al oeste de los restos vio la nube extraña, cambiante y pixelada de los datos que enviaba el sonar al registrar el área donde había caído el meteorito.

Veinte minutos. Miró a su alrededor, volvió a familiarizarse con los mandos y luego comprobó el medidor de profundidad, que lo informaba continuamente de la distancia recorrida. Dos mil metros, dos mil diez metros, dos mil veinte metros...

La imagen de los restos captada por el sonar seguía mejorando su nitidez. Pero la nube que se registraba al oeste, si aquello era posible, parecía expandirse y difuminarse aún más por momentos.

Treinta minutos. Ya casi había llegado.

—Ralentizando descenso a cincuenta metros por minuto —informó Garza.

Gideon notó el cambio. ¿O tal vez eran imaginaciones suyas? Ahora veía el *Rolvaag* con todo detalle en la pantalla del sonar. Yacía en el lecho marino, partido en dos y rodeado de restos. Ambas mitades —una de ellas de una enormidad imposible— estaban tendidas de costado en un ángulo de unos ciento veinte grados. Por lo demás, el lecho marino se extendía llano en todas direcciones, salvo por una zona de unos cien metros de diámetro en el lugar donde se calculaba que había caído el meteorito, el cual seguía siendo una nube borrosa e inconstante de píxeles, de datos aleatorios del sonar.

Los restos se ampliaron hasta llenar la pantalla del sonar y luego siguieron creciendo. Gideon vio que el VSP buscaba sitio en el lecho marino, a aproximadamente unos cincuenta metros de la popa del barco.

—Ralentizando descenso a veinte metros por minuto —dijo Garza—. Gideon, los faros de *Ringo* tienen un alcance de unos cien metros. Enseguida distinguirá el *Rolvaag* por medio de la luz visible desde el puesto de observación inferior.

—Recibido.

Gideon mantuvo los ojos clavados en la ventana.

—El piloto automático lo depositará en el lecho marino —dijo Garza—. Seguidamente, el VSP vaciará los depósitos de lastre para adquirir flotabilidad neutra y el piloto automático lo subirá diez metros. Con suerte, esta maniobra no levantará una cortina de sedimento demasiado densa, pero, si es así, como usted se encuentra corriente abajo con respecto al barco, mantendrá la posición hasta que el lodo se disperse.

—Entendido.

Hasta aquel momento Gideon se había limitado a mirar las pantallas. Al asomarse por el puesto de observación, vio que los detalles del fondo se aproximaban, difuminados bajo las luces del VSP. Era un lodazal llano salpicado de hoyos y de chatarra irreconocible. Los restos en sí todavía no se divisaban.

El VSP se posó con extrema lentitud y el fondo ascendió a su encuentro. Cuando el fango del lecho marino enturbió la visión desde el puesto de observación inferior, pasó a mirar por la izquierda y la derecha. Sobresaltado, advirtió que a su diestra se veía la tenue silueta de la popa del *Rolvaag*, con dos hélices gigantes y destrozadas encajadas en lo que parecían ser sendas vainas. El casco abollado, partido a lo largo de los sellos remachados, se extendía hacia la oscuridad.

—Prepárese para el vaciado de depósitos —avisó Garza por el cable de comunicación.

—Recibido.

Sintió ahora una serie de sacudidas mientras se levantaba una nube de sedimentos que le tapó la visión. El VSP ascendió un poco antes de volver a quedarse quieto. Los puestos de observación quedaron completamente nublados por los sedimentos, que reflejaban la luz de los faros y la proyectaban hacia el VSP, iluminando el interior.

—Esperaremos a que los sedimentos se dispersen corriente abajo —dijo Garza.

En cuestión de dos minutos, la nube se había disipado. Tal como Garza le había prometido, Gideon se encontraba a unos diez metros del fondo. Ahora veía el *Rolvaag* con mayor detalle, todavía difuso y apenas rozado por los haces de los faros. Llamaba la atención que no hubiera rastro de vida marina, ni peces ni otra clase de criaturas marinas, y que no se viese nada en el lecho marino salvo algún que otro trozo de chatarra.

—*Ringo*, el VSP queda en sus manos. Inicie el reconocimiento.

—Recibido.

Las instrucciones de Gideon eran muy concretas: recorrer a lo largo los restos a una altura de veinte metros, de popa a proa, y a continuación realizar una segunda pasada, a lo ancho. El VSP estaba programado para realizar una completa exploración fotográfica y magnética, así como a través del sonar. Lo único que debía hacer era pilotarlo y procurar no acercarse a los salientes, algo que tampoco importaba mucho, ya que el piloto automático de *Ringo* los evitaría de todas maneras. Seguidamente, en la segunda fase del reconocimiento, tendría que dirigirse al lugar donde se encontraba el meteorito y averiguar a qué se debía la nube del sonar: si se trataba de una cortina de sedimento, de un respiradero del fondo marino o de cualquier otra cosa.

Manejando con cautela la palanca direccional, Gideon orientó el VSP hacia la popa del barco y lo llevó hacia delante. El VSP comenzó a desplazarse lenta y suavemente. Luego Gideon guio el minisubmarino hacia arriba y se alejó del fondo marino. Poco a poco, fue obteniendo una visión más clara de la popa y las dos enormes hélices, que superaban en tamaño a su nave. Movió la palanca para ganar más altitud, orden que el VSP obedeció con el pequeño retraso al que ya se había acostumbrado. Hizo una serie de ajustes de manera continua para así mantener invariable el rumbo.

—Diríjase al punto de referencia predeterminado —le indicó Garza.

Un trazador de cartas de la pantalla principal mostró el punto de referencia en los ejes X, Y y Z, y solo hizo falta un mínimo empujón para que el sumergible llegase hasta él, momento en que se detuvo.

—Inicie inspección.

De nuevo, el VSP actuó casi sin la intervención de Gideon, que solo tuvo que mover un poco la palanca para que la nave siguiera la ruta de inspección predeterminada, con suavidad y precisión. Al ver que todo estaba programado, Gideon comenzó a pensar si su presencia no sería meramente opcional.

Según se deslizaba a unos quince metros por encima de los restos, Gideon se admiró aún más ante su tamaño colosal. Le habían dicho que el barco era más grande que el Empire State Building y ahora estaba comprobando que no eran exageraciones. El deformado casco parecía no tener fin. Pasó primero sobre la superestructura y después por encima del puente, caído de costado, retorcido y dispersado por el fondo marino en grandes amasijos de los que brotaban toda suerte de cables. Una de las alas del puente sobresalía del casco con las ventanas destrozadas.

Era extraño, pensó Gideon, que no hubiera rastro de vida en torno a los restos; no se veían peces que entraran y salieran, ni tampoco ningún tipo de planta. Toda la zona parecía estar muerta. Pero quizá se debiera a la gran profundidad y a la ausencia de luz.

Llegó a la sección por donde el casco se había partido: las grandes placas remachadas del barco estaban desgarradas y los trozos de metal, torcidos hacia fuera a modo de pétalos. Estaba claro que una explosión en el interior de la bodega había partido el buque en dos. Y en el hueco entre las dos mitades del barco se levantaba un gran montón de fragmentos, una gigantesca maraña de vigas y riostras de madera y de metal partidas; lo que quedaba, supuso Gideon, del contenedor del meteorito.

En ese momento se llevó un susto; vio, tendido en el lecho marino junto a un segmento del casco, una silueta alargada que, al mirarla de más cerca, resultó ser el cadáver de una persona. Le faltaban la cabeza y los brazos. Y al proseguir con el pausado reconocimiento, distinguió cerca de él una segunda silueta, doblada sobre sí misma, que también resultó ser un cadáver. A este, aparte de la cabeza y los brazos, le faltaba además una pierna. Según parecía, los miembros habían salido despedidos por la fuerza de la explosión que había hundido el *Rolvaag*.

«Cielo santo.»

—Estoy viendo restos humanos aquí abajo —informó.

—También aquí los vemos —le respondió Garza con su voz serena—. No es de extrañar. Continúe.

—Recibido.

Tragó saliva. ¿Por qué no había pensado en ello hasta ahora? ¿Y por qué no se mencionaba ese aspecto en el informe? Aparte de los daños provocados por la explosión, los dos cadáveres parecían conservarse muy bien, lo cual, imaginó, debía de tener su causa en la gran profundidad.

Ya alcanzaba a ver la despuntada proa.

—Se aproxima al punto de referencia dos —dijo Garza.

Al dejar atrás la proa, el agua se oscureció de nuevo y el fondo marino se alejó demasiado para que los faros lo alumbrasen bien.

—Llegando al punto de referencia dos.

Una vez más, el VSP quedó suspendido con suavidad.

—Vamos a realizar una segunda pasada —explicó Garza—, hacia el norte y bordeando el barco por el lado de la cubierta. Diríjase al punto de referencia tres.

Para ese escaneo, el VSP se deslizaría más cerca del fondo y registraría los restos de lado. Gideon llevó la nave hacia el punto de referencia e inició la exploración.

El desplazamiento a solo diez metros del fondo, y mirando los restos de lado, fue más dramático. Debido a que las dos mitades del barco yacían de costado, Gideon veía ahora las cubiertas, que habían quedado ligeramente estrujadas por el impacto contra el lecho marino.

—¿Qué es eso? —preguntó Gideon de pronto.

Acababa de atisbar una especie de hebra delgada que descansaba sobre el lecho y zigzagueaba hacia la oscuridad.

—Lo vemos —confirmó Garza—. De acuerdo, desacelere. Apártese de la ruta programada y acérquese a eso.

Gideon maniobró para colocar el VSP a tres metros por encima de aquella cosa. Lo miró por el puesto de observación.

—¿Será un cable del barco? —conjeturó.

—No —aseguró Garza—. Es demasiado largo. Acérquese un poco más, por favor.

Con un toque de la palanca, Gideon situó el VSP a metro y medio por encima del cable. De textura lisa, tenía el grosor de un lápiz y el mismo color gris que el lecho sobre el que yacía. Ahora que se encontraba más cerca del fondo, distinguió otros cables parecidos que se extendían por todo el lecho marino; algunos de ellos estaban sepultados en parte, mientras que otros serpenteaban por dentro y por fuera del lodo, aunque todos se alejaban hacia una dirección incierta situada en la oscuridad.

—¿Se han fijado en que todos se dirigen hacia la zona del meteorito? —dijo Gideon—. Me gustaría seguirlos.

Un breve silencio.

—No lo creemos aconsejable —se opuso Garza—. Finalice la inspección; ya lo examinaremos en otro momento.

—Mi inspección del *Rolvaag* ha terminado. Ya que tengo que ir en esa dirección de todas formas, insisto en que me gustaría echarles un vistazo.

De nuevo, silencio. No cabía duda de que en la superficie estaban discutiendo la cuestión, sin que él los oyera.

—Está bien —lo autorizó Garza—. Vaya despacio y no se adentre en ninguna nube de sedimentos. Repito: no se adentre en ninguna nube de sedimentos, en caso de que haya alguna, ni se acerque a ningún respiradero. Manténgase lejos de todo aquello que le parezca raro o antinatural.

—Recibido.

Gideon le dio la vuelta a *Ringo* y empezó a seguir los finos cables serpenteantes que corrían por el fondo marino. Por alguna razón le daban escalofríos.

En ese momento vio, por el puesto de observación de proa, una enorme silueta difusa de aspecto amenazante que comenzaba a definirse.

—¿Ven esa…?

—Sí —dijo Garza en un tono seco—. Y la estamos perdiendo bajo la nube del sonar.

—Pero el agua está perfectamente clara.

—Aquí vemos lo mismo que usted.

De forma instintiva, Gideon desaceleró para proceder con cautela. La pantalla del sonar se borró en una sopa de ruido. No obstante, los faros del sumergible alcanzaron la silueta que se levantaba más adelante y la perfilaron con nitidez.

—Santa madre de Dios —murmuró.

Fuera de la oscuridad acechaba una cosa gigantesca de apariencia arbórea, una masa grotesca y acanalada que brotaba del lecho marino recubierta por una suerte de corteza rugosa. Se erigía sobre él hasta una altura tan grande que la copa se perdía en la negrura, fuera del alcance de los faros. Parecía extenderse hasta el infinito.

—Interrumpa el avance —le indicó Garza, aunque Gideon ya había parado el VSP.

Se produjo un silencio en la superficie. Gideon observó el área. Las marañas de cables sueltos que había venido siguiendo corrían por el fondo del mar hacia la inmensa masa, donde se entrelazaban para fundirse con la base a modo de raíces. Gideon vio además una multitud de apéndices similares que convergían desde otras direcciones para unirse asimismo al pie de la estructura.

—Joder —maldijo.

Garza volvió a hablar y su voz era más tensa de lo habitual.

—Es hora de regresar a la superficie.

—Voy a acercarme un poco más.

Gideon empujó la palanca hacia delante.

—No, de eso nada.

Un mensaje apareció en la pantalla de control del VSP.

La nave dejó de responder a la palanca direccional. Gideon oyó un clanc cuando el lastre de hierro fue liberado y el submarino empezó a ascender.

—¡Eh…!

—Lo siento —dijo Garza—. Vamos a subirlo.

Sin embargo, Gideon se quedó sin palabras cuando, a medida que el sumergible subía, la enormidad de aquel ser se reveló por completo ante él. Estaba ascendiendo en ángulo, apartándose del árbol cada vez más, y justo cuando el tronco central comenzaba a dividirse en lo que parecían núcleos de ramas, el ser desapareció en la opacidad de las aguas, más allá del alcance de los faros.

—Treinta y nueve minutos para la superficie —informó la voz tensa de Garza.

Mientras la negrura volvía a tapar los puestos de observación del VSP, Gideon imaginó la consternación que habría en el centro de control.

12

Glinn convocó una reunión para la una en punto, de modo que Gideon solo dispuso del tiempo justo para quitarse la ropa empapada de sudor y darse una ducha. Cuando llegó al centro de control, la sala ya estaba llena; parecía que todo el que era alguien en el barco se hallaba allí. Todas las sillas se encontraban ya ocupadas y en la parte de atrás solo había sitio de pie.

Garza estaba sentado en el estrado con Glinn; cuando Gideon entró, Glinn lo llamó por señas para que se uniera a ellos.

Para su sorpresa, su llegada al estrado fue celebrada con un aplauso disperso que terminó por propagarse por toda la sala. Se sentó aprisa, un tanto avergonzado.

Sin perder un segundo, Glinn gesticuló para que le acercaran un micrófono inalámbrico, por medio del cual habló:

—Se abre la sesión informativa.

Apenas proyectó su voz tranquila y neutral, se hizo un silencio absoluto.

—Muchos de ustedes ya han oído hablar de la inmersión de reconocimiento que esta mañana ha realizado el doctor Crew. Estoy seguro de que me expreso en nombre de todos si les digo que debemos felicitarlo por haber concluido la misión con éxito.

Un nuevo aplauso. Gideon reparó en la presencia de Lispenard, que ocupaba un asiento de la primera fila. Daba por hecho que veía un gesto de rabia y desaprobación en su rostro. No obstante, se encontró con una expresión que no terminó de comprender.

—El propósito de esta reunión —prosiguió Glinn— es hacer un breve repaso de los vídeos y los datos de la exploración, e iniciar seguidamente una ronda de ideas, análisis y debate. Por último, determinaremos los pasos a dar a continuación.

Le hizo una seña al técnico audiovisual y la pantalla principal se encendió. La audiencia visionó en silencio la versión editada del reconocimiento de Gideon, acompañada incluso del sonido de las comunicaciones. Tras el vídeo se proyectó una serie de ampliaciones del gigantesco objeto que Gideon había descubierto y de los zarcillos sinuosos que serpenteaban desde su tronco.

—Y ahora —dijo Glinn cuando la grabación llegó a su fin— compartiré con ustedes unas cuantas imágenes más. Las primeras son las lecturas que el sonar tomó del organismo durante la exploración.

Esto fue seguido de una sucesión de imágenes parecidas a las de la nube observada con anterioridad, un cúmulo inconstante de píxeles que representaba el ruido del sonar.

—Y estas son algunas imágenes de sonar procedentes de la criatura. Funciona como un sonar, o dicho de otro modo, emite un ruido grave y continuo en el rango de los dos hercios, muy por debajo de lo que una persona puede oír. Esta es una imagen generada por ordenador de sus campos de sonar.

Las imágenes mostraron el contorno brillante, difuso y sobrecogedor de aquella cosa, de la cual brotaba una infinidad de serpentinas.

Glinn pasó a otra serie de lecturas tomadas de distintas formas y, al final, se detuvo y miró a la sala.

—Muy bien. Ahora le cederé la palabra a todo aquel que tenga algo que decir o quiera formular alguna pregunta. Este debate de participación libre tendrá una duración de treinta minutos, por lo que les pido concisión.

Al instante se levantó un bosque de brazos. Glinn señaló hacia el fondo.

—¿Prothero?

«¿Por qué le cede la palabra en primer lugar?», pensó Gideon. Era capaz de monopolizar el debate.

Prothero se levantó.

—Vale, para mí está muy claro qué le pasa al sonar. —Miró alrededor—. Los equipos funcionan bien, por cierto. La superficie del Baobab parece una corteza. ¿Lo habéis visto? Bueno, la he examinado en detalle, ampliándola, y enseguida me he dado cuenta de que obedece a un patrón matemático peculiar, de tal forma que provoca una dispersión casi total del sonar. Es decir, que el Baobab es invisible al sonar. Y también puedo explicaros por qué.

Hizo una pausa mientras miraba en todas direcciones de forma agresiva, como si esperase a que alguien lo desafiase.

—Por favor, explíquese —lo animó Glinn.

—El Baobab ha crecido en un entorno de agua salada profunda, bajo una ausencia total de luz. Está claro que ese es su hábitat natural. Se puede decir que el sonar es la única manera de «ver» en ese entorno, por lo cual, a fin de pasar desapercibido ante sus depredadores, evolucionó para hacerse invisible a él. Obviamente procede de un planeta cubierto de aguas profundas, tal vez de un océano sepultado bajo varios kilómetros de hielo, como Europa o Calisto. Eso explica también el ruido de dos hercios que emite; está tanteando los alrededores, por así decirlo.

Se sentó de súbito. Gideon se había quedado sorprendido, pasmado, de hecho, ante la lógica meridiana de su análisis.

Las observaciones de Prothero fueron recibidas con una oleada de murmuraciones que se extendieron por toda la sala.

—Gracias —dijo Glinn al cabo de un momento.

Cuando el silencio volvió a imponerse entre la audiencia, Alex Lispenard levantó la mano.

—¿Alex?

—Hay dos cosas que me llaman la atención. En primer lugar,

la ausencia total de vida marina en los alrededores. Es cierto que en la zona bentónica no abunda la vida, pero es que esta en concreto está muerta.

—¿Qué tipo de vida marina suele encontrarse en ese entorno? —le preguntó Glinn.

—Algún que otro carroñero, como peces bruja, cangrejos y demás, que se alimentan de los animales muertos que caen desde las regiones superiores. También están los detritívoros, que se nutren de los animales y las plantas en descomposición, así como de las heces procedentes de arriba. Y cabe mencionar la epifauna y la infauna, que pueblan la superficie del lecho marino y sus sustratos, respectivamente. Pero no he visto rastro de ninguno de ellos en esa zona.

—¿A qué cree que se debe?

—En la superficie se produce un fenómeno llamado «alelopatía». Determinados árboles y plantas eliminan del entorno a sus competidores liberando sustancias químicas en la tierra que dañan a otras plantas y que impiden la germinación de las semillas. Puede que estemos viendo aquí eso.

—¿Y cuál es la otra cosa que le ha llamado la atención?

—Los restos humanos. Aparte de los daños que, supongo, causó la explosión inicial, no presentan ninguna señal de descomposición, al menos que yo viera.

—¿Tiene alguna teoría al respecto? —indagó Glinn.

—Tomando en consideración la profundidad y la presión, los restos orgánicos empiezan a disolverse aunque no los ataquen los microorganismos. No tengo ni idea de por qué se conservan tan bien.

Esto generó una larga discusión. Glinn la condujo, y les dio a todos la oportunidad de exponer sus teorías y hacer preguntas. Transcurrida la media hora, puso fin al debate de manera cortés.

—No quisiera concluir sin antes destacar algo que sin duda ya se les ha ocurrido a muchos de ustedes.

Luego se levantó y empezó a dar vueltas por el estrado despacio.

—El doctor Prothero, al parecer, ya ha bautizado al organismo, el «Baobab», nombre que apoyo. El Baobab se halla en un estado durmiente. Se quedó mudo, por así decirlo, tras el estallido inicial de actividad y el crecimiento hiperactivo que siguieron a su germinación. Confieso que esperaba que nos lo encontrásemos muerto. No obstante, estas imágenes sugieren que sigue muy vivo… y que goza de plena salud. Parece casi seguro que en algún momento «dará frutos» y producirá más semillas. Ya sabemos qué aspecto tienen estas, dado que el llamado meteorito era una de ellas, y terminamos plantándola. Esa semilla pesaba veinticinco mil toneladas, era prácticamente indestructible y se componía de un material muchísimo más denso que cualquier elemento conocido de la Tierra. Salta a la vista que evolucionó para soportar los rigores de los viajes interestelares. Se trata de una semilla diseñada para la panspermia, pero no la normal que proponen los astrobiólogos, la que habla de esporas que deambulan por el espacio y se ocultan en los meteoritos. Esta es la panspermia de la venganza. La panspermia de la extinción.

Se oyó una risa nerviosa entre la audiencia.

—Esto me lleva a la cuestión que quiero plantearles: una vez que el Baobab produzca semillas, ¿cómo se dispersarán por el espacio exterior? —Dejó el interrogante en el aire antes de continuar—: Piénsenlo un segundo. Cada una de las semillas pesa veinticinco mil toneladas. No parece que haya forma alguna de que escapen del campo gravitacional de ningún planeta en el que puedan caer. Y, aun así, lo consiguen. Por ello vuelvo a preguntárselo: ¿cuál es el mecanismo de diseminación que emplean estas semillas?

Otro silencio.

—En mi opinión existe tan solo una única forma de diseminación, un solo modo de que estas semillas increíblemente pesadas se lancen de vuelta al espacio exterior y viajen a la deriva, en busca de nuevos océanos fértiles donde germinar y crecer. Seguro que ustedes también se hacen una idea de qué manera.

Se volvió de nuevo, casi como un predicador evangélico televisivo, y miró otra vez a la audiencia.

—Una vez que lo entiendan, comprenderán lo que significa para el destino de la Tierra, y por qué no cabe la opción de fracasar.

Finalizada la reunión, y cuando Gideon se disponía a marcharse, Alex Lispenard lo abordó.

—¿Gideon?

Se dio la vuelta.

—Escucha. Quiero disculparme por la discusión que tuvimos antes y por presentar una queja ante Glinn.

—Olvídalo —dijo él—. Fue culpa mía. Tú eres la jefa de VSP. Es solo que…

Alex le puso la mano en el brazo.

—No hace falta que me lo expliques. Ahora lo entiendo. Para llevar a cabo lo que hiciste, bajar hasta allí tú solo, y en tu segunda inmersión, nada menos, se requieren muchas agallas. Y, además, mantuviste la calma a pesar de la desagradable sorpresa que te llevaste.

—Bueno, como tú dijiste, cualquiera puede pilotar un VSP. Además, Garza me sacó de allí antes de que pudiera hacer ninguna tontería.

—Cuando estaba en el centro de control y esa masa gigantesca apareció en la pantalla, me quedé desconcertada. Por un momento me alegré de que fueses tú quien estaba allí abajo, y no yo.

—No es más que un árbol.

Alex negó con la cabeza.

—Yo no me atrevería a hacer suposiciones sobre su naturaleza. Ni una sola.

13

Gideon nunca había visto tantas estrellas en toda su vida.

Después de cenar se había retirado a su camarote para relajarse a solas. Sin embargo, lo ocurrido a lo largo del día —el inquietante descenso y el todavía más traumático ascenso en el VSP, así como las revelaciones y las teorías propuestas durante la reunión informativa posterior— le había causado una profunda impresión. No lograba quitarse de encima la sensación opresiva del sumergible ni tampoco la imagen que se había hecho del flanco monolítico y de dimensiones abismales del Baobab según ascendía junto a él. Incluso su espacioso camarote le producía claustrofobia. Así que decidió subir a cubierta. Quería sentir la infinidad de la cúpula celeste sobre él mientras reflexionaba.

De pie frente a la barandilla, con una suave brisa primaveral enredada en su cabello, miró hacia el sur. Las luces del barco aportaban la iluminación justa para perfilar los icebergs más cercanos, que se erguían sobre las aguas negras como castillos derruidos, cuyos ruinosos torreones apuntaban hacia el cielo. El mar conformaba una sábana negra donde se reflejaban las estrellas y los muros de hielo, y creaba un espejo surrealista del mundo oscuro que se extendía sobre él.

—Eh, hola.

Gideon se dio media vuelta.

—Te gusta acercarte a mí sigilosamente.

—Es casi tan divertido como atarte los cordones entre sí. —Alex se unió a él en la barandilla, apoyó los codos y miró al frente—. Esto es lo que más me gusta —dijo—. Estar aquí, en medio de la infinidad del océano, lejos de tierra. ¿Alguna vez has visto algo más hermoso?

—Admito que es mágico. Pero sigo prefiriendo las montañas.

Aspiró el aroma sutil de su cabello recién lavado y se sintió asaltado por la misma atracción sin esperanza. Una parte de él deseaba que no viajase a bordo ninguna Alex Lispenard que le robara el sueño y perturbase su estado de ánimo, pero en realidad le agradaban tanto su presencia como su amistad, aunque siempre le ganase al backgammon.

—Esa observación que hiciste sobre el hecho de que los cadáveres no se hubieran descompuesto me pareció muy inquietante.

—A esa profundidad y bajo esa presión, el agua salada actúa como un ácido suave. Enseguida afecta a los restos orgánicos. Como recordarás, en el *Titanic* no se encontraron restos humanos, ni siquiera huesos. Aunque los carroñeros y los gusanos tubulares hicieron casi todo el trabajo, el agua salada y la presión los ayudaron mucho.

—Entiendo que esa especie de Baobab excrete sustancias químicas que acaben con la vida microbiana de los alrededores, pero ¿cómo impide la acción de la presión y la sal?

—Ese es el misterio.

Se quedaron en silencio y permanecieron junto a la barandilla. Alex estaba tan cerca de él que se rozaban con los brazos. Ella había vuelto la cabeza hacia él y Gideon se volvió para mirarla. Sus caras estaban muy próximas. Gideon reprimió el impulso de inclinarse y besarla.

Sin embargo, fue ella quien lo hizo. Sus labios eran cálidos y suaves. El beso se prolongó por un momento largo y pausado, hasta que sus labios se separaron y sus lenguas se tocaron. Él estiró el brazo, le acarició el cabello y la atrajo contra sí en un abrazo fuerte y lento.

Alex se apartó con una sonrisa en el rostro. Gideon, sin aliento, era incapaz de articular palabra.

Se acercó para besarla de nuevo, pero ella lo detuvo con el dedo.

—No donde puedan vernos.

—Vale.

Se preguntó adónde conducía todo eso, por qué Alex había cambiado de parecer en cuanto a lo de iniciar un romance a bordo. Sabía que seguramente eso no era una buena idea para ninguno de los dos, pero en ese momento la verdad era que no le importaba en absoluto.

—No hemos hecho ningún truco de magia juntos —le dijo ella a media voz.

—Tengo dudas de que pueda enseñarte algo.

—Ah, no sé. Siempre hay nuevos trucos que aprender. —Hizo una pausa—. ¿Todavía guardas esa botella de Veuve Clicquot?

—La he estado reservando.

Alex lo tomó del brazo.

—Vayamos a probarla.

Gideon la miró por un largo instante. Le costaba creer que eso estuviera sucediendo.

—De acuerdo.

Regresaron al interior del *Batavia* cogidos del brazo. Era casi medianoche y gran parte del barco, a excepción del capitán y los tripulantes del turno de noche, dormía ya. Recorrieron los pasillos y las pasarelas hasta que llegaron al camarote de Gideon. Se sintió aliviado por no cruzarse con nadie por el camino.

Gideon cerró la puerta tras ellos con el pie. Sin decirse nada, se abrazaron y se besaron de nuevo. Alex empezó a desabotonarle la camisa, despacio, y él hizo lo mismo con su blusa. Aplacó el impulso de arrancarle la ropa.

Ella le sacó la camisa por la cabeza y deslizó las uñas con ligereza por su pecho.

—Hum, me gusta.

Gideon dejó caer la blusa de ella a un lado, le desabrochó el sujetador y liberó sus pechos, que acogió en las palmas de las manos. Recorrió sus pezones ligeramente con las yemas de los dedos y sintió cómo se endurecía con su roce. Oyó cómo a ella se le aceleraba la respiración.

Alex bajó la mano por el abdomen de él y la deslizó por detrás de la hebilla del cinturón.

—¿Me enseñas ahora tu varita mágica?

—Sí —afirmó él, incapaz de añadir nada más.

Hicieron el amor lenta, profunda y salvajemente.

Después, Gideon se quedó tumbado sobre Alex, besándola con pereza. Luego se incorporó, sin dejar de contemplar sus labios, su nariz, su cabello derramado sobre la almohada, mientras ella hundía sus ojos en los de él.

—Nos hemos olvidado del champán —dijo Alex.

—Sigue ahí, esperándonos.

Se miraron con detenimiento durante mucho rato.

—¿Qué hay de esa norma que tenías… ya sabes, la de no iniciar una relación a bordo? —le preguntó Gideon al fin.

—Ah, bueno. —Se encogió de hombros—. No he podido resistirme.

—¿Quieres decir que no ha sido solo un momento de debilidad que no debe repetirse?

—Llevaba treinta y dos días deseando hacerlo —admitió—. Me temo que estoy pillada. Ya no hay vuelta atrás.

—¿Treinta y dos días? No tenía ni idea.

—¡Venga ya! ¿Con todas las partidas de backgammon que hemos jugado? ¿Con todo el tiempo que hemos pasado juntos? Los hombres no tenéis ni idea de nada.

—¿Y por qué ahora?

—Por lo de esta mañana, cuando te sumergiste solo. Insististe en hacerlo así, dijiste que no tenía sentido discutirlo y hasta me mandaste a la mierda. Es verdad que me enfadé mucho pero, por alguna extraña razón, también te convertiste para mí en un hombre irresistible. No imaginaba que pudieras ser tan... enérgico. Sabiendo además el miedo que sientes hacia las aguas profundas.

Gideon negó con la cabeza.

—Todo fue idea de Eli, para serte sincero.

—Bueno, lo reconoció cuando fui a verlo para presentar una queja. El caso es que lo hiciste.

Silencio.

—Entonces... esto... ¿va en serio?

—Eso espero.

—¿Vamos a llevarlo en secreto?

Alex se rio.

—¿A bordo? Imposible. Pero mientras seamos discretos, dudo que nadie tenga nada que objetar.

—Tal vez Eli.

—¿Hablas en serio? Con su afición a trazar perfiles psicológicos, seguro que hasta se lo esperaba. Quizá sea incluso un ardid suyo y por eso te propuso llevar a cabo el reconocimiento. Es el manipulador más habilidoso del mundo. Pero en este caso lo ha hecho para bien.

—Hablando de manipulaciones...

Bajó la mirada al cuerpo desnudo de Alex, todavía incapaz de dar crédito a lo que acababa de pasar, a la forma tan repentina en que su suerte había cambiado.

—Uy, uy, uy —advirtió ella—. ¿Se está despertando alguien ahí abajo? ¿Tan pronto?

14

Se habían retirado tres VSP de la cubierta del hangar que ahora descansaban en la cubierta flotante de popa, proyectando sus largas sombras bajo la luz dorada de la mañana. Gideon llegó unos minutos antes de que comenzase la reunión informativa, con una taza de café en la mano, agradablemente agotado después de una larga noche haciendo el amor. Alex ya estaba allí, vestida con unas lustrosas mallas negras, a imagen y semejanza de la Emma Peel de *Los vengadores*. Parecía haber descansado bien. Asombrosamente, pensó él, dadas las circunstancias. Manuel Garza también había llegado ya y estaba charlando con ella. Para sorpresa de Gideon, parecía vestido para sumergirse.

—Hola, Gideon —lo saludó Garza, tendiéndole la mano.

Gideon se la estrechó. Le pareció que Garza estaba un poco nervioso, aunque tal vez solo fuese una impresión ilusoria.

—¿Usted también va a pilotar un VSP?

—Me han asignado a *George*. Usted bajará con *John*.

—Y yo con *Paul* —dijo Alex, que se acercó a ellos con paso despreocupado.

Gideon procuró aparentar indiferencia y evitar quedarse mirándola. Echó un vistazo a su alrededor para ver quién había cerca: algunos técnicos de los VSP y el segundo maquinista de a bordo, Greg Masterson, un hombre de complexión imponente que andaba por allí para supervisar los motores de los VSP y dar luz verde a la inmersión. ¿Lo sabrían? A decir verdad, nadie lo miraba con complicidad; todo el mundo se manejaba con un aire de gravedad profesional.

—¿Café antes de la inmersión? —observó Alex con las cejas arqueadas—. Qué valiente.

—¿Por qué?

—El café es diurético.

Gideon no había pensado en eso, aunque ya se hubiera sumergido dos veces.

—Y... ¿qué pasa si tienes pis?

—Te lo haces encima.

Gideon dejó a un lado la taza de café.

Una de las puertas de la cubierta se abrió y Glinn apareció por ella, renqueando muy ligeramente, equipado con un iPad y parpadeando para combatir el resplandor del sol. Recogió las manos tras la espalda y les dirigió una templada sonrisa de bienvenida.

—Un día espléndido para una inmersión —dijo—. Hemos tenido suerte con el tiempo.

El grupo asintió.

—Todos han estudiado ya el plan de la misión, pero voy a destacar brevemente los puntos principales para ver si tienen alguna pregunta.

Hizo una pausa. Gideon le lanzó una fugaz mirada subrepticia a Alex, que tenía los ojos puestos en Glinn. No sin esfuerzo, Gideon volvió a centrarse en el informe.

—En primer lugar, hablemos de las comunicaciones. A diferencia de ayer, todos se comunicarán con el centro de control por medio de los teléfonos subacuáticos UQC. El UQC es un módem acústico que opera a una velocidad máxima de mil doscientos baudios, muy baja. Permite la comunicación por voz y una transferencia mínima de datos, pero la mayor parte de los datos pesados tendrán que archivarse para descargarlos una vez que regresen a la superficie. Desplegaremos sonoboyas especiales por encima de donde ustedes estén trabajando para recoger las señales y transmitirlas al centro de control. Pero dada la reducida capacidad de procesamiento, la información llegará a la superficie con un pequeño retraso. Además, puesto que se trata de señales acústicas, pueden bloquearse con facilidad. Gideon, cuando acceda al interior del *Rolvaag*, pasará un tiempo hasta que pueda volver a comunicarse, tanto con el centro de control como con los otros VSP.

Gideon asintió.

—Las dos cajas negras son cruciales. Una contiene todos los datos y las comunicaciones establecidas con el puente del barco. En la segunda están almacenadas las grabaciones de las cámaras de vigilancia que había distribuidas por toda la nave. Si recuperamos las dos, nos haremos una idea muy aproximada de lo que sucedió durante los últimos momentos del *Rolvaag*. Sabemos dónde se hallan exactamente: en el compartimento de electrónica de la cubierta del castillo de proa. Dado que el barco yace de costado, tendrá que entrar en el casco, abrirse paso entre las ruinas de la bodega y avanzar hasta que se encuentre bajo la cubierta del castillo de proa; allí perforará la cubierta para acceder al compartimento de electrónica. La ruta ya ha sido introducida en su totalidad en su VSP, pero no sabemos cuál es la distribución del interior ni en qué estado se encuentra, por lo que una vez que entre en el casco, habrá de guiarse por su propio criterio. *John* lleva incorporado un soplete de corte en el brazo mecánico. Funciona asistido por la inteligencia artificial, de manera que no hay posibilidad alguna de equivocarse. ¿Preguntas?

—Ahora mismo no.

Glinn se volvió ahora hacia Alex.

—Ya que es imposible mapear el Baobab con el sonar, lo escanearemos empleando la luz visible y el lídar. Esa será su misión. El lídar es un láser de longitud de onda verde capaz de penetrar hasta veinte metros en el agua. Tenemos que conocer las dimensiones del ser; no solo las del tronco, sino también las de las ramas. Y debemos preguntarnos qué son esos zarcillos que Gideon vio en el lecho marino y hasta dónde llegan, además de si se extienden hacia algún lugar en concreto.

Gideon, que volvió a mirar a Alex mientras Glinn hablaba, se distrajo con el recuerdo de la noche anterior. Se apresuró a sofocar las vívidas imágenes que afloraron en su cabeza. Teniendo en cuenta su precario estado de salud, pensó, ¿qué estaba haciendo? ¿Cómo se le ocurría meterse en una relación así? Después de las atrocidades vividas en la isla perdida del Caribe, Glinn se había curado de una manera asombrosa y él también albergaba todavía una remota esperanza de recuperarse. ¿O se estaba haciendo falsas ilusiones? Por el momento parecía encontrarse igual de salud; nada indicaba que le quedasen no más de nueve meses de vida. ¿Se habría vuelto un sentimental con la edad o de verdad sentía ya que se estaba metiendo en algo más que un mero romance a bordo de un barco? ¿Cómo demonios debía actuar? De nuevo, hizo un esfuerzo titánico por volver a escuchar a Glinn, que ahora estaba hablando con Garza.

—Manuel, usted realizará un reconocimiento en alta resolución con el sonar, así como un escaneo con el lídar, tanto del *Rolvaag* como del fondo marino circundante en un radio de un kilómetro. También quiero que efectúe un transecto de diez kilómetros, partiendo del Baobab, para comprobar hasta dónde se extiende la zona muerta. —Glinn los miró a los tres, uno tras otro—. Por último, hoy los tres VSP irán equipados con cestas científicas. Si ven algo interesante, notifíquenlo al centro de control. Emplearemos el UQC para examinarlo y decidir si se puede recoger y subir a la superficie. De ser así, usarán el brazo mecánico para introducirlo en la cesta científica. El manejo del brazo es sencillo y también funciona mediante inteligencia artificial, por lo que no es imprescindible tener experiencia en su utilización.

Comentó unos pocos detalles más y concluyó con un sencillo:
—Montemos.

Gideon subió por la escalerilla de su sumergible hasta la escotilla de navegación. Se detuvo allí por un momento, observó a los otros dos y vio cómo Alex le sonreía y se despedía de él con la mano antes de descender con gracilidad por la escotilla. Un instante después también él se agarró al asidero y se metió en su escotilla mientras descendía por la escalera en miniatura hasta ocupar su cápsula personal. Al contrario que el día anterior, estaba tranquilo y se sentía seguro.

Diez minutos después, Gideon estaba mirando de nuevo el remolino de burbujas plateadas que se elevó frente al puesto de observación de proa cuando introdujeron a *John* en el agua. Oyó el clanc del VSP al ser liberado y miró por los distintos puestos de observación mientras se precipitaba hacia las profundidades azules, cada vez más oscuras.

15

Por los puestos de observación de la izquierda y de la derecha Gideon alcanzaba a ver el resplandor ambarino de los faros de los otros dos VSP, que descendían más o menos a la misma velocidad. Oía el siseo leve de los depósitos de aire y los depuradores de CO_2. Durante los cuarenta minutos de trayecto hasta el fondo, finalmente los perdió en la oscuridad. Tras un largo y aburrido viaje, volvió a divisar sus luces cuando empezaron a desacelerar ante la proximidad del lecho marino.

Su primer punto de referencia estaba a cincuenta metros del casco partido del *Rolvaag*, a una altura de diez metros sobre el lecho marino. El piloto automático lo llevó con suavidad hasta allí, donde el submarino se detuvo. Gideon miró a su alrededor, haciéndolo rotar al tiempo que escudriñaba la penumbra. Divisó, a escasos cientos de metros a su izquierda, el racimo de luces difusas de *Paul*, el VSP de Alex, suspendido asimismo a diez metros sobre el lecho marino. Por el puesto de observación de proa vio también un racimo de luces similar: *George*.

Conforme al protocolo, estableció contacto con ellos por medio del UQC.

—*John*, en punto de referencia uno, llamando a *Paul*.

—Aquí *Paul*, te recibo. En punto de referencia dos.

—*John*, llamando a *George*.

—Aquí *George*, lo recibo. En punto de referencia tres.

Estos nombres, pensó Gideon, empezaban a sonarle un poco tontos.

La voz de Glinn, procedente del centro de control, brotó trastocada por la distorsión digital. Los tres estaban conectados al mismo canal, e hicieron diversas comprobaciones de seguridad y repasaron los protocolos de búsqueda.

—Comiencen la misión —dijo Glinn al cabo.

Gideon movió la palanca principal para que el piloto automático lo llevase hacia el *Rolvaag*. Los motores empezaron a zumbar y la nave se desplazó hacia delante, en dirección a los restos, iluminando con los faros la abertura en forma de pétalos del casco. En el interior vio lo que parecía un bosque de vigas metálicas retorcidas.

La idea de meterse allí le produjo una leve punzada de claustrofobia.

En una pantalla plana a su derecha había un plano de los restos del barco. Por encima circulaba un punto rojo parpadeante que indicaba su posición. Las cajas negras se representaban en la pantalla con la forma de un pequeño objetivo naranja. El barco era enorme; a juzgar por el plano, tendría que desplazarse casi doscientos metros desde el punto de entrada.

A medida que avanzaba hacia el casco desgarrado, el puntito rojo se deslizaba por la pantalla. De fondo oía a Alex hablando con el centro de control por la frecuencia común mientras llevaba a *Paul* hacia el Baobab. Recibía también los comentarios de Manuel, que se encontraba rodeando la zona para examinar la nave y el campo de chatarra circundante.

«Gideon —lo había avisado Glinn—, cuando acceda al interior del *Rolvaag*, pasará un tiempo hasta que pueda volver a comunicarse, tanto con el centro de control como con los otros VSP.»

Durante la sesión informativa, Gideon se había enterado de que el casco del superpetrolero *Rolvaag*, que normalmente estaba hueco, había sido modificado; ahora estaba repleto de puntales y vigas que reforzaban el contenedor que debía albergar el meteorito de veinticinco mil toneladas. Algunas de las vigas, y también el contenedor en sí, estaban fabricados en madera, ya que ofrecía mayor flexibilidad y elasticidad que el acero; por ello, los ingenieros de la EES habían determinado que soportaría mejor los bandazos del barco en el caso de que se encontraran una tormenta. Y, en efecto, tuvieron que enfrentarse a una tempestad muy violenta, cuya furia se vio agravada por la falta de potencia de los motores y por los daños que el destructor chileno que los perseguía había infligido en el barco. El balanceo del meteorito terminó por debilitar el contenedor hasta provocar su ruptura, a lo que siguió una explosión que partió el barco en dos justo cuando empezaba a hundirse. Nunca se llegó a aclarar el origen de la explosión, aunque una teoría apuntaba a que el meteorito debía de haber reaccionado al entrar en contacto con el agua del mar.

Según se acercaba a la inmensa y ruinosa zona de la gigantesca bodega, las voces de *George* y *Paul* empezaron a disolverse bajo la estática digital.

Se detuvo ante la abertura del casco y utilizó los mandos para alumbrar los alrededores con el foco y escrutar los huecos que había más adelante. La zona era un desastre. Vio lo que supuso que debía de ser una parte del antiguo contenedor, una especie de trineo descomunal, aplastado y astillado, encajado en un mamparo hecho trizas. La parte delantera del casco ofrecía un camino más o menos despejado para el VSP, aunque más adelante se adivinaba una maraña de cables y riostras que tendría que ir sorteando.

—Control, aquí *John*. Entrando en el casco.

Se produjo una pausa mínima debida a los escasos baudios del UQC. Después, un mensaje saturado de estática:

—*John*, lo recibimos. Vuelva a informar en cuanto pueda.

Empujó la palanca hacia delante; el VSP zumbaba mientras accedía a la zona derruida. Rodeó una enorme placa de acero desgarrada y continuó adentrándose en la bodega. Sin el menor esfuerzo por su parte, el submarino esquivó con soltura unos cables y una riostra que colgaban. El siseo del UQC se extinguió ahora por completo y en la pantalla apareció un mensaje que lo avisaba de que las comunicaciones se habían perdido. Unas burbujas se elevaron por delante del puesto de observación principal. Todo estaba cubierto por una capa de sedimento que suavizaba los contornos. Tendría que manejarse con mucho cuidado para no revolverla.

Avanzó muy despacio. Una pátina de óxido naranja ensuciaba las riostras de hierro y en el agua flotaba una infinidad de partículas que danzaban perezosamente bajo su luz. Abajo, el costado del casco estaba repleto de vigas y riostras deformadas y despedazadas por la violencia de la explosión. La madera astillada, aunque empapada y sumergida, parecía nueva. Sin duda, había sido una explosión brutal, lo bastante fuerte para combar las planchas de hierro del casco y hacer saltar los remaches.

Allí había otro cadáver; llevaba uniforme de mecánico, le faltaba la cabeza y tenía el torso aplastado y aprisionado bajo dos vigas desprendidas.

Gideon apartó la vista y consultó el plano; el punto rojo que representaba el submarino se encontraba ahora a un tercio del camino que llevaba al lugar de acceso al interior del casco.

Un amasijo de travesaños acanalados apareció ante él. El piloto automático ralentizó el avance y Gideon movió la palanca en busca de una ruta para rodearlo. Había un hueco entre dos vigas que parecía lo bastante ancho y se dirigió hacia él: el piloto automático lo cruzó con una maniobra precisa. Aun así, Gideon empezaba a tener la sensación de que se encontraba en medio de un bosque arrasado por una batalla: las vigas estaban derrumbadas como árboles retorcidos y tronchados. Tanteó muchas de las rutas que le ofrecía aquella especie de jungla laberíntica y siempre fue encontrando algún hueco con las dimensiones justas para pasar por él.

Cuanto más se adentraba en las ruinas, más le costaba desprenderse de la sensación de claustrofobia. El silencio de la radio no lo ayudaba; empezó a sentirse muy solo.

¿O tal vez no era así? Porque, por extraño que pareciese, también presentía que lo estaban observando. Que lo estaban siguiendo. Intentó quitarse la idea de la cabeza; era el mismo tipo de ansiedad que lo asaltaba a uno cuando se perdía de noche en un bosque lóbrego, se aseguró a sí mismo, y se remontaba a la época primitiva en que, de hecho, los humanos eran las presas. Además, ¿no había comparado él mismo ese lugar con un bosque, aunque fuera con uno arrasado?

Y ahora, de pronto, llegó a un punto por el que no parecía haber manera de pasar. Maniobró hacia delante, poco a poco, hasta que se quedó atascado. Rotó sobre sí mismo, cambió de dirección y volvió a girar hacia otro lado. No parecía posible continuar hacia delante. Suspendido en aquel lugar, los motores empezaron a revolver el sedimento; ya no sabía por dónde había entrado.

«Maldita sea, en qué estaría pensando. Cómo se me ocurre acceder a pilotar por el interior de un laberinto formado por centenares de metros de ruinas, a varios kilómetros por debajo de la superficie. No tengo ni la mitad de la experiencia que se requiere para esto. Y ahora me he quedado atrapado, y ni siquiera puedo pedir ayuda.» Empezó a sucumbir al pánico hasta que rápidamente se obligó a tranquilizarse; sin duda, el piloto automático conocía el camino de salida. Pero para seguir adelante, tendría que realizar algunos cortes.

Puso todo su empeño en respirar de forma lenta y profunda, centró su atención en la viga que le bloqueaba el paso y levantó el brazo robótico al tiempo que activaba el soplete subacuático de acetileno. El instrumento funcionaba con un conjunto específico de mandos y, para alivio de Gideon, era increíblemente sencillo de manejar; el brazo parecía saber de antemano qué acción concreta realizar. Otro ejemplo del control automático inspirado en la inteligencia artificial.

El soplete se encendió, envió hacia arriba una corriente de burbujas e hizo brotar una concentrada llama blanca. La dirigió hacia la viga y comenzó a cortarla, procurando realizar un tajo oblicuo para que cayera lejos de él; sin embargo, el software de la inteligencia artificial del brazo ya tenía eso en cuenta. En cuestión de minutos, con un golpe amortiguado, la viga cayó a una distancia conveniente y Gideon reanudó la marcha.

Volvió a maniobrar, ahora hacia la izquierda, y se detuvo para cortar otra viga. Ahora los faros alumbraban el mamparo de la cubierta del castillo de proa. Dado que el barco yacía de costado, la cubierta conformaba un muro vertical de acero, lo cual facilitaba mucho la operación. El mapa de la pantalla mostraba con exactitud el lugar que supuestamente debía cortar para llegar al interior del compartimento de electrónica, donde se almacenaban las dos cajas negras. Una segunda pantalla plana mostraba un diagrama del interior del compartimento de electrónica e indicaba la ubicación exacta de las cajas. No debería ser demasiado difícil llegar hasta ellas, dado que en principio estaban diseñadas para acceder a ellas sin problemas si el barco se hundía a gran profundidad.

Reorientó el VSP para alinearlo con las líneas de corte programadas y así, con la simple pulsación de un mando, el soplete del brazo cobró vida de nuevo. El protocolo sugería cortar la abertura del acceso en cinco fases; habría que retirar cinco placas de acero más pequeñas y cada uno de los cortes estaba diseñado de forma que las placas cayeran lejos y no se convirtieran en un nuevo obstáculo.

Como si se supiera el proceso de memoria, el brazo mecánico cortó las placas con absoluta precisión, de modo que fueron cayendo una tras otra. Al cabo de diez minutos, la abertura era lo bastante ancha para permitir el paso del VSP. Aun así, una maraña de cañerías que se extendían por los paneles de la cubierta seguía impidiéndole avanzar, por lo que tuvo que cortarlas una a una. Estos conductos también se desprendieron con limpieza.

Gideon posicionó el submarino y examinó con los faros la zona que apareció frente a él antes de adentrarse en ella. El desastre era absoluto. Los armarios en los que antes se apilaban los ordenadores y los componentes electrónicos estaban reventados, el contenido desparramado por todas partes; el lugar era un caos de alambres, bultos, cables y fibra óptica.

Para colmo de males, al otro lado de la maraña de alambres apareció un cadáver, con los brazos y las piernas extendidos, que se mecía de aquí para allá, sometido a flotabilidad neutra. Su melena rubia ondeaba a merced de la nube de sedimentos: eran los restos de una mujer. Llevaba un uniforme. Cuatro barras: la capitana. ¿Cómo se llamaba la capitana del *Rolvaag*? Britton. Sally Britton.

«Era ella.» Gideon sintió una extraña punzada de tristeza y espanto.

El cadáver se encontraba de espaldas a él y flotaba en medio de la sala, rotando poco a poco en lo que parecía un ballet a cámara lenta.

Tras el cuerpo, en la pared del fondo, había dos cubos de un vivo color naranja, ambos de unos cincuenta centímetros cuadrados, fijados a la pared por medio de unos pernos que podían extraerse con facilidad, sin obstáculos cercanos que impidieran el acceso.

Salvo el cadáver flotante.

Gideon se desplazó hacia delante y extendió el brazo robótico. Encendió el soplete y se abrió paso entre los cables. En pocos minutos había despejado el camino y empezado a adentrarse por él, aproximándose al cuerpo. Con el brazo extendido, le tocó el torso con delicadeza en un intento de empujarlo hacia un rincón lejano; el contacto fue demasiado impreciso y provocó que el cuerpo de la capitana empezase a rotar más rápido y se girase para ponerse de cara a él mientras se alejaba, con los brazos extendidos, como si suplicase que la salvaran.

Gideon la miró con una mezcla de fascinación y horror. La

cara se mantenía en perfecto estado; los ojos azules destellaban bajo la intensa luz de los faros; la boca estaba entreabierta y dejaba atisbar un ápice de la lengua rosada; la melena rubia se agitaba en un remolino dorado; la mujer, de unos cuarenta años, conservaba su atractivo incluso después de muerta.

Tal vez con más fuerza de la pretendida, Gideon llevó la palanca direccional hacia delante y el VSP pasó a toda prisa junto al cuerpo. Al llegar a las cajas naranjas, se sirvió del brazo para retirar los pernos de emergencia y depositarlas ambas en la cesta científica, donde las aseguró con las sujeciones concebidas a tal efecto.

Ahora debía salir de allí a toda pastilla.

Con un giro de la palanca, el submarino rotó ciento ochenta grados, de forma que una vez más el cadáver apareció en su ángulo de visión, deslizándose hacia él como si pretendiera bloquearle el paso.

—Mierda —masculló Gideon.

Luego maniobró para rodearlo y se dirigió hacia la abertura que había cortado en el mamparo. Pulsó varios de los botones del panel de control y al instante el piloto automático del submarino restableció la ruta, sin requerir más intervenciones por su parte, y obrando a la perfección.

Diez minutos más tarde alcanzó a ver los bordes desgarrados del casco y, transcurridos otros dos, se encontraba fuera del barco. Cuando se quiso dar cuenta, estaba respirando a bocanadas, como si llevara largo tiempo reteniendo el aire en los pulmones. La opresiva sensación de claustrofobia empezó a menguar mientras se enjugaba el sudor de la frente e intentaba ralentizar el ritmo cardíaco a un pulso normal. El UQC resucitó con una crepitación y enseguida resurgieron las voces del centro de control y de los otros dos submarinos. «Gracias, Dios mío.»

Avisó por radio.

—Control, aquí *John*. Misión cumplida. Cajas negras recuperadas.

—Muy bien —celebró la voz de Glinn—. Diríjase al punto de referencia uno y empiece a transmitir los datos y los vídeos. Es el primero en finalizar su misión, de modo que tendrá que esperar allí hasta que los tres estén listos para ascender juntos.

—Recibido.

Introdujo en la pila de control el punto de referencia programado y el minisubmarino se encaminó de regreso a esa zona, a unos cien metros de los restos del barco, donde se quedó suspendido. Al mirar por el puesto de observación de proa vio uno de los tentáculos de aquella anómala forma de vida extendido sobre el lodo. Parecía una serpiente delgada o una lombriz de dimensiones kilométricas. Pensó en cómo aquella especie de baobab gigantesco se cernía sobre ellos y sintió un escalofrío de asco y miedo.

Hizo el esfuerzo de quitarse esas sensaciones de la cabeza, se serenó y se preparó para transmitir los datos recogidos mientras esperaba a que los otros completaran sus respectivas tareas.

16

Eli Glinn prefería permanecer de pie, a pesar del agotamiento. No se cansaba de estar de pie. Se había visto atrapado en una silla de ruedas durante tanto tiempo que sentía que ya había estado sentado suficiente tiempo para toda su vida.

Así, con la certeza de que un día se libraría de la silla de ruedas, había diseñado la consola principal de mando del centro de control en forma de U, con los teclados y las pantallas ubicados a una altura conveniente para una persona que estuviera de pie, sin sillas ni ningún tipo de asiento. Si los demás no podían sentarse cuando ocupasen ese puesto, que así fuese. Pero ahora el encargado del control era él y los otros que había en la sala tenían sus correspondientes sitios, bien apartados. Estaba rodeado de pantallas y repartía su atención entre todas ellas, trasladando su atención de una a otra continuamente, como si no pudiera perderse un detalle de lo que ocurría.

Hasta ahora todo marchaba bien. Aunque sabía que no era más que una mera superstición, a Glinn le incomodaba que las cosas saliesen según lo planeado. La perfección se le antojaba una burla; a su modo de ver, no solo era algo inalcanzable, sino también la gran enemiga del éxito. La verdadera clave radicaba en la flexibilidad con que se reaccionaba ante lo inesperado o, como alguien dijo una vez, lo «desconocido conocido». Aun así, aceptaba los logros tal como venían, consciente de que más adelante deberían tomar decisiones mucho más difíciles y enfrentarse a cosas todavía más desconocidas.

John, pilotado por Gideon, llevaba treinta minutos dentro de los restos del barco, incomunicado a causa de las interferencias causadas por el casco. La tasa de baudios del UQC era extremadamente baja incluso en las mejores circunstancias; si bien podía emplearse para transmitir voz, provocaba un cuello de botella a la hora de enviar datos. Ardía en deseos de ver qué aspecto presentaba el interior de la nave.

De pronto oyó que la voz de Gideon reentraba en la frecuencia.

—Control, aquí *John*. Misión cumplida. Cajas negras recuperadas.

—Muy bien —celebró Glinn—. Diríjase al punto de referencia uno y empiece a transmitir los datos y los vídeos.

Unos minutos de silencio. Después:

—Aquí *John*, de regreso en el punto de referencia uno. Transmitiendo.

—Entendido —dijo Glinn—. ¿Algún problema?

Otro silencio, más breve.

—No. Solo que he encontrado otros dos cadáveres.

Glinn no indagó más. Pronto lo vería en los vídeos.

Ahora centró su atención en los otros dos VSP. Garza estaba completamente enfrascado en el mapeo e iba adelantado a lo previsto, de manera que solo le quedaba por efectuar el transecto de diez kilómetros. Lispenard estaba rodeando el Baobab con cautela, ganando altitud en una trayectoria en espiral y utilizando el lídar para escanear a aquella entidad con una resolución milimétrica mientras lo capturaba en vídeo mediante luz visible. Hasta ahora, el Baobab no había dado señales de vida; de hecho, no había dado ningún tipo de señal. Estaba inerte.

Esto preocupaba a Glinn.

Un bip débil de la consola indicó que la carga del vídeo comprimido de Gideon había terminado. Tras titubear por un instante, Glinn pulsó un par de teclas y reprodujo la grabación en una de las pantallas disponibles a una velocidad cuatro veces superior a la normal.

Vio en silencio cómo el submarino accedía al casco abierto y se adentraba en la nave. La explosión había reventado la estructura que soportaba el contenedor y lo había reducido todo a un amasijo de astillas; se apreciaban con claridad las huellas del aplastamiento procedentes del contenedor.

No había lugar a dudas. El meteorito —es decir, la semilla— había reaccionado con violencia al entrar en contacto con el agua salada. Tal vez ese fuese el desencadenante del proceso de germinación. Si se podía hablar de «germinación»; hasta ahora, no tenían pruebas de que la criatura fuese una planta ni de que el meteorito fuese una semilla. Podía ser cualquier cosa: una espora, un rizoma, un huevo, un gametófito. Pero también podía ser algo completamente distinto a cuanto existía en la Tierra. Aunque hubiera estado en la bodega durante los decisivos últimos momentos, Glinn volvió a recordarse a sí mismo que debía juzgar con imparcialidad; no convenía dar nada por hecho.

Desaceleró la reproducción hasta una velocidad normal.

En la pantalla, Gideon cortaba las riostras que le bloqueaban el paso. Glinn observó cómo el brazo mecánico del submarino practicaba un agujero en los paneles por debajo del compartimento de electrónica y accedía al mismo cortando las cañerías que encontraba a su paso.

En ese momento, Glinn se quedó helado. Ahí estaba uno de los cadáveres a los que se refería Gideon. Vestido de uniforme. Cuatro barras en las mangas.

«La capitana.»

De repente sintió un extraño zumbido en su cabeza. El cuerpo, de espaldas y con la rubia melena flotando en toda su extensión, rotaba despacio e iba girando la cara hacia él.

Por un instante Glinn no fue capaz de pensar en nada. Después, pese a las defensas que tanto esfuerzo le había costado levantar, pese al empeño con que tanto tiempo llevaba ignorando determinados recuerdos, el dolor lo embargó de golpe, junto con el espanto nauseabundo que le producía la muerte de la capitana, de la cual él era responsable. Allí estaba, su culpa en persona, dispuesta a atormentarlo.

Una sola decisión había causado eso; la más inexplicable que había tomado nunca, una decisión que en su momento creyó cargada de lógica, pero que ahora, en retrospectiva, demostraba ser el producto de las emociones, el miedo y el pánico; una decisión que lo había despojado de certidumbre y de seguridad en sí mismo. Una decisión que había conducido a la muerte de la única mujer a la que había amado.

Observó, sin aliento, cómo el cadáver se volvía hacia él, la melena desplegada a modo de aureola dorada. No quería ver su rostro, consciente de que después nunca se quitaría esa imagen de la cabeza. Pero estaba paralizado; no podía apartar la vista.

Poco a poco, empezó a ver el rostro, primero de perfil, después de frente, como una luna que rotara sobre su eje; los labios sonrosados, la piel de pureza marmórea, la naricita salpicada de pecas; pero lo peor de todo eran los ojos, aquellos penetrantes ojos azules clavados en él, acusadores.

Empezaron a temblarle las piernas; pero antes de que tuviera ocasión de buscar una silla, sintió que hasta el último de los músculos de su cuerpo se vaciaba de fuerza y se derrumbó en el suelo.

Después, un tumulto difuso, gritos amortiguados, gente que se inclinaba sobre él, la cabeza calva y reluciente de Brambell, el pinchazo de una jeringuilla, la sensación de que lo levantaban, las órdenes murmuradas y una bienvenida ausencia de pensamientos.

17

Alex Lispenard manejaba los mandos del VSP mientras daba vueltas en torno al tronco del Baobab a unos quince metros de distancia. El tronco era gigantesco, mucho mayor que el de la más colosal de las secuoyas; tenía unos veinte metros de diámetro y estaba recubierto por una especie de corteza rugosa cincelada con unos surcos verticales paralelos y toscos.

Al examinar el tronco con el faro, observó que presentaba cierta translucidez, una transparencia similar a la de las medusas, de un pálido color verdoso que recordaba al del cristal marino. En el interior distinguió los contornos difusos de lo que parecían ser los órganos internos, túbulos y bolsas arrugadas sin sentido, que no guardaban la menor semejanza con ningún organismo terrestre que ella conociera. Había también glóbulos amarillentos y varias redes de filamentos vaporosos de color granate. La carne de aquella entidad estaba moteada de lentigos y manchas brillantes que se deslizaban de aquí para allá con gran lentitud, como los copos del interior de una esfera de nieve. La imagen resultaba tan hermosa como grotesca. Desde su posición estratégica, viendo la complejidad de su interior, Alex supuso que la criatura tenía más de animal que de planta, o que era algo intermedio. Aun así, hasta ahora no había visto nada con aspecto de órgano sensorial o digestivo. Tampoco parecía tener boca ni ano.

En cualquier caso, lo estaba registrando todo tanto en vídeo como por medio del lídar. En la superficie tendrían tiempo de sobra para estudiar las imágenes y los escaneos y para intentar determinar de qué manera vivía la criatura, cómo se alimentaba, qué necesitaba para mantenerse viva, suponiendo, obviamente, que lo estuviera de verdad.

Continuó con la pausada exploración, manteniendo la trayectoria en espiral a fin de generar un modelo digital en tres dimensiones de aquella cosa. Si daba una vuelta más, llegaría al punto donde las ramas se separaban, no como en los árboles, sino todas a la vez, para dibujar un patrón en forma de estrella similar al de una anémona de mar.

«Una anémona de mar.» Si dejabas de lado las dimensiones del ser, pensó, sí que guardaba una cierta semejanza con una anémona de mar; aunque las ramas parecían ser rígidas, a diferencia de los tentáculos flexibles de las anémonas, y además Alex no vio rastro de cnidoblastos urticantes en ellas.

En la base misma de la bifurcación reparó en algo inusual: una silueta negruzca y ovalada que había en el interior. Era del tamaño de una sandía grande y, por alguna razón, a Alex le pareció fuera de lugar, como si no tuviera nada que ver con el resto de la criatura.

—Control, aquí *Paul* —llamó—. Veo algo extraño en la bifurcación del tronco. Algo oscuro.

Una breve pausa.

—Bien, lo vemos —confirmó la primera oficial Lennart.

Alex se preguntó durante un instante qué le habría pasado a Glinn.

—No se parece al tejido circundante. Solicito permiso para echar un vistazo más de cerca.

—Permiso denegado.

Alex reprimió un enfado momentáneo. Se preguntó cómo habría reaccionado Gideon a una orden así.

Al pensar en él, se formó en su rostro una sonrisita. Un instante después, volvió a apretar los labios en un gesto de determinación.

El submarino dio la vuelta; el piloto automático estaba completando el complejo circuito en espiral sin esfuerzo. Había llegado a la sección donde el tronco se dividía.

Cuando el VSP se elevaba sobre la bifurcación, Alex miró hacia abajo y, al fin, vio lo que solo podía ser una boca: una abertura circular, de un metro de diámetro, rodeada de lo que parecían ser tres conjuntos de labios gomosos y bien definidos. Palpitaba rítmicamente, como si bombease agua entre el exterior y el interior.

—Creo que acabamos de encontrar la boca —dijo—. Y, por lo que veo, esta cosa está vivita y coleando.

—Guarde una distancia prudencial —lo avisó Lennart.

—Parece que está engullendo agua, que se alimenta por filtración.

Los enormes labios translúcidos, gomosos y palpitantes eran verdaderamente repulsivos. Alex se estremeció.

El piloto automático del submarino inició otra vuelta por encima de la boca, registrando el destello repentino de las ramas. Alex vio, muy por debajo de la boca, el objeto negruzco con forma de sandía que había observado antes.

—Eh, creo que esa sombra de la que hablaba antes es algo que se ha tragado.

Un nuevo escaneo.

—Un momento… La boca ha dejado de palpitar.

—Anotado.

—Se ha quedado quieta.

—Retroceda a cincuenta metros —le ordenó Lennart con sequedad.

—Recibido.

Lispenard movió la palanca y llevó el submarino por una radial para alejarse de la boca.

De pronto sintió una sacudida. El submarino activó una

alarma y en la pantalla principal apareció un mensaje intermitente:

ALERTA: DETECTADA CORRIENTE INTENSA

Alex dedujo de inmediato qué ocurría y un rápido vistazo a aquella repugnante boca se lo confirmó. El orificio se había dilatado de forma espeluznante y los labios se extendieron hacia fuera mientras aquella cosa empezaba a absorber agua con repentina fuerza. Alex empuñó la palanca y tiró de ella hacia atrás todo lo que pudo, mientras el motor zumbaba angustiosamente, para detener el avance hacia delante del submarino.

—¡Salga de allí ahora mismo! —le exigió Lennart a gritos—. ¡Retírese! ¡A toda máquina!

De hecho, ya estaba haciendo lo que le ordenaban, pero en aquel momento la boca se infló hacia fuera y estiró los labios para que la corriente ganase más fuerza. El submarino se sacudió y se balanceó en su pugna por liberarse. Lispenard llevó la palanca hacia un lado e hizo rotar la nave para intentar escapar de la corriente en diagonal. Por unos segundos, aquello pareció funcionar; el sumergible dio un bandazo y estuvo a punto de liberarse, pero entonces la boca tragó más agua, hinchándose como un sapo descomunal y atrapándola de nuevo con la succión.

—¡Aún no me he soltado!

Luchó por mantener estable el submarino en el vórtice originado por el flujo de agua, mientras la boca parecía no dejar de crecer. La corriente generada por la succión había ganado tanta fuerza que ahora el sedimento del fondo marino empezaba a levantarse en columnas. ¿O tal vez se debía al propio movimiento de las raíces?

Cuando el submarino empezó a girar, Alex empujó la palanca hacia un lado para intentar salir del remolino… en vano.

—¡Eyección de emergencia! —gritó Lennart—. ¡Active el eyector!

Alex estiró el brazo hacia la palanca roja de eyección, pero una sacudida repentina la echó hacia atrás. El minisubmarino quedó envuelto por un globo de luz verde y lechosa, mientras los faros alumbraban el tejido translúcido de la criatura. Alex oyó y sintió una aspiración húmeda y vio que el tejido salpicado de motas brillantes se expandía y se contraía horriblemente a medida que el ser se la tragaba entera.

—Estoy dentro —informó, poniendo todo su empeño en mantener la voz templada.

—Emplee el soplete del brazo. Corte una abertura para salir —fue el último mensaje que oyó antes de que el UQC dejase de funcionar y que la crepitante conexión acústica se redujese a un siseo digital.

Alex activó el brazo y probó a extenderlo, pero la presión del tejido interno del ser imposibilitaba cualquier movimiento. Volvió a intentarlo, llevando la palanca tan hacia delante como pudo, pero ahora saltaron múltiples alarmas que hicieron brotar mensajes de alerta por todas partes.

«A la mierda.» Encendió el soplete de acetileno y la llama prendió al instante. El efecto fue instantáneo: una convulsión repentina, acompañada de un atronador gruñido grave, tras la cual Alex tiró del eyector de emergencia, diseñado para expulsar del revestimiento del submarino la cápsula personal de titanio, inflar los depósitos de lastre y dispararla hacia la superficie.

18

Gideon aceleró al máximo el VSP en su carrera hacia el lugar del desastre. Había escuchado la conversación por el UQC y visto con espanto cómo los faros del submarino de Alex parpadeaban hasta apagarse mientras parecía que lo engullían. Sin embargo, las luces no se habían extinguido por completo; ahora se adivinaba en el interior de la criatura un funesto resplandor verdoso, de tal forma que al aproximarse distinguió dentro de aquella entidad el contorno oscuro y difuminado de la nave.

Gideon sabía que la cápsula de titanio era increíblemente fuerte y resistía la presión hasta una profundidad de cinco kilómetros. En su interior, Alex permanecería a salvo. Podría salir del Baobab practicando una abertura en los tejidos con el soplete o, tal vez, podría irritar a la criatura lo suficiente para que la regurgitase.

—Gideon —lo llamó Lennart—. ¿Qué está haciendo?

Sin molestarse en responder, Gideon permaneció concentrado en la carrera y maldijo la lentitud de propulsión del submarino.

—Tiene órdenes de permanecer en el punto de referencia.

—Que les den a las órdenes.

Según se acercaba, oía los ruidos, no los murmullos digitales del UQC, sino los que transmitía el agua, captados por el hidrófono del exterior del submarino y transmitidos al interior. Aumentó la ganancia.

—No puede hacer nada. Deténgase ahora mismo.

Un rugido húmedo y desmañado invadió su cápsula, entremezclado con una sucesión rápida de chasquidos que destacaban por encima de una especie de retumbo grave.

—No se acerque, Gideon. ¡Es una orden directa!

Haciendo oídos sordos a esas palabras, Gideon se lanzó hacia abajo hasta situarse tan solo a tres metros sobre el fondo. Si se acercaba a la criatura desde la base, la boca no podría alcanzarlo; abriría un tajo en el tronco con el soplete, despedazaría a ese maldito ser si hacía falta. Pero a medida que bajaba vio, dentro del monstruo, el centelleo repentino del soplete de acetileno de Alex y advirtió que, en respuesta, el tramo superior del tronco de la criatura se zarandeaba con brusquedad. Las luces del submarino de Alex se apagaron con un parpadeo y un instante después se oyó un estallido amortiguado. La criatura expelió por la boca un descomunal remolino de burbujas turbias.

Alex había activado el eyector.

El ser se retorció con una violencia sobrecogedora. Pero el submarino no emergió; no había logrado liberarse. Brotaron más burbujas.

—¡No! —gritó Gideon.

El tronco se encorvó ahora hacia él, hinchándose de forma grotesca como si fuera una víbora bufadora.

—¡Gideon! —lo avisó Lennart—. ¡Lo que pretende hacer es un suicidio! ¡Aléjese de esa cosa!

Gideon encendió el soplete y lo orientó hacia el ser al tiempo que dirigía el sumergible hacia delante. Una vocecita en su cabeza le decía que aquello era una locura, una lucha entre David y Goliat, pero se negó a abandonar. Por el puesto de observación de proa vio que uno de los extraños tentáculos delgados de la criatura se agitaba sinuosamente por el lecho marino. Tenía que actuar ya. Llevó la palanca direccional hacia abajo hasta que alcanzó la raíz, se detuvo a la vez que extendía el soplete para tajarla con él; el calor la hizo chisporrotear como si fuera carne quemada. El tentáculo se enrolló frenético, levantando al retroceder un velo de sedimento. Gideon volvió a quemarlo y, con cada movimiento, fueron levantándose cada vez más sedimentos hasta que terminaron por envolverlo en una nube turbia.

En la pantalla apareció un mensaje que ya conocía demasiado bien:

CONTROL TRANSFERIDO A SUPERFICIE

La palanca direccional dejó de obedecerle.

—¡No! —rugió.

—Vamos a sacarlo de ahí.

El submarino empezó a ascender. La nube se disipó y Gideon, en una última maniobra instintiva, agarró un trozo largo que flotaba de la raíz que había cortado con el brazo mecánico y lo depositó en la cesta científica, junto a las cajas negras.

En ese momento una voz surgió del hidrófono. La voz de Alex, serena, agradable, lejana como las estrellas.

—… Permíteme tocar tu rostro.

19

El hombre desastrado tiraba de su barata maleta con ruedas por la calle San Francisco Oeste de Santa Fe. Al pasar frente a un Starbucks, titubeó —habría dado su reino por un *venti macchiato*, o incluso por un sencillo expreso—, pero luego cayó en la cuenta de que no tenía suficiente dinero. Tomó la calle Galisteo y se detuvo a la entrada de un establecimiento cuyo letrero anunciaba PROFESSOR EXOTICA. El escaparate estaba lleno de piedras, minerales, gemas y fósiles, tan extraños como fantásticos. Había un cráneo de oso cavernario montado en la pared, un huevo de dinosaurio, un cocodrilo momificado, una espectacular geoda de azurita, una turmalina de diez centímetros y un enorme meteorito cortado cuya cara tallada mostraba una caótica estructura de Widmanstätten.

El hombre se paró frente al escaparate. No había llamado con antelación para concertar una cita, pero el propietario, un tipo llamado Joe Culp, estaba allí casi siempre. Además, eso de la cita no le parecía buena idea; la última no había ido demasiado bien, por lo que temía que le dieran largas antes de que entrase por la puerta siquiera.

Bajó el asa de la maleta con ruedas y la levantó. Cielos, pesaba como un muerto, tal vez cuarenta kilos; sin embargo, ese peso era lo que iba a pagarle la cena y el alojamiento de esa noche. Cruzó la puerta, haciendo tintinear las campanillas, y cargó con la maleta escaleras abajo, hasta la tienda del sótano, atestada desde el suelo hasta el techo de maravillas de la naturaleza.

—¡Muy buenas, Sam McFarlane! —Joe Culp salió de detrás del mostrador, con los brazos extendidos, y le dio un abrazo enérgico. A McFarlane no le gustaba que lo abrazaran, pero no le pareció prudente oponerse—. ¿Qué me traes? ¿Por dónde has andado? ¿Estás dando clases?

—Estuve dando clases. No salió bien. Así que me marché a Rusia.

—¿A qué zona?

—A Primorie.

Al responderle observó que Culp adoptaba un cierto gesto de desilusión. Miró la maleta.

—¿Son ejemplares de Sijoté-Alín?

—Sí.

—¿Todos?

—Confía en mí, son buenos. Los mejores. Metralla, con huellas, orientados… todos únicos. Hay uno que hasta tiene un agujero.

—Echémosles un vistazo —dijo Culp con una expectación que a McFarlane le pareció un tanto forzada y artificial.

McFarlane abrió la cremallera de la maleta con ruedas para dejar a la vista una fila de cajas de zapatos llenas de piezas ordenadas, todas ellas identificadas con rotulador.

—Veamos los que tienen regmagliptos —propuso Culp.

McFarlane sacó una caja y la puso sobre el mostrador. La abrió. Llevaba envueltos los ejemplares en servilletas de papel. Los ordenó, eligió algunos de los de mayor tamaño y los desenvolvió. Culp acercó un tablero de superficie aterciopelada y lo situó sobre el mostrador para que los meteoritos no arañasen el cristal.

—¿Qué te parece? —preguntó McFarlane, que colocó la mejor pieza que tenía sobre el terciopelo—. Tiene huellas por un lado, corteza de fusión. Indiscutiblemente único.

Culp gruñó y lo cogió para examinarlo.

—¿Cómo los has conseguido?

—En Primorie hay mucha gente que sale a explorar la zona con detectores de metales. Sigue habiendo toneladas de mierda por allí.

Culp hizo rotar la pieza en su mano antes de dejarla finalmente donde estaba.

—¿Qué más?

—¿No te gustan?

—No es que no me gusten. Es solo que estamos especializados en material único. Todo esto… En fin, hay piezas de este tipo a la venta en eBay. Veamos el del agujero.

McFarlane rebuscó en la caja hasta que dio con él, lo desenvolvió y lo puso sobre el terciopelo.

De nuevo vio una mueca de desilusión en el rostro de Culp, lo cual lo incomodó. Al ver que Culp no lo cogía de inmediato, McFarlane lo levantó.

—¿Ves? —Miró a través del agujero—. No hay otro igual.

—Pero sí los hay bastante más grandes. Aunque quizá podría venderlo. ¿Cuánto pides por él?

—Mil doscientos.

—¡Madre mía! Ni en sueños me pagarían a mí mil doscientos. Ni siquiera seiscientos. Sam, sabes que tendría suerte si sacase doscientos.

McFarlane empezaba a exasperarse.

—Tonterías. A mí me costó tres mil pavos llegar a Primorie. ¿Eso quién me lo paga a mí? Además, al tipo que lo «encontró» ¡tuve que darle doscientos!

—En ese caso me temo que invertiste dinero de más.

—Vamos, Joe. ¿Cuántos ejemplares de Sijoté-Alín hay con huellas y agujeros?

—El mercado está saturado de piezas de Sijoté-Alín. Solo tienes que entrar en eBay para comprobarlo.

—Al diablo con eBay. Esto es mil veces mejor que eBay.

—McFarlane introdujo la mano en la caja y sacó otro espécimen—. Mira este: un fragmento de metralla soberbio, doscientos gramos. Todo retorcido. Y este… —Desenvolvió una nueva pieza, otra y una tercera, cada vez más rápido—. ¿Y qué me dices de este? Orientado exquisitamente, con sus líneas de flujo y su corteza de fusión.

Culp extendió las palmas de las manos.

—Sam, es que no me sirven. Tengo meteoritos, que son únicos y puedo vender por noventa o cien de los grandes. Este no es el tipo de material que yo manejo. Ahora, si tuvieras un palasito de los buenos, por ejemplo, te aseguro que estaría interesado en ello. Como aquel extraordinario palasito de Acomita que me trajiste hace cinco años. Si me consiguieras un fragmento parecido, podría venderlo mañana mismo.

—Ya te he dicho que acabo de volver de Rusia. Me he gastado hasta el último centavo en estos meteoritos. Seguro que también necesitas tener artículos más asequibles en la tienda. Quiero decir: ¿quién puede permitirse un meteorito de cien de los grandes?

—Así es mi clientela.

McFarlane titubeó.

—Te vendo la colección completa por seis mil. Quédatelo todo. Cuarenta kilos de hierro, ¡a solo quince centavos el gramo!

—En serio, Sam, tu mejor opción es eBay. Es muy digna. Además, así no tendrías gastos de intermediarios.

—Vamos a ver, con todo el material de primera que te he traído, con todo el dinero que has ganado conmigo, ¿ahora me sales con que me vaya a eBay?

—No te lo tomes así. Solo es un consejo, pero haz lo que quieras.

La decepción y la rabia de McFarlane iban en aumento.

—eBay —resopló negando con la cabeza.

—Sam, hace años que no me traes nada aprovechable. Desde… Desde aquella expedición a no sé dónde. Tráeme algo bueno y te pagaré bien, muy bien.

—¡Te tengo dicho que no me hables de esa expedición! —le recriminó McFarlane, incapaz de seguir conteniendo el caudal de cólera.

Luego le dio un manotazo a la caja del mostrador, de la que salieron volando los meteoritos para estrellarse tintineando por todas partes.

Culp se levantó.

—Lo siento, Sam, pero creo que será mejor que te marches.

—Será un placer. Y no te molestes en recoger toda esta basura, no la quiero. Regálasela a tus putos clientes millonarios o úsala como pisapapeles de mierda. ¡Cielo santo, menudo estafador!

McFarlane cogió la maleta, subió las escaleras hecho una furia y salió a la calle. Pero el repentino resplandor del sol lo cegó y enseguida su cólera empezó a amainar. Necesitaba aquellos meteoritos que había desparramado por el suelo, eran los mejores que tenía. No le quedaba dinero ni para un café. De pronto se sintió avergonzado por haber estallado así. Aquella tienda no era una ONG. Y, en el fondo, McFarlane sabía que Joe tenía razón. Los meteoritos que había traído eran ejemplares corrientes y molientes. El viaje a Rusia había sido un fracaso; los buscadores de meteoritos que habían visitado la región antes que él se habían llevado las mejores piezas, así que no le había quedado más remedio que comprar la escoria que los demás habían rechazado. Joe lo había ayudado en otras ocasiones, le había adelantado dinero, le había financiado algunos viajes… Le debía cinco mil dólares, pero Joe ni siquiera había sacado el tema.

Tras una larga y apasionada vacilación, McFarlane volvió sobre sus pasos y bajó de nuevo a la tienda. Joe estaba terminando de guardar los meteoritos en la caja de zapatos. Se la entregó a McFarlane sin decir nada.

—Joe, lo siento mucho, no sé qué me ha pasado…

—Sam, somos amigos. Creo que necesitas ayuda.

—Lo sé. Soy un desastre.

—¿Tienes donde quedarte esta noche?

—Sí, claro, no te preocupes por eso.

McFarlane volvió a guardar la caja de zapatos en la maleta con ruedas, cerró la cremallera y cargó con ella escaleras arriba tras mascullar un adiós. De nuevo en la calle, se preguntó de dónde iba a sacar ahora dinero para comer y para pasar la noche bajo techo. Quizá podía volver a dormir en Cathedral Park.

Al notar una vibración se dio cuenta de que su móvil estaba sonando. Lo sacó, mientras se preguntaba quién sería. Hacía días que no recibía ninguna llamada.

La pantalla indicaba DEARBORNE PARK. ¿Dónde demonios estaba eso?

—Diga.

—¿Podría hablar con el doctor Samuel McFarlane? —le preguntaron desde el otro extremo de la línea.

—Sí.

—Por favor, permanezca a la espera un momento. Hay alguien a quien le gustaría hablar con usted.

20

La luz del atardecer rastrillaba la cubierta del buque oceanográfico *Batavia*, proyectando una trama de luces doradas y sombras. Junto a la nave se deslizaba un iceberg, iluminado desde atrás por el sol poniente, mientras en sus bordes relucían vetas turquesas y meladas. La superficie del mar semejaba una lámina pulida y el aire se negaba a circular. La quietud de la escena, consciente de lo mucho que Alex habría disfrutado de ella, se le antojó grotesca a Gideon cuando cruzó las puertas dobles que daban paso al hangar de los VSP, donde los fluorescentes mantenían la oscuridad a raya.

La dotación del buque al completo se había reunido en el inmenso hangar, extrañamente vacío, ya que dos de los VSP empleados durante la inmersión de la mañana seguían sometidos a las labores de reparación en cubierta, mientras que el tercero, por supuesto, no había regresado a la superficie. Se había recurrido al hangar porque ninguna sala de reuniones era lo bastante grande para dar cabida a todo el mundo.

Sin decir palabra, Gideon se colocó junto a Glinn y Garza, de pie y de cara al grupo. Aunque imperaba un silencio absoluto, el ambiente no transmitía ninguna calma; la tensión podía cortarse con un cuchillo. Gideon, de hecho, aún estaba conmocionado, incapaz de asimilar a nivel emocional lo que había sucedido, aunque si lo pensaba con la cabeza fría, lo veía con meridiana claridad. Oteó el mar de rostros y le lanzó una mirada enfadada a Lennart, que había frustrado su intento de rescatar a Alex. La primera oficial estaba de pie junto al capitán Tulley, el jefe de seguridad Bettances y algunos otros oficiales veteranos, resuelta a no mirar a nadie en concreto. Gideon sabía que Lennart había hecho lo correcto —sus impulsivas acciones le lanzaban a una muerte segura—, pero eso no impedía que su dolor se viese avivado por la rabia de la impotencia.

Por su parte, Glinn se mantenía inmóvil, más inescrutable que nunca. Según los rumores que circulaban entre los oficiales, en apariencia había sufrido un desvanecimiento en el centro de control al ver el vídeo de la capitana Britton; estaba en la enfermería cuando tuvo lugar el accidente. Sin embargo, no había tardado en recuperarse y su aspecto ahora era normal, o mejor dicho, el que era habitual en él, con la cara convertida de nuevo en una máscara de indiferencia. Llevaba pantalones caqui y una camisa beis de manga corta, sus ojos grises se mostraban atentos bajo el ceño terso y en apariencia relajado.

Gideon miró su reloj: las cinco en punto. Como siempre, Glinn abrió la sesión en ese preciso instante dando un paso al frente.

—Quiero pedirles disculpas por la incapacitación temporal que he sufrido —dijo en un tono templado.

Sus palabras se recibieron en completo silencio.

—Sobre todo, quiero expresarles el profundo dolor que me produce lo que le ha ocurrido a Alex Lispenard. Sé que todos la estimaban y respetaban, y que comparten mi pesar. Es una tragedia para este barco y para esta misión. Pero ahora la mejor forma que tenemos de honrar su memoria es seguir adelante con nuestro trabajo.

Otro silencio.

—Su muerte no ha sido en vano. Hemos recuperado las cajas negras del *Rolvaag*. Estaban diseñadas para resistir muchos tipos de daños, como fuertes explosiones y presiones extremas del agua. Por desgracia, parece que durante el hundimiento algo hizo que un pulso electromagnético, o PEM, de gran intensidad recorriera la nave. Aunque las cajas estaban protegidas contra ello, el PEM atravesó esa barrera y estropeó los medios de almacenamiento. La información puede recuperarse, al menos en su mayor parte, pero el proceso será delicado y meticuloso. Hank Nishimura está encargándose de recuperar los datos.

Nishimura, un hombre alto, delgado y asombrosamente joven que llevaba una bata blanca de laboratorio encima de una estridente camisa hawaiana, asintió con timidez.

—Ahora le cederé la palabra al doctor Garza, que les facilitará los detalles sobre la pérdida de *Paul*.

Garza dio un paso adelante, con el gesto sombrío surcado por las arrugas de sus emociones controladas.

—No voy a endulzar las cosas. Es un momento muy difícil para todos. Vamos a mostrarles la grabación que recuperamos del VSP de Alex Lispenard, que no es muy extensa; solo el vídeo de baja resolución se había llegado a cargar antes de que perdiéramos el submarino. Además, todos los datos del lídar se han perdido. Disponemos de una grabación de los últimos momentos de *Paul*, obtenida desde la cámara de *John*, que se encontraba en las cercanías, pilotado por el doctor Crew. El VSP en el que yo viajaba, *George*, estaba demasiado lejos para registrar nada que no fuese el audio del UQC. El doctor Nishimura reproducirá ahora este vídeo con su audio, sin comentarios. A continuación, se abrirá un debate.

Se dio media vuelta y una pantalla plana de capacidad ultra-alta de doscientas pulgadas, manejada desde el centro de control, se encendió con un parpadeo.

De mala gana, Gideon se volvió para mirarla. El tronco del Baobab apareció en la imagen de baja resolución, translúcido bajo la luz espectral, rodeado de un resplandor verdoso. La perspectiva era la que tenía *Paul* mientras circundaba la sección superior del tronco, con los faros orientados hacia aquella entidad. La luz mostraba un objeto oscuro embutido en un saco gelatinoso, tal vez de medio metro de longitud, aunque de superficie rara y retorcida, envuelta con lo que parecían unas venas turgentes. Aun así, debido a la baja resolución y a que el objeto aparecía borroso y pixelado, no consiguió distinguir ningún detalle en concreto.

Entonces se oyó la voz de Alex. «Control, aquí *Paul*. Veo algo extraño en la bifurcación del tronco. Algo oscuro.»

«Bien, lo vemos», respondió la primera oficial Lennart.

Nishimura congeló el vídeo para mostrar el objeto embutido cerca de la bifurcación del tronco, optimizado digitalmente.

«No es posible —pensó Gideon al mirar aquella cosa—. Parece un cerebro.»

El vídeo se reanudó y ahora el VSP ascendía en espiral por encima de la bifurcación. Gideon distinguió la boca con claridad, dotada de unos labios semitransparentes y gomosos que engullían agua, como una especie de pez gigantesco y repulsivo.

«Creo que acabamos de encontrar la boca», anunció la voz distorsionada de Alex.

La secuencia se reprodujo a cámara lenta con calidad optimizada. Bajo los diálogos se percibía el grave retumbo que Gideon había advertido. Vio cómo el VSP era absorbido, cómo Alex intentaba extender el brazo mecánico y cómo se producía un fogonazo al encenderse el soplete. El UQC apenas ya servía para nada, así que la última parte del vídeo se redujo a poco más que una sucesión de luces y sombras borrosas. Sin embargo, el resplandor del acetileno era inconfundible, y eso, según parecía, era lo que había provocado la reacción de la criatura y el aparente aplastamiento del VSP.

La pantalla se fundió a negro por un momento. Después empezó a reproducirse la grabación desde el submarino de Gideon, de forma que, una vez más, volvió a ver de lejos la columna de burbujas que brotaba de la criatura —quizá el aire que había escapado de los restos del VSP— y, tras ello, se oyó el último y enigmático mensaje: «Permíteme tocar tu rostro».

Esto terminó por romper el angustioso silencio. Entre los presentes estallaron las murmuraciones y las protestas, incluso algún que otro sollozo contenido. Glinn dio un paso adelante cuando se encendieron las luces.

—¿Comentarios? —propuso.

—¿Cómo se explica ese último mensaje? —quiso saber Lennart.

—En nuestra opinión, me refiero a la del doctor Brambell y a la mía, puede que se deba a algún tipo de alucinación, a un enajenamiento causado por la profundidad, al que Alex sucumbió cuando la presión del VSP se alteró.

—Pero no hay sincronía —dijo Lennart—. A Alex se la oye segundos después de que el submarino sea aplastado.

Un murmullo de inquietud.

—Eso —respondió Glinn con sequedad— se debe obviamente a una interferencia del sistema de comunicaciones del UQC. A un retraso. Estamos intentando solucionarlo.

—Pero no se transmitió por medio del UQC. Lo recogió el hidrófono del *John*.

Otro estallido de murmuraciones.

Glinn levantó las manos.

—El UQC y el hidrófono utilizan el mismo sistema acústico. El Baobab provoca graves interferencias en el sonar. Es un sistema de transmisión de audio imperfecto. Estamos trabajando en busca de una explicación.

Lennart se retiró, no demasiado convencida a juzgar por su ceño fruncido.

Prothero levantó la mano.

—¿Sí?

—Vale, ¿han oído ese retumbo grave que se oye de fondo justo al final de la grabación? —Miró a su alrededor—. Póngalo otra vez.

Glinn volvió a reproducirlo.

—Estuve ayudando a Nishimura a optimizar el vídeo y, en cuanto lo oí, supe de qué se trataba. —Subió al estrado con un cierto gesto de triunfo—. Aquí está, aumente la velocidad diez veces.

Conectó su teléfono móvil a una de las entradas de audio del monitor y lo encendió. Un ruido sobrecogedor y demencial brotó de los altavoces, una suerte de canto lastimero.

Prothero lo dejó sonar durante unos quince segundos antes de detener la reproducción.

—Está claro. Es la vocalización de una ballena azul. La red acústica recogió la emisión de una ballena que se encontraba en los alrededores.

—Las ballenas azules no descienden jamás a esas profundidades —se opuso Antonella Sax, la jefa del laboratorio de astrobiología.

—No. Pero sus vocalizaciones tienen un alcance de ciento cincuenta kilómetros. La ballena azul es el animal que emite los sonidos más fuertes jamás registrados. Debía de haber una familia desplazándose por arriba y el hidrófono de *John* captó sus emisiones de manera accidental. Es una pasada. Haré una triangulación para averiguar dónde estaban las ballenas en el momento de la grabación. No es habitual que se alejen tanto en dirección sur… Podría ser importante.

Bajó del estrado y miró a los presentes como si esperase su aprobación.

—¿Más opiniones? —preguntó Glinn.

Gideon levantó la mano para intervenir.

—Esa cosa oscura y ovalada que había dentro de la criatura… ¿Soy el único que cree que podría ser su cerebro?

Se oyeron varias murmuraciones de conformidad.

—Si lo fuese —continuó—, tal vez nos resultaría mucho más sencillo aniquilar a ese desgraciado.

La observación fue recibida con un asentimiento general. El debate se prolongó hasta que, cuando empezó a adquirir un cariz cada vez más especulativo, Glinn dio un paso al frente y le puso fin.

—De acuerdo —dijo para todos los presentes—. Gracias. Ahora asignaré las distintas tareas. El equipo de astrobiología dirigido por Antonella Sax examinará esa especie de raíz que el doctor Crew trajo a la superficie. Doctora Sax, su equipo intentará analizar también los sistemas internos del organismo; en concreto, me interesa saber si la criatura tiene cerebro y sistema nervioso, y sobre todo, si en efecto esa cosa negra es su cerebro. Prothero, quiero que intente sincronizar los registros de audio del hidrófono y del UQC. En cuanto al sonido extraviado de la ballena, no creo que merezca la pena invertir tiempo en ello.

Prothero se encogió de hombros.

—El doctor Nishimura debería poder facilitarnos los datos de las cajas negras dentro de un día o dos, lo que nos aportará muchísima más información con la que trabajar. Y el equipo de Manuel Garza…

—Un momento. —Un hombre fornido vestido con un mono se levantó. Era el segundo maquinista de a bordo, Greg Masterson—. De lo que no se está hablando es de cómo vamos a protegernos. Esa cosa ha machacado como si nada una cápsula de titanio diseñada para resistir casi mil kilos por centímetro cuadrado.

Garza se encargó de responderle:

—Creemos que en la superficie estamos a salvo. La sección superior del Baobab sigue estando a unos tres kilómetros por debajo de nosotros. Hay mucha agua de por medio.

—Meras suposiciones.

Se oyeron murmullos de asentimiento.

—Admítanlo, esto se nos ha ido de las manos —continuó Masterson—. Esa cosa de ahí abajo es mucho más peligrosa de lo que nos contaron. Sugiero que pongamos el buque nodriza a una distancia segura, a veinte o veinticinco kilómetros, por si acaso.

—Eso haría imposible que siguiéramos investigando —rechazó Glinn.

—Sí, pero ese cabrón ya ha hecho imposible que uno de nosotros siga viviendo.

—El fallecimiento de Alex Lispenard —contestó Glinn después de una breve pausa— es un golpe muy duro y una verdadera tragedia. Hemos empezado a conocer las capacidades de esta criatura de la forma más dolorosa imaginable. Pero... —Miró en torno a sí—. Debemos asumir algunos riesgos si queremos acabar con ese ser.

—Una cosa es aceptar un riesgo razonable y otra, cometer una temeridad —refutó Masterson, avivando los murmullos—. Para mí, esta última misión ha sido una insensatez. Envió tres submarinos ahí abajo y puso uno de ellos a dar vueltas a menos de quince metros de la criatura. No fue una decisión inteligente. Creo que haríamos bien en alejarnos, y aún mejor en reconsiderar la expedición.

—Nos encontramos en una región sin cartografiar —le recordó Glinn, ahora con un asomo de crispación en la voz—. No contamos con el lujo de poder ponernos a salvo. Debemos obtener la información que necesitamos. —Guardó silencio para escrutar a los presentes con sus ojos grises—. Se les han proporcionado todos los detalles referentes a la situación en la que nos hallamos. Todos ustedes comprendieron que aquí estaríamos completamente aislados. No es posible una evacuación ni tampoco un rescate. El único helicóptero con el que contamos, un AStar, tiene una autonomía de trescientas sesenta millas náuticas. El helipuerto más próximo es el de Grytviken, ubicado en la isla de Georgia del Sur, de la que nos separan seiscientas millas náuticas. Ninguna de las dos lanchas de las que disponemos es apta para su uso en alta mar, sobre todo en medio de los chillones sesenta del Atlántico Sur. Por lo tanto, para bien o para mal, nos hallamos aquí y estamos juntos en esto. Ahora, señor Masterson, ¿es su intención exigir que nos retiremos de la zona del objetivo?

Masterson parecía arrepentido.

—Solo digo que deberíamos actuar con un poco de precaución.

—Lo cual es perfectamente razonable. Gracias, señor Masterson. —Glinn miró a su alrededor con ojos impasibles—. Se levanta la sesión.

Cuando el grupo empezaba a disgregarse, Glinn le puso la mano en el brazo a Gideon para que lo escuchara.

—Reúnase conmigo en el laboratorio de astrobiología —le pidió en voz baja—. En diez minutos.

21

Cuando Gideon entró en el laboratorio de astrobiología, Glinn ya estaba enfrascado en una conversación con Antonella Sax, la jefa del departamento. Se encontraban inclinados sobre una caja de acero inoxidable cubierta con una tapa de cristal, dentro de la cual el trozo de tentáculo con aspecto de raíz que él había cortado —de una delgadez y una longitud llamativas— estaba guardado herméticamente. Cuatro técnicos más estaban trabajando en distintos rincones de la amplia pero abarrotada sala.

Glinn le hizo una seña para que se acercase.

—La doctora Sax estaba explicándome lo que su equipo y ella planean hacer con este espécimen.

Gideon no había tenido demasiada relación con Sax, una mujer baja, robusta y grave que llevaba el cabello castaño recogido con fuerza, usaba gafas y rondaría los cuarenta años, de aire inteligente y profesional. Después de que Gideon le estrechara la mano, la doctora volvió a inclinarse sobre el tentáculo enrollado.

—Lo que tenemos aquí —dijo Sax a media voz— es la primera prueba astrobiológica auténtica que encuentra el hombre. No es solo algo extraordinario, sino que además nos propone todo tipo de desafíos. Por ejemplo, en circunstancias normales, habríamos comenzado ya con los procedimientos de esterilización más concienzudos y exhaustivos posible. Pero no disponemos de tiempo para ello. Debemos averiguar cuanto antes todo lo que podamos acerca de esta cosa. Tendremos que hacer un apaño. Cuanto más aprendamos, más preparados estaremos.

—¿No habrá una fase de cuarentena? —planteó Gideon—. No queremos que suceda lo mismo que en *La amenaza de Andrómeda*.

—El hecho es que el propio barco es una forma de cuarentena; de hecho, la ideal. Antes de que regresemos a puerto, incineraremos esta cosa y todas las partes de la criatura que traigamos a la superficie, tras lo cual esterilizaremos el laboratorio.

Gideon titubeó. Todavía estaba conmocionado, aturdido por lo que le había pasado a Alex, y le costaba centrarse.

—¿Cree que existe algún riesgo de que esa cosa desate algún tipo de enfermedad o de microbio en el barco?

Sax lo miró a la cara y sus ojos castaños traslucían sinceridad.

—En una palabra: sí.

—La criatura ya ha crecido bajo el mar —añadió Glinn—. Por lo tanto, si aloja alguna especie de microbio, esta ya habrá pasado al entorno.

—Algo que me llama mucho la atención —dijo Sax— es que este espécimen llegara a la superficie, donde la presión es unas cuatrocientas veces menor, intacto, sin el menor signo de alteración. Por lo general, cuando se lleva a una criatura abisal hasta la presión de la superficie, esta queda hecha trizas.

—Entonces ¿esta cosa puede vivir bajo cualquier presión? —preguntó Gideon.

—Es una inferencia razonable.

Sax pasó a describir el plan de investigación, empezando por una completa batería de escaneos y exámenes —congelación, microscopio, microscopio electrónico de barrido, microscopio electrónico de transmisión e histología— a diversas secciones del espécimen. Asimismo, dijo, se realizaría una tomografía axial computarizada, una imagen por resonancia magnética, varias pruebas de impulsos eléctricos y diversos análisis microbiológicos y bioquímicos.

—No sabemos qué es —dijo la doctora—. Ignoramos si es una planta, un animal o algo totalmente distinto. Desconocemos de qué se compone. ¿Tiene ADN? ¿Una estructura basada en carbono, al menos? Debemos buscar respuestas a las preguntas más elementales. Pero cuando hayamos terminado, los resultados describirán su anatomía, su sistema nervioso, si lo tiene, el flujo de sus fluidos y de sus impulsos eléctricos, los ciclos de energía de sus células, si se compone de ellas, de su bioquímica y de su biología molecular. Pero por el momento… —Negó con la cabeza—. Es como si acabáramos de aterrizar en un planeta inexplorado.

—Entonces les dejaremos proceder con toda la premura que puedan. —Glinn se dio media vuelta y le hizo una seña a Gideon para que lo siguiera. Cuando hubieron salido al pasillo y se quedaron a solas tras doblar una esquina, Glinn se detuvo—. Hay algo de lo que quiero hablar con usted, en confianza.

—Claro.

—Antes, durante la reunión, reprimí las especulaciones sobre las últimas palabras de Lispenard.

Gideon respiró hondo.

—Ya me di cuenta.

—El mensaje es muy perturbador y no quiero que empiecen a circular teorías al respecto.

—¿Se refiere a la… asincronía?

Glinn lo miró con fijeza.

—Prothero está trabajando en eso y yo estoy convencido de que todo se debe a una especie de interferencia. No, me refiero a lo que Lispenard dijo. A su significado: «Permíteme tocar tu rostro».

Gideon no dijo nada. Esas palabras, u otras muy parecidas, se las había dicho a él la noche que habían pasado juntos. «Cielos. ¿De verdad no había pasado ni un día de aquello?»

—Lo atribuí a una suerte de enajenamiento causado por la profundidad. Pero no creo que ese fuera el motivo. La cápsula quedó aplastada de inmediato. Y a tres kilómetros de profundidad no es posible sufrir ningún «enajenamiento»; bajo esa presión la muerte es instantánea. Cuando escucho esas palabras… tengo la impresión de que encierran un mensaje lógico, de que no son tan solo el producto aleatorio y absurdo de un cerebro dañado. Se trata de algo… —Hizo una pausa—. De algo cuyo significado se nos escapa. —Volvió sus penetrantes ojos grises hacia Gideon—. Esta es una línea de investigación que estudiaremos usted y yo, de manera discreta: solo nosotros dos. Me doy cuenta, Gideon, de lo mucho que le ha afectado el fallecimiento de Alex. Sé que no es fácil. Pero también soy consciente de que no se desentenderá de esta anomalía sin haber llegado antes al fondo del asunto. Prothero está trabajando en el fallo de sincronía. Quiero que usted vigile su labor y que se asegure de que no empiecen a circular rumores sobre cualquier cosa que pueda descubrir. Hemos bajado una cámara hasta el fondo marino y la hemos colocado a unos doscientos metros de la criatura. Vamos a vigilarla durante las veinticuatro horas del día.

—De acuerdo —se oyó contestar Gideon.

Glinn lo miró pensativo por un momento. Al cabo asintió de forma casi imperceptible y dio media vuelta para regresar al centro de control.

22

Eli Glinn atenuó las luces de su camarote y empezó a desvestirse para acostarse. Se quitó la camisa y se detuvo un momento para examinarse el brazo izquierdo. Era el que se había herido más gravemente durante el hundimiento del *Rolvaag*, el que más sufrió al producirse la explosión. A pesar de la penumbra, aún se veían las zonas tersas y brillantes que antes estaban repujadas de quemaduras, entre la red de arroyos y crestas que formaban las heridas y los cortes de la metralla. Al flexionar el brazo, los músculos abombaron la piel: su vigor regresaba ahora con ayuda del ejercicio diario.

Los huesos del brazo habían quedado hechos pedazos y los médicos habían tenido que recomponerlos, como si de las piezas de un rompecabezas se tratara, atornillándolos mediante placas y varillas. Ya le habían retirado la mayor parte del metal, de lo cual daban fe algunas cicatrices recientes.

Levantó la mano y la contempló. Lo asombraba que aquella garra espantosa, que temía no poder volver a utilizar nunca más, tuviese ahora una apariencia casi normal. La levantó ante sí y movió los dedos. Nunca había sido un concertista de piano, pero al menos ahora podía sentarse a cenar a una mesa como una persona en lugar de comer como un animal, derramando la comida y siendo apenas capaz de limpiarse los labios con una servilleta.

Flexionó los dedos y después volvió a mover el brazo, rotándolo de un lado a otro, disfrutando de la libertad de movimiento, de la ausencia de rigidez y de dolor. Se dio la vuelta con un suspiro. Eso no era propio de él; no era de los que admiraban su cuerpo, de los que se complacían en ello. Al menos, antes no. Pero ahora, con las lesiones casi curadas, era más consciente de la buena condición de sus extremidades, y daba gracias por ella. De alguna manera, esa gratitud lo llevaba a recordar a aquellos que no habían sobrevivido —a una persona en particular— y, entonces, el sentimiento de culpa y la tristeza volvían a anegar su alma, como la marea.

Con solo la ropa interior puesta, entró en el cuarto de baño y se lavó los dientes delante del espejo. Su cara tenía mejor aspecto, después de la curación de su ojo lesionado. Por algún extraño motivo, este era de un tono de gris levemente distinto al del otro, una pizca más oscuro. Más lozano. Más joven.

La raíz de loto que había ingerido dos meses atrás en aquella extraña isla remota había obrado un verdadero milagro.

Se lavó la cara, se secó, se peinó el cabello escaso y regresó al camarote. Sacó del armario una bata de seda, se cubrió con ella y se acercó a la portilla más próxima. Retiró el seguro, la abrió del todo y aspiró el aire fresco, el olor de la sal y el hielo. Un iceberg cercano quedaba reducido a una mera silueta cenicienta en la negrura, iluminado apenas por las luces del barco. El mar estaba en calma y aquella noche sin luna estaba llena de estrellas.

Dio otro suspiro, se apartó de la portilla y se tendió en la cama con las manos recogidas bajo la nuca mientras los recuerdos, como el agua que fluye por el surco erosionado de una roca, regresaban de forma inevitable a los terribles sucesos del hundimiento del *Rolvaag*.

Estiró el brazo, abrió el cajón de la mesilla de noche y sacó un libro delgado: *Poemas escogidos*, de W. H. Auden. Pasó las páginas desgastadas hasta que llegó al poema titulado «Elogio de la caliza». No necesitaba leerlo, se lo sabía de memoria; aun así, le reconfortaba reencontrarse con los versos impresos.

Pero los de verdad audaces fueron llamados
por una voz más antigua y fría, el susurro oceánico.
«Yo soy la soledad que no pide ni promete nada.»

Después de dedicar un buen rato a leer y releer el poema, dejó el libro a un lado y se levantó de la cama. Volvió a acercarse a la ventana y a aspirar el aire del mar; luego se ciñó el cinturón de la bata y se calzó las zapatillas. Se dirigió al escritorio, sacó una memoria flash de uno de los cajones, se la guardó en el bolsillo y salió del camarote con discreción.

Eran las dos menos cuarto; hacía casi dos horas que había comenzado el turno de medianoche. El barco estaba en calma, inmóvil; salvo el personal de guardia, todos dormían. Recorrió el pasillo con sigilo, subió un tramo de escaleras y bajó otro hasta llegar al centro de control. Estaba cerrado, pero tenía la llave. Tal y como esperaba, la sala estaba vacía. Se colocó en el puesto central, encendió la pantalla principal, desplegó una serie de menús y pulsó algunas teclas más. Al cabo de unos segundos empezó a reproducirse un vídeo: la grabación del minisubmarino de Gideon en el momento en que entraba en la bodega del *Rolvaag*. Pasó a cámara rápida la secuencia hasta el instante en que los paneles y las cañerías cortados de la cubierta se alejaban, cuando los faros del VSP habían iluminado el cadáver de la capitana. Sally Britton.

Detuvo el vídeo, insertó la memoria flash en una ranura USB, tecleó algunos comandos y reanudó el vídeo mientras realizaba una copia en la memoria.

Ahí estaba de nuevo: el remolino de cabello rubio; los brazos extendidos como en actitud de sorpresa; el uniforme, todavía bien conservado y limpio pese a los años pasados en el agua. Poco a poco, la cara se volvió hacia él de nuevo, los ojos de zafiro abiertos como platos, la boca entreabierta, el cuello y la garganta tan reales, tan pálidos, tan vivos…

Interrumpió la grabación de golpe. La descarga ya estaba completa y, luego, extrajo la memoria flash y regresó al camarote. Tumbado de nuevo en la cama, se puso el portátil encima, insertó la unidad USB que contenía el vídeo y volvió a reproducirlo, esta vez más despacio, y luego lo puso de nuevo, fotograma a fotograma, hasta que congeló la imagen justo cuando el rostro se volvía de forma que los ojos miraban directamente a la cámara. Se quedó contemplándolos largo rato.

Seguía mirándolos cuando la luz carmesí del sol naciente penetró en el camarote desde la portilla para señalar el comienzo de un nuevo día.

Cerró el portátil, retiró la memoria flash y se asomó a la pequeña ventana. Se quedó allí unos minutos, viendo cómo el día brotaba del océano sereno; entonces cogió la unidad USB y la tiró tan lejos como pudo al mar añil, donde produjo un débil chapoteo. Y entonces ocurrió algo inimaginable; una de las muchas gaviotas que revoloteaban en torno al barco se lanzó en picado, recogió la memoria del agua antes de que se hundiera y remontó el vuelo con ella, haciéndose cada vez más pequeña con una sacudida tras otra de las alas hasta que se desvaneció en el resplandeciente cielo anaranjado.

23

A las ocho de la mañana Gideon llamó a la puerta del laboratorio de acústica marina de Prothero con un mal presentimiento. Apenas había conseguido dormir una hora o dos en toda la noche, si a aquello podía llamársele «dormir».

El rechazo instintivo que sentía por el ingeniero del sonar no había hecho sino agravarse después de que este le dedicara aquel mordaz comentario del «caballero andante», que ahora, tras la muerte de Alex, le parecía aún más ofensivo.

—La llave no está echada —respondió una voz desde el otro lado.

Al abrir la puerta, Gideon fue recibido por una oleada de calor artificial y un formidable revoltijo de aparatos electrónicos. Allí, en un rincón, vio a Prothero, vestido con una camiseta rota e inclinado sobre un circuito impreso con un soldador. El laboratorio era tal y como él se lo imaginaba, un caos absoluto, y Prothero, como cabía esperar, no podía tener un aspecto más predecible, con su camiseta desaliñada y su ademán insociable. Estaba solo; según parecía, la asiática alta que lo acompañaba en la reunión informativa aún no había llegado.

Esperó mientras el especialista en sonares seguía con su trabajo.

—Enseguida estoy contigo —le dijo Prothero tras un largo silencio.

Gideon miró a su alrededor, pero no vio ningún sitio donde sentarse. Todas las sillas y mesas estaban cubiertas de trastos electrónicos; no se veían ni las paredes, ocultas tras las estanterías y los soportes que concentraban toda suerte de dispositivos curiosos. Incluso Gideon, que poseía grandes conocimientos informáticos, no reconocía algunos de ellos, sobre todo los que parecían de fabricación más chapucera. Aun así, estaba claro que la mayor parte de los aparatos —altavoces, micrófonos y osciloscopios— guardaban alguna relación con el campo de la acústica.

Al fin, Prothero resopló con fastidio, se irguió, dejó el soldador a un lado y rotó sobre la silla de oficina. Se acercó a Gideon sin ni siquiera levantarse, mientras se impulsaba con los talones y hacía chirriar las ruedecitas de la vetusta silla, hasta que se detuvo a medio metro de Gideon.

—¿Qué quieres? —inquirió.

—¿No habíamos quedado?

Un gruñido.

—Está bien.

En ese momento Gideon tuvo la certeza de que Prothero había olvidado la cita por completo.

—Quería charlar contigo sobre la… sobre la última transmisión de Alex Lispenard.

Prothero se atusó las lacias greñas morenas y se apartó de la cara los mechones grasientos con las puntas de los dedos. Después se frotó el cuello. Parecía no haber dormido en toda la noche; por otro lado, ese era su aspecto habitual.

—¿Has conseguido identificar el fallo? —le preguntó Gideon.

Prothero rotó la cabeza sobre el escuálido cuello, para denotar que daba la cuestión por resuelta.

—No hay ningún fallo.

—Claro que lo hay, o al menos algún tipo de incidencia técnica. Con la sincronía, quiero decir.

—Tal como te he dicho, no hay ningún fallo.

—Vi cómo el submarino quedaba aplastado —dijo Gideon—. Fui testigo de ello. Después, cinco segundos más tarde, oí la voz de Alex por el hidrófono. Si no se produjo ningún fallo, entonces obviamente la transmisión tuvo que sufrir algún tipo de retraso, algún tipo de desfase temporal.

—No se produjo ningún retraso.

—Venga ya. ¿Qué dices?

—Lo que captó tu hidrófono fue un sonido acústico directo que viajaba por el agua en ese momento.

—Imposible.

Prothero se encogió de hombros y luego se rascó el brazo.

—¿Quieres decir que los muertos hablan? —lo presionó Gideon.

—Solo digo que no hubo ningún fallo.

—¡Me cago en la puta, claro que hubo un fallo!

—La ignorancia combinada con la vehemencia no te va a dar la razón.

Gideon intentó contener la rabia. Respiró hondo.

—¿Me estás diciendo que Alex habló, primero, ya muerta, y segundo, cuando estaba dentro de la criatura?

—No he investigado lo suficiente para llegar a esas conclusiones. Puede que no fuese ella quien hablara.

—Por supuesto que fue ella. Conozco su voz. ¿Quién iba a ser si no?

Otro exasperante encogimiento de hombros.

—Además, nadie puede hablar bajo el agua. ¿Me estás diciendo que alguien pronunció una frase completa que yo oí con toda claridad después de que atravesara cuatrocientos metros de agua? Claro que hubo una incidencia técnica. Dijera lo que dijese, de alguna forma se quedó atascado en algún algoritmo de conversión analógica, o lo que fuese, y tardó unos cuantos segundos en llegar a mi submarino.

—Oye, Gideon. —Prothero volvió a rotar la cabeza de aquí para allá—. ¿Por qué no te pierdes un rato?

Temblando de pura ira, Gideon se obligó a tragarse otra respuesta incendiaria. Aquella conversación no iba a llegar a ningún lado y entendió que en parte era culpa suya. Se había presentado en el laboratorio lleno de resentimiento, lo sucedido le afectaba demasiado a nivel personal y estaba dejando que ese tocapelotas le sacase de sus casillas.

—Solo intento entender qué ocurrió —dijo con una calma que le costaba mantener—. Debes entender que una buena amiga mía perdió la vida allí abajo.

—Mira, lo pillo. Comprendo que estés alucinando. Lamento lo que pasó. Pero no vengas aquí a decirme cómo hacer mi trabajo. Tienes poco que enseñarme.

—Entonces ¿qué tal si me cuentas lo que sabes? Te estaría muy agradecido. —Algún día mandaría a ese desgraciado al Polo Sur de una patada en el culo, pero no en aquel mismo momento—. Gracias.

Prothero se rascó el brazo otra vez, como si fuera un mono. Gideon aguardó y dejó que el silencio se prolongara.

—He estado trabajando en los factores físicos que debieron darse para que ese mensaje pudiera transmitirse por el agua. Y he averiguado algo.

Guardó silencio.

—Continúa —lo instó Gideon un minuto después.

—Es raro de cojones.

—¿En qué sentido?

—Era digital.

—¿A qué te refieres?

—¿Conoces la diferencia entre las ondas de sonido analógicas y las digitales? Unas son continuas mientras que las otras se componen de muestras independientes. De fragmentos de tiempo. De escalones, como las escaleras. Esta era digital. Y estaba elaborada de forma que pudiera viajar por el agua y sonar normal cuando llegase al altavoz, de nuevo en el aire, como ocurrió al sonar por tu hidrófono.

—Pero… ¿cómo?

Prothero se encogió de hombros una vez más.

—Ningún sistema biológico produce sonidos digitales. Ni nada digital. Solo los sistemas electrónicos pueden hacerlo. ¿Y recuerdas lo de la vocalización de la ballena azul? También era digital. Procedía del Baobab, no de la región superior.

—¿El Baobab se puso a cantar como una ballena azul? ¿Digitalmente?

—Sip.

—Entonces… ¿esta cosa no está viva? ¿Es una máquina? ¿Lo que hace es… no sé, grabar señales de audio y enviárnoslas de vuelta?

—¿Quién sabe qué demonios es esa cosa ni qué es lo que hace?

Gideon miró fijamente al ingeniero.

—No hace falta que sepamos lo que es —le dijo despacio— para matarla.

24

En las entrañas del buque oceanográfico *Batavia*, en una zona de almacenamiento sin identificar ni señalizar que permanecía siempre bien cerrada, Manuel Garza estaba examinando los inmensos estantes de acero sobre los que descansaban las distintas partes de la bomba, parcialmente ensambladas. Estaba todo allí, salvo el núcleo de plutonio, que se encontraba en una cámara secreta y hermética de otro sector. Mientras examinaba los ordenados estantes y los componentes, sellados y empaquetados al vacío con gran cuidado dentro de sus envoltorios de plástico plateado, sentado sobre las cajas de poliestireno fabricadas a medida, se sentía cada vez más preocupado. No le gustaba que Gideon, que llevaba semanas sin mostrar ningún interés por la bomba atómica, insistiera ahora, iracundo, en verla. Le parecía una reacción primitiva, la del guerrero vengativo que buscaba consuelo en la presencia de sus armas. Sabía que, desde el fallecimiento de Lispenard, se respiraba una atmósfera distinta en el barco. Se había vuelto grave y determinada. En circunstancias normales, eso no tenía por qué ser malo, pero aun así Garza estaba preocupado. Albergaba serias sospechas de que ahora su motivación se reducía a la venganza, aunque en su opinión la criatura que pretendían matar tenía tanto de enemigo como, por ejemplo, un oso grizzly o un virus. Un oso hambriento hacía lo que hacía, igual que un virus. Del mismo modo, esta cosa se comportaba como se comportaba. No era una cuestión de inteligencia, estaba seguro; tan solo de instinto.

Se oyó la llave al girar y la escotilla al desbloquearse, y Glinn apareció luego en el compartimento, acompañado de Gideon.

—Aquí está —dijo Garza—. Sellada en su totalidad. No hay mucho que ver.

Observó a Gideon cuando este pasó en silencio junto a él, con los ojos puestos en la bomba. Estiró el brazo y tocó el plástico.

—Parece muy pequeña para ser una bomba atómica —estimó unos segundos después.

—Es muy eficiente —explicó Glinn—. En su día conformaba la carga útil de un misil balístico intercontinental R7 Semyorka.

—De la era soviética.

—Por supuesto.

—¿Cómo se hizo con él?

—Ya lo hemos informado de cuanto necesita saber al respecto.

—¿Rendimiento?

—Unos cien kilotones.

—¿Peso?

—Ciento cuarenta kilos.

—¿Qué tamaño tiene la pepita de plutonio?

—Veinte kilos. Es ovalada.

Vio cómo Gideon deslizaba las manos por el plástico.

—¿Tipo de disparador?

—Cuenta con un iniciador de polonio 210.

—Joder. Es increíble que haya podido conseguir todas estas cosas. Hace que me preocupe por dónde puede haber terminado el resto de las antiguas bombas soviéticas.

—Hay muchas cosas de las que preocuparse. Pero esa es una cuestión de la que tendrá que encargarse otra persona en otro momento.

Gideon retiró la mano.

—¿Ha costado mucho?

—Una cantidad astronómica.

—¿Y qué modificaciones se le han hecho para poder utilizarla bajo el agua?

—Obviamente, el principal desafío técnico —respondió Glinn— era el de la presión del agua. El plan es introducirla en una pequeña cápsula de titanio y sumergirla con un vehículo controlado a distancia. De hecho, en el hangar tenemos un VCD diseñado de manera específica para esta tarea en concreto.

—Entiendo. ¿Y cómo se desplegará el arma?

—Esa, Gideon, será su labor. Usted es el experto en planificación de explosiones nucleares. Nadie ha hecho estallar nunca una bomba a tres kilómetros de profundidad, a una presión cuatrocientas veces superior a la de la superficie. Queremos asegurarnos de que el grado de destrucción sea el máximo posible.

Gideon miró a Glinn, después a Garza y, por último, de nuevo al primero.

—Está hablando de un problema informático de una complejidad extrema.

—Sí. Y en este barco disponemos del equipo necesario para resolverlo. Una máquina Q.

—La explosión —dijo Gideon— tiene que fulminar esa cosa por completo, sin dejar nada que pueda arraigar y crecer de nuevo. Para ello, hemos de averiguar cuáles son sus puntos débiles, dónde están sus órganos vitales y cómo reaccionarían sus tejidos a los efectos de la bomba. De nada nos serviría reventarla si los pedazos cayesen al lecho marino y terminaran volviendo a arraigarse.

—Veo que comprende el problema —observó Glinn—. Quizá tan solo haga falta triturar el cerebro. Sin embargo, también puede que se requiera llevar a cabo algo tan complejo como pulverizar el Baobab.

Gideon miró a Garza.

—Quiero empezar a montarla lo antes posible.

—No tan rápido —lo aplacó Garza—. Tenemos mucho trabajo por hacer antes de estar listos para bombardear esa cosa.

—Debemos ensamblar este puto trasto para poder usarlo cuanto antes. No tenemos ni idea de lo que pretende esa cosa.

—En cuanto empecemos a desprecintar estos paquetes —rebatió Garza—, estaremos manipulando explosivos de alta potencia, componentes informáticos extremadamente delicados y una gran carga de plutonio letal. Y llevar a bordo durante tanto tiempo una bomba atómica activable entraña un peligro inconcebible.

—Lo que entraña un peligro inconcebible es quedarse de brazos cruzados mirando una bomba inútil, incapaces de defendernos si esa cosa llegara a averiguar nuestras intenciones y decidiese quitarnos de en medio.

—Esa cosa no va a «averiguar» nada —aseguró Garza—. No es un organismo inteligente. Debe de ser una planta o una especie de anémona gigante.

Garza parecía exasperado; Gideon estaba dejándose llevar por sus emociones y permitiendo que su sed de venganza gobernase su juicio.

—No tenemos ni idea de la inteligencia de esa criatura —se opuso Gideon—. Si aquella cosa negruzca que vi es el cerebro, es grande de narices. Bastante más que el de usted —añadió con sequedad.

—Llevar en el barco una bomba atómica ensamblada —dijo Garza— es una locura. ¿Y si estalla una tormenta? ¿Y si uno de los componentes falla? ¿Y si el dispositivo sufre una sacudida o lo alcanza un rayo?

Garza se volvió luego hacia Glinn.

—Gideon quiere ensamblarla —especificó Glinn—. No activarla. Y no olvide que incluye un mecanismo de seguridad. Eso debería despejar sus temores.

—¿Qué mecanismo de seguridad? —preguntó Gideon.

—Nosotros tres, y solo nosotros tres, conoceremos el código necesario para activar la bomba atómica e iniciar la secuencia de detonación. Pero, como precaución, también dispondremos de un código para abortarla, en el caso de que, como grupo o individualmente, considerásemos que utilizar el dispositivo es una idea irracional.

—Eso no viene al caso —replicó Garza—. No estamos en una base militar, sino en un barco lleno de civiles. Las medidas de seguridad no son férreas. Como jefe de ingenieros, recomiendo de manera encarecida no ensamblar la bomba atómica hasta justo antes de emplearla.

Se produjo un largo silencio, tras el cual Glinn le ordenó a media voz:

—Disponga la entrega del núcleo de plutonio.

Garza se sobresaltó; eso era muy impropio de Glinn. Iba a manifestar su objeción cuando chascó la radio de Glinn. Este la escuchó durante un instante y después se volvió hacia ellos dos.

—Parece ser que el VSP de Lispenard ha reaparecido; se encuentra en una zona despejada del lecho marino, fuera de la criatura.

De inmediato, Gideon despegó la vista del arma.

—¿Qué estado presenta?

—Por lo que indica el sonar… Ahora es más pequeño. Más denso.

—Está aplastado —concluyó Garza—. Tal y como imaginábamos.

—Bajaré a recuperarlo —se ofreció Gideon de inmediato.

Garza esperaba que Glinn se opusiera, pero en vez de eso vio cómo asentía.

—Manuel —dijo—. Preparemos a *John* para otra zambullida.

«¿Qué se traen entre manos estos dos?», se preguntó Garza, que negó con la cabeza mientras salía en dirección a la cubierta del hangar.

25

Una vez más, Gideon tuvo que esforzarse por controlar la respiración y mantener a raya la claustrofobia mientras se precipitaba hacia el infinito vacío negro. Transcurridos cuarenta minutos, atisbó por el puesto de observación inferior el lecho marino, una planicie gris de lodo abisal, salpicada aquí y allá de pecios retorcidos, como un paisaje surrealista de Yves Tanguy. El punto de referencia de llegada estaba al sur del barco naufragado, a un kilómetro del Baobab.

John quedó suspendido a quince metros sobre el fondo. Esa vez, el submarino estaba conectado con la superficie por medio de un cable; imaginaba que en el centro de control no cabría un alma y que habría decenas de ojos monitorizando hasta el menor de sus movimientos. El delgado cordón de acero que serviría para izar el VSP aplastado estaba enganchado al brazo mecánico, enrollado por el otro extremo en la grúa del *Batavia*, por lo que debería maniobrar con cuidado para que el cable y el cordón no se enmarañasen.

—En punto de referencia cero —informó.

—Recibido —respondió Garza, que ocupaba el puesto de control—. Avance hasta punto de referencia uno.

Gideon se desplazó hacia delante, mientras el rumor de las hélices resonaba contra la estructura del submarino. Los restos machacados de *Paul*, situados en el punto de referencia tres, yacían en el fondo del mar, a unos quince metros del tronco de la criatura.

«Quince metros.» Teniendo en cuenta la trágica catástrofe acontecida el día anterior, esa distancia se antojaba excesivamente escasa.

Gideon se dirigió al punto de referencia uno. Cuando hubo llegado, movió la palanca direccional y el piloto automático aplicó un brusco cambio de rumbo para continuar de inmediato hacia el punto de referencia dos, donde realizaría otro viraje impetuoso. La idea era acercarse a la criatura en zigzag con la esperanza de así poder confundirla. Gideon creía que la estrategia era contraproducente y que solo serviría para alargar el tiempo que tendría que pasar en el fondo del mar, pero Glinn había desoído sus objeciones.

A medio camino del punto de referencia dos, los faros comenzaron a iluminar el Baobab y, en ese preciso instante, empezó a percibir un zumbido apremiante, cuya cadencia se iba acelerando y ralentizando, tanto por el hidrófono como por el casco del submarino.

—¿Qué demonios es eso? —preguntó al micrófono.

—Parece que lo están tanteando por medio de un sonar —respondió Garza—. Una frecuencia más alta que los dos hercios habituales.

—Mierda.

Gideon oyó un murmullo de consternación por el canal.

—Mantenga su posición —dijo Garza—. No se acerque más. Antes tenemos que evaluar la situación.

—Basta de retrasos —lo urgió Gideon—. Ya veo a *Paul*. Voy a seguir.

Una discusión apresurada de fondo.

—De acuerdo —aprobó Garza—. Avance tan rápido como pueda y después márchese de ahí.

—Justo lo que pensaba hacer.

El zumbido del sonar se volvía más urgente y luego se relajaba y, del mismo modo, primero se agudizaba y después se agravaba. Sonaba como un enjambre de avispas furiosas, y a Gideon le ponía el vello de punta.

A medida que se acercaba, los faros terminaron de alumbrar por completo los restos del VSP. Yacía en el cieno del fondo como si lo hubieran colocado allí: una bola de metal compacta y bien aplastada con cosas incrustadas en ella. Descansaba sobre el frondoso laberinto de finas raíces tentaculares que brotaban del Baobab y se extendían en todas direcciones. El amasijo al que había quedado reducido el casco de titanio con forma de panal estaba replegado perfectamente sobre sí mismo, a semejanza de una pelota de papel de aluminio. Era casi increíble que la criatura hubiese conseguido sin ningún esfuerzo lo que el peso de tres kilómetros de agua no había logrado. Un rastro tenue y difuso se extendía corriente abajo desde los restos aplastados, como la estela de un cometa. El haz de los faros permitía ver el agua rojiza que manaba de una de las pequeñas grietas de la estructura.

Gideon miró el tronco que se cernía sobre él más allá de los restos: un muro sólido y rugoso que parecía una especie de espeluznante rascacielos viviente. Aquella cosa abotagada se mantenía inmóvil, sin mostrar señal alguna de vida, salvo por el repulsivo zumbido del sonar.

Su aprensión empezó a inflamarse de cólera y odio.

Desaceleró al llegar a los restos y extendió el brazo mecánico, que llevaba en su extremo un cable de acero con un perno de anclaje explosivo. El brazo programado, que, como era habitual, apenas necesitaba indicaciones por parte del piloto, sacó el perno y lo apoyó en una parte sólida del minisubmarino aplastado; con un plaf y una columna de burbujas, el perno quedó anclado.

El ruido pareció molestar a la criatura; el zumbido de su sonar creció en volumen y en agudeza.

—Perno fijado —informó Gideon.

—Listo para izada —dijo Garza.

Conforme al protocolo de la misión, debía esperar a que el

equipo de superficie empezase a subir los restos, a fin de cerciorarse visualmente de que estos no se desmontaran durante el ascenso. Se retiró y observó cómo el cable perdía su laxitud y se tensaba poco a poco. En cuestión de segundos, en medio de una nubecilla de sedimentos, los restos se elevaron hacia la tiniebla como un funesto y gigantesco adorno de Navidad.

—Parece estar correcto —dijo—. *Paul* asegurado.

—Estamos de acuerdo —convino Garza—. Arroje el lastre y regrese a la superficie.

Sin perder un segundo, Gideon desplazó la palanca de liberación para desprenderse del lastre de hierro y, al instante, *John* comenzó a ascender disparado.

Al mismo tiempo, la descomunal criatura empezó a retorcerse de la manera más grotesca posible; la boca emergió del centro del tallo, hinchándose de agua, mientras los labios gomosos vibraban. Gideon se estremeció al notar que la repentina corriente atrapaba a su submarino, haciéndolo sacudirse y rotar en espiral. Se oyó un latigazo y Gideon supo de inmediato que el cable de comunicaciones se estaba soltando. La mitad de las pantallas se fundieron a negro, la voz de Garza dejó de sonar por los auriculares y una multitud de alarmas hizo aparecer toda clase de mensajes de aviso en los monitores que aún funcionaban.

Cuando movió la palanca direccional hacia un lado para contrarrestar la rotación, el submarino desaceleró muy abruptamente: el morro se inclinó de forma pronunciada hacia arriba y la cola se orientó hacia la boca, que no dejaba de aspirar y de tirar de él. Gideon no se dio por vencido, forzó el propulsor de avance y vació de agua los depósitos de lastre de emergencia; esto provocó que se llenasen de aire con una inmediatez explosiva y que, de esta manera, la flotabilidad del batiscafo se incrementase al máximo.

Notó cómo el impulso que lanzaba el submarino hacia arriba lo contrarrestaba la corriente que pretendía succionarlo. Se inició una vibración, un golpeteo, acompañados del siseo angustioso del agua que fluía a toda prisa, y entonces, con un bandazo repentino, la nave se liberó y se proyectó hacia la superficie, dando vueltas sobre sí misma como una burbuja enloquecida. Mientras se peleaba con los mandos, Gideon sintió cómo el piloto automático intentaba corregir las caóticas piruetas. Al advertir una cierta regularidad en los giros de la nave, llevó la palanca direccional en la dirección opuesta, y, con otro bandazo, *John* quedó estabilizado.

Una vez que su ritmo cardíaco hubo recuperado una cierta normalidad, atisbó un resplandor azulado por los puestos de observación y, un instante después, el submarino alcanzó la superficie. Por el puesto de observación de babor, Gideon vio el definido perfil blanco del *Batavia*. En cuanto salió del agua, la voz de Garza sonó por la radio de los auriculares.

—¿Gideon? ¿Gideon? ¿Me recibe?

—Alto y claro.

—¿Se encuentra bien?

—Un poco mareado, pero sí.

—Vamos a sacarlo del agua.

Sin necesidad de que accionase ningún mando, el minisubmarino hendió la tersa superficie del mar en dirección al barco nodriza, que estaba a casi un kilómetro de distancia.

26

Manuel Garza entró en el laboratorio forense lleno de aprensión. Había media docena de sillas metálicas alineadas ante una enorme pantalla plana; un cine en miniatura donde estaba a punto de comenzar la más macabra de las sesiones.

Garza había sobrevivido al hundimiento del *Rolvaag*. Se decía que, con el tiempo, incluso las peores experiencias terminaban por olvidarse y, en efecto, eso era lo que le había pasado a él. Ignoraba si esa era una forma de represión poco saludable o tan solo una reacción psicológica de autodefensa. Solo sabía que llevaba años evitando rememorar aquella noche de pesadilla, descartando todo pensamiento que tuviera que ver con ella, hasta el punto de que, según se decía a sí mismo, ya prácticamente no se acordaba de nada de lo sucedido. No tenía el menor interés en hacerlo. Quizá hubiera personas que combatían el trastorno por estrés postraumático volviendo a los hechos en su cabeza una y otra vez. No era su caso; su modo de sobrellevarlo consistía en reprimir los recuerdos bajo la alfombra de la memoria, en pisotearlos, en hacer como si nunca hubieran pasado.

Y ahora estaba allí, a punto de que lo abofetearan esos recuerdos que había ignorado tan bien, uno tras otro.

—¡Doctor Garza, bienvenido! —lo recibió Hank Nishimura con un entusiasmo un tanto excesivo.

Sin responderle, Garza ocupó el asiento que le habían ofrecido. Sabía muy bien que a bordo del barco se le tenía por un hombre hosco, distante y taciturno. En el cuartel general de la EES disfrutaba de la misma reputación. Al principio, aquello lo molestaba, pero cuando se dio cuenta de que no podía —o no quería— cambiar, decidió que lo mejor sería no preocuparse por esa cuestión. La misión que tenían entre manos era lo único que importaba; que le dieran a lo demás.

Había llegado pronto y, mientras esperaba, se presentó la primera oficial Lennart, seguida de Antonella Sax, la astrobióloga. Ninguno de los tres dijo nada. Al cabo apareció Glinn. No habían convocado a nadie más: ni Gideon ni tampoco Brambell.

Garza miró a Glinn con curiosidad. Sin duda, lo que estaban a punto de ver iba a dejar en muy mal lugar al director de la EES. Y no solo eso, sino que se correría el velo y se dejaría al descubierto a Glinn en un estado de obsesión que lo había llevado a cometer una negligencia homicida. Si esas grabaciones llegaran a filtrarse, era muy probable que Glinn pasase el resto de sus días en la cárcel.

Aun así, Glinn traía su máscara de siempre, una expresión neutral, de una amabilidad ambigua, inteligente de una forma sutil, la cara de un contable, tal vez, o la de un mando intermedio de una empresa de bienes de consumo.

Tomó asiento.

Fue en ese momento cuando Garza se percató de lo nervioso que estaba Nishimura. Hasta entonces era el único que había visionado las grabaciones y lo que había visto no debía de haber sido muy agradable.

—Doctor Glinn, ¿sería tan amable de decir unas palabras a modo de…, bueno, de introducción? —preguntó Nishimura, esperanzado.

Glinn agitó la mano.

—Ponga las filmaciones.

—Ah, sí. Vale. —Nishimura miró a su alrededor, con el rictus de una inapropiada sonrisa en su cara—. Lo que he hecho…

Lo que el doctor Glinn me pidió que hiciera... es montar un vídeo de los últimos momentos del *Rolvaag*, por estricto orden cronológico, enfatizando los sucesos principales. El vídeo comienza más o menos una hora antes del hundimiento, y continúa hasta cuando la nave se partió y los sistemas de grabación quedaron inutilizados. —Entrelazó las manos y respiró hondo—. Hemos conseguido rescatar la mayor parte de los datos. Había dos cámaras en el puente, otras dos en la bodega y unas cuantas más distribuidas por todo el barco. A veces la calidad de imagen se ha deteriorado y a menudo el audio es difícil de entender, a menos que se trate de comunicaciones electrónicas. Son unos momentos... difíciles. Huelga decir que estas filmaciones son confidenciales. Por este motivo, conforme a las órdenes del doctor Glinn, no se ha convocado a un gran público. No se deberá debatir acerca de esta cuestión al margen de los que estamos aquí, ¿correcto, doctor Glinn?

—Correcto.

Una pausa incómoda.

—Doctor Glinn, ¿está seguro de que no desea decir unas palabras sobre lo que vamos a visionar?

Otro gesto de rechazo con la mano.

Nishimura tragó saliva.

—De acuerdo, entonces. Pasaré a reproducir las grabaciones sin más comentarios. Observarán que he introducido un contador de tiempo en la esquina inferior derecha de la imagen.

Las luces de la sala se apagaron. La pantalla se encendió en negro y el contador empezó a correr.

19.03.44

Justo después se inició el vídeo. Se materializó un lugar. Era el puente de un barco, del *Rolvaag*. La perspectiva era cenital y lateral, de tal modo que permitía ver el timón, el puesto de comandancia, el oficial de guardia. La luz era ceniciente, un crepúsculo tormentoso. El puente estaba a oscuras, como era habitual, salvo por el resplandor rojizo de los dispositivos electrónicos y de las diversas pantallas atenuadas del radar y de los trazadores de cartas.

Garza distinguió a la capitana Britton en el puesto de comandancia y a la persona que estaba a su lado, Eli Glinn. El primer oficial, un hombre llamado Victor Howell, se encontraba junto al timonel, quien en ese preciso instante estaba de espaldas a la cámara. Al fondo del puente, apartado, estaba el resto del elenco principal de la travesía: Palmer Lloyd, el multimillonario que financiaba la expedición; Sam McFarlane, el buscador de meteoritos freelance, y Rachel Amira, la científica jefa. Todos guardaban silencio. Todos observaban.

Por las ventanas del puente se veía la proa del buque y, al verla, a Garza casi se le salió el corazón del pecho, mientras se esforzaba por reprimir los recuerdos que afluyeron a su cabeza.

La tormenta había llegado a su punto álgido. Las montañas de agua se alzaban sobre el casco y barrían la cubierta de proa. Muchos de los contenedores y una buena parte de los pescantes se habían soltado ya de las amarras y precipitado por la borda. Al otro lado estaba el mar, un caos de olas embravecidas con crestas arremolinadas que alcanzaban la altura de un edificio de diez plantas. Lo único que protegía al *Rolvaag* era su mera enormidad. Si se estaba manteniendo alguna conversación en el puente, el estruendo del mar la ahogaba por completo. Todos estaban centrados en sus respectivas tareas, determinados a mantener el inmenso petrolero bajo control. Cada vez que el barco se elevaba con una ola, los vientos se elevaban hasta producir un aullido atropellado. Siempre que una ola coronaba, toda la superestructura temblaba y las grabaciones de las cámaras sufrían interferencias, como si los vientos de la tempestad pretendieran arrancar las cubiertas del barco. Después, en el momento del descenso de la nave, se producía una vibración y los gemidos del viento se extinguían a medida que el buque se escurría por el cañón de agua, tras lo cual empezaba a bambolearse lenta y dolorosamente. Las vistas que ofrecían las ventanas del puente bajaban hacia el amenazador muro de aguas negruzcas, trenzadas por la espuma, para a continuación, con una lentitud angustiosa, alzarse de nuevo hasta dejar atrás las olas turbias y mostrar un cielo aún más opaco e infinito.

Mientras veía las imágenes, sumido en los recuerdos, Garza intentó dominar una inesperada y abrumadora sensación de pánico. Era cuanto podía hacer para mantener la compostura.

Ahora la capitana Britton hablaba con Glinn, gesticulando. Este estaba escuchando una radio portátil.

«Es Garza —decía—. Con esta tormenta no se le oye.»

Britton se volvió hacia el primer oficial Howell.

«Páselo a los altavoces.»

De pronto Garza oyó su propia voz por el canal electrónico, mientras llamaba desde la bodega.

«¡Eli! ¡Están fallando los travesaños principales!»

Glinn respondió con una serenidad estremecedora.

«Sigan trabajando.»

«Se desmonta demasiado deprisa para poder...»

Un chirrido metálico ahogó todos los demás ruidos. El barco se escoró de forma alarmante, las olas cabriolaban sobre la barandilla, la proa rozaba el agua; parecía que el buque quisiera zambullirse en el mar de cabeza.

«¡Eli, la roca! ¡Se mueve! No puedo...»

La estática devoró el audio.

De súbito, el vídeo pasó a la bodega del barco, una sección que Garza conocía bien, puesto que había sido el diseñador principal de la colosal estructura de riostras y refuerzos que mantenían en su sitio el meteorito de veinticinco mil toneladas. Allí estaba este, tapado con un manto de lonas, recogido en el contenedor, rodeado de inmensas cadenas recubiertas de goma, de calabrotes, de un bosque de vigas de madera y, más allá de estas, de riostras de acero que aportaban resistencia y rigidez. El diseño de este contenedor había sido uno de los mayores logros de Garza como ingeniero. Y había funcionado. Lo había hecho, maldita sea, y habría salvado el barco si Glinn, el malnacido de Glinn, no hubiera…

En ese momento se quedó helado. Allí estaba él mismo, unos años más joven, en la pasarela baja que circundaba el meteorito, manipulando desesperadamente las palancas de la consola de regulación de la potencia, desde donde se ajustaba la tensión de las cadenas y los calabrotes para mantener la roca bien sujeta en el contenedor.

Sin embargo, por entonces ya no lo estaba. Con el vaivén del barco —el angulómetro de la consola de regulación de la potencia mostraba la inclinación de la cabezada—, la roca no paraba de zarandearse y hacía que las cadenas se escurriesen un tanto, que las vigas de madera se combasen y que los sostenes de hierro gimieran. Según veía el vídeo, Garza iba sintiendo oleadas de conmoción y náuseas. Vio entonces una sombra en una de las pasarelas superiores, algo que se escurría furtivamente, y de pronto se acordó del nativo de la zona del cabo de Hornos al que habían traído a bordo por sus conocimientos de la región. Tenía un nombre raro, ¿cuál era? Puppup. John Puppup. Allí estaba, mirando hacia abajo con una sonrisa de lunático en la cara, que reflejaba satisfacción, incluso triunfo. La sombra se desvaneció entre el bosque de riostras. Después se produjo tal estrépito en la bodega, tal tumulto de golpes y chirridos, que ya no oyó nada más. Fue una breve secuencia de cinco segundos y, después de ella, el vídeo regresó al puente.

En aquel instante la capitana Britton se volvió e hizo señas, y Palmer Lloyd se acercó. Obviamente el audio había pasado por un proceso de optimización, pero aun así seguía estando distorsionado, plagado de ecos e interferencias digitales; las palabras, no obstante, se oían con una claridad escalofriante.

«Señor Lloyd —le dijo—, hay que soltar el meteorito.»

«Ni hablar», respondió este.

«Soy la capitana del barco —dijo Britton—. Están en juego las vidas de mi tripulación. Señor Glinn, le ordeno que ponga en marcha la compuerta de seguridad. Es una orden.»

«¡No! —exclamó Lloyd, que le sujetó el brazo a Glinn—. Como toques el ordenador, te mato con mis propias manos.»

«¡La capitana ha dado una orden!», exclamó el primer oficial.

«¡El único que tiene la llave es Glinn, y no lo hará! —gritó Lloyd—. ¡No puede! ¡Sin mi permiso no puede! ¿Me oyes, Eli? Te ordeno que no pongas en marcha la compuerta de seguridad.»

La discusión sobre si accionar o no la «compuerta de seguridad» que arrojaría el meteorito al mar fue acalorándose cada vez más. Garza no asistió a ella, ya que se encontraba abajo, en la bodega, y le costaba escuchar lo que unos y otros decían, pues sus voces quedaban ahogadas por los bramidos del oleaje. Cuando la disputa llegó a su apogeo, se oyó con claridad a McFarlane, el buscador de meteoritos, que pareció sorprender a todos con su repentina intervención.

«Que lo suelten.»

Mientras Lloyd protestaba, el barco inició otra cabezada, pero esta era distinta. La ola que elevó el *Rolvaag* alcanzaba un tamaño mareante. La discusión cesó de inmediato. Una de las ventanas del puente estalló y el plástico de alta resistencia saltó por los aires hecho pedazos mientras el viento aullaba a su través. Luego se oyó un ruido espantoso. El puente se inclinó un poco, y después algo más, con una escora que llegaba ya a los treinta grados, mientras la tripulación intentaba aferrarse desesperadamente a cualquier asidero que tuviera a su alcance y el barco se balanceaba de costado. Por las ventanas solo se veía ahora el agua negra. Un instante de inmovilidad y a continuación, con una formidable sacudida, la nave comenzó a erguirse.

Ese fue el momento que hizo cambiar de opinión a todos.

En cuanto la cubierta se hubo estabilizado, Lloyd retiró su opinión.

«De acuerdo —dijo—. Soltadlo.»

La discusión se reanudó, pero esta vez se perdió bajo el furor del vendaval cuando la nave ascendió hacia la cumbre de la siguiente ola. Glinn estaba ante el teclado, listo para introducir el comando, el código que solo él conocía, el cual abriría la compuerta y expulsaría el meteorito. Pero no estaba tecleando nada, como bien sabía Garza. Apartó del tablero sus estilizadas manos pálidas y se volvió despacio hacia los demás.

«El barco sobrevivirá.»

El vídeo regresó a la bodega. De nuevo, allí estaba Garza. El meteorito se había desplazado, varias de las vigas de madera estaban astilladas y el contenedor parecía haberse inclinado.

«¡Eli! —gritaba por radio—. ¡Están fallando los andamios!»

Oyó la voz de Britton por la radio del barco, ordenándole que accionase la compuerta.

«Solo Eli tiene los códigos», contestó él.

La respuesta furiosa de Britton:

«Señor Garza, ordene a sus hombres que abandonen sus puestos.»

Nueva secuencia del puente. Glinn se negaba en redondo a librarse del meteorito, a pesar de que ahora todos los demás se lo suplicaban.

Se oyó seguidamente la orden decisiva de la capitana Britton al primer oficial:

«Que todo el mundo abandone sus puestos. Vamos a evacuar el barco. Inicie baliza a cuatrocientos seis megahercios, que toda la tripulación suba a los botes.»

Cuando el primer oficial Howell emitió la orden por el intercomunicador del barco, Britton salió del puente.

27

A petición de Ronald —una solicitud que parecía conveniente satisfacer—, Sam McFarlane dejó su maltrecha maleta de ruedas en el despacho del doctor Hassenpflug y siguió al fornido celador pelirrojo por los resonantes pasillos y los arcos minuciosamente ornamentados de aquella mansión neogótica llamada Dearborne Park. Al cabo, una pesada puerta de acero se abrió con el clic-clac de las cerraduras y reveló una elegante sala de visitas. Pero cuando McFarlane miró a su alrededor, comprendió que se trataba de un espejismo bien orquestado. Los caros paisajes al óleo que colgaban de las paredes estaban forrados de plexiglás transparente. Los sillones y sofás afelpados tenían las patas fijadas al suelo mediante discretas sujeciones. No se veía ningún tipo de objeto afilado. Esa, dedujo, no era una mera sala de visitas, sino la propia de un manicomio, en concreto uno muy suntuoso y caro.

Al fondo de la estancia había un anciano sentado en un sillón de respaldo alto. La firmeza y la rigidez de su postura transmitían un orgullo que contrastaba con la camisa de fuerza que le constreñía los brazos y el torso. El anciano lo observaba y sus ojos azules destellaban de reconocimiento. Un celador había estado dándole de comer una especie de brebaje rojizo por medio de una taza de plástico de la cual sobresalía una pajita.

—Apártalo —le dijo Palmer Lloyd con brusquedad en un

aparte. Seguidamente volvió a mirar a McFarlane—. Sam. Acércate.

McFarlane, sin embargo, no se movió. Había reconocido la característica voz de Lloyd de inmediato, cómo no, cuando recibió la llamada a su móvil en Santa Fe. Desde entonces había estado mentalizándose para afrontar ese encuentro. Pero ahora, en presencia de Lloyd, le costaba capear la tormenta de emociones —rabia, odio, culpa, arrepentimiento, pesar— que lo zarandeaba.

—¿Qué cojones quiere? —le preguntó con una voz que incluso a él le sonó ajena y desabrida.

El rostro cuarteado pero todavía vigoroso de Lloyd produjo una sonrisa.

—¡Ja, ja! —rio—. Ese es el Sam que recuerdo. —Ensartó a McFarlane con los ojos—. Ese es el Sam que necesito. Acércate.

Esta vez, McFarlane sí que accedió a hacerlo.

—¿Sabes quién vino a verme hace unas semanas, Sam? —le preguntó Lloyd.

McFarlane guardó silencio. La mirada del anciano lo tenía atónito. Sabía que, de un modo u otro, el fracaso de la expedición y el hundimiento del *Rolvaag* habían afectado a todos los supervivientes. Tenía entendido que Palmer Lloyd en particular lo había sobrellevado muy mal. Pero ver a aquel poderoso y altivo multimillonario reducido a semejante estado era difícil de asimilar.

—Eli Glinn —se respondió a sí mismo.

—¿Glinn?

—¡Ah! ¡Ja, ja! Me basta con verte la cara para saber que lo odias tanto como yo.

McFarlane cogió los brazos de una silla cercana y tomó asiento en ella.

—¿Qué quería?

—¿Qué crees tú que quería ese imbécil? Lo mismo que todos. —Lloyd miró por un instante a los dos celadores antes de inclinarse hacia el invitado y proseguir en voz baja—: Matar a esa cosa.

McFarlane irguió el cuerpo. Durante los últimos cinco años, mientras deambulaba de aquí para allá, incapaz de conservar un trabajo, reacio al compromiso, inquieto, a la deriva, sin llegar a disfrutar nunca de un instante de paz, el pasado que compartían no había dejado de atormentarlo en ningún momento. Sabía qué era esa «cosa» a la que Lloyd se refería. Nunca había logrado quitársela de la cabeza por completo.

Con los ojos clavados en la expresión de McFarlane, Lloyd asintió.

—Los dos lo odiamos, ¿verdad, Sam? Él tuvo la culpa… La culpa de todo.

—No fue solo culpa suya —lo corrigió McFarlane—. También la tuvo usted.

Lloyd se incorporó en el sillón.

—¿Mía? —Articuló una risa áspera—. ¡Ah! ¿Ahora resulta que yo soy el responsable de que tú te sumaras a la expedición, de que tu vida esté destrozada? —Su voz se elevó trémulamente—. Que yo recuerde, ya te la habías arruinado tú solito. ¿No te acuerdas del meteorito de Tornarssuk? Yo te di la oportunidad de redimirte. Fue Glinn, y no yo, quien te la arrebató. Lo sabes muy bien.

El celador que respondía al nombre de Ronald, parado junto a la puerta, emitió un carraspeo.

—No ponga nervioso al paciente —avisó.

De inmediato Lloyd recuperó la calma. Le hizo una seña al otro celador para que le permitiera beber de la taza de plástico.

—¿A qué te has dedicado todo este tiempo, Sam? —preguntó ahora en un tono más comedido—. Aparte de a malvender meteoritos sin valor, quiero decir.

—A un poco de todo.

—¿Por ejemplo?

McFarlane se encogió de hombros.

—Durante una temporada enseñé geología en un centro de formación superior. También he trabajado en una fundición de Braddock, Pensilvania.

—Pero no conseguiste quedarte en ninguno de esos sitios, ¿verdad? Los demonios te obligaban a seguir adelante, ¿me equivoco? ¡Ja! Bueno, la verdad es que no eres el único. A Glinn le ha ocurrido lo mismo. Se presentó aquí con su brazo derecho, ese tal Garza, y con otro tipo más joven… ahora no recuerdo su nombre. Al parecer, durante estos últimos años, también él ha vivido atormentado por aquella cosa que plantamos en el Atlántico Sur. —Lloyd se encorvó hacia delante otra vez—. Aunque sus demonios son todavía peores que los nuestros. Fue él quien no accionó la compuerta de seguridad. Quien hundió el *Rolvaag*. Quien asesinó a ciento ocho personas. Y lo peor de todo, quien dejó aquello allí durante cinco años. Quien permitió que creciera. Que creciera y siguiese haciéndolo, hasta hoy, que…

—Señor Lloyd —lo interrumpió Ronald con una voz discreta pero firme.

—¿Qué? —gruñó Lloyd, que rotó la cabeza para mirar al celador—. Solo estoy charlando con un viejo amigo. —De nuevo se volvió hacia McFarlane. Su tono se volvió apresurado, casi angustioso, como si supiera que disponía de muy poco tiempo—. No he dejado de darle vueltas a la visita de Glinn desde que estuvo aquí. No he pensado en otra cosa. Va a regresar, Sam, después de todos estos años. Creía que no había movido un dedo por simple cobardía. Pero ese no era el motivo. Era una cuestión de dinero. Ahora al fin lo tiene. Y ya debe de estar allí abajo ahora mismo. Sabe Dios qué estará sucediendo allí abajo, en estos precisos momentos.

Hizo un gesto con los brazos en el interior de la camisa de fuerza, como si pretendiera cogerle la mano a McFarlane. Las cadenas que le inmovilizaban las piernas tintineaban cada vez que se agitaba en el sillón.

—Pero sé muy bien qué va a ocurrir. Y seguro que tú, por

poco espabilado que seas, también te lo imaginas. Va a fallar... otra vez más. Nació para fracasar: es su sino. La lógica que terminó por hundir el *Rolvaag* va a truncar también esta expedición. Es un egoísta, tiene el juicio nublado. Carece de humildad y se niega a considerar la aleatoriedad incontrolable de la vida. Se gana la vida resolviendo problemas de ingeniería, problemas de ingeniería terrestre, pero este no es el caso. Oh, no, ya lo creo que no.

—¿Por qué me cuenta todo esto? —preguntó McFarlane.

—¿Por qué crees tú? Tienes que bajar allí. Necesita de tus conocimientos. De la experiencia que adquiriste en aquellos momentos tan malos. De tu capacidad para plantarle cara y decirle que se equivoca. Maldita sea, necesita a alguien que haya estado tan... tan cerca de aquella cosa como él. Necesita un ángel tocanarices, ¡a alguien que esté tan jodido como él!

—Pues vaya usted —le propuso McFarlane.

Por un momento, Lloyd lo miró con perplejidad. Acto seguido, volvió a prorrumpir en carcajadas.

—¿Que vaya yo? Creo que estos caballeros disentirían. Además, aunque me quitasen estas correas, no llegaría a poner un pie en la calle. He pensado en un centenar, en un millar de formas de quitarme la vida. Estaría muerto antes de que pasaran sesenta segundos. —Dejó de reírse—. Escucha, el dinero no es impedimento, tienes que ir, y ponerte en marcha ya. Yo te financiaré el...

—De modo que usted peca de la misma cobardía de la que acusaba a Glinn —lo interrumpió McFarlane—. Sabe lo que va a pasar, lo que esa semilla va a hacerle a este planeta, y no soporta la idea. Así que quiere quitarse de en medio antes de que suceda.

—Señor... —volvió a advertir Ronald.

—Bueno, ¿sabe qué? Tiene razón. Estamos todos muertos, o así será dentro de poco. Y me alegro. He estado recorriendo el mundo estos últimos cinco años y, a lo largo de ese tiempo, no he visto demasiadas cosas que merezca la pena salvar. Ojalá que esa cosa destruya a la humanidad antes de que salgamos del planeta y nos expandamos por toda la galaxia. Espero que nos vayamos todos al infierno. Y usted, el primero.

Por un segundo, Lloyd lo miró presa de una estupefacción muda. Al cabo, el rostro se le encendió de pura rabia.

—¿Cómo…? ¿Cómo te atreves a presentarte aquí y hablarme en ese tono condescendiente como un gusano hastiado, con tu hartazgo lamentable? Eres peor que él. ¡Me das asco! ¡Pedazo de mierda! Eres… ¡No! ¡Espera! No te vayas. Vuelve, Sam. ¡No te vayas! ¡¡No te vayas!!

Pero McFarlane ya se había levantado y se dirigía rápidamente hacia la puerta, mientras los celadores se apresuraban a acompañarlo fuera de Dearborne Park.

28

En la sala de proyección, Garza miró discretamente a Glinn para ver cómo se estaba tomando el vídeo. De nuevo, no pudo sino maravillarse ante la frialdad de Eli.

Ahora el vídeo dio paso a varias tomas rápidas de los pasillos del barco: la tripulación corriendo a los botes salvavidas y después saltando a bordo de ellos, unas embarcaciones naranjas cerradas que, en lugar de pender de los pescantes, debían arrojarse al agua, de forma que se sostenían sobre una pasarela descendente y tenían que deslizarse desde la nave principal.

De vuelta al puente. Todos habían abandonado sus puestos, salvo el primer oficial Howell y el timonel. Este último moriría, Garza ya conocía su destino, pero Howell sobreviviría. Sin embargo, ¿adónde había ido la capitana? Garza recordó que él mismo les había ordenado a sus hombres que abandonaran sus puestos y, después de ello, había seguido las órdenes de la capitana y había dejado la bodega para dirigirse a los botes salvavidas deslizantes.

Nueva escena de la bodega. Glinn aparecía llegando a la pasarela superior, donde lo recibió el fueguino, Puppup. Puesto que el ascensor de la bodega se había averiado, Glinn descendió hacia la pasarela inferior rodeando el contenedor y aferrándose a la escalera mientras el barco se escoraba y aquella perdía la verticalidad. La bodega se llenó con el sonido de los lamentos del acero en tensión y de la madera al quebrarse. La lona que cubría el meteorito se había rasgado, dejando a la vista la inmensa superficie carmesí.

Garza observó la pantalla con mucha más atención. La fascinación sustituía ahora a la impresión y el espanto del principio. Nunca había visto estas imágenes, que revelaban unos hechos que él desconocía. Glinn, por supuesto, jamás los había mencionado.

Este empezó a manipular las cadenas recubiertas de goma que se habían soltado, sirviéndose de la maquinaria para volver a tensarlas en torno al meteorito. Puppup lo ayudaba mientras mantenían una conversación que los ruidos ahogaban casi por completo.

De pronto apareció alguien más en la pasarela superior: la capitana Britton.

«¡Eli! —lo llamó—. ¡El barco está a punto de partirse!»

Glinn no respondió. Siguió trabajando con Puppup, intentando volver a tensar las cadenas, que se habían soltado más con el último bandazo. El propio Garza ya había intentado ajustarlas una y otra vez del mismo modo, pero las sujeciones siempre terminaban por aflojarse bajo el descomunal peso del meteorito y el balanceo de la nave, de tal forma que los trinquetes de los engranajes comenzaban a desmontarse.

«Vuelve conmigo al puente —le pidió Britton—. Puede que aún haya tiempo de poner en marcha la compuerta. Quizá podamos sobrevivir los dos.»

«Sally —contestó Glinn ahora—, los únicos que van a morir son los insensatos que se suban a los botes. Si te quedas, sobrevivirás.»

El buque volvió a escorarse y el meteorito se estremeció, pero la capitana no cesaba de rogarle a Glinn que abandonara el barco. Aun así, este se negaba a dejar de manipular las cadenas, pese a que la nave seguía balanceándose de un modo cada vez más espeluznante, la bodega se había convertido en un tumulto de chirridos y golpeteos metálicos, mientras el gigantesco meteorito se agitaba con un estrépito atronador.

«Podría enamorarme de ti, Eli», lo llamó Britton por última vez, pero él la ignoró y entonces la capitana desapareció.

Su cadáver había sido hallado en el compartimento de electrónica del barco; Garza suponía que habría estado intentando saltarse los códigos y abrir la compuerta de seguridad desde allí.

«Podría enamorarme de ti, Eli.» Cielo santo. Garza ni siquiera se lo imaginaba. No había sido consciente de todo lo que Glinn le había ocultado, de todo lo que se había guardado para sí durante todos aquellos años. No le extrañaba que se hubiera desmayado en el puente al ver el cadáver de Britton.

El vaivén del barco parecía no cesar nunca ante sus ojos. Y allí estaba Glinn, encaramado a lo alto de la roca, con una llave de tuerca en la mano, intentando apretar a mano los pernos de las cadenas, una empresa absolutamente demencial. Se sentó a horcajadas sobre la inmensa piedra, afianzado bajo una maraña de cabos y cadenas, como el capitán Ahab a lomos de Moby Dick, mientras empuñaba la herramienta con fuerza, hacía aspavientos desesperados y forcejeaba con una voluminosa abrazadera.

Se oyó el ruido de un desgarrón cuando el meteorito se agitó y las lonas se rasgaron, de tal forma que la roca quedó al descubierto casi por completo, con su extraña superficie carmesí casi resplandeciendo. Los remaches del casco empezaron a saltar. Y la nave continuaba guiñando de costado, en un ángulo cada vez más alarmante. Las riostras metálicas produjeron un estrépito brutal al sacudirse, acompañado de una lluvia de chispas y de un cascabeleo de cadenas, y entonces la estructura se desmoronó. El meteorito se deslizó fuera del contenedor, casi celebrando su libertad, con Glinn montado sobre él; la roca impactó contra la red de puntales y vigas, astillando la madera y hendiendo el acero como si se tratara de mantequilla, descendiendo de manera lenta pero implacable a merced de la atracción inexorable de la gravedad. El barco estaba ya prácticamente tumbado sobre su costado y apenas el casco empezó a agrietarse, el mar entró rugiendo al interior, blanco de pura ira. Garza vio cómo el meteorito entraba en contacto con el agua salada.

Llegados a este punto, Nishimura ralentizó la reproducción. Ahora la secuencia avanzaba fotograma a fotograma. Cuando el agua envolvió la superficie del meteorito, este pareció empezar a espumar y hervir, como si la capa externa estuviera resquebrajándose y contrayéndose, hasta que quedó expuesto el núcleo vítreo. A Garza le recordó el momento en que una crisálida se abre para liberar a una mariposa.

A continuación, el vídeo se enlenteció aún más y pasó a mostrar un fotograma por segundo. El borboteo del agua que lamía el meteorito se intensificó y la piel roja de la roca se desprendió de manera explosiva mientras el interior translúcido parecía hincharse; el agua que saltaba a la bodega no paraba de formar espuma a su alrededor; un vibrante fogonazo de luz blanca brotó de las entrañas del meteorito; Glinn desapareció y la imagen quedó congelada.

—Este —indicó Nishimura— es el último fotograma antes de que la grabación se funda a negro. La he optimizado todo lo que he podido.

La imagen mostraba el interior del meteorito, inundado de luz; y allí, suspendido en su seno, estaba aquel órgano marrón, fibroso e hinchado con forma de sandía que se parecía a un cerebro y habían visto dentro del tronco del Baobab.

Tras dejar la imagen final en la pantalla por unos segundos, el monitor se apagó y las luces se encendieron. Instantes después, Glinn se levantó y, al cabo, se situó frente a los demás. Garza estaba bañado en sudor, profundamente conmocionado por lo que acababa de presenciar. Revivir la pesadilla había sido ya bastante malo, pero ver aquella inesperada demostración de amor por parte de Britton y la insensibilidad con que Glinn la había rechazado... era demasiado.

Glinn los miraba en silencio. Una extraña expresión había

aparecido en su rostro. Por un segundo, Garza temió que se desmayara otra vez. Se estremeció y, al momento siguiente, fuera cual fuese la sensación que lo había invadido, se desvaneció. Su mirada se tornó tan fría, tan distante, tan hermética como siempre. Luego carraspeó.

—El doctor Nishimura y la doctora Sax están analizando la última imagen, pero parece que, al entrar en contacto con el agua salada, el objeto que, como ahora sabemos, no era ningún meteorito, sufrió una germinación explosiva o una suerte de eclosión. —Miró a su alrededor—. Confiamos en que los últimos segundos de la grabación nos permitan saber más acerca del ciclo de vida de la criatura y de sus puntos débiles. En concreto, si el objeto que hay dentro del ser y que se aprecia en el último fotograma es en efecto su cerebro. —Glinn miró a los presentes—. ¿Alguna pregunta?

Silencio absoluto. Los convocados a aquella sesión estaban demasiado impactados para formular alguna pregunta, aunque sin duda se les ocurrirían unas cuantas más tarde. Después de haber visto lo ocurrido, a Garza lo maravillaba que Glinn hubiera sobrevivido; la explosión, obviamente contrarrestada por el agua, lo había lanzado por los aires con la fuerza justa para sacarlo del barco, que ya estaba hundiéndose, pero no la bastante para matarlo. Muchos no habían tenido la misma suerte y algunos, como Britton, se habían negado a abandonar la nave.

—Si alguien desea hacer algún comentario o compartir alguna teoría —dijo Glinn—, por favor, vengan a verme en privado. Recuerden que los detalles de lo que acaban de ver son confidenciales, por motivos evidentes. Y ahora, buenos días.

Sin más, dio media vuelta y salió del laboratorio forense sin decir nada más.

29

Rosemarie Wong estaba acostumbrada a trabajar en laboratorios llenos de compañeros varones imbéciles, pero Prothero se llevaba la palma. Era un gilipollas, un gilipollas brillante. Y además de brillante, también era un científico de excepcional creatividad, una persona tan difícil de encontrar en el mundo de la ciencia como en el de la música o en el de la literatura. Estaba acostumbrado a pensar más allá de los esquemas convencionales, a establecer relaciones sorprendentes entre los conceptos más dispares, a ahondar en la realidad mundana hasta dar con la gema contenida en su seno y, sirviéndose de un escepticismo corrosivo, a disolver incluso las verdades aceptadas universalmente. Muchas de sus piruetas intelectuales eran descabelladas, pero no todas. Cuando ella había empezado a trabajar con él hacía dos años, Prothero había trabajado con multitud de auxiliares de laboratorio y, uno tras otro, ninguno había aguantado más de unos pocos meses. Wong había decidido que, aunque tuviera que aguantar carros y carretas, se llevaría bien con ese idiota redomado porque estaba convencida de que era un científico sobresaliente que, algún día, llegaría a un terreno inexplorado. A algún lugar importante. Y cuando ese día llegara, ella estaría a su lado.

En ese aspecto había acertado de pleno. Esa misión secreta al Atlántico Sur le había brindado a Wong una oportunidad de crecer más como científica de lo que nunca se habría atrevido a soñar. El mero hecho de participar en el primer encuentro entre la humanidad y un organismo extraterrestre ya era alucinante de por sí. Si para ello debía lidiar a diario con cretinos de primer orden, con sus groserías pueriles y sus rabietas de niñatos, estaba dispuesta a pagar el precio. A modo de caparazón protector, había desarrollado una especie de relación sarcástica y jocosa con Prothero que al menos parecía granjearle unas migajas de su respeto, y que mantenía a raya sus malas pulgas. También había descubierto que tras su hiriente ordinariez subyacía una forma de respeto: ese era el modo que Prothero tenía de demostrarle que no iba a tratarla con amabilidad ni a ponerle las cosas fáciles, porque la consideraba su igual.

—Wong, ¿dónde narices está mi sombrero?

Prothero apareció por la esquina de su mesa de trabajo con un destornillador en una mano y una placa base en la otra.

—Lo llevas puesto.

Prothero se palpó la cabeza sin cubrir y torció el gesto.

—Muy gracioso. ¿Dónde está?

—Puede que en el baño, donde te lo dejas siempre.

Prothero salió por la puerta y regresó un momento después, luciendo su sombrero de hípster.

—Le he estado dando vueltas a algo: vamos a traducir el mensaje de la ballena.

—¿A traducirlo? ¿Quieres decir que vamos a descifrar el idioma de las ballenas?

—Exacto. —Sacó una silla y se sentó—. Y ya sé cómo hacerlo. Tengo la mayor colección existente de vocalizaciones de ballenas azules en este mismo laboratorio. Vamos a desentrañarlas por ingeniería inversa.

—Entonces ¿crees que el Baobab quiere decirnos algo?

—Esa cosa lleva plantada ahí en el lecho marino, ¿cuánto?, ¿cinco años?, escuchando. ¿Y qué ha estado oyendo? Bueno, a tres kilómetros bajo la superficie no hay mucho ruido. Los únicos sonidos que llegan a esa profundidad son las vocalizaciones de las ballenas. Estas hablan muy alto. Sus mensajes tienen un alcance de ciento cincuenta kilómetros. ¿Me sigues?

—Sí.

—Vale. El Baobab ha estado escuchando, escuchando y escuchando, y puede que haya empezado a comprender lo que se dicen las ballenas. Así que ahora intenta comunicarse con nosotros utilizando el único idioma que conoce.

Esa era una de las descabelladas piruetas intelectuales de Prothero.

—Entonces ¿qué está diciendo? —preguntó Wong.

—«Con mucho gusto te pagaré el martes la hamburguesa de hoy» —especuló Prothero, que remató con una risotada aquel lamentable chiste.

—Esto es lo que creo… —dijo Wong cuando Prothero aplacó su risa sibilante.

—Sabes que me importa una mierda lo que pienses. Pero, venga, dímelo de todas maneras.

—Creo que se limita a reproducir de forma aleatoria los sonidos que ha registrado. No significan nada.

Prothero negó con la cabeza.

—Esta cosa es inteligente, te apuesto lo que quieras. Y nos está enviando un mensaje.

—¿Y exactamente cómo piensas traducirlo?

—Querrás decir cómo piensas traducirlo tú. Tú, Wong, vas a encargarte de buscar la equivalencia digital más coincidente entre el sonido del Baobab y las vocalizaciones de ballenas azules de mi base de datos. Después determinaremos qué estaba haciendo esa ballena azul en el momento en que se registró su voz, con lo cual nos haremos una idea de lo que pretendía comunicar. Por ejemplo, ¿estaba persiguiendo a una presa? ¿Era una madre que llamaba a su ballenato? ¿Se estaba dando por culo con otra?

Prothero soltó otra carcajada.

Wong negó con la cabeza.

—Si intenta decirnos algo, ¿por qué no emplea otro método que no sea el canto de las ballenas?

—Está claro que interpreta muy bien los sonidos. Estos son la mejor forma de comunicarse bajo el agua. Los campos electromagnéticos se disipan y la luz no penetra más allá de ciento veinte o ciento cincuenta metros. Esta cosa está adaptada a la vida en las oscuras profundidades de un mundo acuático. Ha desarrollado una piel resistente al sonar; se sirvió de uno propio para «ver» a Gideon Crew cuando este bajó a recuperar los restos de *Paul*. Es natural que emplee los sonidos para comunicarse. Y lo único que ha oído desde ahí son las llamadas de las ballenas.

—Sonidos «digitales». Lo que significa que es una máquina. Es imposible que un sistema biológico evolucione de tal modo que pueda producir sonidos digitales.

—Wong, Wong, Wong… —Prothero negó con la cabeza—. Puede que sea una máquina, un sistema biológico o una mezcla de ambos. En cualquier caso, nos está diciendo algo. Ahora mueve el culo y averigua el qué.

30

El doctor Patrick Brambell masticaba una barrita de Mars mientras miraba con aire pensativo la bola aplastada que antes era el VSP *Paul*, el cual descansaba sobre una lona de la cubierta del hangar. La zona circundante había sido acordonada por medio de cortinas amarillas. Dos ingenieros y otros tantos operarios estaban trayendo en un carrito un extraño aparato que habían improvisado para desmontar el sumergible y así poder sacar los restos de Lispenard de entre el amasijo. Tenía el aspecto intimidante de unas tenazas hidráulicas enormes. Glinn estaba de pie al fondo, observando el proceso en atento silencio.

Los trabajadores empezaron a colocar los brazos del ingenio a ambos lados de los restos a fin de desgajar la machacada cápsula de titanio; en cada uno de los flancos habían fijado un grueso cáncamo y ahora la máquina estaba lista para tirar de ellos, desenrollando el metal de la misma forma en que se despliega una pelota de papel.

Brambell miró a su auxiliar, Rogelio, que aguardaba junto a una camilla de acero inoxidable pulido. Esta se encontraba en el lugar donde recompondrían el cuerpo. La idea no inquietaba demasiado a Brambell, que había visto cosas mucho peores, aunque sí le preocupaba su ayudante, quien no parecía tener muy buena cara.

—Debemos recuperar todos los pedazos, por pequeños que sean —les indicó Brambell a los operarios.

La vigilancia muda que Glinn ejercía desde el fondo lo ponía nervioso. Se sentía como un profesor en prácticas al que el director estuviera controlando. Nunca le había gustado Glinn, un hombre frío, distante e indescifrable. Por no hablar de que era el mayor responsable de la suerte que había corrido el *Rolvaag*.

El auxiliar asintió levemente.

Con las tenazas ancladas a ambos cáncamos, se oyó un zumbido grave cuando la máquina empezó a tirar. Entre chirridos y crujidos, la bola compactada comenzó a desunirse por las grietas, de las que empezó a manar el agua que albergaba dentro.

—¡Alto! —exclamó Brambell.

De inmediato, la máquina se detuvo. Rogelio acercó la camilla y, sirviéndose de unas grandes pinzas con las puntas de goma, Brambell y él recogieron la carne y los huesos triturados, entremezclados con jirones de ropa, para depositarlo todo en la camilla.

Al cabo, el doctor miró a su auxiliar.

—Rogelio, ¿cómo se encuentra?

—Lo sobrellevo —respondió Rogelio con la voz ahogada.

—Buen chico.

Les llevó al menos diez minutos extraer hasta el más pequeño de los trozos alojados en las fisuras del titanio aplastado; después se retiraron y les indicaron a los ingenieros que podían continuar.

El proceso duró varias horas, a lo largo de las cuales examinaron primero un trozo de metal por separado, luego otro y un tercero, parando entremedias para cribar los restos, a veces con la ayuda de una lupa portátil con ruedas y lamparilla incorporadas. Al menos ese día hacía fresco y el buen tiempo seguía acompañándolos; la temperatura del interior del hangar era de unos quince grados, lo cual iba muy bien, razonó Brambell, para la conservación y la manipulación de restos humanos. Además, muchos de los pedazos recogidos eran de un tamaño considerable, algo que también les sería de ayuda; Brambell temía que se iban a topar con un cadáver reducido a poco más que una sopa de tomate.

Paso a paso, el cuerpo empezó a tomar forma en la camilla, a pesar de su estado alterado de manera grotesca. Brambell y su auxiliar habían logrado identificar virtualmente casi todas las partes guiándose por la posición que ocupaban entre los restos del minisubmarino, los fragmentos de hueso y los jirones de ropa presentes. Por casualidad, habían empezado a trabajar desde los pies hacia arriba. Brambell sabía que reconstruir la cabeza y el cráneo sería el último paso y el más complicado.

Según trabajaban, Brambell se asombró cada vez más al pensar en las fuerzas colosales que debían de haber actuado sobre el sumergible —en concreto, sobre la cápsula de titanio— para aplastarlo con tal violencia. En algunas áreas se había ejercido una presión tan contundente y repentina que el metal parecía haberse ablandado e incluso derretido.

Era una labor desagradable que Rogelio ejecutaba como buenamente podía, sin librarse del almuerzo, tal como se temía Brambell. Los dos operarios que manejaban la maquinaria, así como los dos ingenieros, no lo llevaban tan bien; echaban atrás el cuerpo, miraban a otro lado siempre que podían y volvían la cara cada dos por tres para no ver los restos, hasta tal punto que en ocasiones Brambell debía levantar la voz para obligarlos a mantener los ojos bien abiertos. Con Glinn, sin embargo, ocurría todo lo contrario; se limitaba a observar todo el proceso en silencio con el rostro inexpresivo. Podría haber estado mirando un torneo de golf. Nadie decía palabra salvo los operarios que manejaban las tenazas, y tan solo para intercambiar algún que otro lacónico comentario acerca de las herramientas.

Extrajeron a continuación la cápsula personal y colocaron los fragmentos como si de un rompecabezas se tratara sobre una gran lona desplegada precisamente con ese fin. Cuando hicieron palanca para sacar los dos últimos grandes pedazos, aparecieron la parte superior del torso, el cuello y la cabeza machacada.

Brambell miró a Rogelio y vio con consternación que había palidecido. Los dos operarios ni siquiera se habían molestado en disimular el espanto y el asco. Uno de los ingenieros volvió el cuerpo al sufrir una arcada. Solo Glinn permaneció impertérrito.

—De acuerdo, continuemos —indicó Brambell.

Luego se acercó con unos fórceps con los brazos de goma para recoger la mandíbula, los dientes y la piel aún adherida. Lo dejó todo sobre la camilla, un pedazo tras otro. La cara, que se conservaba casi íntegra, estaba aplanada pero no del todo hecha papilla. Rogelio trabajaba al otro lado de la camilla mientras un enorme y denso silencio llenaba el hangar. A medida que extraían los restos, algo llamó la atención de Brambell. No se debía al cuadro atroz que tenía ante sí, sino a la extraña sensación de que algo no marchaba bien. Pero no dijo nada. No quería parecer un cascarrabias, o peor aún, desatar el pánico.

Cuando faltaba poco para concluir el proceso de desmontaje, la cápsula de titanio yacía descompuesta en piezas ordenadas y numeradas sobre la lona desplegada, junto con el equipo aplastado del interior. Todo había sido separado con minuciosidad por Brambell y Rogelio, y los restos completos estaban dispuestos sobre la camilla. El doctor, que se había inclinado sobre ellos para colocar las distintas partes del cuerpo como si pretendiera recomponer un muñeco desmontable, sintió una presencia a sus espaldas. Glinn.

—¿Han recuperado todos los restos? —le preguntó en voz baja.

Brambell no le contestó de inmediato. Pensó en la mejor forma de expresar la respuesta.

—Lo sabremos si al pesarlos falta una parte considerable —dijo al final—. Por supuesto, tendremos en cuenta la pérdida de sangre y la absorción de agua salada por parte de los tejidos...

El doctor tragó saliva.

—Desde luego.

—¿Por qué ese maldito bicho tuvo que aplastar así el VSP? —preguntó uno de los operarios, que empezaba a recuperarse—. ¿Para defenderse?

—Sucedió justo después de que Lispenard encendiera el soplete de acetileno —respondió Glinn—. Así que diría que sí: sintió dolor y reaccionó.

Brambell guardó silencio.

—Yo creo que sintió miedo —opinó el operario—. Esa cosa debió de asustarse.

Tras otro silencio, Glinn miró a Brambell.

—Doctor, ¿no está de acuerdo?

«Condenado Glinn», pensó.

—Si hubiera sido una mera reacción defensiva, ¿por qué iba a tragárselo?

—Eso debía de formar parte de la propia reacción.

—Pero Lispenard intentaba escapar, no atacar. Esa cosa la absorbió. No le tenía miedo.

—¿Qué es lo que sugiere? —inquirió Glinn.

«Usted ha preguntado.»

—Piense en el aspecto del VSP cuando el ser lo expelió —dijo el doctor—. Estaba machacado y hecho una pelota.

—¿Y bien?

Brambell tomó aire con exasperación.

—De niño solía salir a explorar el bosque nacional de Killarney con mi hermano Simon, que en paz descanse. Aspirantes a naturalistas como éramos, recogíamos los pequeños esqueletos de ratones y musarañas que nos encontrábamos. Y sabíamos muy bien en qué lugares abundaban. Cerca de los nidos de los búhos.

—¿Puedo preguntarle adónde quiere llegar con este relato?

—Es una egagrópila —resolvió Brambell tajante.

—¿Una qué?

—Una egagrópila. Como las que regurgitan los búhos. Cielo santo, ¿tengo que ser más explícito? —Señaló con la mano los restos, tanto los metálicos como los orgánicos—. Es un vómito.

31

El arma atómica había sido desmontada de la forma más ingeniosa, pensó Gideon, con el objeto de reducirla a seis componentes que pudieran acoplarse con facilidad. Cinco de ellos descansaban en los estantes, sellados y listos para su uso; el sexto, la «pepita» de plutonio bañada en oro, estaba guardado en alguna otra parte y debería cargarse en último lugar, por medio de un equipo especial.

La sala se ubicaba en las entrañas de la nave, donde el aire estancado olía levemente a gasóleo. Gideon observó aquellos letales componentes y consideró la situación. El cuerpo principal de la bomba semejaba una pelota de playa gigante partida por la mitad, equipada ya con lentes rápidas y lentas de alto poder explosivo. El iniciador, almacenado en un paquete aparte, era más pequeño que una pelota de golf y estaba sellado bajo un pesado forro de plomo. Los detonadores estaban en el cuarto paquete, conectados a unos cables y listos para ser insertados en los receptáculos conductores de latón. El quinto albergaba el pequeño ordenador al que se enlazarían los cables de los detonadores y que, finalmente, enviaría la señal de detonación.

Por orden de Glinn, Garza traería en breve el último paquete, el que contenía el plutonio. Cuando lo hiciera, la secuencia de montaje sería muy sencilla. Y entonces la bomba estaría lista para la activación.

Los estantes habían sido diseñados de tal forma que una sola persona pudiera, sirviéndose de diversos artilugios mecánicos controlados por ordenador y un cabrestante de techo, montar la bomba en más o menos una hora. Las pruebas durarían sesenta minutos más. A Gideon lo asombraba el elegante y hermosamente sencillo trabajo de ingeniería que había llevado a cabo Garza. Mientras uno supiera lo que estaba haciendo, era casi tan fácil como montar un armario de Ikea.

Ese tipo de materiales no crecía en los árboles. Una vez más, se preguntó cuánto dinero habría invertido la EES para conseguirlos.

La activación en sí no se llevaría a cabo hasta que llegase el momento de utilizarla. Se haría por medio de un código, llamado ACTIVADOR, que habría que introducir en el ordenador a través del teclado. Solo Glinn, Gideon y Garza conocían esa clave. La cuenta atrás para la detonación se iniciaría entonces con solo pulsar una tecla de ese mismo teclado o a distancia, por medio de uno de los ordenadores del centro de control.

No obstante, la bomba atómica, como ya había explicado Glinn, incorporaba un mecanismo de anulación. Este consistía en un segundo código, llamado ABORTAMIENTO, que detendría la cuenta atrás al instante.

De nuevo, solo ellos tres sabían cuál era ese código.

Gideon frunció el ceño. Cuantas más vueltas le daba al plan, menos lo convencía. Su desconfianza se debía en parte a la horrible muerte de Lispenard. Pero también a los rumores que circulaban por el barco, a saber: que las señales sónicas que emitía la criatura eran su manera de comunicarse; que, durante los años que llevaba creciendo en el fondo del mar, había aprendido el único lenguaje al que tenía acceso, el de las ballenas, y que ahora pretendía utilizarlo para comunicarse con ellos. Si ese fuera el caso, cabía deducir que el Baobab era un ser pensante. No era un organismo irracional que actuaba por instinto, como hacían los tiburones. Por lo tanto, sabría muy bien lo que estaba haciendo.

Era un ser malvado. Y sin embargo, era, o podría ser, sentiente. Podría incluso estar dotado de inteligencia.

No le gustaba la idea de que Garza o Glinn tuvieran la posibilidad de interrumpir la cuenta atrás y abortar la explosión con solo pulsar una tecla. Glinn no le preocupaba demasiado; aunque en su momento se había negado a abrir las compuertas del *Rolvaag*, Gideon comprendía la profunda animosidad que le profesaba ahora a la criatura y la obsesión, propia del capitán Ahab, que sentía por aniquilarla. Pero no confiaba igual en Garza. Si bien era consciente de que todos compartían un mismo objetivo, el fallecimiento de Lispenard y el hecho de que la criatura tal vez hubiese intentado comunicarse con ellos habían llevado a Gideon a contemplar con otros ojos al ser que tenían debajo de ellos. Ya no era la misma persona que se embarcó en la misión y que recelaba de la idea de desatar una explosión nuclear. Ahora entendía la amenaza que suponía para el planeta si permitían reproducirse a aquel ser malévolo. Debían abandonar cualquier duda y matarlo sin titubeos.

Y ese era el problema. Aún tenía que completar las complejas simulaciones informáticas que representaban lo que ocurriría cuando una bomba atómica de cien kilotones estallase a tres kilómetros de profundidad, o bien justo debajo del barco o bien dentro de la distancia de activación. ¿Reduciría el agua los efectos de la explosión o los multiplicaría? El aire constituía un medio favorable y flexible que permitía que la fuerza de semejante detonación se expandiera y se dispersase. Pero ¿qué sucedería en un medio incompresible como el agua bajo una presión de cuatrocientas atmósferas? ¿Y en qué medida afectaría al *Batavia*? Gideon imaginaba que, cuando menos, se produciría una colosal erupción de vapor que ascendería hasta la superficie. La onda de presión, que tal vez llegaría a recorrer decenas de kilómetros por el agua, partiría el casco fácilmente. Además, estaba casi seguro de que provocaría una especie de tsunami que anegaría o volcaría el barco. Cuando se conocieran todos los efectos, los cuales tendría que exponer pronto junto con los resultados de las simulaciones, no quería que Garza se rajase. Quería asegurarse de que, una vez que la bomba estuviera montada, pudiese activarla y detonarla, sin que nadie tuviera la posibilidad de impedírselo.

No, Glinn no le preocupaba. Tenía nervios de acero. Pero Garza… Siempre tomaba todas las precauciones posibles. Incluso después de que se activara el dispositivo y de que la cuenta atrás estuviera en marcha, era capaz de cambiar de opinión en cuanto a la validez de todo el plan, de decidir que era demasiado arriesgado y de introducir el código de ABORTAMIENTO antes de que Gideon tuviera ocasión de detenerlo.

No podía permitir que algo así ocurriera.

Gideon estiró el brazo, cogió el mando del ordenador y retiró el envoltorio de plástico metalizado. Lo sopesó. Era una caja de acero inoxidable de unos ocho por ocho por dieciséis centímetros que incorporaba un teclado además de diversos puertos de entrada y de salida. En el interior había un ordenador de una única función. Nada demasiado complejo. Nada que no pudiera reprogramarse.

Gideon sonrió.

32

Aunque le costara reconocerlo, a Wong lo maravillaba la biblioteca de voces de ballena que atesoraba Prothero, quien aseguraba que era la más nutrida del mundo. A petición de él, Wong había desarrollado un sencillo programa que examinaba los archivos de audio de esa base de datos para hallar semejanzas con los ruidos emitidos por el Baobab. Había encontrado dos muestras casi idénticas y varias bastante parecidas. Estaba terminando el último análisis cuando oyó unas fuertes pisadas en el pasillo de fuera del laboratorio y, al instante, supo que Prothero estaba de vuelta. Sus ridículas botas Dr. Martens producían un ruido inconfundible contra el suelo metálico del barco.

—Y bien —dijo al tiempo que se quitaba el sombrero de hípster y lo dejaba caer sobre una mesa rebosante de porquería—. ¿Por qué tardas tanto?

—Acabo de terminar.

Prothero acercó una silla, tiró al suelo de un manotazo los papeles que la cubrían y se sentó.

—¿Qué tienes?

—Dos muestras casi idénticas.

—Oigámoslas.

Wong reprodujo primero el sonido del Baobab, a modo de referencia, y después las dos muestras similares de la base de datos de ballenas de Prothero, acelerando diez veces todos los registros a fin de optimizarlos para el oído humano.

Prothero gruñó.

—Ponlas otra vez, primero las ballenas y luego el Baobab.

Wong las reprodujo en orden inverso.

—¡Son prácticamente las mismas! Bueno, ¿y has comprobado también las circunstancias en que se registraron las vocalizaciones de las dos ballenas?

—Sí, lo he hecho. La primera grabación la realizó, hace unos años a casi mil kilómetros al sur de Tasmania, un barco de Greenpeace, que había estado siguiendo a un ballenero japonés. Este era el sonido que emitió la ballena mientras moría, después de que los japoneses la alcanzaran con dos arpones equipados con granadas de pentrita.

—Putos bárbaros. ¿Y la otra?

—Esa la hizo un buque oceanográfico de Woods Hole cuando encontró una ballena azul moribunda que había varado en un banco de arena de isla Sable, frente a las costas de Nueva Escocia. Al parecer, una especie de virus le había dañado el sistema interno de navegación, por lo que terminó embarrancando. Murió poco después.

—Voces de muerte en ambos casos… —Prothero guardó silencio durante bastante tiempo, con el ceño fruncido. Al final se espabiló y se hurgó la nariz—. ¿Tú qué opinas?

—Sigo creyendo que la criatura se limitó a repetir, como hacen los loros, el sonido que oyó de alguna ballena.

Prothero hizo una mueca.

—Simplemente dime lo que crees que significa. Quiero decir, para las ballenas que emitieron esos sonidos. Ya nos ocuparemos luego del Baobab.

—Lo primero que pensé fue que se trataba de una llamada de auxilio, o tal vez de un gruñido de aviso o de miedo. O del lamento que articulan las ballenas al intuir su muerte.

—¿Encontraste alguna otra coincidencia más?

—Solo parciales. Algunas se parecían a la primera parte del sonido del Baobab, mientras que otras se asemejaban a la segunda.

—Ponlas.

Wong reprodujo algunas de ellas.

—Hmmm. Si te fijas, todas las expresiones de esas ballenas se clasifican en una de dos categorías. Por la semejanza a dos «palabras». Algunas se parecen más a una de esas dos, mientras que las demás se ajustan más a la otra. —Prothero se rascó la cabeza—. Bueno, dime en qué circunstancias se recogieron esas muestras parciales, empezando por la primera. ¿Qué estaba ocurriendo cuando se registró?

—Este sonido lo emitió una manada de tres ballenas azules, al unísono, cuando se vieron atacadas por un grupo de orcas. Consiguieron ahuyentar a las ballenas asesinas embistiéndolas y azotándolas con la aleta caudal. Articularon las voces mientras las espantaban.

Prothero volvió a gruñir.

Wong estiró el brazo hacia los aparatos.

—Deja que vuelva a poner las otras vocalizaciones parecidas.

Prothero agitó la mano.

—No hace falta. Ya sé lo que significan.

—¿Ya?

—Sí —afirmó Prothero—. Las manadas de ballenas hacen ese ruido continuamente durante sus desplazamientos. Aquellas que viajan solas no lo emiten nunca. Fue una de las primeras «palabras» que logré traducir.

Wong lo miró sorprendida.

—¿Ya has descifrado una parte del idioma de las ballenas azules?

—Sí. No se lo digas a nadie. —Prothero hizo otra mueca—. Mi intención es publicarlo algún día.

—Y entonces ¿qué significa?

—Es el ruido que hace la ballena para referirse a sí misma. Significa «mí» o «yo».

—Vaya. ¿Y qué crees que significa el sonido inicial?

—Es un verbo. De eso estoy seguro.

—¿Las ballenas utilizan verbos?

—No me cabe ninguna duda. Están siempre moviéndose. Para una ballena cualquier cosa implica realizar un movimiento o algún tipo de actividad. Diría que el idioma de las ballenas azules se compone en su totalidad de vocalizaciones que funcionan a modo de verbos.

—Vale.

Esto no le parecía a Wong un argumento demasiado científico, pero lo último que le apetecía era ponerse a discutir con Prothero.

—Es un verbo, y lo emplean las ballenas moribundas, o las que intentan ahuyentar a las orcas que las están atacando. Creo que el significado es evidente. —Desplegó una sonrisa de superioridad—. ¿No lo pillas?

—No.

—Significa «matar».

—¿Matar?

—Exacto. Piénsalo. ¿Qué otra cosa diría una ballena que está sufriendo una muerte agónica tras ser arponeada por un ballenero japonés? «Matadme.» ¿Qué dicen las ballenas cuando se enfrentan a un grupo de orcas? «¡Matad! ¡Matad!» Es lo que el Baobab nos dijo una y otra vez, el mensaje que tiene para nosotros. «Matad» es la primera palabra y «mí», la segunda.

—Qué chaladura —desestimó Wong.

Prothero se encogió de hombros.

—Será una chaladura, pero es el mensaje que nos está enviando. Está diciéndonos algo, con urgencia: «Matadme».

33

Barry Frayne estaba cansado. Eran las diez en punto de la noche
y en el laboratorio de astrobiología la actividad prácticamente
no había cesado desde el mediodía, cuando, después de que llegara el largo tentáculo con aspecto de cuerda, Glinn le ordenó a
la doctora Sax que lo preparase para estudiarlo. El laboratorio
de Frayne, quien trabajaba bajo las órdenes directas de Sax, lo
integraban los trabajadores de infantería, los preparadores, los
biólogos grumetes. Cada uno de los muchachos —casualmente
todos varones— estaba especializado en una rama determinada
de la organización de laboratorios de biología. Bajo la supervisión de Sax, habían obtenido secciones para estudiarlas con el
microscopio, el microscopio electrónico de transmisión y el microscopio electrónico de barrido; habían realizado ensayos bioquímicos; habían llevado a cabo disecciones preliminares y habían disecado inclusiones y orgánulos anómalos para analizarlos.
Todo ese material se había enviado a los diversos laboratorios
especializados que había repartidos por el barco. Ellos eran, por
así decirlo, los que hacían el trabajo sucio, los cocineros que
elaboraban los platos con los que se deleitarían los doctores.

Frayne por lo menos tenía un máster, pero los otros tres eran
meros licenciados. Daba igual: todos ellos eran buenos en lo que
hacían.

La anatomía, tanto la macroscópica como la microscópica, del tentáculo, raíz, espagueti o gusano —se habían propuesto decenas de nombres ocurrentes— difería de forma asombrosa de cualquier organismo biológico que Frayne hubiera visto con anterioridad. Incluso costaba aseverar si se trataba de un animal o de una planta, aunque tal vez no fuese ni una cosa ni la otra. Se componía de células o de bolsas membranosas llenas de citoplasma; al menos en ese aspecto parecía normal. Por lo demás, se hacía imposible reconocer nada. Las «células» no contenían orgánulos de apariencia usual; no había rastro de los núcleos, ni de los retículos endoplásmicos, ni de las mitocondrias ni de los aparatos de Golgi. Además, aquella cosa tampoco tenía ninguno de los orgánulos que suelen observarse en las células vegetales, como los cloroplastos, los plasmodesmos, las vacuolas o la pared celular rígida. Había cosas en el interior de las células, desde luego, pero parecían cristales inorgánicos complejos. Relucían como diamantes bajo la luz del microscopio y parecían poseer múltiples colores, aunque eso podría deberse a las iridiscencias o a la refracción de la luz. Frayne había aislado un puñado de ellos y los había enviado para que los analizaran. Tenía curiosidad por saber qué eran.

El estrecho tentáculo carecía de vasos sanguíneos visibles, y tampoco contaba con un floema y un xilema por donde pudieran circular los fluidos. En su lugar tenía una maraña increíblemente densa y compleja de microfibras con aspecto de nervios o de cables, envueltas a modo de haces. Eran muy difíciles de cortar y parecían estar endurecidas con algo equivalente a la celulosa de las plantas, aunque de un material distinto, más parecido a una sustancia mineral inorgánica que a la fibra de la madera. Pero lo más chocante de todo era que, al examinarlo con minuciosidad, el tentáculo no parecía componerse de ningún tipo de tejido vivo, sino más bien de una máquina fabricada con exquisita precisión.

Sax había estado entrando y saliendo mientras supervisaba los procesos. Frayne sabía que ella había visto lo mismo que él, estaba seguro. Sin embargo, la doctora no había compartido sus reflexiones con nadie.

Ahora que Frayne había terminado de trabajar en la sección del microtomo, la puso en una platina, la selló, la etiquetó y la introdujo en una ranura de la rejilla. Era la última, y ya casi habrían terminado si no aparecía otra vez Sax con alguna otra petición de última hora.

—Eh, Barry, échale un vistazo a esto.

Frayne levantó la cabeza y se acercó a Waingro, uno de sus colegas, que estaba de pie ante la sección principal del tentáculo, preparado para devolverla a la cámara frigorífica. Aquella cosa yacía enrollada como una cuerda delgada sobre una bandeja poco honda.

—¿Qué tienes?

—Mira. Es más corto.

—Claro que lo es. Hemos cortado varias secciones.

—No —se opuso Waingro—. Quiero decir, juraría que era más largo antes del último descanso que hemos tomado.

Mientras lo debatían, Reece, otro auxiliar del laboratorio, se acercó a ellos y lo miró.

—¿Tú qué opinas? ¿Es más corto? —dijo Frayne volviéndose hacia él.

Reece asintió.

—Sip.

—¿Habrá…? ¿Tú crees que alguien ha afanado un trozo? —preguntó Frayne.

De repente se alarmó. Habían cerrado el laboratorio al salir para tomarse el último descanso, pero no habían guardado el tentáculo. No trabajaban en un entorno esterilizado, algo incompatible con la velocidad que se les exigía. Corrían riesgos de que aquella cosa los infectase con algún patógeno o enfermedad desconocidos. Pero era un peligro improbable, dado lo lejana que estaba aquella cosa de la biología humana. Aun así, siempre que salían del laboratorio, cerraban el acceso como medida preventiva.

—No me extrañaría ni un pelo —dijo Reece—. Como recuerdo sería una pasada.

Frayne empezaba a enfadarse.

—Vamos a sacarlo y a medirlo. Será mejor que nos aseguremos.

Aún con la bata y los guantes de látex puestos, desbloquearon la bandeja que contenía el espécimen y sacaron aquella cosa. Era dura y rígida como un cable. Pese a haberla mantenido bajo refrigeración, no daba en absoluto la sensación de que fuera a deteriorarse o pudrirse si se mantenía a temperatura ambiente. No era comestible para ningún microbio nativo de la Tierra. Además, aunque había pasado de cuatrocientas atmósferas a una, su estructura no parecía haberse alterado un ápice. Aquella cosa era, en definitiva, rara de cojones.

Con toda la cautela posible, la pusieron en la larga mesa de trabajo de acero inoxidable, que incluía marcas de medición en la superficie.

—Seis metros y ochenta centímetros —dijo Frayne. Cogió una tablilla con sujetapapeles que estaba apoyada en la pared y la leyó—. Al principio medía ocho metros y nueve centímetros.

Empezó a sumar mentalmente las partes que ya habían extraído: treinta centímetros para las secciones, cuarenta para las disecciones, diez para los ensayos de bioquímica y cinco para análisis diversos.

—Faltan cuarenta y cuatro centímetros —calculó. Miró a los otros—. ¿A alguien se le ha olvidado registrar una retirada?

Nadie había cometido ese desliz. Y Frayne los creyó; todos ellos ponían mucho cuidado en su trabajo. No se llegaba a entrar en un proyecto así si mostrabas dejadez en las tareas del laboratorio.

—Parece que alguien no ha querido molestarse en presentar una solicitud por los canales apropiados. Y se ha quedado un trocito para sí.

—¿Crees que alguien ha entrado y cortado un pedazo sin más? —preguntó Stahlweather, el cuarto auxiliar.

—¿Qué otra cosa puede haber sucedido sino?

—Pero el laboratorio estaba cerrado durante el descanso.

—¿Y qué? Mucha gente tiene la llave. Sobre todo los que se creen lo bastante importantes para no tener por qué acatar las normas.

Los demás asintieron.

—Tendré que informar de esto a Sax y a Glinn —dijo Frayne—. No les va a hacer ninguna gracia. Y, además, ha pasado en nuestro turno.

—Puede que fuese Glinn.

—O el idiota ese de Garza.

Hubo más asentimientos en el grupo. Era una posibilidad factible. Y la culpa recaería sobre ellos.

Frayne miró a su alrededor.

—Es hora de cerrar el chiringuito. A la jefa no le va a gustar que alguien se haya evadido con un trozo de esa cosa. Pero ¿sabéis qué? Hemos seguido el procedimiento. Y, además, hoy habéis hecho un gran trabajo; os felicito.

—Hablando de evasión…

Reece se encaramó a un taburete, alargó el brazo hacia lo alto de un armario y deslizó la mano hasta el fondo. Waingro esbozó una sonrisa cómplice.

Reece sacó una jarra de vino tinto.

—Creo que nos merecemos una fiestecita.

Frayne lo miró con extrañeza.

—¿Cómo? ¿Con ese matarratas?

—¿Y si vuelve Sax? —preguntó Stahlweather—. Mientras estemos en la zona de trabajo, no se permite beber ni una gota.

—Vamos, vamos, la taberna abre sus puertas. Sax no va a volver ya, al menos no esta noche. —Reece ensanchó la sonrisa. Volvió a alargar el brazo hacia el alijo escondido para bajar una botella de coñac, otra de triple seco y una bolsa de naranjas y limones—. ¿A quién le apetece una sangría?

34

Había amanecido ya y Patrick Brambell se sentía muy aliviado por encontrarse a solas en la enfermería sin tener a Glinn ni a su auxiliar, Rogelio, echándole el aliento en la nuca. Necesitaba esa soledad para pensar, organizar sus ideas y determinar qué era aquella cosa. Nunca había sido capaz de reflexionar si había gente a su alrededor, y en concreto lo reconfortaba haberse librado de la sombría presencia de Glinn, que siempre lo vigilaba desde sus espaldas, como un espectro. Y también celebraba que se hubieran marchado los cuatro trabajadores del laboratorio de astrobiología contiguo, quienes horas atrás estaban montando un escándalo mayor que el de una maldita fiesta universitaria, por lo que había estado a punto de ir a decirles que dejasen de dar voces.

Restaurado el silencio, había retomado el trabajo.

Frente a él, dispuestos con precisión sobre la camilla, estaban los restos de Alexandra Lispenard. El conjunto, que resultaba una imagen particularmente pavorosa, se parecía bastante a una hamburguesa despedazada y entremezclada con trozos de carne machacados, jirones, mechones de pelo y trozos de hueso. Tras haberse pasado las últimas horas ordenando una y otra vez cada una de las piezas, empezaba a acusar la fatiga y contemplaba ahora el resultado no con espanto sino con objetividad científica.

El problema, razonó, era sencillo. Si el VSP era, en efecto, una egagrópila, un vómito, entonces la criatura debía de haberse nutrido con una parte de él, de la misma manera que un búho, tras ingerir un roedor entero, digería la carne y regurgitaba los huesos y la piel. Ninguna otra teoría tenía sentido. El VSP parecía conservarse intacto, sin que le faltaran piezas ni hubiera ningún componente disuelto, y además dudaba de que la criatura se alimentase de metal, cristal o plástico. Parecía mucho más probable que hubiera digerido o absorbido parcialmente el cuerpo de Lispenard.

Se preguntó cuál habría sido esa parte en concreto. Podría haber sido su sangre; como cabía esperar, de los cinco litros que contenía el cuerpo, no quedaba ni una sola gota. Sin embargo, recordaba que en el vídeo de la recogida de *Paul* se veía una leve nube de sangre que manaba del VSP aplastado en el momento en el que lo habían descubierto.

Así que tal vez la criatura no hubiera absorbido la sangre y simplemente esta se habría diluido.

Lo que tenía que hacer era pesar los restos del cuerpo y comprobar cuántos kilos faltaban, si de verdad faltaba alguno. Eso lo ayudaría a determinar qué había sido absorbido.

Abrió la gráfica de Lispenard en el ordenador y vio que pesaba 58,8 kilos. Una vez exangües, habría que restar cinco kilos a los restos, lo que daría un total de 53,8 kilos. La cantidad de ropa mojada incrustada entre los restos, estimó, debía de pesar alrededor de un kilo.

La camilla llevaba una báscula incorporada. Brambell desbloqueó el mecanismo de medición, activó el teclado y esperó mientras los números se sucedían en la pantalla digital.

El indicador se detuvo al llegar a 53,3 kilos.

Por lo tanto, el cuerpo había perdido alrededor de un kilo y medio de peso. Parte de esa reducción podría deberse a las partes que no habían conseguido recoger o a la ausencia de otros fluidos, como la linfa o la bilis, los cuales se habrían disuelto en el agua. Aun así, una fracción de esos líquidos, si no la mayor parte, la habría sustituido el agua salada. Brambell estaba bastante seguro de que había recuperado casi todo el cadáver. Habían trabajado con gran meticulosidad y, además, los distintos pedazos habían aparecido prácticamente enristrados, de tal manera que uno llevaba al siguiente.

¿Qué parte del cuerpo humano pesaba un kilo y medio?

La respuesta se le presentó de inmediato: el cerebro.

Resopló de puro coraje por lo estúpido que había sido. Había reconstruido con esmero la cara y el cráneo sobre la camilla: las orejas, la nariz, los labios, el cabello… todo. No obstante, se había olvidado del cerebro. ¿Dónde estaba? Se inclinó sobre la camilla, pero no vio ni rastro de él. ¿Lo habrían pasado por alto al extraer el cadáver de *Paul*?

No. Imposible.

¿Acaso el cerebro, que también se componía de material acuoso, se había deshecho y dispersado bajo la extrema presión del agua?

La sensación que tuvo cuando desmontaron a *Paul* en la cubierta del hangar, el pálpito de que algo no marchaba bien, volvió a asaltarlo, esta vez con una fuerza arrolladora.

Cogió unas pinzas de goma, se inclinó sobre la calavera recompuesta y les dio la vuelta a los fragmentos de mayor tamaño. El interior estaba impoluto, como si lo hubieran rebañado, por así decirlo. Ni siquiera quedaba el menor rastro de la duramadre, la meninge externa que se interponía entre el cerebro y el cráneo. Y eso que era muy resistente.

Se acercó la bandeja del instrumental quirúrgico y diseccionó con delicadeza las dos primeras vértebras cervicales, la C1 y la C2. Apenas se habían visto dañadas por el aplastamiento. Enseguida identificó los principales puntos anatómicos, la apófisis odontoides y el ligamento transverso del axis. Con sumo cuidado, rotó la C1 y separó apenas los maltrechos huesos para dejar a la vista el foramen vertebral. Allí, en el interior, halló la médula espinal, que estaba contenida en el saco tecal. La parte superior, justo por donde la médula salía de la C1 y se unía al bulbo raquídeo, parecía haber sido seccionada con un escalpelo. De hecho, los signos de cauterización que presentaba sugerían que había estado sometida a calor.

—Dios santo —masculló Brambell para sí.

Su desconcierto era absoluto. ¿Habría devorado el monstruo el cerebro? No, no parecía probable, teniendo en cuenta la limpieza del corte. Más bien, el muy desgraciado se había apropiado de la masa cerebral con la precisión propia de un cirujano.

Brambell se apartó de la camilla con un aciago malestar brotándole en las entrañas. Respiró honda y temblorosamente. Luego, mientras se serenaba, practicó un rápido bioensayo del tallo encefálico. Después se quitó los guantes y colgó el mandil, se lavó las manos y se alisó la bata de laboratorio para, por último, salir en busca de Glinn.

35

Gideon Crew estaba con Glinn y Manuel Garza en la barandilla de proa. Hablaban en voz baja. La conversación versaba sobre la naturaleza del Baobab pero, como siempre, el debate se adentraba en las especulaciones más irracionales y en todo tipo de teorías disparatadas. A Gideon lo frustraba que, incluso en aquel momento, apenas tuvieran datos concretos acerca de la criatura. Ni siquiera conocían lo más básico: ¿era una máquina, un ser vivo o una extraña combinación de ambos? ¿Era un organismo pensante o una simple planta sin inteligencia? Esta carencia de información empezaba a convertirse en un problema grave para el barco, porque el vacío resultante se estaba sustituyendo con rumores y habladurías.

Al menos seguía haciendo un tiempo excepcional y el mar se mantenía llano como un estanque. Cada día que pasaba faltaba un poco menos para el verano y el desprendimiento de los icebergs parecía acelerarse con el transcurso de la primavera. Mientras contemplaba el entorno, Gideon contó seis majestuosas montañas de hielo que se erigían disgregadas sobre el agua. El sol de la mañana flotaba próximo al horizonte y proyectaba un sendero dorado sobre el mar. La calma del paisaje contrastaba con la atmósfera turbulenta de a bordo.

—Disculpen, caballeros.

Al darse media vuelta, Gideon vio acercarse al doctor Patrick

Brambell, vestido de forma impecable pero con una expresión tan preocupada en aquel rostro por lo general inmutable y plácido que Gideon se alarmó al instante.

—¿Doctor Brambell? —dijo Glinn.

Este se acercó indeciso con las manos entrelazadas.

—He terminado la autopsia —anunció—. La de Lispenard —especificó sin necesidad.

Gideon sintió una opresión en el pecho. Aunque intentaba con todas sus fuerzas dejar de pensar en Alex, a menudo los recuerdos afluían torrencialmente desde los recovecos de su memoria y arrasaban con su ilusión de serenidad. Pero eso tenía que oírlo. Aguardó.

—¿Y bien? —preguntó Glinn al ver que Brambell no proseguía.

—Falta el cerebro —respondió el doctor.

—¿Qué quiere decir con que falta?

—No ha aparecido. No he encontrado nada, ni el menor rastro —contestó trastabillando, con su acento irlandés más marcado de lo habitual—. Parece que fue extirpado por el tallo encefálico, como si lo hubieran cercenado con un escalpelo, y hay signos de que se aplicó calor para cauterizar el corte. Tomé una muestra rápida para hacer un bioensayo y hallé que las proteínas de la zona se habían desnaturalizado, una prueba del calor.

Gideon fijó los ojos en él.

—¿Fue extirpado? ¿No aplastado?

Brambell se pasó una mano por la calva.

—Al parecer, el cerebro fue extirpado antes de que el cráneo sufriera el aplastamiento; de lo contrario, habrían quedado restos en la pared interna del cráneo y el tejido neural se habría embutido entre las fracturas. Pero no, no hay rastro de materia gris ni blanca entre los restos. Ni siquiera he hallado trazas microscópicas. Parece que el Baobab… en fin…

Su rostro se tornó una máscara de perplejidad y confusión.

—¿Se lo hubiera comido? —completó Garza por él.

Al oírlo, Gideon se puso tenso.

—Es lo que pensé al principio. Pero si pretendía absorberlo para nutrirse, ¿por qué extirparlo intacto? Además, no me cabe duda de que lo fue. No tengo ni idea de qué ha podido ocurrirle después: podría haber sido digerido, absorbido o quién sabe qué.

—¿Escaneado? —propuso Gideon sin pensar.

Garza se volvió bruscamente hacia él.

—¿Qué quiere decir con «escaneado»?

—El cerebro fue extirpado intacto —dijo Gideon—. ¿Por qué? Tal vez la criatura quería interrogarlo, descargar el contenido o algo así. Sería una buena razón por la que extraerlo sin dañarlo.

—Improbable —rechazó Garza—. Como mínimo.

—Recordemos el último mensaje de Alex. «Permíteme tocar tu rostro.» Estaba en contacto con algo. Habló o, al menos, su cerebro lo hizo.

—Si su teoría es cierta —planteó Garza—, ¿cómo logró hablar? Carecía de boca y tenía el cuerpo aplastado.

Gideon se estremeció. «No me lo recuerdes.» Intentó centrarse y buscar una explicación lógica a la cuestión.

—El cerebro, tras haber sido extirpado intacto, habló por medio de la criatura. «Permíteme tocar tu rostro.» Su cerebro estaba en contacto con algo, pero también se encontraba confundido, desorientado. Quiero decir que lo acababan de separar de su cuerpo.

El gesto de Garza reflejaba su profundo enojo. Negó con la cabeza.

—Por el amor de Dios, esto es pura ciencia ficción.

Se produjo un largo silencio. Glinn, como siempre, se limitó a reflexionar mientras mantenía un semblante inexpresivo. «Tal vez Garza esté en lo cierto —pensó Gideon—. Puede que solo sea ciencia ficción.» Si se pensaba bien, la idea se antojaba bastante absurda. Aun así, ni por asomo le daría a Garza el gusto de admitirlo.

—Y hay una cosita más —añadió Brambell transcurridos unos instantes.

Glinn enarcó las cejas.

—Parece que alguien ha hurtado una parte de la muestra del laboratorio de astrobiología. Los cuatro auxiliares del laboratorio llevan un registro de todas las secciones que se sacan, pero falta un trozo bastante grande, y nadie parece saber cuál es su paradero. ¿Por casualidad alguno de ustedes no se habrá llevado un trozo sin registrarlo?

Garza le lanzó una mirada acusadora a Gideon.

—Yo no —dijo este último.

Garza se había levantado con más ganas de tocar las narices que de costumbre.

—Ninguno de nosotros habría cometido semejante irresponsabilidad —aseguró un sucinto Glinn.

—En fin —dijo Brambell—, puede que el laboratorio se equivocase al tomarle las primeras medidas al tentáculo. O tal vez se les olvidase registrar una retirada. —Carraspeó—. O quizá todo esto no sea nada más que una cortina de humo para disfrazar una negligencia profesional. Lo digo porque esos cuatro caballeros estuvieron celebrando una fiestecita anoche en el laboratorio. Antes, cuando pasé por el laboratorio de camino hacia aquí, vi las pruebas del jolgorio, y a ellos cuatro como cubas y barriendo el suelo del bar, si lo queremos llamar así.

—¿Durmiendo la mona, se refiere? —preguntó Garza.

—A eso mismo me refiero. Solo Frayne estaba despierto, aunque no sé si esta es la palabra más adecuada, y fue él quien me dijo que faltaba un trozo del tentáculo.

—¿Dónde están ahora?

—Hablando del rey de Roma…

Brambell se dio media vuelta al ver acercarse a Frayne. Traía la bata de laboratorio manchada de morado y apestaba a vino. Tenía un aspecto horrible. Gideon no consideraba a Frayne el típico juerguista, pero allí estaba, a todas luces resacoso.

Glinn se apartó a un lado y Garza se volvió hacia él.

—¿Qué demonios significa esto? —exigió.

Frayne comenzó a explicar, entre balbuceos, que habían celebrado una fiestecita de la sangría, pero que no habían cometido ninguna salvajada ni...

Garza lo interrumpió con un simple gesto de la mano.

—¿Qué pasa con el trozo que se ha perdido?

La pregunta llevó a Frayne a perderse en una explicación enrevesada e incoherente en la cual aseguraba que todo había ocurrido mucho antes de la fiesta, que ellos no tenían la culpa, que llevaban un registro minucioso, que alguien debía de haberlo robado para conservar un recuerdo, que de todas formas tampoco habían bebido tanto...

—Ya conocen las reglas —volvió a cortarlo Garza—. Nada de alcohol una vez que el barco llegara a la zona de destino. Les descontaré el salario de una semana. Y dado que usted es el auxiliar jefe, quiero que permanezca en el calabozo durante doce horas y que duerma un poco.

—¿En el calabozo? —repitió Frayne devastado—. ¿Quiere decir en una celda?

—Sí. En el calabozo. En una celda. Ordenaré que un destacamento de seguridad vaya a hacerle compañía.

—Pero...

Garza lo miró con severidad hasta que Frayne agachó la cabeza y se retiró. Después se volvió hacia Glinn.

—Este tipo de indisciplina es como la peste a bordo de un barco. Confío en que esté de acuerdo conmigo.

Con una mínima inclinación de la cabeza, Glinn manifestó su consentimiento. Y, acto seguido, tras consultar su reloj, miró a Gideon.

—Será mejor que demos la reunión por terminada —dijo—. A usted y a mí se nos requiere en el laboratorio de Prothero.

36

Gideon estaba apretujado con varias personas más en el pequeño y caótico laboratorio. El departamento parecía una cueva
electrónica. Un tufo acre a soldaduras y a circuitos quemados
flotaba en el aire estancado. Prothero estaba sentado sobre un
armario de equipos informáticos y de sonido, lleno de cables
que colgaban por todas partes, vestido con una camisa hawaiana
sucia y medio desabotonada. Su pecho cóncavo y pálido, salpicado de un vello moreno y grueso, resultaba repugnante.

A su lado estaba la auxiliar de Prothero, la alta, esbelta y
elegante Rosemarie Wong. Parecía la antítesis perfecta de su jefe.
Gideon se preguntó cómo soportaba trabajar con él.

—Lamento que no haya sitio para sentarse —se disculpó
Prothero señalando dos sillas cubiertas por montañas de cachi-
vaches—. Necesito un laboratorio más grande. Este es muy cutre.

Glinn ignoró el comentario.

—Doctor Prothero, cuéntenos qué ha descubierto.

Prothero empezó a aporrear un teclado.

—En dos palabras: lo conseguimos. Hemos traducido el mensaje del Baobab. Eh, Wong. Pon la cinta.

Wong tecleó un comando y al instante siguiente se empezó a
oír la canción de una ballena azul, seguida del sonido generado
por el Baobab. Prothero se explayó sobre las características del
lenguaje de las ballenas azules.

La irritación de Gideon se acrecentaba por momentos.

—Muy bien, ¿y qué quiere decir? —lo interrumpió al cabo.

—Debo advertir que el mensaje es un poco extraño. —Prothero puso los ojos en blanco en un gesto dramático—. Lo que esa cosa dijo es… —Titubeó—. «Matadme. Matadme.»

—¿Está seguro de esa hipótesis? —le preguntó Glinn.

—Estoy segurísimo. Si me permiten explicarme…

Y otra vez se explayó, de nuevo largo y tendido, poniendo la cinta otra vez y reproduciendo a continuación más vocalizaciones de ballenas azules mientras dilucidaba en un tono autocomplaciente cómo habían analizado los sonidos, deducido los respectivos significados y comprobado sus hallazgos.

Gideon, a pesar de su escepticismo, estaba impresionado, aunque no del todo convencido.

—¿Y por qué la criatura iba a suplicarnos que la matemos? —preguntó cuando Prothero hubo terminado—. Sobre todo, después de haber triturado uno de nuestros VSP.

Prothero se encogió de hombros.

—Eso tendréis que averiguarlo vosotros.

—¿Cómo sabes que no se limita a imitar las vocalizaciones de las ballenas azules?

—Estas pueden recorrer más de ciento cincuenta kilómetros por el agua. Por lo tanto, esta cosa ha estado oyendo todo tipo de vocalizaciones de ballenas azules. ¿Por qué iba a imitar precisamente esa? No, amigo mío, lo que está haciendo es comunicarse con nosotros.

La parte de «amigo mío» fue la que más irritó a Gideon.

—Si esto es una forma de comunicación, no tiene ningún sentido.

—Puede que la criatura esté confundida —conjeturó Prothero encogiéndose otra vez de hombros—. Igual es como quien va a Francia y hace el ridículo intentando chapurrear el idioma. —Rebuznó una carcajada.

—Lo que tenemos ante nosotros es un ser extraterrestre

—recordó Glinn—. Acaso una inteligencia alienígena. No me sorprendería que no entendiéramos su primer intento de comunicarse.

Gideon negó con la cabeza y después miró a Wong. La auxiliar aún no había soltado prenda.

—¿Tú qué opinas, Rosemarie?

Wong tosió un poco.

—Creo que Gideon quizá está en lo cierto. La criatura podría estar limitándose a repetir los ruidos que oye, como un loro.

Gideon la escuchó complacido. Su opinión sobre Wong y su inteligencia se reforzó todavía más.

—Bueno, si la ciencia funcionara como la democracia, supongo que podría equivocarme —razonó Prothero antes de añadir—: Pero como no es así, tengo razón. —Volvió a reírse, ásperamente.

En ese momento el señor Lund, el contramaestre, se asomó por la puerta.

—¿Doctor Glinn?

—He ordenado que no se me molestara.

—Tenemos una emergencia. El Baobab está empezando a agitarse.

37

Cuando Glinn y Gideon llegaron al centro de control, este bullía de actividad. El primero ocupó la consola principal de mando y el segundo se colocó a su derecha, ante la consola secundaria. La primera oficial Lennart se acercó con diligencia, sujetando un iPad.

—Póngame al corriente —le pidió Glinn con calma.

—Muy bien. Hará unos veinte minutos las sonoboyas de la superficie comenzaron a recoger algunos sonidos inusuales procedentes de abajo. Se parecían mucho a las ondas de presión que se generan con los pequeños temblores del suelo oceánico, entre 1,5 y 2 en la escala Richter. Cuando mapeamos las procedencias, hallamos que se concentraban en torno al Baobab, aunque no procedían de este.

—¿Está en la red del barco? Despliéguelo.

Lennart pulsó varios botones del teclado de la consola y al instante apareció un mapa sísmico.

Glinn frunció el ceño mientras lo estudiaba observado por Gideon.

—Parece formar un patrón más o menos circular en torno a la criatura.

—Sí.

—¿Sabe a qué profundidad se originan los temblores?

—No a mucha. Al menos, según los estándares sísmicos; a

escasas decenas de metros por debajo del fondo marino. Pero cuando empezamos a monitorizarlos, observamos que los temblores parecen ir ganando profundidad y que se producen cada vez más lejos de la criatura; por así decirlo, como un anillo que fuese hundiéndose y creciendo en diámetro.

—¿Como si esa cosa estuviera extendiendo su sistema de raíces?

—Algo así. Y eso no es todo. Como sabe, bajamos una cámara y la anclamos al fondo marino, orientada hacia el Baobab, para monitorizarlo con luz verde. No habíamos detectado actividad inusual, al menos hasta ahora. Acabamos de percibir movimientos en la criatura.

—¿De qué tipo?

—La agitación de las ramas. Muy pausada. Y la boca, o el orificio de succión, se ha dilatado varias veces mientras absorbía y expulsaba grandes cantidades de agua. La amplitud del sonido de dos hercios que emite ha aumentado.

—Quiero un análisis detallado de los temblores —solicitó Glinn—. Con mapeos tridimensionales en tiempo real.

—Muy bien.

De pronto se produjo un tumulto a su derecha y enseguida uno de los técnicos se acercó corriendo.

—Uno de los VSP, *George*, acaba de desaparecer.

Glinn frunció el ceño.

—¿Cómo es posible? ¿No están custodiados bajo siete llaves y equipados con una alarma?

—El ladrón ha burlado los sistemas electrónicos de seguridad.

—¿De quién hablamos?

El técnico dijo algo al micrófono de los auriculares y permaneció a la escucha.

—No están seguros, pero puede tratarse de uno de los auxiliares del laboratorio, un tal Frayne.

—¿Frayne? —se extrañó Gideon—. ¿No estaba en el calabozo?

El técnico volvió a escuchar por los auriculares.

—No llegó a presentarse. Había un destacamento buscándolo pero, según parece, consiguió colarse en el hangar de los VSP. Ahora están comprobando los vídeos de las cámaras de vigilancia… Sí, no hay duda, es él.

—¿Seguía borracho?

—No parece haber información al respecto. Un momento… Me comentan que olía a alcohol.

—¿Cómo se las ha apañado Frayne para meter el VSP en el agua? —preguntó Gideon—. Hace falta tripulación para lanzarlo.

—Parece que alguien lo ha ayudado. Aún estamos investigándolo. Como decía, están revisando los vídeos para intentar determinar qué ha ocurrido exactamente.

—¿Adónde lleva el VSP?

—Está descendiendo, por lo que parece. Muy rápido. No responde por ninguna frecuencia.

—Preparen a *John* de inmediato —ordenó Glinn, que a continuación miró a Gideon—. Vaya a la cubierta del hangar. Tiene que interceptarlo.

38

Veinte minutos más tarde, Gideon se encontraba ya sumergido, mirando una vez más por el puesto de observación de proa mientras el VSP descendía hacia la tiniebla azulada. Aunque no habían realizado la comprobación de seguridad habitual, hacía tan poco de la última sumersión de *John* que se daba por hecho —acertadamente, esperaba Gideon— que no era necesaria.

Costaba creer que Frayne se hubiera emborrachado y hubiese decidido bajar a darse un paseíto en un minisubmarino de veinte millones de dólares. Si lo que de verdad pretendía era eso. Sin embargo, Gideon ni siquiera era capaz de imaginarse qué otro motivo tendría. ¿Venganza? ¿Una especie de loca misión suicida para matar a la criatura?

Él descendía a la velocidad máxima permitida mientras en el centro de control monitorizaban los parámetros del VSP por medio del cable que lo conectaba con la superficie. Quizá tuviera que desprenderse de él si se veía obligado a realizar maniobras demasiado complejas al llegar al lecho marino, pero por ahora se comunicaba sin problemas con el barco. Al menos eso lo reconfortaba; veían lo mismo que él en tiempo real y supervisaban el funcionamiento del minisubmarino y de los sistemas de soporte vital.

El puesto de observación se había vuelto negro. Algunas burbujas despedían destellos blancos al ascender frente a los faros encendidos del VSP. Tenía el sonar enfocado en *George*; aunque se encontrara alrededor de un kilómetro por debajo, Gideon estaba recortando la ventaja rápidamente. Él sabía que Frayne era muy inexperto en el pilotaje de VSP, por lo que sin duda le costaría Dios y ayuda realizar cualquier maniobra. Teniendo en cuenta la velocidad a la que estaba bajando, calculaba que atraparía al auxiliar a varios centenares de metros por encima del fondo marino.

Asomado al puesto de observación, estiró el cuerpo para obtener una visual de las luces de *George*. Aun así, sabía que sería inútil; no las divisaría hasta que la ventaja se redujera a unos ciento cincuenta metros.

Lo que iba a hacer cuando alcanzase a Frayne era algo de lo que todavía estaban hablando en el centro de control. Si no lograba persuadirlo para que diera media vuelta y regresase al *Batavia*, había varias opciones, pero todas ellas implicaban dificultades y riesgos. Los técnicos del buque todavía estaban sopesándolas y resolviéndolas una a una.

Para eso no había ningún manual de instrucciones.

El interior del submarino le provocaba más claustrofobia de lo normal. No había tenido tiempo de prepararse psicológicamente para el descenso; de hecho, ni siquiera había tenido ocasión de cambiarse de ropa. Se había vestido para el frío aire matutino del sur y ahora tenía calor, estaba sudando y debía soportar el picor que la camisa le provocaba alrededor del cuello. Vio cómo la distancia se acortaba en el medidor de profundidad. Se encontraba a seiscientos metros del fondo; en cualquier momento distinguiría a *George*. Y allí estaba, una difusa mancha luminosa justo debajo de él.

—Tengo una referencia visual —informó.

—Siga descendiendo —respondió la voz de Glinn por el auricular con un chisporroteo—. Intente igualar su velocidad y situarse a su lado.

—Recibido.

La mancha empezó a concretarse en un racimo de luces temblorosas. Gideon aumentó casi al máximo la velocidad del descenso, impaciente por alcanzarlo antes de que llegasen al fondo. Solo Dios sabía lo que Frayne pretendía hacer, por lo que quería detenerlo mucho antes de que entraran en el entorno al alcance de la criatura.

Ahora el perfil de *George* comenzó a definirse.

—Comuníquese con él —le indicó Glinn.

Gideon aumentó la ganancia del UQC.

—*George*, aquí *John*. Responde.

Nada.

Volvió a llamar. Tampoco obtuvo respuesta. Puesto que la distancia se recortaba a toda prisa, guardó silencio por un momento para ralentizar el descenso y desplazar el submarino de forma que no quedara justo por encima de *George*, sino a un lado.

—¿Frayne? ¿Me recibes?

Ninguna respuesta.

—¡Eh, Barry! Soy Gideon Crew. ¿Me oyes?

Silencio.

—Escucha, Barry, ¿podemos hablar un momento? ¿Qué está pasando?

Ahora se encontraba a tan solo unos treinta metros por encima de *George*. Veía con claridad el perfil del VSP y el tenue resplandor rojizo que emitían los puestos de observación, así como el brazo mecánico, replegado en posición de descenso. Gideon desaceleró un poco más mientras se aproximaba, hasta que casi empezó a igualar su velocidad. Al cabo de unos segundos iba a estar encarado con *George*. Dios santo, Frayne podría haberse mareado o estar inconsciente.

Al final se situó a la altura de *George* y se asomó por el puesto de observación lateral. Se llevó una sorpresa al ver a Frayne no inconsciente, sino con un aspecto perfectamente normal, manipulando los controles con atención y tranquilidad.

Sin embargo, Frayne no miró en su dirección. Ni por un momento.

Gideon le hizo señas.

—Eh, Barry. ¿Quieres mirarme, por favor?

No hubo ninguna señal de que el auxiliar lo oyera.

Gideon consultó el monitor de profundidad. Se aproximaban al fondo. Si no se detenía pronto, la inteligencia artificial se activaría y desaceleraría el descenso; y lo mismo sucedería con *George*. A ninguno de los dos sumergibles se le permitiría estrellarse contra el lecho marino.

—¿Frayne? ¿Me oyes?

Ninguna respuesta.

Gideon pasó a una frecuencia privada para hablar con el centro de control.

—¿Me oye? —preguntó.

—Desde luego que sí. Y también a nosotros. Sabemos que tiene el UQC conectado y con la ganancia al máximo.

—Se comporta como un robot.

—Ya lo vemos.

—¿No pueden transferir el control a la superficie y obligar a su VSP a ascender, como hicieron conmigo?

—Ha activado la secuencia de invalidación —contestó Glinn—. No sabemos cómo. Se supone que los únicos que la conocíamos éramos Garza, los técnicos de mantenimiento y yo.

—Joder, menuda cagada.

Gideon negó con la cabeza. A él ni siquiera le habían facilitado la secuencia. Ya lo hablaría más tarde con Glinn.

—Muy bien —dijo Glinn—. Preste atención. Los técnicos dicen que, si sigue sin responder, existe un método para que usted pueda desactivar a *George*.

En la pantalla apareció un plano de *George*. Glinn continuó dando indicaciones, frío y ecuánime.

—Queremos que utilice el brazo científico para realizar una sencilla operación. El VSP de Frayne cuenta con seis propulsores.

Inserte el extremo del brazo en cada uno de ellos para destrozar las palas. Dicen que basta con que inutilice tres para que *George* quede inoperativo. Después podremos anclar un cable de remolque e izarlo.

—¿No existe ningún otro método aparte de destrozar los propulsores?

—Los demás elementos vulnerables están protegidos por el casco exterior. Lo que le sugerimos es sencillo e infalible. Modificaremos de forma temporal la inteligencia artificial de su VSP para que pueda realizar la operación; de lo contrario, no podría iniciarla.

—Recibido. A la orden.

Gideon vio ahora, por el puesto de observación inferior, los contornos difusos del lecho marino, al que ya rozaban los haces de los faros. Al mismo tiempo, sintió que el piloto automático empezaba a desacelerar el sumergible.

—Ya veo el fondo —anunció.

—Las modificaciones de la inteligencia artificial ya se han finalizado. Acérquese y realice la maniobra de desactivación tan rápido como pueda.

—*George* también está desacelerando… y virando.

—Sígalo.

Gideon movió la palanca direccional y aceleró al máximo. Pero *George* también avanzaba a toda máquina, en paralelo al lecho marino. Parecía que Frayne se estuviera acostumbrando a los mandos del minisubmarino.

—Se dirige al Baobab —dijo Glinn—. La criatura se encuentra activa. Muy activa. Manténgase bien alejado de ella.

—Voy lo más rápido que puedo… pero me es imposible alcanzarlo.

Ahora Gideon empezó a vislumbrar el perfil borroso de la criatura y sus volúmenes fueron definiéndose bajo el resplandor de los faros de ambos. Se agitaba, ondeando, mientras el tronco se hinchaba de manera aterradora, como si estuviera llenándose de agua.

—Está proyectando hacia el exterior los órganos de la boca —avisó Glinn—. El sonar doppler capta una corriente.

De pronto *George* se desvió hacia arriba, derecho hacia la boca extendida. Aquel conducto semejante al de una chimenea se hinchaba de agua a la vez que se orientaba hacia el submarino, palpitando y dilatándose cada vez más.

—¡Deténgase! —le ordenó Glinn a Frayne por el canal común—. ¡Retroceda!

George aceleró, atrapado por la corriente. En el momento que se emitió la orden, Gideon sintió que *John* también era arrastrado hacia arriba y hacia delante. Empujó la palanca para virar a un lado e intentar librarse del flujo de agua. Notó que la criatura pretendía absorber el sumergible y escuchó la vibración, ya demasiado familiar, que el agua producía al deslizarse sobre el casco... hasta que instantes después el batiscafo quedó libre y se tambaleó debido a las súbitas turbulencias. De inmediato invirtió la marcha y comenzó a alejarse del monstruo a máxima velocidad. Cuando hubo puesto una distancia segura de por medio, se detuvo, echó la vista atrás...

... y vio, horrorizado, cómo *George*, al que aquella cosa no dejaba de arrastrar hacia sí, empezaba a zarandearse a merced de la violenta corriente. En cuestión de segundos, las fauces de la criatura lo engulleron por completo. Asaltado por un *déjà vu* espeluznante, contempló cómo la silueta del minisubmarino descendía por el esófago semitransparente, tras lo cual el tronco se encorvó con brusquedad y se oyó un estallido, al que siguió una repentina liberación de aire en una miríada de burbujas.

Y por el hidrófono oyó la voz de Frayne, distinta, serena, lejana.

—¿Quién eres?

39

Gideon abrió la escotilla, se impulsó hacia arriba y emergió de *John* al tiempo que tomaba una bocanada de aire fresco. Dios, cómo agradecía estar de regreso en el barco. Se encontraba muy alterado por lo que acababa de presenciar. Al menos Alex había resistido hasta el final. Frayne, por el contrario, se había lanzado directo hacia la boca de la criatura. ¿Estaría borracho? Sin embargo, cuando lo vio por el puesto de observación, no mostraba síntoma alguno de embriaguez. Por otro lado, su comportamiento tampoco podía calificarse de normal. Parecía un robot, o incluso un zombi.

Según descendía por la escalerilla, notó que varias manos lo sujetaban. Cuando llegó a la cubierta, apenas era capaz de mantenerse en pie; Garza lo ayudó a sostenerse. Este tenía un aspecto tenso y colorado, e incluso Glinn no mantenía su habitual ademán inescrutable.

—¿Qué demonios creía Frayne que estaba haciendo? —preguntó Gideon entre jadeos.

—Ojalá alguien lo supiese —contestó Garza.

Gideon agradeció que lo sostuviera con fuerza mientras se serenaba.

—Ya me encuentro mejor —dijo un momento después.

Garza le soltó el brazo.

—¿Se sabe quién lo ayudó? —inquirió Gideon mientras se alisaba la ropa.

—Uno de sus compañeros del laboratorio, Reece. Lo hemos interrogado, pero insiste en que él no hizo nada, aunque lo tenemos grabado y se ve con toda claridad cómo manipula la grúa triangular para bajar a *George* al agua. Se defiende diciendo que debe de tener amnesia. —Garza resopló—. Pamplinas, obviamente. Ahora está en el calabozo.

Gideon miró a Glinn.

—¿Y usted? ¿Qué opina?

—La única explicación racional que puedo adelantar en este momento es que Frayne iba drogado. Quizá ni siquiera él mismo fuese consciente de lo que estaba haciendo.

El pétreo gesto de concentración que Gideon había observado en el rostro de Frayne no parecía el de alguien drogado. Además, ¿cómo había persuadido a su colega de laboratorio para que lo ayudase?

—¿Está seguro de que Frayne y su compañero no están implicados en algún tipo de sabotaje? —preguntó Gideon.

—¿A las órdenes de quién?

—Tal vez los chilenos todavía estén cabreados por el hundimiento del *Almirante Ramírez*. Puede que hayan infiltrado a unos saboteadores.

—Cabe la posibilidad —admitió Glinn.

Con paso decidido se acercó por la cubierta la alta e intimidante primera oficial Lennart.

—¿Señor Glinn? Se aproxima una aeronave. Un helicóptero.

Glinn se volvió de inmediato.

—¿Identidad?

—Es un EC155 procedente de Ushuaia, Argentina, pero registrado en Estados Unidos. El piloto dice que transporta a un pasajero.

—¿Un pasajero? ¿Quién demonios es?

—Se niegan a decírnoslo. Solicitan permiso para aterrizar.

—Deniégueselo, a menos que nos revelen la identidad del pasajero.

—Lo siento, la normativa marítima exige que autoricemos el aterrizaje. Necesitan repostar; no les queda combustible suficiente para el regreso.

Glinn negó con la cabeza.

—Quiero un equipo de guardias armados en el helipuerto. El helicóptero no debe despegar antes de que sepamos quiénes son y qué quieren.

—El nuestro está en la plataforma —dijo Lennart—. Tendrá que despegar y sobrevolarnos para dejar que aterricen. Por lo tanto, no podrán quedarse aquí mucho tiempo.

Glinn se volvió.

—Se quedarán el tiempo suficiente para que averigüemos sus intenciones. Gideon, Manuel, pertréchense en la armería y reúnanse conmigo junto al helipuerto.

El helipuerto se ubicaba en medio del barco, en una plataforma levantada delante del hangar donde se guardaban los VSP. Mientras se equipaban en la armería y recorrían las escaleras y pasillos en dirección a las escalerillas metálicas que subían hacia el helipuerto, oyeron despegar el Astar del buque. De pie en la escotilla, Gideon vio cómo abandonaba el helipuerto para retirarse a una posición fija al sur. No tardó en oírse un nuevo zumbido, el rumor lejano del otro helicóptero, procedente de la dirección opuesta. Gideon terminó de salir por la escotilla, miró hacia el origen del ruido y vio un gran helicóptero que brotaba a toda velocidad del despejado cielo azul. En la cadera notaba la pesada y fría pistola del calibre 45 que acababan de entregarle.

Gideon, Glinn, Garza y un equipo de seguridad aguardaban de cuclillas a un lado del helipuerto, al pie de las escaleras, tanto para protegerse del remolino de aire como para cubrirse si se iniciaba un tiroteo. Cuando el atronador helicóptero empezó a descender, Gideon levantó la cabeza y entornó los ojos para protegerse del vendaval mientras lo veía aterrizar.

El estruendo cesó. Glinn ya estaba gritando órdenes por el micrófono de los auriculares.

—Seguridad, acérquense y cubran el helicóptero. Quiero respuestas antes de que reposten y les permitamos despegar.

Tres de los guardias, con las pistolas en ristre, gatearon hacia la cabina. Glinn se levantó.

—Vengan conmigo —dijo.

Subieron las escaleras y se agazaparon a ambos lados del helicóptero. En ese momento se abrió la puerta de la cabina trasera; alguien arrojó afuera una bolsa de cuero raspada y desgastada, y detrás de ella bajó un solo hombre. Más que delgado, estaba escuálido, y en su cara, arrugada y curtida como si fuera cuero marrón, dos ojos azules destellaban cargados de recelo y hostilidad. Se detuvo para escrutarlos a todos uno a uno. Cuando Glinn lo vio, se puso de pie y volvió a guardarse la pistola en el cinturón. El hombre clavó la mirada en él por un segundo y después la deslizó hacia Garza, quien también estaba enfundando el arma con una expresión agriada en el rostro.

—McFarlane —dijo Garza al cabo—. Sam McFarlane. Hijo de puta.

—Sí —respondió McFarlane un instante después, con una sonrisa fría que no albergaba traza alguna de simpatía—. Aquí estoy. Y ahora las cosas van a ponerse feas de verdad.

40

De inmediato Glinn dio órdenes al equipo de seguridad para que se marchara y autorizó el repostaje y el despegue del EC155.

—A mi camarote —se limitó a indicar, señalando a Gideon, a Garza y al recién llegado.

Minutos más tarde se encontraban en la espaciosa habitación de Glinn. No habían tomado asiento aún cuando Garza se volvió hacia McFarlane.

—¿A qué ha venido?

Este recibió la pregunta con una sonrisa amarga.

—Una vez que entras en el equipo, formas parte de él para siempre.

—¿Cómo nos ha encontrado? ¿Y cómo ha podido permitirse el desplazamiento en helicóptero? Tenía entendido que estaba sin blanca y que iba de puerta en puerta malvendiendo meteoritos sin valor.

En lugar de contestarle, McFarlane se sentó sin inmutarse, cruzó las piernas y lanzó una mirada gélida a Glinn.

—Me alegra ver que tiene tan buen aspecto, Eli.

—Gracias.

Garza rehusó sentarse.

—Quiero saber cómo se ha enterado de esto.

—Acabo de hacer un viaje muy largo —respondió McFarlane—. He tardado cuarenta y ocho horas en llegar aquí. ¿Creen que sería posible que me tomara una taza de café? Con doble de crema y dos terrones. También agradecería un bollito con mantequilla.

Dirigió la petición, en un tono desdeñoso y afilado hasta dotarlo de un desprecio extremo, a Garza.

Gideon lo miró con atención. ¿De verdad aquel hombre era Sam McFarlane, el buscador de meteoritos de quien tanto había oído hablar? Desde luego, tenía que serlo; reconocía su cara del vídeo recuperado del *Rolvaag*. Y, aun así, ahora parecía distinto... muy distinto.

Glinn cogió su radio, murmuró algo para el micrófono y volvió a dejarla.

—Solventado. Ahora, Sam, por favor, cuéntenos cómo se ha enterado de esta empresa y qué está haciendo aquí.

—Palmer Lloyd me ha contratado.

La revelación fue recibida con un silencio perplejo.

—Ah, qué típico —dijo Garza—. Un tarado contratado por un lunático.

Glinn levantó la mano para aplacarlo.

—Prosiga.

—Hace unos días recibí la llamada de Lloyd. Me invitó a que fuese a visitarlo a ese manicomio de postín en el que vive y me pagó el avión. —Negó con la cabeza—. Fue toda una experiencia. Pero les diré una cosa: ese hombre no está loco. Se encuentra tan cuerdo como cualquiera de nosotros. Me pidió, me suplicó, que viajase aquí.

—¿Con qué fin? —quiso saber Garza.

—Para salvarlos de ustedes mismos.

—¿Y cómo piensa hacerlo? —le preguntó Glinn sin levantar el tono.

—Me dijo que usted, Eli, estaba volviendo a demostrar su egoísmo; que tenía el juicio nublado y que creía tenerlo todo bajo control, cuando en realidad es justo al revés. Me dijo que iba camino de un nuevo fracaso y que arrastraría con usted a decenas de personas inocentes. Igual que la última vez.

—¿No le dijo nada más?

—Me dijo que usted era un fracasado nato. Que siempre acaba igual por mero instinto.

—Entiendo —dijo Glinn. Durante toda la retahíla su gesto no había variado en lo más mínimo—. ¿Y cómo piensa salvarnos?

—Mi trabajo consiste en impedir que cometan estupideces. En avisarlos cuando estén a punto de cagarla. Lloyd me ha nombrado su «ángel tocanarices».

—¿Hasta cuándo vamos a seguir aguantando esta sarta de payasadas? —se indignó Garza—. Podrá tocar todas las narices que quiera… desde el calabozo.

Gideon los escuchaba, sin ninguna intención de abrir la boca y enfangarse en la discusión. Según su punto de vista, eso era lo último que necesitaban: una nueva variable a la ecuación. Tal vez ese tal McFarlane fuera un hijo de puta divertido, pero su presencia prometía resultar muy perjudicial.

Alguien llamó a la puerta y al instante entró un camarero con una bandeja en la que traía tazas de café, una jarra, crema y azúcar, así como bollitos con mantequilla. La dejó sobre una mesa. Cuando Glinn le dio las gracias, salió del camarote. Mientras le preparaba el café a McFarlane, Glinn le preguntó:

—¿Y cómo propone que debería desempeñar su papel de «ángel tocanarices»?

McFarlane levantó su taza y dio un largo sorbo. Glinn empezó a servirles café a los demás.

—Acépteme en el equipo —pidió McFarlane—. Concédame acceso a todo. Permítame moverme con libertad por el barco. Y preste atención a lo que digo, para variar.

Garza negó con la cabeza de puro asombro ante la descarada actitud de aquel hombre.

—De acuerdo —concedió Glinn.

Garza clavó los ojos en él.

—¿Cómo?

—Gideon, usted será el responsable de poner al día al doctor

McFarlane. —Glinn se volvió—. Manuel, dejemos el pasado atrás y miremos hacia el futuro. Y, Sam, haría bien en cambiar su tono, pues, aparte de inmaduro, es inapropiado.

Garza lo miró con fijeza.

—¿De verdad va a dejar que este mamarracho se una al equipo? ¿Después de todo lo que ha ocurrido? ¿Cuál será su función?

—El doctor McFarlane —aclaró Glinn— será nuestra Casandra particular.

41

Aquella misma tarde, con el máximo cuidado y protegido con un traje antirradiación con suministro de aire incorporado, Gideon se puso a los mandos de una pequeña grúa de techo para acercar el uno al otro los dos hemisferios montados del dispositivo nuclear. La pepita de plutonio ocupaba ya su sitio, bañada en oro de veinticuatro quilates, reluciente como una manzana dorada en el centro del dispositivo de implosión escalonada. Los hemisferios parecían una fruta exótica partida por la mitad. El dispositivo había sido diseñado de forma ingeniosa a fin de que se acoplase por medio de clavijas y orificios que encajaban con absoluta precisión. Las lentes de alto poder explosivo que rodeaban el núcleo estaban fabricadas con la misma exactitud. Las cargas contorneadas eran de distintos colores —rojo para las rápidas y blanco para las lentas— y estaban concebidas para transformar la onda de la detonación en una esfera menguante con el objeto de que comprimiese el núcleo de manera regular hasta provocar un estado supercrítico.

El material explosivo de alta fusión despedía un leve olor a producto químico, un curioso tufillo a plástico que a Gideon le trajo a la memoria los años que pasó trabajando en el programa Stockpile Stewardship del Laboratorio Nacional de Los Álamos. Las armas nucleares envejecían de un modo muy compleja, por lo que mantener el arsenal atómico del país en condiciones óptimas y listo para ser utilizado en cualquier momento implicaba desmontar las bombas y reemplazar los componentes antiguos por otros nuevos, un proceso que no difería mucho de lo que estaba haciendo aquí.

Por medio de dos palancas direccionales movió la grúa con delicadeza, realizando ajustes mínimos, hasta que al fin logró acoplar a la perfección un hemisferio con el otro, insertando los cables en las clavijas y colocando en su sitio los componentes de los explosivos de alta potencia fabricados a máquina. Realizó una revisión rápida del sistema eléctrico y comprobó que todos los contactos pertinentes se hubieran establecido y funcionaran como debían.

Una pestaña doble recorría toda la circunferencia de la cubierta de acero inoxidable con los agujeros alineados. Gideon empezó a introducir pernos por los orificios abiertos en la pestaña y a fijarlos.

Sintió una presencia detrás de él y de inmediato se incorporó y se dio la vuelta. Era el recién llegado, Sam McFarlane. A Gideon le recorrió una oleada de irritación al ser interrumpido, además de por el hecho de que McFarlane se hubiera plantado tras él con tanto sigilo. Ya había dedicado una hora a ponerlo al día; ¿qué más quería de él?

—Esta es una zona de acceso restringido —dijo Gideon.

McFarlane se encogió de hombros.

—Deberías haberte puesto el mono.

—No hace falta.

Gideon lo miró con detenimiento. La visita no podía ser más inoportuna. Tendría que haber cerrado con llave. Sin embargo, al momento recordó que así lo había hecho; McFarlane debía de haber conseguido una copia.

—Los explosivos de alta potencia son medianamente tóxicos y tanto el plutonio como el polonio, por si no lo sabías, son venenosos además de radiactivos.

—No podría preocuparme menos.

—Muy bien, y entonces ¿te puedo ayudar en algo? —le preguntó, sin intentar disimular su irritación.

—Estoy hablando con todo el mundo. Intento averiguar cómo pretendéis matar al bicho ese. Además, eres el encargado de tenerme al día, ¿recuerdas? —Miró a su alrededor—. Así que es esto, el quid de la cuestión. La bomba atómica.

Gideon asintió.

—¿Cuáles son las características técnicas?

—Es un dispositivo de implosión. De plutonio, por supuesto.

Se preguntó hasta dónde llegarían los conocimientos de McFarlane sobre ingeniería de dispositivos nucleares.

—¿Rendimiento?

—Unos cien kilotones.

—Nadie ha detonado nunca un arma nuclear a tres kilómetros bajo el agua. ¿Has calculado en qué medida afectará esa profundidad a la explosión?

A Gideon no dejó de sorprenderle un poco que McFarlane abordase el aspecto más intrincado e incierto de toda la operación.

—Hay que realizar simulaciones informáticas muy complejas. La presión del agua parece potenciar los efectos de la onda de choque, pero sofoca los de la explosión. Sin embargo, suprimirá la radiación por completo; el agua detiene los neutrones.

—¿Y cómo piensas colocarla?

Gideon titubeó. Debía atenerse a la confidencialidad de algunos detalles, incluso a bordo del barco.

—Glinn me ha dado acceso completo a todo —dijo McFarlane.

—Tenemos un vehículo especial controlado a distancia envuelto en lonas en el hangar. Lo usaremos para colocar el arma.

—¿Y tus cálculos demuestran que la bomba atómica destruirá esa cosa?

—Los efectos de la explosión arrasarán el tronco y las ramas. La onda de choque que se generará con la detonación es básicamente una onda de presión tan potente que desintegrará incluso las estructuras celulares de la criatura; las hará, en el sentido literal, papilla. Será justamente en ese momento cuando las cuatrocientas atmósferas de presión del agua nos serán útiles de verdad.

—¿Y lo que hay bajo el lecho marino? ¿También perecerá con la detonación?

—La onda de presión se propagará por el interior del suelo y devastará la estructura de las raíces.

—¿Hasta qué profundidad se propagará, exactamente?

Aquí, la simulación empezaba a colapsarse, aunque se exprimieran al máximo los recursos del superordenador de a bordo. Pero eso no iba a decírselo a McFarlane.

—Bueno, es muy probable que esterilice el fondo en un radio de un kilómetro y medio, hasta una profundidad de al menos ciento ochenta metros.

—Ciento ochenta metros. —McFarlane enarcó las cejas—. ¿Y hasta dónde se extiende el sistema de raíces de la criatura?

—No estamos seguros. Siempre hemos supuesto que si eliminamos la estructura que se eleva sobre el lecho marino, acabaremos también con el resto del ser.

—¿No es una suposición arriesgada?

—No lo creemos. Vemos con claridad lo que suponemos que es el cerebro dentro del tramo superior del tronco.

—¿Y si tiene más cerebros bajo el lecho?

Gideon respiró hondo.

—Escucha, Sam… ¿Puedo llamarte Sam?

—Claro.

—Podríamos pasarnos el día entero haciendo conjeturas. Tengo mucho trabajo pendiente aquí. Tal vez deberías trasladarle todas esas preguntas a Glinn.

McFarlane le imprimió mayor firmeza a su mirada.

—Pero te las estoy trasladando a ti.

—¿Por qué?

—Porque a Glinn y a Garza no les profeso ningún respeto. Vi cómo se comportaron durante las horas previas al hundimiento del *Rolvaag*. Glinn es un neurótico obsesivo. Manuel es un ingeniero extraordinario sin un ápice de imaginación, algo que lo hace peligroso por partida doble: un tipo tan talentoso como convencional.

—Entiendo.

—Si quieres que te dé mi opinión... —Se interrumpió y miró a Gideon—. ¿Quieres que te la dé?

Gideon estuvo tentado de decirle que no, pero decidió que lo más prudente sería dejarlo hablar.

—Desde luego.

—Tu bomba atómica no va a funcionar. Destrozará la sección de la criatura que está por encima del lecho marino, eso seguro, pero apuesto a que la mayor parte del cuerpo se encuentra bajo tierra. Muestra un grado de evolución demasiado alto para ser tan vulnerable. Así no la destrozaréis por completo; la bomba no es lo bastante potente.

—Y si una bomba atómica no sirve, entonces ¿qué? —le preguntó Gideon con bastante exasperación.

—Antes de decidirlo, es preciso recabar más información.

—¿Por ejemplo?

—Hace muchos años, durante mis primeros días como buscador de meteoritos freelance, conseguí un trabajo temporal de obrero en una torre de perforación. Cerca de Odessa, Texas. Formaba parte de una brigada que prospectaba terrenos en busca de petróleo. ¿Sabes cómo se hace? Se distribuye un conjunto de pequeños explosivos sobre la superficie del terreno, junto con varios sensores sísmicos. Se detonan los explosivos, lo que envía una señal de ondas sísmicas a través de la tierra, las cuales captan los sensores. Un ordenador procesa la información y dibuja lo que hay en el subsuelo, a saber: las capas de roca, las líneas de las fallas, las irregularidades y, por supuesto, las bolsas ocultas de petróleo.

—¿Estás sugiriendo que hagamos eso mismo aquí?

—Sin lugar a dudas. Tenéis que mapear lo que hay bajo el lecho marino. Debéis cercioraros de que vais a aniquilar del todo a la criatura.

Gideon miró a McFarlane. El buscador de meteoritos se inclinó hacia él; sus ojos azul claro destellaron de un modo que inquietó a Gideon, mientras respiraba con quizá demasiada fuerza. Al ser un saco de huesos y vestirse con un llamativo desaliño, podrían tomarlo por un mendigo. Y sin embargo, a pesar de todo, pese a lo que sabía sobre él y su pasado, Gideon debía admitir que su sugerencia tenía sentido. Todo el sentido del mundo.

—Hagámoslo.

—Suponía que eras de los que escuchan. —Le tendió la mano a Gideon, que aceptó estrechársela—. Yo diseñaré la distribución. Tú colocarás los explosivos y los sensores sísmicos. Trabajaremos juntos, seremos compañeros.

—Compañeros no. Colaboradores.

42

Dos cubiertas más arriba, en el laboratorio de acústica marina, Wong y Prothero estaban monitorizando un dispositivo acústico que los técnicos del centro de control habían sumergido hasta situarlo a poco menos de un kilómetro de la criatura. Wong llevaba puestos unos auriculares a través de los cuales oía la voz nasal de Prothero.

—Estoy listo para empezar a emitir la vocalización de la ballena azul de «¿Quién eres?» —dijo—. Es el sonido que hacen dos ballenas azules cuando, desde lejos, ven que se acercan la una a la otra, el equivalente a un «hola» en la lengua de las ballenas. Veamos cómo responde el Baobab. ¿Preparada?

—Preparada.

—Sonará distinto a como lo hemos estado oyendo hasta ahora. Antes acelerábamos el sonido diez veces para que nos pareciesen más claras. Las vocalizaciones reales ocupan el rango de los diez a los treinta y nueve hercios. El ser humano no percibe el sonido por debajo de los veinte hercios, así que se oirá muy, muy bajo, como una especie de tartamudeo, y es probable que no lo captes todo.

—Lo entiendo.

—Voy a mantener la emisión durante un minuto y después dejaré un descanso de cinco minutos. —Prothero reguló algunos de los diales—. Emitiendo.

A Wong las voces le sonaban como una sucesión de gruñidos y tartamudeos extremadamente graves. Transcurrido un minuto, los sonidos cesaron. Wong permaneció a la espera de una respuesta. Pasaron cinco minutos. Nada.

—Voy a probarlo otra vez —anunció Prothero—. Aumentando la amplitud.

Volvió a emitir el saludo de la ballena. Cuando terminó, se produjo un silencio de alrededor de un minuto de duración y, entonces, Wong oyó otro sonido profundo, muy distinto: un rugido prolongado, casi interminable, seguido de un tartamudeo que poco a poco derivó en un nuevo silencio. Brotó después un segundo sonido, también sostenido y grave. Wong sintió que se le aceleraba el corazón. Era un fenómeno tan inesperado como increíble: la criatura había respondido. Estaban comunicándose con una inteligencia extraterrestre. Además, Wong notó que el Baobab no se limitaba a repetir las vocalizaciones que ellos acababan de reproducir, sino que había emitido un mensaje nuevo.

—¿Has oído? —dijo Prothero, tan emocionado que su tono chillón recordaba al de un adolescente—. ¡Qué hijo de la gran puta! ¡Nos está hablando! Mira cómo se desmorona tu teoría de que no hace más que repetir mecánicamente las mierdas que oye.

—Admito que estabas en lo cierto —declaró Wong.

Por un instante se preguntó qué sucedería si le espetase a Prothero lo que pensaba de él en realidad. No, ya tendría tiempo para eso. Cuando regresasen a puerto, tal vez.

—Vale. Voy a repetir el «¿Quién eres?».

Sonó la vocalización de la ballena azul. Y obtuvieron una respuesta, en esta ocasión más rápida.

—¿La has grabado? —preguntó un ansioso Prothero.

—Claro que sí.

—No sé lo que significa, pero por mis pelotas que lo vamos a averiguar. Repitámoslo.

Emitieron el mismo mensaje y obtuvieron idéntica contestación.

—Wong, mete ese sonido en la base de datos acústica y mira a ver qué coincidencias conseguimos.

—Hecho.

El ordenador no tardó mucho en encontrar una decena de coincidencias en la inmensa base de datos de sonidos de ballenas azules que poseía Prothero. Una vez más, Wong revisó las circunstancias bajo las que se habían grabado esos sonidos y reenvió los resultados a la estación de trabajo de Prothero. Este trabajó en ello en silencio.

—De acuerdo —dijo—. Tengo una especie de traducción. La respuesta del Baobab se componía de tres sonidos distintos. El primero parece hacer referencia al tiempo. Aunque, sin embargo, se alarga bastante; supongo que eso significa «mucho tiempo».

Tecleó otro comando. Masculló para sí unos cuantos «pero qué narices» entremezclados con algunos «joder» que Wong oyó de mala gana por los auriculares.

—De acuerdo —repitió—. La segunda vocalización expresa distancia. Esta también es excepcionalmente larga. Por lo tanto, puede que quiera decir algo como «gran distancia». O, más bien, algo como «muy lejos». ¡Eso es! Nosotros le preguntamos «¿Quién eres?» y la criatura respondió «Mucho tiempo. Muy lejos».

Wong notó una sensación extraña, como si un hilo de agua helada se escurriera por su nuca. Ese era, sin lugar a dudas, un hallazgo impactante.

—Después está la tercera. Suena como la voz de aviso que las ballenas emiten al encontrarse con una red de pesca o de arrastre. —Hizo una pausa—. «Una red.» No estoy del todo seguro de esto último. Además, no parece tener mucho que ver con las otras dos respuestas, pero… —Empezó a animarse—. ¿Te das cuenta de lo que hemos conseguido? —graznó, como si acabara de cobrar conciencia de la magnitud del logro—. ¡Somos los primeros seres humanos que se comunican con una criatura inteligente extraterrestre! ¡Esto es increíble! Nos está diciendo que llegó aquí tras un viaje muy largo que le llevó mucho tiempo.

Como el texto con el que empieza *La guerra de las galaxias*: «Hace mucho tiempo, en una galaxia muy, muy lejana...».

El escalofrío de Wong se intensificó. No sabía a qué se debía su desazón, pero intuía que en el mensaje subyacía una sensación inconcebible de extravío y soledad. «Mucho tiempo. Muy lejos...» No parecía un mensaje, sino más bien una llamada de auxilio. Sin embargo, ¿qué tenía que ver con ello la tercera palabra, «red»?

Prothero interrumpió sus meditaciones.

—Continuemos. Veamos qué más podemos preguntarle... y qué nuevas respuestas nos da.

Sin embargo, no hubo más. Emitieron más sonidos durante una hora, pero no obtuvieron ninguna otra respuesta. Daba la impresión de que aquel ser, por la razón que fuese, hubiera enmudecido por completo.

43

Gideon no podía alegrarse más de que en esa ocasión se encontrara en el centro de control en vez de sumergido en el VSP. Estaba de pie ante la consola de siempre, contemplando la pantalla principal junto con el resto de la sala. McFarlane se hallaba junto a él, atento y callado. El buscador de meteoritos se había integrado rápidamente en el proyecto y parecía apañárselas para estar en todos los rincones del barco al mismo tiempo, además colarse en todos los laboratorios, talleres de maquinaria y zonas de trabajo, granjeándose no pocos enemigos en el proceso. Gideon había observado que a muchos de los que viajaban a bordo no solo les desagradaba McFarlane, sino que además parecían temerlo. Daba la impresión de ser alguien que se hubiera sumergido en un mar de fuego, hubiera ardido hasta quedarse en los huesos y sobrevivido, transformado en un hombre abrasado y esquelético; en un hombre que no seguía ninguno de los modales ni la corrección que solía regir la interacción entre las personas; en un hombre que expresaba la verdad tal y como él la entendía, de una manera tan despojada de formalidades sociales que resultaba tosca y ofensiva. Solo a Prothero parecía divertirle, e incluso encantarle, su desagradable comportamiento.

Observaban cómo *Ringo*, esta vez controlado a distancia, se desplazaba sobre el fondo marino, a medio kilómetro del Baobab, mientras tendía una línea de cargas y sensores sísmicos. El Baobab parecía haber entrado en un estado durmiente desde la llegada del VSP.

—Esa cosa es como un gato —dijo McFarlane, que había asumido la tarea de supervisar la operación sin que nadie se opusiera a ello—. Permanece inmóvil. A la espera de que el pajarito se le acerque un poco más.

Gideon seguía sorprendido por la idea, que no difería tanto de la línea de acción que él tenía pensada. Pero, según el plan, el VSP no debía acercarse más; tendría que quedarse —o al menos eso esperaban— fuera del alcance de la grotesca boca succionadora. Por suerte, no hacía falta colocar las cargas tan cerca. El propósito era mapear el subsuelo en torno a la criatura para comprobar hasta dónde se extendían sus raíces.

Era un proceso largo. Había poca gente en el centro de control; la operación se había organizado a última hora. Glinn había decretado que, en adelante, la información se compartimentaría aún más con el fin de extinguir las especulaciones demenciales y de impedir la propagación de los rumores. El barco se había convertido en una aldea de la peor calaña. A Gideon lo asombraba que todas aquellas personas cultas y normales se hubieran convertido en cotillas dedicados a inventar chismes envenenados y crueles, a tergiversar y exagerar hasta la más mínima palabra que oían y a enzarzarse en disputas triviales y controversias absurdas. Era un síntoma de los alarmantes niveles de ansiedad y tensión que cargaban la atmósfera de la nave.

—¿Dices que esto lo aprendiste trabajando como obrero? —le preguntó Gideon a McFarlane.

—Sí. Después intenté aplicar la técnica a la búsqueda de meteoritos. Pensaba que era ideal para dar con los objetos enormes y pesados que había bajo tierra.

—¿Funcionó?

—No. Probé suerte en el cráter de Boxhole, cerca de Alice Springs, en Australia. No había ninguna gran masa que encontrar. El objeto debió de vaporizarse a consecuencia del impacto. Tiré a la basura cuarenta de los grandes. Me arruiné.

—¿Y cómo es que te implicaste en el proyecto del *Rolvaag*?

—Aunque nunca lo dirías por mi aspecto actual, en su día fui el buscador de meteoritos más exitoso del mundo. Mi compañero de entonces, Nestor Masangkay, encontró un meteorito gigante en las islas del Cabo de Hornos. Falleció antes de que pudiera extraerlo. Palmer Lloyd tuvo conocimiento de ello y me contrató, junto a Eli y su empresa de ingeniería, para que lo desenterrásemos. Viajé allí a bordo del *Rolvaag* con el numeroso equipo de Eli para llevárnoslo. Imagino que conocerás la historia. Por culpa de un criminal arrogante, el barco se fue a pique y plantamos a ese malnacido justo donde quería.

—Y entonces ¿por qué Lloyd te contrató para que te unieras a esta expedición? Ya que no se trata de un meteorito, ¿cuál es tu papel aquí?

—Ya oíste lo que dije en el camarote de Glinn. Lloyd vio cómo me comporté durante las últimas horas del *Rolvaag*. Decidió, con muy buen tino, que yo estoy más cualificado para manejar una situación límite que la doble G.

—Supongo que hablas de Glinn y Garza.

—Sí. —McFarlane volvió sus ojos azules hacia Gideon—. Y ahora soy yo quien tiene una pregunta para ti.

—Tú dirás.

—¿Cómo se curó Glinn? Tenía entendido que estaba lisiado, con el cuerpo encorvado y atrapado en una silla de ruedas. Que se había quedado ciego de un ojo y que apenas era capaz de mover un dedo.

La inesperada cuestión desconcertó a Gideon por un momento.

—Ha estado siguiendo… un tratamiento médico muy bueno.

—¿Muy bueno? Más bien milagroso. Si Glinn no fuese un ateo empedernido, diría que le ha estado rezando con todas sus fuerzas a san Judas.

Gideon cambió de tema.

—No sabía que fuese ateo.

—¿Te sorprende? Cree que no existe nadie más poderoso que él. De todos modos, es bien sabido que está a la altura de Dios, al menos en el interior de su cabeza.

El VSP *Ringo* había terminado de tender las cargas y los sismómetros y ahora comenzaba a ascender. El plan era que detonase las cargas en cuanto llegara a los mil metros y que registrase los resultados; Glinn no quería dar ninguna oportunidad a la criatura para que volviera a mostrarse activa, además de asegurarse de que los cables que conectaban los sismómetros con la superficie no se desconectaran.

El murmullo que había en el centro de control se avivó al iniciarse la cuenta atrás para la prueba sísmica. El momento de la detonación se acercaba y el nivel de tensión aumentó en consecuencia.

Gideon miró la pantalla de control.

—Faltan diez minutos para la detonación.

—La reacción de la criatura debería proporcionarnos una información muy valiosa —apuntó McFarlane—. Si sobrevivimos a ella, quiero decir.

Esa misma posibilidad ya la había considerado Gideon.

—Cinco minutos —se anunció.

—Entendido —dijo McFarlane.

De pronto Gideon oyó que se producía un tumulto en la entrada principal del centro de control. Un hombre gritaba histéricamente. Al fijarse, Gideon vio que otro de los auxiliares del laboratorio de Sax, Craig Waingro, discutía de forma acalorada con los guardias de seguridad. Gesticulaba como un poseso y chillaba con una intensidad casi sobrehumana.

—¡Detened las explosiones! —exigió a gritos—. ¡Detenedlas! ¡Ya! —Su voz sonaba áspera y amortiguada, como si tuviera la garganta llena de arena.

La pareja de guardias intentó sujetarlo, pero Waingro empezó a lanzarles puñetazos. Los guardias desenfundaron sus pistolas. Uno de ellos intentó placarlo; se produjo un breve forcejeo y, de repente, Waingro se zafó de la presa y le arrebató el arma al vigilante. La sacudió a su alrededor hasta que de pronto se disparó; el ruido ensordeció la sala. Los trabajadores rompieron a gritar y chillar mientras corrían para ponerse a cubierto.

—¡No vais a hacerlo! —rugió Waingro, que volvió a zarandear la pistola y a abrir fuego a ciegas—. ¡Ni se os ocurra! ¡Os lo advierto!

El otro guardia se abalanzó sobre él; Waingro disparó, pero erró el blanco y el vigilante consiguió reducirlo. El primer guardia se le unió y entonces dio comienzo una gran pelea. La refriega quedó interrumpida por el estruendo de otro disparo, tras el cual la sala quedó en silencio.

Los vigilantes, que yacían sobre el auxiliar, se levantaron. Waingro se encontraba en el suelo con los brazos extendidos, con la pistola todavía en la mano derecha y la mitad superior del cráneo volada; los sesos se habían derramado por el suelo, rodeados ahora por un creciente charco de sangre. Obviamente, durante la pelea se había disparado a la cabeza de forma involuntaria.

Gideon contempló la escena horrorizado. Había algo anormal, que no explicaba solo aquel cuadro espeluznante. Solo cuando notó que McFarlane tiraba de él con brusquedad hacia atrás, vio lo que ocurría; se oyeron jadeos y blasfemias de puro espanto y asco cuando los demás también lo vieron. Todos se apartaron, dando voces y gritos.

Del cerebro deshecho de Waingro, envuelta en una capa de sangre, materia gris y membranas, había salido una criatura cenicienta con aspecto de gusano. Mientras se sacudía para liberarse, abrió una boca diminuta y dejó a la vista su único colmillo; terminó de soltarse y empezó a deslizarse por el suelo.

44

El doctor Patrick Brambell miraba el cuerpo inerte de Waingro, el auxiliar del laboratorio de Sax, tendido en una camilla, todavía vestido y ensangrentado tras la tragedia acontecida hacía escasos minutos en el centro de control. La doctora Sax se encontraba a su lado. Ninguno de los dos había presenciado el incidente. Pero había corrido la voz y todo el barco estaba sobrecogido. Garza había ordenado que se realizara una autopsia de inmediato y que se elaborase un informe sobre el gusano, o tentáculo, o lo que fuera aquella abominación que había salido reptando del cerebro del finado.

—Cielo santo —masculló Sax con la vista clavada en el cadáver—. Qué desastre.

Brambell, sin embargo, no tenía la atención puesta en el cuerpo; se le había quedado atrapada en aquella especie de gusano. Seguridad lo había traído sellado en una bandeja de acero inoxidable cubierta con una tapa de cristal. Brambell sintió un escalofrío nada más verlo. Tras la confusión desatada en el centro de control, había estado a punto de escapar, pero en el último segundo alguien logró recuperarse lo bastante del asombro para atraparlo con una papelera volcada.

Y aquí estaba, una criatura gris con aspecto de gusano, del diámetro de un lápiz y quince centímetros de largo. No paraba de retorcerse mientras exploraba metódicamente cada recoveco y esquina del contenedor, sin duda en busca de alguna vía de escape. La cabeza parecía constar de dos destellantes ojos negros, entre los cuales había una boca redonda, de la que sobresalía un único colmillo, negro y afilado como una cuchilla, hecho de una sustancia semejante a la obsidiana o al cristal.

—¿Doctor Brambell? —dijo Sax—. ¿Comenzamos?

La astrobióloga llevaba el pelo recogido bajo un gorro y vestía una bata de laboratorio, al igual que él. Habían establecido una relación formal, algo que agradaba a Brambell. Sax poseía un doctorado en Medicina y otro en Investigación, por lo que Brambell sentía que tenía poca formación a su lado. De una cosa no cabía duda: tanto a nivel académico como emocional, Sax estaba mucho mejor preparada para esa tarea que Rogelio, su pusilánime asistente.

Miró la gran bandeja que tenían entre ellos, sobre la cual descansaba bien organizado el instrumental de la autopsia: escalpelos del número 22, cinceles para el cráneo, cortadores de costillas, fórceps, tijeras, agujas de Hagedorn, un cuchillo largo y la imprescindible sierra de Stryker.

Brambell efectuó una inspección ocular del cadáver. La cámara de vídeo ya estaba grabando. Expresó sus observaciones en voz alta para describir la herida de la cabeza, las áreas de entrada y salida de la bala, el estado del cerebro y algunos otros factores.

—Corte la ropa, si es tan amable, doctora Sax.

Sax comenzó a trocear y retirar las distintas prendas. Salvo por el destrozo de la cabeza, el cadáver se encontraba limpio y en buen estado. Brambell ajustó el foco superior.

—Aquí hay algo raro —observó Sax—. En la nariz.

Brambell acercó un otoscopio, lo encendió y examinó el interior de la cavidad nasal.

—¿Qué es esto? Parece una herida o algo así.

Le pasó el otoscopio a Sax, quien echó un vistazo.

—Creo que por aquí entró el… gusano. Mire, el tabique nasal está dañado y la lámina cribosa del hueso etmoides presenta un orificio. Como si lo hubiera taladrado. El agujero es del mismo diámetro que el gusano.

Brambell volvió a coger el instrumento, examinó la nariz con más detenimiento y luego, de forma bastante inconsciente, miró al gusano.

—Oh, oh —dijo.

La criatura había dejado de dar vueltas por el contenedor. Parecía haberse tranquilizado y tenía la «cabeza» —por llamarla de alguna manera— encajada en una esquina de la caja de acero inoxidable. Oyó el ruido leve de unos arañazos.

Brambell se bajó las gafas y observó más de cerca. Aquella cosa estaba empleando el colmillo para perforar la pared de acero inoxidable del contenedor. En un primer momento pensó que era un intento vano —hacía falta algo más que un colmillo para atravesar el acero—, pero después vio que en efecto aquella cosa estaba rascando las primeras virutas metálicas. Poco a poco pero con decisión, el gusano estaba haciendo un agujero.

—¡Dios santo! —exclamó Sax al mirar por encima del hombro de Brambell.

—Eso mismo.

Sin añadir nada más, Brambell cogió el teléfono del barco y llamó al laboratorio de preparación, en el que, por razones de seguridad, ahora estaban sellando los otros fragmentos del tentáculo… en cajas de acero inoxidable.

Miró a Sax.

—No contestan.

—Puede que el laboratorio esté cerrado. Avise a seguridad.

Brambell llamó a los guardias y les dijo que fueran de inmediato a comprobar el estado de los otros especímenes, y que tuvieran mucho cuidado. Colgó.

—¿Y ahora qué?

Se miraron a los ojos unos segundos antes de que Sax respondiera:

—Diseccionemos a este cabroncete antes de que se nos escape. El cadáver puede esperar.

—Aplaudo su sugerencia.

Brambell procuró no darle demasiadas vueltas a las razones de la falta de respuesta por parte del laboratorio de preparación.

Cogió el contenedor y lo llevó a la cámara de disección, dando gracias por que los diseñadores de las instalaciones de la nave hubieran decidido incluir ese inusual compartimento de disección cubierto y esterilizado. Levantó la cubierta e introdujo el contenedor sellado. La criatura se había alterado al sentir el movimiento; se irguió y mostró el colmillo negro mientras balanceaba la cabeza adelante y atrás en actitud amenazadora.

—Parece una puta víbora —dijo Sax.

Brambell cerró y bloqueó la cubierta. La cámara de disección constaba de dos mangas que permitían utilizar el instrumental a distancia. Tras introducir los antebrazos en ellas usó los manipuladores para abrir la caja. De inmediato la criatura lanzó un latigazo, se tiró contra el manipulador y rebotó. Tras una segunda embestida, salió de la caja retorciéndose y se escurrió a toda prisa por el compartimento hasta que topó contra una pared que comenzó a explorar, empujándola y tanteándola de nuevo con el colmillo.

Pese a que intentaba con todas sus fuerzas mantener la serenidad, Brambell notó que le temblaban las manos. Debía inmovilizar a aquella cosa sobre la superficie de disección, y cuanto antes, mejor. La criatura se deslizaba de aquí para allá por la cámara, sin dejar de moverse. Por medio de los manipuladores, Brambell asió un pesado alfiler de disección, lo llevó sobre el gusano y, en cuanto este se situó a su alcance, lo bajó de golpe con un movimiento repentino, ensartando a la criatura e inmovilizándola sobre la superficie de plástico blando.

Con un chillido débil pero repugnante, el gusano empezó a sacudirse y a golpear el alfiler con el colmillo una y otra vez.

Respirando con pesadez, Brambell lo espetó con una nueva

aguja, y después con otra, y otra más, hasta que la criatura quedó clavada como si estuviera cosida a la superficie de plástico, si bien no dejaba de agitarse con desesperación, abriendo y cerrando la boca y golpeando con el colmillo los relucientes alfileres que la mantenían sujeta.

—Acérqueme la lupa binocular —pidió.

Sax trajo el carrito del estereomicroscopio que se empleaba para realizar disecciones precisas y empezó a colocarlo. Al encenderlo, se iluminó la pantalla incorporada, que mostró una imagen ampliada y borrosa del gusano. La doctora ajustó el enfoque y el zoom hasta que la imagen se volvió nítida al nivel de aumento deseado.

—Me sorprende que se niegue a morir —murmuró Brambell.

Luego se pegó a la cara los oculares del microscopio y volvió a introducir las manos en los manipuladores. Cogió un escalpelo y lo situó en el extremo posterior del gusano clavado, que seguía convulsionándose de forma frenética. Insertó el filo del escalpelo en el extremo de la criatura y empezó a sajarlo a lo largo, abriéndolo desde la cola hacia la cabeza. La piel era dura, tanto que Brambell enseguida tuvo la impresión de estar cortando plástico. La criatura emitió otro chillido, esta vez más fuerte. El corte dejó expuestas las vísceras, un amasijo de extraños órganos internos, si es que podían llamarse así, puesto que más bien parecían marañas de cables e hilos translúcidos de fibra óptica, entre los que había cúmulos de bolitas negras brillantes que semejaban racimos de uvas diminutas. Por alguna extraña razón, las entrañas carecían de color, aparte del blanco, el negro y distintos tonos de gris.

Aun así, la criatura seguía sacudiéndose.

—Todavía no ha muerto —murmuró Sax.

Brambell aplicó otro conjunto de alfileres para mantener abierto el corte y retiró los anteriores. Ahora el gusano yacía extendido sobre la mesa de disección, con la piel estirada y los órganos internos asomando, listos para ser diseccionados. Temblaban y palpitaban, con las hebras negras o cables contrayéndose y relajándose mientras la criatura, aún viva, intentaba resistirse a la disección. Brambell sintió un ligero mareo. Aquella cosa se negaba a morir.

—¿Puedo mirar, doctor Brambell?

Este le cedió los oculares con alivio.

—Es demasiado perfecto, está demasiado bien constituido, para tratarse de un sistema biológico. Parece una máquina, ¿no cree?

—No sé si estoy de acuerdo, doctora Sax. Podría deberse sencillamente a que su constitución sea distinta. Los bioensayos muestran una estructura de carbono, silicio y oxígeno en lugar de carbono, hidrógeno y oxígeno. Bien podría ser el resultado de la evolución de un organismo basado en el carbono y el silicio.

Brambell vio que ahora la pequeña sabandija intentaba serrar uno de los alfileres con el colmillo.

—Creo que todas esas hebras conforman el sistema nervioso central de la criatura —dijo—. Sigámoslas hasta el cerebro.

—Buena idea.

Con absoluta delicadeza, Brambell separó las vainas y los tejidos que envolvían aquellas hebras negras translúcidas, dejándolas al descubierto. A medida que se abría paso, observó que conducían a un cúmulo de gránulos negros situado entre los ojos, justo por detrás del colmillo, en el preciso lugar donde era esperable que estuviera el cerebro.

—Debe de ser eso —supuso Sax.

—Estoy de acuerdo.

—Mátelo, por favor.

—Con mucho gusto.

Brambell seleccionó un escalpelo aún más fino, introdujo la punta destellante en el cúmulo y practicó una incisión. La reacción de la criatura fue repentina y dramática emitiendo un sonido similar a un lamento afilado.

Brambell titubeó.

—Continúe, por el amor de Dios.

Brambell prosiguió con la incisión y abrió el órgano que tenía apariencia de cerebro. Por medio del estereomicroscopio se veían multitud de estructuras complejas. El gusano liberó un último silbido penetrante, se sacudió con violencia y de pronto se quedó inmóvil.

—Muerto —dijo Sax—. Al fin.

—Esperemos.

Brambell continuó diseccionando el pequeño cerebro mientras extraía varios segmentos; algunos de ellos los seccionarían y examinarían con el microscopio electrónico de barrido; otro lo reservarían para hacer un análisis bioquímico, y los demás los aprovecharían para realizar diferentes pruebas adicionales. Poco a poco fue recorriendo todo el cerebro hasta que lo dejó expuesto al completo.

Vista por medio del estereomicroscopio, la estructura del gusano era obviamente compleja, un conjunto de esferas contenidas dentro de otras, conectadas por incontables haces de diminutos cables con aspecto de hebras —¿neuronas?— y tubos translúcidos.

Brambell siguió diseccionando la cabeza en silencio. El colmillo, negro y muy afilado, parecía el de un tiburón en miniatura; la raíz se anclaba en un densísimo nudo de cables de aspecto mecánico que se contraían y relajaban para controlar el movimiento del colmillo. Obviamente este no estaba hecho de dióxido de silicio (el SiO_2 no cortaba el acero con esa facilidad). Creía que se trataba de un alótropo del carbono, tal vez de una variedad de diamante.

La boca de la criatura no llevaba a ninguna parte; no tenía esófago ni sistema digestivo, y tampoco estómago ni ano. Derivaba sin más en otro nudo de hebras negras y translúcidas. Tal vez sí que fuese una máquina; pero en ese caso, ¡menuda máquina! No guardaba semejanza alguna con los ingenios fabricados por el hombre.

Trabajaron con rapidez y precisión hasta que diseccionaron todos los órganos visibles y tomaron muestras de los tejidos para las investigaciones complementarias. Como ocurría con cualquier otra disección, el resultado final era un auténtico estropicio.

—Pasemos al cadáver —propuso Brambell.

—Antes de proceder —dijo Sax—, me sentiría mejor si metiéramos los restos de esa cosa en una licuadora y después los incinerásemos.

—Excelente idea.

Brambell troceó aún más los restos, los introdujo en un pequeño contenedor, los selló, los sacó de la cubierta y los volcó en una licuadora de restos biológicos. Esta los redujo a una papilla grisácea que echó con una espátula en la pequeña incineradora de laboratorio, la cual encendió sin perder un segundo. Sintió alivio al oír el siseo de la llama al encenderse, el rumor del quemador y el batir del ventilador, que expulsó del barco los residuos gaseosos. El proceso duró un poco y, después, la unidad indicó que se había efectuado una combustión completa.

—¿Comprobamos si queda algo? —preguntó Sax.

—¿Por qué no?

Brambell abrió la puerta de la incineradora y tiró del cajón. En el fondo del contenedor solo quedaba una diminuta cuenta azul marino, sin restos de ceniza ni de lascas, tan solo una brillante bolita de cristal.

—Qué extraño —comentó Sax, que la extrajo con unas pinzas y la elevó hacia el foco—. Qué color tan bonito. —La depositó en un tubo de ensayo, el cual selló y etiquetó de cara a posteriores análisis. Se dio media vuelta—. Doctor Brambell, creo que tenemos un cadáver esperándonos.

—Sí, cómo no.

Apenas se habían vuelto hacia el cuerpo que yacía en la camilla cuando saltó una alarma por el sistema de megafonía de emergencia del barco, acompañada del parpadeo de las lámparas rojas y del aullido de una sirena. Enseguida se oyó un aviso.

Brambell se sobresaltó; era la primera vez que se utilizaba el sistema de emergencia.

«Atención todo el personal. Atención todo el personal. El fragmento del organismo subido a bordo parece haber escapado del laboratorio de preparación. Podría haberse dividido en multitud de trozos más pequeños con aspecto de culebras, dotadas de un solo colmillo. Deben ser consideradas agresivas y extremadamente peligrosas. Se espera que todo el personal permanezca bajo alerta máxima. Si ven un organismo de este tipo, avisen a seguridad y guarden las distancias. Todos aquellos que no estén ocupados en labores vitales deberán reunirse ahora en la cubierta del hangar, repetimos: ahora, para recibir instrucciones adicionales.»

Sin decir palabra, Brambell cogió el cuchillo largo y empezó a practicar la incisión en Y desde la apófisis xifoides hasta el hueso pubis.

—Que yo sepa, la nuestra es una labor vital.

Como si fuera a responderle, el teléfono del barco empezó a sonar. Sax respondió.

—Es Garza. Quiere que subamos a la cubierta del hangar. Glinn solicita un informe.

Brambell dejó el cuchillo largo a un lado con fastidio. Al menos por ahora no podría refugiarse en la seguridad de lo conocido.

45

Gideon se unió a Glinn y algunos otros capitostes de la misión en el fondo del hangar de los VSP. Glinn, que conversaba urgentemente con el doctor Brambell y Antonella Sax, lo saludó distraído con la cabeza. La esfera dorada del sol se había ocultado tras el mar, dejando un resplandor anaranjado sobre el horizonte. Los focos de la cubierta acababan de encenderse y bañaban el hangar con una funesta luz amarillenta de vapor de sodio.

En la atestada cubierta del hangar se respiraba un ambiente de intranquilidad; algunos grupos conversaban en murmullos nerviosos mientras que otros protestaban sin disimulo. Al escrutar la multitud, a Gideon le impresionó la profunda ansiedad, acaso pánico, que advirtió en muchos de aquellos rostros.

Glinn dio un paso adelante. Gideon esperaba que les contagiara su habitual calma a los convocados, pero después de lo que había visto, dudaba mucho que lo lograse.

Glinn levantó las manos y pronto se hizo el silencio.

—Como saben, el fragmento que subimos a bordo, lo que creíamos que era una raíz larga o un zarcillo, ha desaparecido del laboratorio de preparación. Sabemos que los pequeños especímenes con aspecto de gusano, brotados a partir del fragmento principal, han parasitado al menos a tres personas hasta ahora, tal vez a cuatro, todas las cuales trabajaban en el laboratorio de astrobiología. Craig Waingro, el auxiliar de laboratorio que se disparó a sí mismo de manera accidental durante el forcejeo que se produjo en el centro de control, tenía un gusano parásito alojado en el cerebro. Las tomografías computarizadas muestran que los otros dos auxiliares del laboratorio de astrobiología, Reece y Stahlweather, también están infectados y que tienen sendos gusanos en el cerebro. Ahora están anestesiados, inmovilizados y recluidos en el calabozo.

Al oír esto, el murmullo inquieto de la audiencia entró en ebullición.

—Por favor, tengo mucho más de lo que informarlos.

El silencio se restauró en parte.

—Parece probable que el señor Frayne, el auxiliar jefe del laboratorio, también estuviera infectado, algo que, según creemos, explicaría por qué robó el VSP. El doctor Brambell y la doctora Sax acaban de completar la disección de uno de los gusanos, y tenemos más datos, así como una hipótesis, que compartir con ustedes.

Otra oleada de murmuraciones; algunos gritos de protesta.

—¡Por favor! —exclamó Garza dando un paso al frente—. Guarden silencio y dejen hablar al doctor Glinn.

—Los llamados gusanos tienen un único colmillo, hecho de una sustancia tan dura como el diamante, y son capaces, según parece, de practicar un orificio en el acero y, de hecho, en cualquier otro material. Debemos suponer que ahora andan sueltos por el barco. Por lo poco que sabemos, entendemos que los gusanos prefieren atacar a sus víctimas cuando estas duermen. Las anestesian y a continuación se introducen en el cerebro. Los efectos de esta inconsciencia se extienden quizá hasta las dos horas, durante las cuales, de nuevo basándonos en las pruebas, es imposible despertar del sueño.

—Cómo saben todo eso —gritó alguien.

—No estamos seguros. Es una hipótesis de trabajo, sustentada en las observaciones de los testigos y en un conjunto de inferencias y deducciones.

—¡Tenemos que largarnos de aquí cuanto antes!

Gideon miró al hombre que acababa de hablar. Era Masterson, el segundo maquinista de a bordo, quien ya había agitado la reunión informativa que se celebró tras el fallecimiento de Alex Lispenard.

—Obviamente eso no solucionaría el problema —respondió Glinn con calma—. Ahora permítanme terminar. Cuanto más sepan acerca de la situación, mejor será para todos los implicados. Hay indicios de que cuando un gusano parasita a una persona, esta se convierte, a falta de una expresión más acertada, en esclava del Baobab. Por así decirlo, se la recluta para que acate su voluntad. Esta podría ser la razón por la que Frayne robó el VSP, con la ayuda de Reece, y descendió por voluntad propia directo a las fauces de la criatura. También sería el motivo por el que Waingro intentó impedir que detonásemos las cargas sísmicas en el lecho marino; el Baobab debió de considerar que entrañaban algún tipo de amenaza y dio los pasos necesarios para detenernos.

—¡Menuda sarta de tonterías!

Glinn volvió a levantar las manos.

—Se trata de un fenómeno ya conocido en el ámbito de la biología terrestre, incluso en la humana. El *Toxoplasma gondii* es un parásito que vive en el intestino de los gatos. Se contagia a los ratones por medio de los excrementos de los felinos, les invade el cerebro y hace que los roedores les pierdan el miedo a sus depredadores, por lo que acaban siendo devorados. Y así se propaga el parásito. Asimismo, las personas aquejadas de toxoplasmosis se vuelven más insensatas, sufren más accidentes de tráfico y renuncian al sentido de la prudencia. Estos gusanos parecen operar de un modo similar. La persona parasitada se despierta y hace vida normal, ignorante de lo que tiene en el cerebro y de la infección que padece. Y aunque parezca completamente normal, hará lo imposible por conseguir su objetivo: reunirse con el Baobab. Como hizo Frayne. O por protegerlo, como intentó hacer Waingro.

—¿Por qué? —gritó alguien.

—Creemos que esto responde a sus necesidades alimentarias. Parece tener una dieta muy específica.

La frase «necesidades alimentarias» provocó otro tumulto. De nuevo Garza se encargó de aquietar a la audiencia.

—Esta noche el doctor Brambell operará a los otros dos auxiliares del laboratorio de astrobiología e intentará extirparles los parásitos. Mientras tanto, tomaremos todas las precauciones posibles. Todos los ocupantes de la nave se someterán a una tomografía computarizada, a lo largo de un horario ininterrumpido, el cual se publicará muy pronto en la red del barco. Y lamento decir que, de manera temporal, a ninguno de nosotros, sin excepción, se nos permitirá dormir, porque según parece es durante las horas de sueño cuando somos más vulnerables a los ataques. En la enfermería se dispensará feniletilamina a todo aquel que la solicite. Seguridad, bajo la supervisión de Manuel Garza, realizará una inspección minuciosa del barco, mediante la cual esperamos encontrar los gusanos que faltan.

Ahora el revuelo se volvió general. Garza dio un paso al frente y levantó la voz para pedirles a los convocados que se calmaran, pero la oleada de rabia terminó por imponerse. En concreto, la prohibición de dormir pareció reavivar la aprensión y el descontento. De pronto, Brambell, que había estado escuchando entre bastidores, salió al frente. Su inesperada aparición, así como el respeto que todo el barco le profesaba, estableció un sosiego provisional.

—Amigos míos —comenzó con su acento irlandés—, es muy sencillo. El gusano penetra por la nariz y se abre paso a través de los huesos nasales para llegar al cerebro. Recuerden que, hasta que reciba las instrucciones del Baobab o se considere objeto de alguna amenaza, la persona parasitada actuará con absoluta normalidad. Aparte de por medio de una tomografía computarizada, la única forma de saber si alguien está infectado es la observación de un sueño inalterable de dos horas o un cambio repentino y marcado en su comportamiento. Todos debemos permanecer alerta.

El breve discurso fue recibido con un silencio embelesado. Glinn aprovechó la ventaja táctica y rellenó el silencio con una intervención convincente:

—Hemos compartido todo esto con ustedes por dos razones. La primera: para acabar con los rumores y las habladurías. Y la segunda: para avisarlos de los peligros y los desafíos a los que nos enfrentamos en este momento. A pesar de todo esto y, de hecho, por ello, hemos de cumplir el programa con mayor urgencia si cabe y aniquilar al Baobab. Que todo el mundo vuelva a su puesto.

46

Nadie había limpiado todavía la sangre que encharcaba el suelo del centro de control; muchos de los operarios de mantenimiento habían sido asignados a los equipos que debían inspeccionar el barco en busca de los gusanos. Gideon la rodeó con cuidado. Por lo general, las luces de la sala estaban atenuadas debido a los numerosos monitores, pero ahora emitían un brillo casi cegador. Un equipo de seguridad compuesto por dos mujeres, que vestían guantes y protecciones faciales, recorría a lo largo una pared de aparatos con sendas linternas de tipo lápiz, una caja de herramientas y espejos bucales. Estaban desatornillando los paneles, explorando lo que estos tapaban y volviendo a atornillarlos antes de pasar al siguiente.

—Al paso que van —dijo McFarlane, que apareció a su lado—, tardaremos meses en limpiar el buque.

Gideon negó con la cabeza.

—Acabemos con esto de una vez.

Se unieron a Garza en la consola principal de mando. McFarlane, de nuevo al cargo de la operación, realizó una serie de comprobaciones, primero la de los explosivos distribuidos en el fondo marino y después la de los sensores sísmicos. La pantalla central mostraba una imagen de la criatura, obtenida por medio de las videocámaras de luz verde que habían colocado en el lecho marino con anterioridad. El ser parecía permanecer en estado durmiente, como un árbol gigante de un color verde enfermizo y semitranslúcido.

A unos cincuenta metros del Baobab, aposentado en el fondo del mar, yacía aplastado y reducido a la forma de una pelota el VSP en el que había escapado Frayne. La criatura lo había expelido hacía aproximadamente una hora. De los restos emanaba un leve rastro difuso.

—Todo listo —avisó McFarlane—. Reanudemos la cuenta atrás desde los cinco minutos. ¿Doctor Garza?

—Iniciando cuenta atrás —dijo Garza—. Cinco minutos.

Un enorme temporizador digital apareció en una esquina de la pantalla principal. Gideon se preguntó si la criatura no intentaría detenerlos de nuevo, si es que en efecto había sido ella la que había provocado el brote psicótico de Waingro. ¿Cómo se comunicaba con los gusanos a través de un manto de agua de tres kilómetros de profundidad? Él no estaba tan convencido de eso como sí parecía estarlo Glinn. En su opinión, y sabía que también en la de McFarlane, la cuestión más importante era cómo reaccionaría el ser ante las explosiones. Eran cargas pequeñas, dotadas de la potencia justa para generar una onda sísmica, nada que pudiera causar grandes daños; aun así, cabía la posibilidad de que la criatura creyese que la estaban atacando.

—Cuatro minutos —anunció Garza.

—Muy bien —respondió McFarlane.

Garza y McFarlane habían acordado una especie de tregua propia de una guerra fría. Cooperaban —y, de hecho, se entendían muy bien—, pero solo a nivel profesional.

Gideon notó que se le aceleraba el corazón. No parecía probable que el ser pudiese actuar contra ellos de un modo directo. ¿Reaccionarían de alguna manera los gusanos que andaban sueltos por el barco? ¿De verdad esos parásitos se comunicaban con la criatura nodriza? No habían grabado ningún sonido de largo alcance emitido por el Baobab, aparte de los cantos de ballena de

Prothero, ni habían registrado ningún otro tipo de comunicación potencial, como ondas electromagnéticas.

—Tres minutos.

La tensión que se palpaba en el centro de control, ya alta de por sí, ascendía a un nuevo máximo. Pero al menos estaba contenida, al contrario que la atmósfera del resto del barco. Gideon ya había visto varios corrillos de trabajadores inquietos y furiosos, muchos de los cuales apoyaban la idea de que se abortara la misión y de que el barco se dirigiese hasta Ushuaia, Argentina, donde se hallaba el puerto más cercano.

Glinn no se encontraba en el centro de control. Gideon se preguntó durante un instante cómo era posible que tuviera algo más importante que hacer que supervisar lo que estaba a punto de ocurrir, pero enseguida se olvidó de esa cuestión. Debía de estar apagando toda clase de incendios por las distintas secciones del barco. Tenía el extraordinario don de saber cómo tranquilizar a los demás y de cómo proyectar una sensación inquebrantable de competencia y éxito. Gideon sabía que era una máscara, una de las muchas que Glinn empleaba.

—Dos minutos.

Gideon se concentró en la pantalla del Baobab. Allí estaba, hinchado, ominoso, con las ramas meciéndose de forma apenas perceptible. *George*, el VSP aplastado, continuaba tirado en el lecho marino, inmóvil.

—Un minuto.

—Armando —informó McFarlane.

Su mano delgada desbloqueó y levantó la tapa que cubría un botón rojo de la consola.

—Todo listo.

Garza empezó a contar hacia atrás en voz alta. Diez, nueve, ocho…

Gideon esperó con la vista clavada en la pantalla.

—Fuego —dijo McFarlane.

Por el monitor Gideon vio las decenas de nubes de sedimento que brotaron del lecho marino siguiendo una disposición geométrica en torno al Baobab. A los pocos instantes el estruendo amortiguado fue recogido por las sonoboyas de la superficie, ya que el sonido viajaba más rápido por el agua que por el aire.

El Baobab reaccionó con violencia y, de inmediato, las ramas comenzaron a sacudirse y dispararse a modo de látigos, como si buscasen a un atacante, a la vez que la boca se proyectaba hacia fuera y se abría, en apariencia absorbiendo cantidades ingentes de agua. El tronco se hinchó de forma imposible hasta que se transformó en una especie de esfera con aspecto de estallar de un momento a otro. Al mismo tiempo, la coloración de la criatura se alteró por medio de una ondulación rápida y pasó de un verde claro a un rojo intenso, salpicado de manchas violáceas más oscuras.

En ese preciso instante el barco se vio sacudido por un estrépito atronador, una explosión ensordecedora similar a un leve terremoto que tiró a Gideon al suelo. Las luces parpadearon y el barco se estremeció con fuerza durante unos segundos. Se oyeron algunos gritos dispersos. Una lluvia de chispas saltó de una consola cercana y el tintineo de unos cristales cayendo escapó de los monitores reventados.

Gideon se irguió sobre las rodillas, pero enseguida cayó derribado de nuevo por la sacudida de otro estruendo brutal. Las luces volvieron a parpadear, pero en esta ocasión se quedaron apagadas, al igual que los monitores, lo que dejó el centro de control, que carecía de ventanas, sumido en una oscuridad absoluta. Un segundo después se activaron las luces de emergencia, así como una serie de alarmas, incluida la sirena de incendios.

Una tercera vibración estruendosa, aunque esta vez más débil, zangoloteó el buque. Gideon se puso de pie apoyándose en una consola. Los monitores seguían apagados y la tenue iluminación de emergencia apenas conseguía alumbrar la sala.

McFarlane se levantó como pudo a sus espaldas y ambos se

sujetaron para resistir la siguiente sacudida. Pero no ocurrió nada. A su alrededor fueron levantándose algunos otros trabajadores. Al ver la nube de humo que surgía de una consola cercana, Gideon cogió uno de los extintores que había repartidos por todo el barco y proyectó la espuma sobre ella, sofocando el embrionario incendio.

La voz de Lennart sonó por el sistema de intercomunicación:

—Zafarrancho de combate. Toda la tripulación en zafarrancho de combate. Sellen todos los mamparos. Seguridad, acuda al puente e ingeniería…

—Ahí está la reacción que esperábamos —dijo McFarlane mientras el aviso de emergencia continuaba.

—Parecía una explosión. Debe de haber sido una especie de ataque sónico.

—Sí. Un ataque sónico de frecuencia ultrabaja con una amplitud asombrosamente elevada.

Gideon sacó la radio al oírla crepitar. Era Glinn.

—Lo quiero en el puente —ordenó.

Mientras Glinn hablaba, Gideon sintió que los motores resucitaban y que el buque comenzaba a moverse de nuevo incipientemente.

McFarlane lo había oído.

—Yo también voy.

Gideon no se paró a discutir con él.

47

Había bastante distancia entre la sala del centro de control, ubicada en el corazón del barco, y el puente, que coronaba la superestructura. Hasta entonces Gideon solo lo había visitado en una ocasión. Era una zona amplia, situada muy por encima de la cubierta principal, dotada de ventanas que iban desde el suelo hasta el techo y que ofrecían vistas panorámicas del mar que los rodeaba y del propio barco, tanto por la proa como por la popa. No había iluminación interior, salvo el débil resplandor rojizo que emitían los focos del turno de noche, además de los trazadores de cartas y monitores cubiertos. Una luna gibosa pendía del cielo, proyectando una luz inusitadamente brillante sobre los icebergs dispersados, que se alzaban como espectros sobre las oscuras aguas. Las estrellas rielaban bajo la bóveda de la noche.

Mientras contemplaba el paisaje bañado por la luna, algo llamó la atención de Gideon. El mar, hasta donde alcanzaba la vista, estaba cubierto de sombras, grandes y pequeñas. Le llevó un momento comprender que se trataba de millares y millares de peces muertos, entre los que flotaban las voluminosas siluetas de lo que debían de ser tiburones y marsopas. También, a unos cuatrocientos metros del barco, divisó un grupo de enormes cadáveres blancos, de unos quince metros de longitud cada uno, que empezaban a emerger. Ballenas muertas.

Poco a poco, el buque ganaba velocidad. El escenario del puente era de una eficiencia precisa tras la que subyacía una urgencia tensa. La primera oficial Lennart estaba al mando y comunicaba las órdenes del capitán referentes al rumbo, los motores y el timón. Él estaba a su lado, tieso como un palo y murmurándole las indicaciones. A Garza no se le veía por ninguna parte; había ido a supervisar a los equipos de seguridad que se encontraban inspeccionando el barco en busca de los gusanos desaparecidos.

Glinn estaba hablando con el oficial de guardia, el contramaestre Lund. Se volvió y les hizo señas para que se acercaran.

—¿Por qué nos movemos? —preguntó McFarlane—. ¿Estamos huyendo?

Glinn lo miró.

—No. Nos han atacado y debemos alejarnos hasta colocarnos fuera de su alcance para realizar reparaciones.

—La amplitud disminuye con el cuadrado de la distancia —señaló Gideon—. Lo que significa que probablemente no tendremos que irnos demasiado lejos.

—Correcto. El cálculo era de seis kilómetros y medio. Señor Lund, sea tan amable de ponerlos al corriente sobre el estado del barco.

—Sí, señor. —Lund, pálido y rubio, orientó hacia ellos su rostro estrecho—. El buque hace agua. Los mamparos han sido sellados y las bombas del pantoque pueden achicarla. Los generadores de electricidad están desconectados por las fugas de combustible, pero deberían estar arreglados dentro de una hora o así. Los equipos de navegación, así como los motores, apenas han sufrido desperfectos. *Ringo*, que se hallaba a una profundidad de mil metros en el momento de los ataques sónicos, ha quedado inutilizado por completo. El resto de los daños graves los ha sufrido el centro de control, que está repleto de componentes electrónicos delicados y extremadamente sensibles. Aunque importantes, las averías no parecen ser catastróficas: monitores destrozados, placas base desacopladas, contactos sueltos. Pero los ordenadores independientes, tanto los portátiles como los de escritorio, están intactos en su mayor parte. Han recibido una fuerte sacudida pero parecen funcionar con normalidad.

—Gracias, señor Lund —dijo Glinn.

El contramaestre dio un paso atrás.

—¿Y la bomba atómica? —preguntó McFarlane.

—Todavía no la hemos revisado —contestó Glinn.

—No hay de qué preocuparse —los tranquilizó Gideon—. Las armas nucleares están concebidas para ser robustas. Están construidas para que puedan manipularse antes del lanzamiento.

—Por favor, revísela, aunque solo sea para cerciorarnos —le pidió Glinn—. Ahora tenemos que tomar una decisión: ¿abortar o continuar?

Gideon tenía muy clara su respuesta, pero aguardó. McFarlane miró a Glinn.

—Primero oigamos su opinión.

Al oírlo, una sonrisa amarga se gestó en el rostro de Glinn.

—Ah, Sam. Es la primera vez que se interesa por mi opinión. Le pido disculpas, pero no voy a darle la oportunidad de disentir de mi punto de vista por el mero afán de discutir. Decídanlo ustedes dos. Si hay tablas, seré yo quien las deshaga.

—Yo digo que sigamos adelante —propuso McFarlane un momento después.

—Estoy de acuerdo —convino Gideon.

—En ese caso, seguiremos adelante. Repararemos el barco y regresaremos a la zona de destino, con el objetivo de desplegar la bomba atómica lo antes posible.

—¿No hay nada que se pueda hacer para proteger el barco ante otro ataque como ese? —preguntó el capitán, que había oído la conversación.

—Tengo a un ingeniero trabajando en ello —le explicó Glinn—. Cree que podemos bajar al agua un conjunto de planchas de metal para que actúen como pantallas acústicas. No bloquearán el ataque sónico, pero lo mitigarán. Sin embargo, solo tenemos un día.

El capitán asintió.

—El clima.

—Exacto. Se acerca una fuerte tormenta que nos impedirá realizar cualquier progreso durante al menos una semana. Sea cual sea la vía de acción, debemos proceder durante las próximas veinticuatro horas. Y en cualquier caso… —Hizo una pausa—. Si no conseguimos aislar y matar a los gusanos desaparecidos, estaremos librando una batalla perdida. Además, la dotación del barco no puede operar de manera indefinida sin dormir.

Miró a Gideon y McFarlane.

—Dicho de otro modo, no podemos desperdiciar ni un segundo más en análisis adicionales. Avancemos a toda máquina y fundamos esa cosa con la bomba atómica.

48

—Hace tiempo que no bebo —dijo McFarlane en respuesta al ofrecimiento de Gideon.

Era la una de la mañana y McFarlane, haciendo gala de sus característicos modales bruscos, se había invitado a sí mismo al camarote de Gideon para comentar los resultados de las pruebas sísmicas, que este último acababa de descargar en su portátil.

Las conclusiones, que no podían ser peores, hundieron a Gideon. McFarlane, en su papel de Casandra, había acertado de pleno con sus suposiciones pesimistas. Al igual que sucedía con los icebergs que los rodeaban, casi el noventa por ciento de la criatura se extendía por debajo del fondo marino.

Oyó un tumulto amortiguado en el pasillo; alguien discutía a voces. Todo el barco estaba despierto y algunos acusaban ya los efectos de las anfetaminas. Gideon notaba el bulto que tenía en el bolsillo de la camisa: un frasco de las píldoras que la enfermería había estado repartiendo con generosidad. No había tomado ninguna, ni pretendía hacerlo a menos que fuese absolutamente necesario. En realidad, no tenía ni pizca de sueño, y tal vez tampoco podría conciliarlo en caso de que quisiera.

La inspección del barco, encabezada ahora por el propio Garza, seguía adelante, aunque habían retirado la mitad de las partidas de búsqueda para que ayudasen con las reparaciones. No había aparecido ni un solo gusano. Pero en el ínterin alguien había saboteado el escáner con el que se realizaban las tomografías computarizadas y lo había destrozado por completo. Le había ocurrido lo mismo a la máquina de rayos X. Era evidente que había más personas parasitadas y que parecían estar cumpliendo la voluntad de la criatura nodriza.

No obstante, ¿cómo les transmitía el ser sus instrucciones? No tenía ninguna forma de comunicarse con los gusanos que habían invadido el cerebro de los infectados, ¿o sí? El sonido de frecuencia ultrabaja que emitía se perdía por completo antes de alcanzar el barco. De hecho, ¿cómo sabía la criatura lo que debía hacer? Para sabotear un escáner de tomografías computarizadas y una máquina de rayos X se requería no solo una gran inteligencia, sino también una sofisticada comprensión de la tecnología humana. ¿Cómo era posible?

Y ese interrogante fue lo que le llevó a una revelación súbita. Era una idea disparatada, tal vez demencial. Pero era la única que encajaba con los hechos y que lo explicaba todo, incluido el enigmático ruego, «Matadme».

Gideon tendría que pensar muy bien si verbalizaba sus conjeturas o no, ya que se antojaban bastante peregrinas. Miró al delgado y curtido McFarlane, que estaba inclinado sobre el portátil. No había tardado en empezar a respetar y, de alguna manera, incluso a depender de las opiniones de aquel hombre, aunque a menudo se expresase de un modo ofensivo. Él sería el primero con el que probaría su hipótesis.

—Fíjate en esto —dijo McFarlane—. Ese racimo de ahí. —Volvió hacia Gideon la pantalla del portátil, que mostraba una imagen de la zona del subsuelo que circundaba a la criatura—. He utilizado un programa para optimizarlo.

Gideon vio lo que parecía una piña de objetos ovalados, interconectados por medio de unos gruesos cables.

—Está sepultado a gran profundidad, a unos trescientos metros por debajo del lecho marino. ¿Sabes lo que creo que son? Semillas. O huevos.

Gideon observó la pantalla.

—Fíjate bien en la estructura. Están envueltos por una cáscara muy dura que actúa como escudo. Luego contienen un líquido rodeando un núcleo redondo que permanece suspendido en esa especie de clara.

—¿Qué tamaño tienen? ¿A qué escala están?

McFarlane introdujo algunos comandos y al momento apareció el indicador de la escala.

—Miden alrededor de un metro de diámetro por el eje más largo y aproximadamente medio metro por el eje más corto. El núcleo que contienen mide unos veinte por quince centímetros.

—Tienen el tamaño y la forma del cerebro humano.

Un silencio prolongado. Gideon vio que McFarlane lo observaba con curiosidad.

—Si te fijas —dijo Gideon—, parece haber seis.

—Me he dado cuenta de ello. ¿Adónde quieres llegar? —le preguntó McFarlane.

—La criatura se ha llevado a dos de nosotros: Lispenard y Frayne. Aparte, también encontramos tres cadáveres decapitados tanto dentro como alrededor de los restos del *Rolvaag*.

Gideon percibió en los ojos de McFarlane que este empezaba a comprenderlo.

—Continúa —le pidió en voz baja el buscador de meteoritos.

—También hay que tener en cuenta que Lispenard grabó en vídeo lo que en apariencia era el órgano con aspecto de cerebro que la criatura tiene en el tronco. Sin embargo, ese cerebro es mucho más grande, de unos cuarenta centímetros de diámetro.

Un nuevo silencio dilatado.

—¿Y?

—Tengo una teoría.

—Oigámosla.

—El Baobab es un parásito, por supuesto. Pero ejerce una clase de parasitismo desconocida en la Tierra. Se lleva el cerebro de los otros organismos. ¿Por qué? Por dos razones. La primera:

porque carece de un cerebro propio. Por eso parasita el de sus víctimas, que le proporcionan la inteligencia que necesita.

McFarlane lo escuchaba con total atención.

—Y ahora la segunda razón. El doctor Brambell dijo que el cerebro de Alex Lispenard había desaparecido después de que esa cosa evacuara los restos de su VSP. No solo faltaba, sino que lo habían extraído con extremo cuidado. Lo mismo puede haberle ocurrido a Frayne antes de que el ser excretara su VSP. Y como decía, en el *Rolvaag* encontramos tres cadáveres a los que les faltaba la cabeza. Pero ese barco está completamente destrozado. ¿Quién sabe si no hay por ahí un cuarto cuerpo sin cabeza que aún no hemos visto?

—Dos más tres más uno —calculó McFarlane.

—Eso es. Ese grupo de seis objetos, el que está sepultado a trescientos metros bajo el lecho marino, se está convirtiendo en un racimo de semillas. Pero creo que, en su núcleo, contienen cerebros humanos. Seis nuevas criaturas, todas ellas dotadas de un cerebro inteligente propio. El cerebro de cuarenta centímetros que hay en el tronco de la criatura, sin embargo, es el que el Baobab traía consigo, de fuera del sistema solar.

—Un cerebro extraterrestre.

—Exacto. «Matadme. Matadme.» Ese era el mensaje que tenía para nosotros el cerebro extraterrestre, no el Baobab. El cerebro quiere morir, desesperadamente. ¿Te imaginas cómo te sentirías si te extrajeran el cerebro y lo trasplantaran a otro organismo, para esclavizarte y utilizarte a modo de procesador o de ordenador? ¿Y donde te mantendrían vivo en contra de tu voluntad, durante millones y millones de años? Te mantendrían nutrido, despierto… y cuerdo. Pensemos en las cuatro vocalizaciones de ballena azul que Prothero ha traducido hasta ahora: «Matadme», «Mucho tiempo», «Muy lejos» y, tal vez lo más revelador de todo, «Red». Esto explica las últimas palabras tanto de Alex como de Frayne, palabras que sugieren algún tipo de encuentro repentino y sorprendente. Un encuentro entre el cerebro humano y… el cerebro extraterrestre. Y explica también cómo funcionan los gusanos. Lo único que hacen es darle un propósito al cerebro del huésped. Un objetivo muy sencillo. El cerebro de la persona parasitada asume el complejo proceso mental que se requiere para cumplir ese propósito, ya sea proteger a la criatura nodriza o ya sea robar un VSP y sumergirse para reunirse con ella. Con el fin de producir otro huevo. Igual que ocurre con las infecciones por toxoplasmosis que afectan al cerebro de los ratones, como explicó Glinn: hacen que el ratón se entregue al gato para que lo devore. El parásito no necesita darle instrucciones detalladas al ratón; le basta con conseguir que les pierda el miedo a los gatos.

Hizo una pausa mientras se daba cuenta de lo absurdo que sonaba todo aquello.

McFarlane no le respondió de inmediato. Se reclinó en la silla, cruzó las piernas y cerró los ojos. Durante un buen rato se mantuvo inmóvil.

—Piensa en el horror existencial que implica esto —dijo al final, aún con los ojos cerrados—. Un cerebro sin cuerpo, sin vida, sin interacción, sin estímulos sensoriales. Tan solo una existencia interminable. No es de extrañar que desee morir. Y tampoco lo es, por lo que indicó Prothero, que la comunicación se cortase de un modo tan abrupto, en ambas ocasiones. El Baobab hizo callar al cerebro extraterrestre, le impidió que mantuviera una conversación.

Gideon evaluó aquella idea hasta asumirla. Si McFarlane estaba en lo cierto, entonces Alex, en realidad, seguía viva, con sus recuerdos, su personalidad, todo lo que era. Pero estaba atrapada, desprovista de cuerpo, en el seno de la criatura, que la usaba como vehículo para seguir procreando. El horror que producía aquello estaba más allá de lo imaginable. Abrió los ojos.

—¿Estás bien? —le preguntó McFarlane.

—No. Porque ¿sabes qué es lo más irónico de todo? Esa cosa había cosechado cuatro cerebros en el *Rolvaag*, probablemente cuando apenas llevaba unos momentos hundido, pero permaneció durmiente. Ahora ha absorbido dos más y de pronto se muestra activa. Creo que al bajar hasta él le hemos proporcionado los cerebros adicionales que necesitaba para pasar al siguiente estadio de desarrollo. En lugar de matarla, la hemos ayudado a seguir creciendo.

—Puede que sea así. —McFarlane hizo un gesto de indiferencia con la mano—. Pero ¿sabes qué? Creo que acabas de dar con las claves de cómo matarla: destruyendo sus siete cerebros.

49

Patrick Brambell duró seis meses en la residencia de cirugía general, período durante el cual descubrió que no tenía madera de cirujano. No le gustaba formar parte de un equipo, lo que explicaba su falta de etiqueta en el quirófano, y tampoco le gustaba trabajar con las manos como si fuera un mecánico.

Y ahora allí estaba, realizando una operación de neurocirugía de emergencia.

El paciente, el auxiliar del laboratorio de astrobiología Reece, yacía anestesiado sobre la mesa de operaciones, alumbrado por varios focos potentes. Le habían afeitado el cuero cabelludo y habían limpiado y fregado el recinto de cirugía con antiséptico. La cabeza de Reece estaba colocada en un fijador craneal Mayfield de tres puntas que la mantenía bien sujeta. La presencia entre el instrumental quirúrgico de a bordo de un aparato de ese tipo daba fe de la meticulosidad de la EES.

Ya había pasado por un proceso previo igual de estresante, guiado en tiempo real vía Skype por una neurocirujana que estaba en Australia, durante el cual tuvo que intervenir en la espalda del paciente para fijar un drenaje lumbar con el que extrajo parte del líquido cefalorraquídeo; esto, según le explicó la especialista australiana, servía para «aflojar» el cerebro y facilitar la operación.

A su lado, en calidad de asistente, estaba la doctora Sax. Su compañía no le aportaba un gran consuelo; Sax, en efecto, poseía un doctorado en Medicina, pero tras obtenerlo se había centrado en el de Investigación, por lo que nunca había llegado a ejercer como médica, mucho menos como cirujana. De hecho, estaba todavía más nerviosa que él. En cuanto a su auxiliar, Rogelio, cuando Glinn anunció en público la existencia de los gusanos parásitos, se había encerrado en su camarote, del que se negaba a salir bajo ningún concepto.

En el gran monitor que tenía ante él estaba la doctora Susanna Rios, de Sidney, que estaba de pie frente a un detallado modelo de plástico de la cabeza y los hombros de un paciente humano tumbado boca abajo. A su lado había un cráneo humano real. Esos serían los materiales que emplearía para guiarlo durante la operación.

La situación le recordaba a una pesadilla que tenía de forma recurrente, en la que se encontraba en la cabina de un avión, sentado a los mandos después de que el piloto hubiera sufrido un infarto, siguiendo las instrucciones que le daba un controlador aéreo para que dirigiera la nave hacia la pista y realizase un aterrizaje seguro. Un sueño que nunca terminaba bien.

—La craneotomía se acometerá de la siguiente manera —le iba diciendo Rios—. Retiraremos la mayor parte del hueso suboccipital mediante lo que llamamos «procedimiento quirúrgico de la base craneal». Extraeremos un fragmento de hueso más grande de lo habitual porque, aunque sabemos que el parásito se encuentra en esta zona, no sabemos en concreto dónde. ¿Está seguro de que es entre la duramadre y el cerebro propiamente dicho?

—Sí.

—¿Y dice que se trata de un parásito de una variedad poco común, de la que no se sabe casi nada?

—Muy rara.

—De acuerdo. Dibujaré una línea en el modelo y allí usted practicará la primera incisión. —Trazó una raya con un rotulador, justo por detrás del nacimiento del cabello—. Ahora repítalo usted con el paciente.

—Sí, doctora.

Dibujó la misma línea en la cabeza de Reece con un lápiz estéril.

—Doctor Brambell, su pulso no parece del todo firme.

Él levantó la mano. Era verdad: estaba temblando.

—Por favor, cierre los ojos, respire hondo, concéntrese y domine ese temblor.

Rios le hablaba con severidad, pero también con calma.

Brambell siguió sus indicaciones y el temblor cesó.

—Bien. Practique la incisión, así.

Hizo una demostración con el escalpelo sobre el modelo de plástico.

Brambell la imitó y deslizó el escalpelo con levedad a lo largo del hueso. Con la ayuda de la especialista australiana, Sax repasó la incisión con unas pinzas cauterizadoras eléctricas para restañar las hemorragias de los vasos sanguíneos cortados. Entremedias utilizó una esponja para mantener la zona limpia de sangre.

—Ahora aparte la piel y los músculos del hueso y pliéguelos hacia atrás, así. Sujete los bordes de la incisión con unas pinzas, que la mantendrán abierta con su propio peso.

Hizo otra demostración con las piezas de plástico del modelo. Y, de nuevo, Brambell siguió su ejemplo.

—Muy bien. Ahora va a hacer cuatro agujeritos en el cráneo con el taladro de trepanación. Así.

Rios pintó cuatro puntos negros en el cráneo real e indicó los pasos a seguir. Brambell la observó mientras, con un cuidado y una destreza extremos, ella abría un pequeño orificio en el cráneo con el taladro.

—Vaya despacio. La broca ha de sostenerse perpendicular al hueso. No la detenga ni la extraiga hasta que pare por sí sola, lo que ocurrirá de forma automática justo antes de que termine de atravesar el hueso. ¿Listo?

Brambell asintió. El sudor empezaba a caerle sobre los ojos, amenazando con cegarlo.

—Doctora Sax, séqueme la frente, por favor —murmuró.

Pintó cuatro puntos negros en el cráneo, como la especialista le había indicado. Encendió el taladro neumático, que al instante empezó a emitir un débil gemido. Volvió a respirar hondo y se inclinó sobre el hueso con él.

—Es importante que no presione hacia abajo —advirtió Rios.

Bajó la broca hasta que esta chirrió al rozar el cráneo. Al instante Brambell percibió, incluso a pesar de la mascarilla quirúrgica, el olor del hueso y la sangre pulverizados por el taladro.

—Despacio… con calma… Eso es.

El taladro se detuvo.

—Extráigalo y haga el siguiente agujero. Su asistente deberá tener preparada la solución salina para enfriarlo.

Brambell retiró y levantó el taladro, siguiendo las indicaciones. Al cabo de unos minutos había completado los cuatro orificios.

—La broca —dijo Rios— deja una capa de hueso muy fina en el fondo de cada agujero. Hay que extraerla así.

Pasó a explicar eso con un instrumento de aspecto estrafalario, del cual Brambell no disponía.

—Emplee unos fórceps pequeños en su lugar —sugirió Rios.

Brambell cogió los fórceps pequeños y sacó las capas de hueso que eran tan finas como una oblea. Veía ya la membrana blancuzca, azulada y grisácea, la duramadre, al otro lado de los agujeros.

—Bien. Ahora irá realizando cortes de un orificio a otro sirviéndose del craneótomo. Los hará guiándose por las líneas mientras su asistente usa el tubo de succión para aspirar la solución salina y apretar hacia abajo la duramadre con cuidado, manteniéndola apartada de la punta de la sierra. También tendrá que ir vertiendo gotas de la solución salina en la hoja de corte para mantenerla fresca y lubricada.

Hizo la correspondiente demostración.

—¿Están listos?

Brambell asintió.

—Encienda el craneótomo. Vaya poco a poco. Y a un ritmo constante. Cuando se trata de cirugía cerebral no conviene acelerar las cosas.

Brambell encendió la sierra, que susurró un quejido afilado, similar al de un mosquito. Empezó a cortar por la línea. El olor resurgió.

Mientras recorría la guía, la doctora Rios le iba hablando y corrigiendo con amabilidad. El proceso llevó un buen rato, pero consiguió terminarlo. Exhaló. Sax volvió a enjugarle el sudor de la frente.

—Tómese un momento para descansar.

Brambell cerró los ojos, intentó pensar en algo relajante y enseguida le vino a la cabeza *Hamlet*. Empezó a citar para sí sus pasajes preferidos. La técnica funcionó muy bien. Abrió los ojos.

—Ahora debe retirar el fragmento de hueso usando dos paletas. —Rios carraspeó—. ¿Puedo ver sus manos?

Brambell las levantó. No le temblaban.

—De acuerdo. Use las paletas para retirar el fragmento de hueso, pero proceda despacio y con el mayor cuidado posible.

Brambell cogió las paletas y, con suma delicadeza, retiró el fragmento ovalado de hueso.

—Déjelo en el contenedor esterilizado y… —De pronto Rios se interrumpió—. Oh, cielo santo.

Brambell vio, bajo la membrana translúcida de la duramadre, una parte del gusano. Tenía un grosor de medio centímetro y estaba enroscado como un lución. Se desplazaba despacio, aunque de manera continua.

—¿Qué demonios es esa cosa? —preguntó Rios.

—El parásito.

—Nunca he visto un parásito parecido y llevo realizando operaciones de neurocirugía desde hace veinte años.

—Como le decía, es muy poco común.

—Está bien. De acuerdo.

Ahora era Rios quien necesitaba serenarse.

Brambell respiró hondo. Quería terminar con aquello cuanto antes.

—Doctora Rios, ¿continuamos?

—Sí. Sí, por supuesto. Esto…, veamos. Ahora limpien la duramadre con la solución salina, con cuidado, y extraigan todas las esquirlas de hueso que puedan quedar.

Se sirvió del modelo para indicar cómo usar el tubo de succión y la solución salina.

Sax se ocupó de ese paso.

—Ahora vamos a fijar dos suturas de tracción con seda de 4-0.

—¿Qué es una sutura de tracción?

—Es una sutura que forma un anillo de seda abierto por el que puede pasar el dedo para tirar de él y levantar algo. En este caso separará la duramadre del cerebro con el fin de cortarla sin rasgar el órgano en sí. Y… de despegar la membrana del parásito.

Brambell asintió. Mientras Sax lavaba la duramadre con cuidado y aspiraba las esquirlas de hueso, el gusano interrumpió su lento bucle y se quedó inmóvil por completo. Parecía haber percibido que ocurría algo. Dios, esperaba no haberlo molestado. Si se escurría hacia otra zona del cerebro, tendrían que empezar de cero.

—Esto es nuevo para mí —dijo Rios—. ¿Qué método propone para extraerlo?

—Había pensado en agarrarlo con unos fórceps con la duramadre de por medio. Para apresarlo bien antes de que… se escape. Y, por último, sacarlo de un tirón.

—La duramadre es una membrana muy resistente. No puede sacarlo de un tirón; mataría al paciente. Primero debe hacer una incisión.

—Lo entiendo. Pero es preciso coger a esa cosa por sorpresa. —Guardó una pausa—. Solo tengo una oportunidad.

—Empiezo a comprender el problema. Le sugiero que primero le inyecte un anestésico.

—Un anestésico no serviría de nada.

Brambell no se molestó en explicarle que el parásito procedía de fuera del sistema solar y que su biología era extraterrestre; sabía que esa información no le haría ninguna gracia a la formal doctora Rios. Paseó la mirada por la bandeja del instrumental en busca de algo que pudiera servirle. Había múltiples tipos de fórceps, incluidos algunos de gran tamaño y dotados de dientes—. Bien, dígame qué cree que podría hacer para extraer esa cosa rápidamente —dijo.

—Eso es algo que excede mis competencias —señaló Rios—. ¿No debería consultarlo con alguien que tenga experiencia extrayendo este tipo de parásitos?

—No existe nadie así. Usted dígame cómo hacerlo, por favor.

—Bien, la forma más sencilla sería empezar con las dos suturas de tracción que comentábamos y emplearlas para levantar la duramadre o separarla del parásito. Después habría que practicar la incisión, agarrar al parásito con los fórceps y extraerlo.

Brambell miró al gusano. Aunque había dejado de moverse, no parecía estar alarmado; incluso daba la impresión de encontrarse expectante.

—De acuerdo. Muéstreme con el modelo lo que debo hacer.

—Recuerde que cualquier movimiento que oprima el cerebro, aunque sea muy ligeramente, puede provocar un daño grave.

—Lo tendré en cuenta. Empecemos.

—Primero las suturas de tracción —indicó Rios—. Serán dos anillos de seda por los que su asistente podrá pasar los dedos para levantar o apartar la duramadre del… del parásito. —Hizo una demostración en un segundo modelo de plástico, usando unas agujas para formar dos anillos de seda. Pasó los dedos por los aros y tiró hacia arriba para separar la membrana del cerebro—. ¿Lo entiende?

—Lo entiendo.

—La aguja de sutura no debería penetrar más de dos tercios de su longitud en la duramadre. No la meta hasta dentro. No la atraviese.

Brambell introdujo la aguja curva en la duramadre, la hundió parcialmente y volvió a extraerla. Temía importunar al gusano. Y, de hecho, mientras atravesaba con la aguja curva el interior de la membrana, que era muy rígida, el gusano pareció agitarse, hasta que en un momento dado se sacudió y se enroscó con fuerza. Pero se mantuvo en el mismo sitio.

—Ahora su asistente levantará la duramadre. Inicie la incisión; así, a medida que ella continúe elevándola, a usted le resultará más fácil extender la incisión hasta la apertura que desee. Recuerde que, al utilizar fórceps tan cerca del cerebro, incluso el más pequeño error de cálculo…

—Soy consciente de los riesgos —dijo Brambell sin molestarse en disimular su impaciencia—. Doctora Sax, pase los dedos por las suturas y levante la duramadre.

Luego Brambell cogió unos voluminosos fórceps dentados con la mano izquierda y el escalpelo con la derecha, listo para proceder.

Sax introdujo ambos índices en los anillos. El gusano se contrajo y se sacudió un poco. Pero se mantuvo donde estaba.

—Levántela un poco más.

Sax tiró con toda la levedad que pudo. De nuevo, el gusano se agitó y se apretó en su rosca, como si pretendiera protegerse mientras le quitaban la membrana de encima. Brambell atravesó la duramadre con la punta del escalpelo y, con un movimiento rápido y suave, practicó una abertura de tres centímetros de largo, dejando a la vista el gusano. Este permaneció durmiente.

—Un poco más.

La elevación le permitió duplicar la longitud de la incisión. Ahora sí, el gusano parecía finalmente alarmado. Se apretó un poco más. Acto seguido, y de manera repentina, sacó la cabeza y la alzó como una serpiente en posición de ataque, apuntándola hacia los fórceps que Brambell quería meter. De pronto desenvainó el colmillo negro, igual que lo haría una víbora.

—Dios bendito —jadeó Rios.

Brambell bajó los fórceps, poco a poco, como un gato.

La cosa, que parecía estar viendo cómo él acercaba la mano, balanceaba la cabeza de forma apenas perceptible.

Conteniendo la respiración, Brambell inició la estocada y atenazó a la criatura por el cuerpo, hundiendo los brazos de los fórceps. El gusano se sacudió, lanzándole picotazos como una serpiente mientras el doctor tiraba de él, y luego agitó el colmillo a su alrededor, perforando después el cerebro del paciente con el extremo anterior, sin dejar de retorcerse, hasta que al cabo sacó la cabeza con un ruido de succión. La sangre manó a borbotones.

—¡Joder! —exclamó Rios.

Ahora el parásito se volvió contra Brambell, proyectando de nuevo la cabeza hacia atrás y hundiéndole el colmillo negro en la mano. El doctor gritó pero siguió sin soltar aquella cosa mientras esta se retorcía y se agitaba, golpeándolo una y otra vez.

—¡Maldito! —rabió al tiempo que lo echaba al contenedor que ya tenía preparado.

Sax cerró la tapa de golpe. Un golpeteo frenético y una sucesión de chillidos penetrantes llenaron el quirófano. Brambell ignoró el tajo que tenía en la mano y miró al paciente. La sangre manaba a chorros por el agujero que el gusano había abierto y se derramaba por ambos lados de la cabeza. Los sistemas de soporte vital empezaron a emitir pitidos de aviso; el electrocardiógrafo enloqueció, hasta que de pronto la línea se volvió plana y el indicador de la respiración cayó a cero.

Reece acababa de morir delante de sus ojos, mientras su sangre se escurría por la mesa de operaciones y caía al suelo.

—Doctor, está sangrando —señaló Sax, que lo tomó del antebrazo y le aplicó varias gasas estériles sobre los cortes.

Brambell la miró.

—¡Meta a ese demonio en la licuadora!

Sax no puso objeciones. Brambell se apretó las gasas contra la mano herida, rogándole a Dios que aquella sabandija no fuera venenosa.

Se volvió hacia el monitor. La doctora Susanna Rios seguía ahí, contemplando la escena con un gesto de terror puro y mudo en el rostro. Movía la boca pero no salía ningún sonido de ella.

—No sabe cuánto lo siento, doctora —se disculpó Brambell—. Por favor, quédese con nosotros, tenemos otro paciente.

Oyó que la licuadora se ponía en marcha y, luego, los chillidos que emitía el gusano, ahogados en el instante que quedó reducido a una papilla grisácea.

Se mareó y sintió que Sax lo sujetaba del brazo y lo llevaba hasta una silla, donde lo sentó y le ofreció un vaso de agua para después retirarle las gasas de la mano.

—Echémosles un vistazo a las heridas —dijo—. Reclínese.

—No tenemos tiempo —se opuso Brambell mientras se ponía de pie—. Debemos traer a Stahlweather.

50

A las cuatro de la mañana Gideon se encontraba solo en su camarote, trabajando en su pequeño escritorio. La simulación estaba casi terminada. Ya faltaba muy poco después de que esta
hubiera pasado casi cuarenta horas de procesamiento en el superordenador IBM «Vulcan» Q de a bordo.

Tenía un mal presentimiento. La pregunta fundamental era
a qué profundidad y con qué extensión penetraría la onda de
choque de la bomba atómica en el lecho marino. Sin embargo,
este se componía de sedimentos pelágicos, básicamente arcilla
suelta y empapada. Formaba una especie de manto blando, el
peor material imaginable para la propagación de una onda de
choque potente. Los seis cerebros, cada uno de los cuales parecía estar encapsulado dentro de una nueva semilla, se hallaban
a trescientos metros de profundidad y quedaban a un lado de la
criatura.

McFarlane debía de estar en lo cierto; si conseguían matar
todos los cerebros que la criatura había reunido, seguramente también acabarían con la criatura en sí. El Baobab era un
parásito que necesitaba un cerebro para sobrevivir, así como
otros adicionales para reproducirse. Si los mataban todos, no
tardaría en perecer, siempre y cuando no se hiciera con algún
otro.

Miró la ventana que le mostraba la pantalla del ordenador,

una sucesión de números sin sentido. La máquina Q seguía pensando. La simulación de una explosión nuclear a tres kilómetros bajo la superficie del mar suponía un trabajo computacional prodigioso, pero todo indicaba que no tardaría en concluir.

Alguien llamó a la puerta con discreción. Gideon no respondió. El visitante abrió de todas maneras y entró en el camarote.

—¿Puedo pasar?

—Ya lo ha hecho.

Glinn se acercó y se acomodó en la cama, iPad en mano. A pesar de las marcadas ojeras, parecía encontrarse bien; no se le notaba cansado y, desde luego, tampoco mostraba indicios de desquiciamiento, como le sucedía a una buena parte de la tripulación. Sin embargo, si uno se fijaba bien, se apreciaba un brillo en sus ojos que no se había extinguido del todo, el brillo de su obsesión implacable e inmarcesible. Gideon ya conocía esa mirada, porque también él estaba obsesionado. Era la pulsión, abrumadora, de aniquilar a la cosa, costara lo que costase.

—¿Dónde está Sam? —preguntó Glinn.

—Ha salido. Dijo que necesitaba pensar.

Glinn asintió.

—Ahora disponemos de un informe más detallado acerca de la biología de la criatura y quiero compartirlo con usted, porque nos ayudaría a matarla con más facilidad.

—Usted dirá.

—Se trata de un ser basado en una estructura de carbono, hidrógeno, silicio y oxígeno. En esencia, obedece a las leyes de la química orgánica, como nosotros, pero con la añadidura del silicio, que aparece sobre todo en forma de silicatos y de dióxido de silicio. En nuestro planeta, las diatomeas marinas son los organismos que presentan las características bioquímicas más similares con esta criatura. Extraen el silicio del agua y fabrican su cuerpo a base de silicatos, que también están presentes en algunas especies de plantas.

—Para serle sincero, me importa una mierda. Solo quiero reventarlo.

Glinn prosiguió, como si no lo hubiera oído.

—Además, gran parte del carbono parece mantenerse en estado puro, recogido en alótropos exóticos, como nanofibras, nanotubos, nanoyemas, nanoespuma, fulerenos, grafito y diamante. Tiene cables de fibra óptica hechos de dióxido de silicio que transmiten señales digitales mediante la luz. Las distintas y exóticas fibras de carbono conducen la electricidad y, de hecho, algunas de ellas incluso son superconductoras. En lugar de fibras musculares, el ser tiene madejas de fibras de carbono que se contraen y relajan. Son cientos de veces más fuertes que las fibras musculares. Por eso fue capaz de aplastar las cápsulas de titanio.

—¿Adónde quiere llegar?

—Paciencia, Gideon. La cuestión es si esta cosa es producto de un desarrollo evolutivo o si ha sido fabricada. ¿Es una máquina, un ser vivo o una mezcla de ambos? No lo sabemos. Pero sí que estamos seguros de lo siguiente. —Apoyó el iPad en la cama—. Los temblores del lecho marino circundante no cesan prácticamente nunca. Hemos estado analizándolos. La cosa parece estar extendiendo las raíces o tentáculos a una velocidad formidable, de decenas de metros por hora. Una buena parte de esas raíces se dirige hacia Sudamérica.

—Dios santo.

Glinn hizo una pausa, mientras se movía sobre la cama.

—Se nos acaba el tiempo. La criatura crece demasiado rápido, las raíces se propagan a un ritmo exponencial. Y ahora parece que en ellas están empezando a surgir una especie de nodos. Dicho de otra forma, se está preparando para hacer brotar más Baobabs, como hacen las setas cuando escampa. Para capturar más cerebros y producir más semillas, lo cual nos da una idea, bien fundamentada, de su fin último.

—Lo escucho.

—Dentro de poco, una red de Baobabs habrá cubierto el planeta, formando, por así decirlo, un puño gigante a su alrededor. Cuando eso ocurra, el puño se cerrará con toda su fuerza y reventará la superficie del globo como si de un tomate descomunal se tratara, despedazando la Tierra en el proceso y eyectando así las semillas hacia el espacio exterior, en busca de otros mundos que parasitar. Cada una de las semillas contendrá su propio cerebro parasitado.

—¿Cómo ha llegado a una conclusión así?

—Piénselo. Es algo que ya he sugerido con anterioridad. Hacer estallar el planeta es la única manera que tiene el Baobab de dispersar esas semillas gigantes.

Gideon miró por un momento la ventana de la pantalla. Los números seguían deslizándose por ella.

—La situación a bordo del barco se está volviendo insostenible —dijo Glinn—. Estamos perdiendo el control. El análisis conductual cuantitativo de la máquina Q indica que nos quedan solo unas doce horas antes de que la tripulación renuncie del todo a la disciplina y se amotine o se desate el caos en el barco.

—Así que era el programa de ACC lo que estaba ralentizando mi simulación.

—Le pido disculpas, pero entender a fondo el factor humano es crucial.

Gideon asintió.

—Pese a todas las precauciones que hemos tomado, los gusanos han parasitado a más tripulantes. Nos consta esto por los distintos sabotajes, no solo el del escáner de tomografías computarizadas y el de la máquina de rayos X, sino también el de las cámaras de vigilancia. El sistema está caído por completo y los intercomunicadores no funcionan en ninguna sección. Todo esto está obstaculizando la búsqueda de los gusanos y la identificación de los saboteadores.

—Insisto: ¿adónde quiere llegar?

—Debemos desplegar la bomba atómica ya. Y quiero decir ya mismo, dentro de las próximas doce horas.

Gideon miró la estación de trabajo.

—Primero necesito ver los números. Si la bomba no va a servir para acabar con los huevos sepultados, no tiene sentido detonarla.

—¿Y para cuándo espera tener esos números?

—De un momento a otro.

—¿El ordenador no indica el tiempo de cálculo restante?

—No es un cálculo. Es una simulación. El nivel de complejidad es infinitamente mayor.

Glinn se levantó.

—Olvídese de la simulación. Tenemos el arma. Utilicémosla. —Consultó su reloj—. Quiero la bomba armada y montada en el vehículo controlado a distancia en las próximas horas. —Se volvió hacia Gideon—: ¿Scrá capaz de hacerlo?

Cuando Glinn lo miró, Gideon percibió, una vez más, la obsesión que compartían ambos.

—Joder, claro que sí —aseguró, en parte sorprendido de sí mismo.

Glinn asintió.

—Bien.

Y, sin más, salió del camarote.

Apenas sonó el clac de la puerta al cerrarse, el ordenador de Gideon, como si respondiera a una señal, emitió un bip. La ventana parpadeaba en rojo. La simulación había finalizado.

Gideon corrió al ordenador y, sin molestarse siquiera en tomar asiento, solicitó con ansia los números de la máquina Q. El archivo se generó despacio, pues era muy pesado, pero terminó de cargarse en un minuto y las simulaciones numéricas se transformaron en datos gráficos.

En la pantalla apareció un plano y empezó a reproducirse un

vídeo a cámara lenta que simulaba la detonación de la bomba atómica, la expansión de la onda de choque, la profusa cavitación originada por la explosión, la transformación del agua en vapor, el efecto que eso ejercía en el Baobab y el impacto de la onda de choque contra el fondo marino, además del modo en que se propagaba por el subsuelo.

En cuestión de un minuto todo había terminado. Aún de pie, Gideon sintió la necesidad de sentarse y alargó un brazo hasta la silla giratoria. Sin embargo, algo iba mal; las piernas se le volvieron de mantequilla, la silla echó a rodar de lado y él se desplomó en el suelo.

51

Brambell nunca se había sentido tan abatido en toda su vida. Estaba extenuado. Se dejó caer en el sillón de la clínica. Estiró primero una pierna, después la otra y se reclinó. Las extremidades parecían habérsele vuelto de plomo.

Sax y él habían perdido a los dos pacientes, uno tras otro. En el primer caso, el parásito había matado a Recce mientras lo extraían; en el segundo, Brambell siguió las indicaciones de Rios y le inyectó ácido clorhídrico al gusano, algo que sí que terminó por matarlo, aunque no con la rapidez necesaria. Nada más clavarle la jeringuilla, el parásito dio un coletazo que provocó el fallecimiento del paciente.

Después de que Stahlweather muriera en la mesa de operaciones, Brambell se vio obligado a administrarle un sedante a una doctora Sax al borde de la histeria, aunque, para impedir que se durmiera, le añadió un cóctel de estimulantes débiles, cafeína e hidrocloruro de metilfenidato que la mantuvo despierta pero desorientada. La había acomodado en una silla de una habitación contigua al despacho, donde se quedó descansando pero en vigilia. Había ido a verla en varias ocasiones y comprobado que se mantenía lo bastante alerta. En realidad, tampoco creía que hubiera gusanos escondidos en la clínica. Habían matado a los dos que habían extraído de los pacientes y luego los habían triturado hasta reducirlos a una papilla para después incinerarlos. Los tajos del brazo le dolían, pero no eran más que unos simples cortes; hasta ahora nada hacía sospechar que le hubiera inoculado algún tipo de toxinas. Eso tenía sentido; el colmillo de los gusanos no contaba con ningún canal mediante el cual inyectar veneno, al contrario de lo que sucedía con los que tenían las víboras; además, los parásitos tampoco parecían poseer órganos internos en los que almacenasen ponzoña.

El dispensario, ubicado al fondo del pasillo y puesto ahora a cargo del farmacéutico, llevaba toda la noche repartiendo píldoras. El flujo constante de pacientes había cesado y faltaba ya poco para que amaneciera. Él mismo, por ejemplo, no había tomado las anfetas. Llevaba muchos años ejerciendo la medicina para pensar que su consumo fuera una buena idea, por lo que le sorprendía e incluso le consternaba que Glinn hubiera dado esa orden. Sin embargo, así había sido; Glinn no era de los que consultaban decisiones de ese tipo con él. A Brambell le preocupaba más la atmósfera de desvelo del barco que las ínfimas probabilidades de que parasitasen a alguien. La tensión y el miedo, a su modo de ver, podían acabar provocando una psicosis a muchos miembros de la tripulación como consecuencia del consumo de estimulantes.

Sumido en sus meditaciones, notó que empezaban a pesarle los párpados y se obligó a espabilarse. Solo faltaban dos horas para el amanecer. Lo que tenía que hacer era mantenerse ocupado con algo y la mejor forma de lograrlo era ponerse a trabajar en un análisis de sangre que mostrase si el paciente había sido parasitado.

Había extraído sendas muestras de sangre de los dos pacientes, por lo que, si hallaba algo inusual en ellas, alguna anomalía, algo que no estuviera presente en la sangre de una persona no infectada, podría emplear los resultados para desarrollar un análisis de sangre.

Se desperezó y se acercó al armario del material. Empezaría por un hemograma estándar con el que mediría las cantidades de hemoglobina y de glóbulos rojos y blancos. Después procedería con un panel metabólico básico para comprobar el estado del corazón, del hígado y de los riñones, con el que también obtendría los índices de glucosa en sangre, de calcio y de potasio, además de conocer así los niveles de electrólitos. Quizá podría pasar seguidamente a un panel de lipoproteínas, si no observaba ninguna anomalía. Le rogó a Dios para que se observara algo extraño. De hecho, sería lo más normal; sin duda, el organismo debía reaccionar de alguna manera si tenía un parásito de quince centímetros alojado en el cerebro.

Dios, se moría de cansancio. «Mantente de pie.» Sabía que de pie no se quedaría dormido de manera involuntaria. Tal vez debería tomar solo media píldora… De nuevo, apartó esa idea de su mente. Nada de anfetaminas: necesitaba tener la cabeza tan despejada como le fuese posible.

Sacó del frigorífico la rejilla de los frascos —había llenado de sangre trece por cada paciente— y se puso a ordenarlos y etiquetarlos de cara a las distintas pruebas. Después revisó las taquillas de los equipos, seleccionó los instrumentos necesarios y los dispuso mientras hacía un repaso mental del proceso. Como médico, por lo general dejaba este tipo de pruebas en manos de los laboratorios. Aun así, durante su etapa en la facultad de Medicina del Real Colegio de Cirujanos de Irlanda había aprendido a realizarlas él mismo. Además, tenía internet y seguro que allí encontraría los protocolos de los laboratorios. Entró desde el portátil a la red de la nave y se conectó. Sí, allí estaba todo, detallado con minuciosidad.

Empezarían con el análisis de una sencilla mancha de sangre. Extrajo una gota de uno de los frascos, la extendió en un portaobjetos cuadriculado y, tras obtener la mancha, lo tapó. Luego lo puso bajo el microscopio y, con el lápiz en la mano, empezó a fijarse en el número, en el tamaño y en la forma de los glóbulos rojos, de los blancos y de las plaquetas que había en cada cuadrado, mientras anotaba los datos. Pero estaba tan cansado que le costaba enfocar la vista. Parpadeaba, una y otra vez, y ajustaba y reajustaba las lentes. Dios, tenía los ojos tan irritados tras las intervenciones fallidas que no veía nada por los oculares. Además, debía admitir que ya no era ningún jovenzuelo y que ahora permanecer de pie durante horas se le hacía bastante más duro que en sus días de residente.

Parpadeó de nuevo, sacó un colirio del armario de los medicamentos y se lo aplicó en los ojos.

Volvió a mirar por los oculares, pero era como intentar ver bajo el agua. Demonios. Lo que necesitaba era descansar diez minutos con los ojos cerrados. Empezaba a ofuscarse; necesitaba aguzar todos los sentidos para proseguir con las pruebas.

Miró la silla un segundo. ¿Sería capaz de cerrar los ojos sin quedarse dormido? De todas formas, una siestecita rápida tampoco parecía entrañar un peligro grave y, de hecho, obraría milagros. La idea de que hubiera gusanos al acecho en la sala, a la espera de que se durmiera, era absurda. No le pasaría nada si echaba una cabezada de diez minutos; y además era lo mejor que podía hacer, tanto por él como por el trabajo que tenía por delante. El barco era enorme mientras que la clínica era diminuta y contaba con puertas herméticas en todos los mamparos, las cuales podían bloquearse.

Se dirigió a la puerta principal de la clínica, la cerró y la bloqueó. Hizo lo mismo con la puerta del laboratorio interno. Se sacó el móvil del bolsillo, configuró una alarma para que sonase al cabo de diez minutos y lo puso sobre la mesa, iniciando el temporizador en ese momento.

Dios, ya no aguantaba más. Se acomodó en la silla, se reclinó y cerró los ojos. Qué sensación tan maravillosa.

Un sueño lo despertó, una pesadilla. Abrió los ojos con un grito entrecortado al notar una punzada, una espantosa vibración chirriante dentro de la cabeza. Confundido y asustado, tardó unos segundos en desperezarse y volver a la realidad; se llevó las manos a la cara y, cuando de inmediato palpó algo raro, cayó de la silla al suelo.

Por el amor de Dios, tenía algo agarrado a él. Era como un cable que se retorciera, duro y frío como el acero; lo tenía pegado a la cara y dentro de la nariz. Se le estaba metiendo por la cavidad nasal. Con un segundo grito entrecortado, lo apresó por la cola e intentó sacárselo; percibió la increíble fuerza de los músculos de aquella cosa, que se agitaban mientras él tiraba de ella con desesperación, en vano. Se le había anclado por dentro y a cada segundo que pasaba se le hundía un poco más, fracturándole los huesos de la cavidad nasal a medida que los atravesaba. Echó a rodar por el suelo, sujetando la cola de la sabandija con una determinación maníaca, intentando impedir que siguiera introduciéndose, pero aquel gusano estaba demasiado bien anclado y no dejaba de abrirse paso, pese al dolor que a él le provocaba el forcejeo.

De repente sintió en el seno de la cabeza el chasquido de un hueso, como el que sonaría al perforar la cáscara de un huevo con la punta del dedo, y entonces todo cambió. El miedo se desvaneció y lo embargó una placentera sensación de paz y aceptación, con la que se entregó al rapto glorioso de un sueño bello y plácido.

La doctora Antonella Sax se asomó a la puerta del laboratorio interno, frotándose los ojos mientras intentaba enfocar la vista. Había oído algo, tal vez un grito, aunque no estaba segura. Sin embargo, no vio nada inusual. El doctor Brambell estaba tendido en el suelo, durmiendo. Tenía las manos entrelazadas sobre el pecho y un gesto de satisfacción instalado en el rostro.

Se inclinó sobre él para despertarlo y le dio un empujoncito.

—¿Doctor Brambell?

No obtuvo respuesta. Después de treinta y seis horas despierto, el pobre había caído redondo. Sax vio que había bloqueado la puerta y que había dejado el móvil sobre la mesa con el temporizador de una alarma en marcha. Lo cogió. Lo había configurado para echar una cabezada de diez minutos y todavía faltaban dos para que sonase.

Sax sintió cierta lástima por él: diez minutos no sabían a nada. Al verlo descansar con tanta placidez también ella se vio tentada de dormir un poco. La inyección que Brambell le había puesto parecía estar empezando a perder su efecto, o por lo menos ya no servía para combatir el cansancio que le anegaba la mente. Era consciente de que la inyección le abotagaba los sentidos, que no razonaba con la claridad habitual, pero ¿cómo iba a ser de otro modo, después del infierno por el que acababan de pasar?

Dios sabía que al doctor le hacía falta un descanso más largo, y también a ella. ¿Qué riesgo entrañaba una siesta de media hora? Sería mucho más eficaz que una cabezada de diez minutos. La puerta de la clínica estaba bien cerrada. Además, seguramente la prohibición de dormir que había establecido Glinn no les afectaba al doctor ni a ella, que necesitaban tener la cabeza tan despejada como les fuera posible para poder hacer bien su trabajo.

Reconfiguró la alarma del teléfono para que sonase pasada media hora y, después, se acomodó en una silla del laboratorio y se reclinó en ella al tiempo que ponía los pies sobre la mesa, cerraba los ojos y caía casi de inmediato en los brazos de un sueño delicioso.

52

Gideon salió del camarote y se encaminó hacia el centro de control, donde sabía que encontraría a Glinn. Según recorría el pasillo, oyó, al pasar fuera de los camarotes de la tripulación, un griterío quejumbroso. Un hombre se lanzó por el corredor con el cuerpo escorado, apestando a alcohol, chocó contra él, agachó la cabeza de forma pronunciada y siguió dando tumbos por el pasillo. Cuando Gideon pasó por delante de la puerta abierta que daba a los alborotados camarotes de los tripulantes, vio una multitud que hablaba con urgencia en unos corros alarmados.

Siguió su camino a toda prisa. Glinn tenía razón, faltaba muy poco para que las cosas se descontrolasen en el barco, en el caso de que el caos no se estuviera ya desatando. Se preguntó cómo reaccionaría Eli ante las noticias que le llevaba.

La puerta del centro de control estaba bloqueada, pero pasó tras identificarse por medio del intercomunicador. Allí estaba Glinn, junto con McFarlane. Ambos se encontraban inclinados frente a un monitor. Era la imagen del Baobab que captaba la cámara fija. Estaba en plena y horrible actividad, proyectando la boca hacia fuera, hinchándola y después retrayéndola, como si estuviera ejercitando algún grotesco órgano sexual.

—La simulación ha terminado —dijo Gideon.

Ambos lo miraron.

Gideon había estado ensayando mentalmente el mejor modo

de comunicárselo pero, a la hora de la verdad, su elaborada explicación se desmoronó al instante.

—No va a funcionar —declaró sin más.

—¿No va a funcionar? —repitió McFarlane con sequedad.

—Ni por asomo. Los sedimentos actuarán como un manto. La onda de choque no llegará al racimo de cerebros.

—No me lo creo —contestó McFarlane con voz áspera—. Sepultemos la bomba bajo el lodo antes de detonarla. La explosión abrirá un cráter que llegará hasta el racimo.

Gideon negó con la cabeza.

—Ya lo he considerado. La simulación contemplaba distintas profundidades y alturas para la detonación. La mejor posición es a unos doscientos metros por encima del fondo. La presión del agua propagaría la onda de choque hasta una zona más extensa del lecho y, de tal forma, alcanzaría la mayor profundidad posible. Pero no la suficiente.

—Veamos esas simulaciones —dijo Glinn.

—Están en la red del barco.

Gideon se volvió hacia el monitor, acercó un teclado, inició sesión y reprodujo el vídeo de la simulación con todas las posibilidades, empezando por aquella en la que la bomba atómica explotaba al nivel del lecho marino; después se pasó a una detonación casi un kilómetro por encima del Baobab. En todas las simulaciones se veía cómo la onda de choque avanzaba a cámara lenta por el agua, impactaba contra el fondo y seguía bajando, debilitándose hasta extinguirse a ciento cincuenta o doscientos metros de profundidad. En ninguna de ellas el montón de huevos, sepultado a trescientos metros, se veía afectado.

—¡No puede ser! —estalló McFarlane—. ¡Es una maldita arma nuclear! Tienes que haber establecido mal los parámetros.

—No —dijo Gideon—. El problema es que la capa abisal de sedimentos pelágicos actúa como una manta empapada. Si se compusiera de roca sólida, el resultado sería muy distinto. Pero no es así, es como un manto de gelatina.

—Y entonces ¿qué hacemos? —preguntó McFarlane enfurecido—. ¿Disponemos de algo más potente que una bomba atómica? ¿Podemos conseguir una bomba de hidrógeno? ¿Qué más podemos hacer? Estamos jodidos. ¿Por qué no se realizó esta simulación hace seis meses?

Cesó en su diatriba, jadeando. Gideon lo miró. Estaba completamente hundido. Y pensar que había llegado a plantearse muy en serio la posibilidad de reprogramar el ordenador incorporado en la bomba atómica para poder anular una posible orden de abortamiento, por si los demás se echaban atrás... Tenía gracia. Ahora no había duda: todo el mundo quería recurrir a la bomba. Y cada segundo contaba. Pero ese maldito trasto no bastaba para acabar con el Baobab.

Glinn le habló a media voz:

—¿Nos queda alguna alternativa, Gideon?

Gideon negó con la cabeza.

—Una bomba. Un intento.

53

Rosemarie Wong había bloqueado la puerta del laboratorio de acústica marina y estaba colocando las cosas, intentando restaurar una cierta apariencia de orden en el departamento después de que Garza y su equipo lo hubieran barrido en busca de gusanos. A Prothero le daría algo si entraba ahora y se encontraba con ese estropicio. Aunque el desorden era casi idéntico cuando él andaba por allí, siempre decía que sabía dónde estaba todo. Y no mentía; siempre que ella cambiaba de sitio como mucho uno de los lápices que engrosaban sus enormes pilas de porquería, él se daba cuenta y le echaba la bronca.

Estaba muy preocupada por lo que ocurría a bordo. Durante la última hora había oído pasar a varios grupos de personas por el estrecho pasillo, conversando indignados en voz muy alta y aporreando el suelo metálico con las botas. Algunos hablaban como si hubieran bebido mientras que otros parecían ir puestos de anfetaminas, que se dispensaban como si fuesen caramelos.

¿Dónde estaba Prothero? Se había pasado buena parte de la noche trabajando en el léxico de las ballenas, pero en un momento dado se excusó y salió del laboratorio, asegurándole que volvería en quince minutos. Sin embargo, había pasado casi una hora y aún no había vuelto. ¿Se habría ido a dormir, desafiando las órdenes? Sería muy propio de él; si querías que Prothero hiciera algo, lo mejor era pedirle lo contrario.

Wong decidió que no debía preocuparse. Prothero se regía conforme a un horario impredecible, de forma que podía entrar o salir en cualquier momento del día o de la noche, sin comer nunca en la cantina sino prefiriendo atiborrarse en el laboratorio, a la hora que fuese, de pizzas y gaseosas que se traía del comedor. Después pateaba los restos de la comida hacia una esquina y era a ella a quien le tocaba recogerla, tirarla al cubo de la basura y vaciar este con regularidad para librarse del tufo a cebolla de las pizzas, que tanto asco le daba.

De nuevo oyó a un grupo pasando por el pasillo, con voces iracundas y amortiguadas. Eso empezaba a inquietarla. ¿Dónde estaban los guardias de seguridad? Pero ya sabía la respuesta: Garza los había reclutado a todos para buscar a los gusanos. Mientras tanto, la disciplina del barco se desmoronaba a pasos de gigante.

Oyó que alguien traqueteaba con la puerta; un jadeo.

—¡Eh, Wong! ¡Abre!

«Prothero.» Wong se levantó, desbloqueó la puerta y la abrió. Él se apresuró a entrar, cerró de un portazo y volvió a bloquearla. Venía sin aliento, sudando, con el pelo revuelto y el pecho agitado.

—¿Qué ocurre? —le preguntó ella—. ¿Ha pasado algo?

—Maldita sea. Esos desgraciados se han vuelto locos. Fueron solo cinco minutos, diez a lo sumo, lo juro.

Se oyó el estruendo repentino de unas botas que apisonaban el pasillo; alguien movió el pomo.

—¿Prothero? ¡Prothero! —lo llamó una voz, y lo siguió una erupción de ellas.

Prothero se apartó de la puerta.

—Diles que no estoy aquí —le susurró a Wong.

Ella tragó saliva.

—No está aquí —dijo sin abrir la puerta.

—¡Una mierda! —le respondieron—. Sabemos que está ahí dentro. ¡Abrid!

El tumulto de voces enfadadas siguió acrecentándose y alguien empezó a golpear la puerta.

—¿Quién eres? ¿Wong? ¡Abre la puerta, Wong!

Prothero, con los ojos aterrorizados, la miró negando con la cabeza. Se adentró en el laboratorio y recorrió todos los rincones como si buscara un sitio donde esconderse. Por supuesto, no había ninguno.

—No está aquí —insistió ella.

—¡Escucha, Wong! Está infectado. Hemos pillado al muy cabrón durmiendo y no hemos podido despertarlo. ¡Tiene un gusano dentro!

Wong se quedó helada. Miró por un instante a Prothero. Su aspecto no era bueno pero, de todas formas, nunca se había caracterizado por su normalidad.

—¿Has oído? ¡Está infectado! ¡Sal de ahí y solucionemos esto de una vez!

Prothero negó con la cabeza, susurrándole «No, no, no».

Wong no sabía cómo reaccionar. Estaba paralizada.

¡Bam! Alguien golpeó la puerta con fuerza. ¡Bam! Wong vio cómo la puerta, que no tenía la rigidez de un mamparo, se combaba hacia dentro con cada embestida.

—¡Abre, Wong! ¡Si tú no quieres salvarte, nosotros sí!

—¡No tengo ningún gusano! —berreó Prothero—. ¡Lo juro! ¡Eché una cabezadita, pero nada más!

—¡Está ahí dentro! —Se oyó una batahola de gritos y protestas al otro lado de la puerta—. ¡Wong, por lo que más quieras, es peligroso! ¡Déjanos entrar ya!

—¡No soy peligroso, lo juro!

Wong volvió a mirar a Prothero. Tenía los ojos inyectados en sangre, sudaba y se movía atropelladamente de puro miedo. Sí que parecía estar infectado. Prothero leyó la expresión de Wong.

—No, no —dijo, tragando saliva y procurando no gritar mientras hablaba—. No me pasa nada. Rosemarie, te lo juro. Están locos. Eché una cabezada. Cinco minutos. Me quedé frito. Pero

¡no estoy infectado! Acuérdate: si te entra un gusano, no hay forma de despertarte hasta pasadas dos horas y…

¡Bam! El pomo metálico se sacudió y se soltó. ¡Bam!

Wong tomó una decisión.

—¡No! —le gritó al grupo que intentaba derribar la puerta—. ¡No podéis acusarlo sin pruebas!

¡Bam! El pomo se saltó de la puerta.

—¡Necesitáis pruebas! —bramó.

¡Bam! La puerta se abrió de golpe y un hombre corpulento irrumpió en el laboratorio. Wong lo miró atónita: era Vince Brancacci, el alegre chef del barco. Ahora, sin embargo, no tenía un aspecto tan jovial, con un hacha de cocina en su puño rollizo y velludo. A sus espaldas se congregaba media docena de hombres armados con herramientas, palancas, llaves de tuerca y martillos.

—¡Ahí está!

—¡No! —exclamó Prothero—. ¡Dios santo, no!

El grupo, al comprender que tenía acorralado a Prothero, pareció titubear de repente.

—Está infectado —aseguró Brancacci, que dio un paso adelante con el hacha de cocina en ristre—. Ha llegado su hora. Tenemos que deshacernos del gusano que lleva dentro.

—¡No, no, por favor! —susurró Prothero, que se encogió contra un armario de equipos informáticos.

Wong se interpuso entre Brancacci y Prothero y se irguió cuanto pudo, alzándose por encima del chef.

—No podéis matar a un hombre sin pruebas. No podéis.

—Claro que las tenemos —repuso el jefe de cocina.

—¿Cuáles? —le preguntó Wong.

—Estaba dormido. No había forma de despertarlo. Además, míralo, ¡no hay más que verlo! No se comporta con normalidad.

—Tú tampoco lo harías si te persiguiera una turba enfurecida.

—Quítate de en medio —le advirtió Brancacci en tono amenazador.

Wong aspiró el tufo acre del sudor del cocinero.

—No lo hagáis —le prohibió ella sin levantar la voz—. Dad media vuelta y largaos. No podéis ejecutar a nadie basándoos en unas pruebas tan endebles.

Brancacci alargó el brazo y la agarró del hombro con su mano robusta.

—Haz el favor de apartarte.

—No.

Brancacci la empujó a un lado con un violento tirón. El chef era muy fuerte y, con la inercia, la mandó dando tumbos contra otra torre de ordenadores, que cayó al suelo con ella estrepitosamente. Aturdida, Wong se quedó allí mientras el tropel entraba en el laboratorio pasándole por encima.

—Dios mío, Dios mío, por favor, ¡no, no, nooo! —oyó Wong que Prothero suplicaba entre gimoteos.

Brancacci descargó el hacha contra su cabeza, acertándole encima del ojo y produciendo un repulsivo crujido hueco. Prothero rompió a gritar y se postró de rodillas, con la sangre manando a borbotones y la cabeza abierta. Brancacci se echó atrás y, afinando la puntería, volvió a usar el hacha. Los alaridos de Prothero cesaron en seco. Ahora yacía en el suelo, inmóvil. El chef se colocó sobre él, a horcajadas, y de nuevo le clavó el hacha, hundiéndosela en el cráneo para partirlo como si fuese un melón.

Wong volvió la cabeza y cerró los ojos. Oyó el tumulto frenético, los gritos de «¡Búscalo!», «¡Sácalo!», «¡Machaca al gusano!», pero el escándalo no tardó en apagarse.

Wong abrió los ojos. Brancacci seguía erguido a horcajadas sobre el cadáver de Prothero, hacha en mano. Los demás habían formado un corro mudo en torno al científico asesinado, con la mirada fija en sus restos, mientras el cráneo y los sesos estaban desparramados por el suelo en medio de un creciente charco de sangre.

—¡Cabrones! —rabió Wong—. ¿Ya estáis contentos? ¿Lo veis? ¡No tenía ningún gusano!

54

Manuel Garza se detuvo al pie de las escaleras de la sala de máquinas y se secó la cara con un pañuelo. Estaba exhausto después de tanto buscar por el barco sin encontrar nada. Era para volverse loco; sabían que había gusanos a bordo. Habían atacado a varios miembros de la tripulación, saliendo de la nada para después desvanecerse en ella. Sin embargo, ¿cómo iban a encontrar un gusano grisáceo de quince centímetros de largo y delgado como un lápiz en un buque oceanográfico equipado con millones de kilómetros de cables? Y en concreto la sala de máquinas prometía ser uno de los sitios más complicados de inspeccionar.

Frederick Moncton, el jefe de ingenieros del buque, un elegante francocanadiense que lucía un afilado bigote, los esperaba en compañía del segundo mecánico, dos mecánicos subalternos y un bombero. La partida principal de Garza se componía de cuatro miembros: el jefe de seguridad adjunto, Eyven Vinter, y otros tres miembros de su equipo. Les había prohibido que llevasen pistolas; no quería que pudieran abrir fuego en los estrechos compartimentos de debajo de cubierta, donde existía el riesgo de que las balas rebotasen de un lado a otro en medio de tantos instrumentos delicados. En su lugar llevaban a modo de armas unas herramientas pesadas, como hachas pequeñas y palancas.

Hasta ahora Garza no había tenido ocasión de visitar la sala de máquinas. Era una estancia grande, calurosa y mal ventilada que olía a gasóleo y a lubricante, pero por lo menos podía recorrerse sin dificultad gracias a los impolutos suelos de acero. El motor principal de gasóleo, que ocupaba la mitad de la sala, estaba pintado de gris claro y se alzaba junto a tres generadores de gasóleo sincronizados, pintados de azul y amarillo, que suministraban electricidad a la nave, tanto la de la instalación principal como la de emergencia. El resto de la estancia era un bosque de tuberías por los que viajaba el combustible, el refrigerante de agua salada, el aceite y el refrigerante del motor interno. Por el techo corría una cantidad abrumadora de conductos.

Todo parecía estar bien cuidado y organizado. Los tripulantes que se habían reunido allí, de uniforme, para ayudar a su equipo con la inspección parecían serios y profesionales. Ninguno de ellos había sucumbido a la histeria desatada en los niveles superiores. Garza no se cansaba de dar las gracias por ello. Se sacó la radio del cinturón.

—Eduardo, ¿me recibe?

Un instante después se oyó la respuesta sucinta de Bettances, el jefe de seguridad.

—Recibido.

—¿Sus equipos han encontrado algo?

—Nada de nada.

—Muy bien. Manténgame informado. Corto. —Volvió a guardarse la radio—. Señor Moncton —dijo a la vez que sacaba varias fotografías del gusano—, estamos buscando estas cosas. Hay que abrir e inspeccionar todos los espacios donde puedan haberse escondido.

Moncton cogió las fotografías, les echó un vistazo y se las pasó a los demás.

—Sí, señor. Estamos a su servicio.

—Usted y su equipo se conocen todos los recovecos de esta sección. Nos gustaría empezar desde el fondo y peinar la sala hasta aquí. La búsqueda sería más eficaz si su equipo avanzase en primer lugar, abriendo todos los espacios en los que puedan haberse ocultado esas cosas.

—Sí, señor.

Moncton les hizo una señal a sus hombres para que lo siguieran y estos se alejaron en fila hacia el fondo de la sala de máquinas por un estrecho pasillo que corría entre los conductos y los motores retumbantes.

—La mayor parte de lo que ve aquí —señaló Moncton—, los motores, las tuberías, esos generadores… no hay nada que se pueda abrir. O, mejor dicho, para abrirlos habría que parar el barco y cortar el suministro eléctrico. No obstante, son cavidades completamente herméticas, así que no creo que los gusanos hayan podido entrar en ellas, donde de todas maneras se encontrarían en un medio bastante hostil. La mayoría de estas tuberías transportan combustible y refrigerante bajo una presión altísima, y los motores funcionan a una temperatura de setenta grados.

—Entiendo —dijo Garza—. Por ahora no los tocaremos. Tal vez luego, si fuese necesario.

Llegaron a la pared del fondo, un mamparo de acero remachado y pintado.

—Señor Moncton, empezaremos por esa hilera de paneles de control —indicó Garza—. Habrá que retirar las cubiertas e inspeccionarlos uno a uno.

—Muy bien, señor.

Uno de los mecánicos subalternos se apresuró a sacar una enorme caja de herramientas y, en unos instantes, los técnicos desatornillaron y apartaron la primera cubierta, dejando expuesto un prieto entramado de cables y placas de circuitos impresos. Los mecánicos de Moncton se hicieron a un lado cuando el equipo de Garza se acercó. Estos se pusieron unos gruesos guantes de cuero y las caretas que habían cogido del taller. Garza observó con atención cómo rebuscaban por todas partes, examinando los múltiples haces de cables, apartándolos, cerciorándose de que todos fuesen reales. A continuación, sacaron los espejos bucales y las linternas de tipo lápiz para mirar en los recovecos y las grietas.

—Limpio —confirmó Garza—. Siguiente.

Tenían por delante toda una hilera de paneles, interruptores y consolas de mando. Revisaron hasta el último de los elementos de manera metódica. Todo estaba en orden.

—Pasemos a los conductos —dijo Garza mientras miraba hacia arriba. Esto sí que iba a ser una movida—. ¿Adónde van esas tuberías?

—Son para el aire de las máquinas y la ventilación. Los primeros conductos suben derechos hacia la cubierta. Los de la ventilación son los de las entradas y salidas de la climatización. ¿Quieren echarles un vistazo?

—Ya lo creo que sí. Empecemos por ahí, por ese conjunto cuadrado del techo.

Al entramado del techo se accedía por medio de una estrecha escalerilla que llevaba a una precaria pasarela. Este se componía de un único canal grande y cuadrado que recorría la sala de máquinas a lo largo y en el que se intercalaban varias juntas ovaladas y oscilantes que despedían aire cuando se requería la ventilación pero que se cerraban durante los períodos de desconexión. Terminaba en una gran T dotada de un ventilador axial.

—Acerquen la videocámara a cada una de las aberturas —ordenó Garza—. Echemos un vistazo.

Vinter y otro guardia de seguridad subieron por la escalerilla; el segundo llevaba una pequeña videocámara y una lámpara montadas en un palo telescópico. Vinter abrió la primera junta con una mano enguantada mientras su compañero introducía la cámara.

El vídeo apareció en el iPad de Garza, transmitido por Bluetooth. El conducto estaba vacío, al menos hasta donde llegaba el haz de luz.

—Siguiente tramo.

El grupo avanzó por la pasarela y repitió el proceso, asomándose cada vez por una rejilla distinta. Nada.

Continuaron hasta el final del conducto, donde se unía a una enorme fijación horizontal dispuesta en forma de T. Había una boca de acceso instalada en la parte inferior del conducto, la cual, aunque pivotaba sobre unas bisagras, estaba cerrada. Se oía el rumor del ventilador axial en el extremo de la sección. Por debajo del grupo retumbaba el motor principal del barco, desde el que ascendían vaharadas de aire caliente.

—¿Podemos apagar el ventilador? —preguntó Garza.

—Ningún problema.

Las aspas dejaron de girar.

—Vale. Retiren la rejilla e introduzcan la cámara ahí.

Debido a la estrechez de la pasarela, Vinter, que avanzaba en primer lugar, se vio obligado a agacharse bajo el conducto para desatornillar la rejilla que quedaba sobre él. Extrajo dos tornillos, que sujetó entre los labios, levantó la mano, cogió la pestaña de la rejilla y la agitó de un lado a otro para aflojarla. Se abrió con un chirrido propio de bisagras sucias y dejó caer una lluvia fina de hollín que le roció la cabeza y los hombros. Vinter se sacudió aquella suciedad con la mano enguantada.

El compañero que iba tras él y llevaba la cámara montada en un palo se arrodilló y también se situó debajo para meter la cámara por la abertura.

Durante una fracción de segundo Garza se quedó estupefacto al ver lo que acababa de aparecer en la pantalla: una masa enmarañada de color gris.

—¡Gusanos! —alertó—. ¡Apártense de ahí!

Todo ocurrió en segundos: el tumulto repentino de algo que se revolvía por dentro del conducto galvanizado y enseguida una aglomeración de gusanos que se retorcían y chillaban mientras se dejaban caer por la abertura y aterrizaban en las cabezas y los hombros de los dos guardias de seguridad. Entre gritos, estos empezaron a sacudir las extremidades y a retorcer el cuerpo, desesperados por quitarse de encima aquellas cosas. Durante el tumulto tropezaron con la enclenque barandilla de la pasarela, que cedió al instante y los envió hasta el suelo de la sala de máquinas acompañados de la lluvia de gusanos, que se desparramó en todas direcciones.

Garza dio un salto hacia atrás, horrorizado. Vio que varios de los gusanos comenzaban a meterse bajo la ropa y las caretas de los guardias, quienes, llevados por el pánico, no dejaban de golpearse en un intento de repelerlos. Vinter se había arrancado la careta para apartar a manotazos los gusanos que se habían introducido por debajo de ella, pero al instante se arremolinaron muchos más, de modo que su rostro quedó sepultado por una maraña densa y palpitante que luchaba por confluir dentro de su nariz.

—¡Mierda!

Garza sacó un hacha pequeña de la funda del cinturón y empezó a trocear los gusanos del suelo, intentando abrirse paso hacia los hombres que estaban siendo atacados. Los otros dos miembros de su equipo empuñaron sus armas, una palanca y una pesada llave de tuerca, y se sumaron al ataque contra los gusanos. Las criaturas se acercaban a toda prisa, emitiendo chillidos afilados y lastimeros, como si fuesen ratas heridas.

—¡Atrás, hay demasiados! —gritó Garza.

No necesitó insistir; todos estaban ya retirándose, a la vista del inevitable asalto.

Garza también empezó a apartarse, sin dejar de trocear los gusanos que se aproximaban retorciéndose a izquierda y derecha. Esa era a todas luces una pelea que no iban a ganar.

—¡Todo el mundo fuera de aquí! —gritó—. ¡Sellen la puerta de la sala de máquinas!

Salió en fila india junto con los mecánicos, el bombero y los dos guardias de seguridad, cortando y golpeando los gusanos, que se sacudían y lanzaban picaduras como si fuesen serpientes rabiosas. Moncton, el jefe de ingenieros, cogió un extintor y roció de espuma a los gusanos sin producir ningún efecto aparente. Mientras salían de allí, Garza vio que Vinter y el otro guardia de seguridad estaban ya derribados, al parecer inconscientes, con las fosas nasales saturadas de inquietos racimos de parásitos; uno de los mecánicos subalternos yacía también en el suelo, cubierto de gusanos mientras gritaba y rodaba de un lado a otro, luchando por sacarse las sabandijas de la ropa. Era demasiado tarde: un puñado de ellas se deslizó dentro de su nariz a pesar de sus esfuerzos y en unos instantes cayó a plomo, como vencido por un sueño súbito.

Mientras se retiraban de la sala, más gusanos seguían precipitándose por la abertura del conducto del techo, cayéndoles encima. Cuando llegaron a la puerta, Garza permaneció dentro y siguió machacando parásitos para que los demás pudieran salir. Al final, dio un paso atrás, el jefe de ingenieros cerró de un portazo el mamparo y la bloqueó. Varios de los gusanos, partidos en dos por la puerta, siguieron retorciéndose hasta que Garza los hizo papilla a golpes.

—¡Joder! —exclamó Moncton mientras los demás se palpaban la ropa con desesperación.

—Estamos limpios —confirmó Garza poco después—. Dios, esos pobres chicos.

—No podemos dejarlos ahí dentro —dijo Moncton.

—Ya no se puede hacer nada por ellos.

Un silencio trémulo cayó sobre el grupo.

—¿Qué hay del sistema de extinción de incendios de la sala de máquinas? —preguntó Garza—. ¿Podemos activarlo para matar así a los gusanos?

—El sistema emplea gas FM-200 —dijo el bombero—. No es tóxico.

—Vale, entonces ¿cómo sellamos la sala de máquinas? ¿Hay alguna otra puerta?

Moncton negó con la cabeza.

—Las puertas de los mamparos son estancas, pero los conductos del aire suben directamente hasta cubierta. No podemos sellarlos.

—¿Se puede saber por qué demonios no?

—Si las máquinas no recibieran aire, la nave quedaría paralizada. Sin energía eléctrica perdería la propulsión. Además, los conductos de la ventilación van hacia todas direcciones para mantener la climatización; llegan hasta el último rincón del buque.

Garza negó con la cabeza y volvió a enjugarse el sudor de la cara.

—Moncton, ¿puede facilitarme los diagramas de todos los conductos de la nave?

—Todos los planos digitales están cargados en la red del barco.

Garza asintió.

—Según parece, están criando en ese conducto. Solo en ese hueco hay decenas, centenares más de los que subimos a bordo con el tentáculo. Esta es nuestra nueva prioridad. Redistribuiré los equipos de inspección para limpiar el conducto y acotar el nido. Y, jefe Moncton, usted dirigirá la operación en mi lugar.

55

En el centro de control Glinn reprodujo, por enésima vez, la simulación del estallido nuclear mientras los demás miraban en silencio. Parecía que estuviera buscando algo que se les hubiese pasado por alto. Pero Gideon sabía que no había sido así. La explosión, sencillamente, no alcanzaría las semillas, sepultadas a demasiada profundidad, por mucho que modificasen los parámetros.

Glinn apagó el monitor y apartó el teclado. Se produjo un silencio largo. Gideon miró a McFarlane, cuyo rostro se mantenía nublado e inescrutable.

—De acuerdo —dijo Glinn—. Detonaremos la bomba atómica de todas formas y rezaremos por que funcione.

Al oírlo, McFarlane articuló una risa agria.

—«Rezaremos» —repitió—. ¿Ya hemos pasado a esa fase?

—¿Qué otra opción tenemos? El tiempo se acaba. —Se volvió—. Gideon, ensamble la bomba.

—No puede hacerlo —replicó McFarlane—. Lo corroe tanto la culpa por lo que tardó en reaccionar en el *Rolvaag* que ahora va a incurrir en el error opuesto: apresurarse en cometer una locura inútil.

Glinn ignoró la acusación.

—Gideon, ensamble la bomba. Y móntela en el vehículo controlado a distancia. Le asignaré a todos los operarios que necesite para que acabe cuanto antes.

De nuevo Gideon advirtió aquel brillo en la mirada de Glinn, por lo general inexpresiva. Eli tenía razón. La bomba atómica era la única opción que tenían. Era solo cuestión de tiempo que todos terminasen infectados o que la cadena de mando del barco se desmoronase por completo. Tal vez funcionara. Probablemente al menos calcinaría el cerebro extraterrestre; además, no tenían ninguna prueba sólida de que había que acabar con todos los cerebros para aniquilar a aquella cosa.

—Esto es sobre lo que me avisó Lloyd —dijo McFarlane—. Se ha convertido en un asunto personal para usted. Tiene el juicio nublado. Va a condenarnos a todos.

—¿Qué más opciones nos quedan? A menos que actuemos, que detonemos la bomba, el mundo entero está sentenciado. —Glinn volvió a mirar a Gideon—. Ensamble la bomba.

Gideon aspiró con rabia.

—No —se opuso al cabo de un momento—. No. McFarlane tiene razón. Solo nos queda una oportunidad. No podemos limitarnos a detonarla y rezar para que salga bien, no a menos que estemos seguros de que va a funcionar. Tiene que haber otra manera.

—Si no la ensambla usted, lo haré yo.

Glinn se levantó para salir.

—Espere.

Gideon los miró. McFarlane había agarrado el brazo de Glinn. El rostro del buscador de meteoritos, oscuro y de mejillas huesudas, goteaba de sudor.

—Tengo una idea —anunció.

—Lo escucho —respondió Glinn.

—Hace unos años estuve explorando el Aklavik, un cráter muy inusual abierto por un meteorito en el norte de Canadá. Un objeto muy pequeño había excavado un hoyo gigantesco, lo que me llevó a plantearme la siguiente pregunta: «¿Cómo había conseguido esa piedrecita hacer un agujero tan enorme?».

—Continúe.

—Lo consulté con varios físicos. El meteorito chocó contra un glaciar. Al parecer, el impacto desencadenó un fenómeno conocido como «explosión de líquido y líquido».

—Nunca he oído hablar de nada parecido —admitió Glinn receloso.

—Es muy poco habitual. Lo que ocurre es que dos líquidos, uno frío y otro supercaliente, se mezclan con violencia. Esto a su vez genera una enorme zona en la superficie para la transmisión inmediata del calor, y uno de los líquidos sufre una ebullición instantánea y explosiva. Este fenómeno supone un problema grave en las acerías, por ejemplo, si se produce una fuga y el acero fundido cae en el hormigón húmedo. Debería haberlo sabido, trabajé en una fundición de este tipo durante una temporada, hace tres años.

—¿Y cómo es que el meteorito y el hielo interactuaron de ese modo? —le preguntó Glinn—. Ambos son sólidos.

—El meteorito de níquel y hierro se licuó a causa del impacto. Ocurre a menudo. El hielo también, por la acción de la onda de choque. Se produjo una mezcla violenta, de tal forma que una cantidad descomunal de agua entró en ebullición en un milisegundo, lo cual produjo una explosión brutal.

—¿Cree que eso es lo que ocurrirá con nuestra bomba atómica? —inquirió Gideon—. ¿En aguas abisales?

—No. El agua no reaccionará así. Hace falta un segundo líquido, uno muy caliente, para que se mezcle con ella.

—¿Por ejemplo?

—Metal. Acero. Se necesitaría una cantidad ingente de metal fundido para mezclarlo con el agua.

—¿Y si introducimos la bomba en un contenedor metálico?

—Eso no serviría de nada —desestimó McFarlane—. Hace falta todo el metal que sea posible conseguir. Toneladas y toneladas.

—No podemos revestir la bomba de toneladas de metal —dijo Gideon—. No podríamos transportarla.

—No es necesario recubrir la bomba. Bastaría con colocar planchas de metal en el lecho marino. A modo de alfombra por encima de donde están germinando las semillas. Así se concentraría la explosión.

—¿Planchas de metal?

—Seguro que a bordo de este barco hay infinidad de ellas. Podríamos desmontar algunos mamparos, apilar las planchas de acero en el fondo y luego detonar la bomba por encima de ellas. Lo bastante cerca para que la onda de choque licue el acero.

—¿De qué cantidad está hablando? —preguntó Glinn.

—Diría que de unas doscientas toneladas, como mínimo. Cuantas más, mejor.

Silencio.

—¿Cómo piensa apilar cientos de toneladas de acero a tres kilómetros de profundidad?

—Utilizaremos cables para bajar las planchas.

—Solo contamos con dos de ellos para aguas profundas y un cabrestante —dijo Glinn—. Los cables se reservan para izar los VSP en caso de emergencia y no se recomienda emplearlos para trasladar masas de desplazamiento superiores a los dos mil quinientos kilos. Se tardaría horas en bajar cada plancha. Aunque extrajéramos suficientes placas del barco, nunca conseguiríamos depositar tantas piezas de metal a tiempo. Además, ¿iba a estar la criatura sin hacer nada mientras nos ve rodearla de hierros?

—Podríamos arrojar las planchas de metal por la borda —sugirió McFarlane.

—Se voltearían durante la caída —repuso Glinn—. Terminarían por clavarse en el fango en vertical. ¿Eso serviría?

—No —admitió McFarlane.

—Una idea brillante —reconoció Glinn—. Lástima que no sea factible.

De nuevo se encaminó hacia la salida.

Gideon lo detuvo.

—Puede que sea una locura. Pero ¿no hay ya una cantidad descomunal de metal ahí abajo?

Glinn frunció el ceño con impaciencia.

—¿Dónde?

—En el *Rolvaag*, claro está.

56

Greg Masterson sintió que estaba perdiendo el control de la cantina. Alguien había llevado un par de botellas de whisky escocés, sacadas de Dios sabía dónde, y ya circulaban por el salón. La gente levantaba la voz y las conversaciones se cruzaban, pero el alboroto solo servía para descargar las protestas hueras de los allí presentes.

La situación lo estaba cabreando. De pura frustración, se encaramó a una de las mesas de la cafetería.

—¡Eh! ¡Escuchadme!

El rugido de disconformidad continuó.

—¡Que me escuchéis, joder! —Dio un fuerte golpe con el pie a la mesa—. ¡Cerrad el pico!

Esto sí que surtió efecto. El comedor se aquietó.

—Necesitamos un plan. Y yo tengo uno. —Masterson dejó pasar unos segundos para crear expectación. Habría una veintena de personas en el comedor, en su mayoría tripulantes, aparte de algunos científicos. Con todos ellos debería bastar. Además, parecían estar motivados, muy motivados—. ¿Estáis dispuestos a escucharme? —Bajó el tono a propósito y suavizó la voz, lo que funcionó todavía mejor, pues consiguió que en la sala hubiera un silencio absoluto—. Que alguien cierre y bloquee la puerta.

Hecho.

—Vale —prosiguió Masterson—. Creo que todos somos conscientes de que la misión ha fracasado.

Brotó un fuerte murmullo de asenso.

—El barco está infestado de esos asquerosos gusanos extraterrestres. Y no paran de multiplicarse. Se rumorea que están en los conductos. En la sala de máquinas. En todas partes. —Hizo una pausa—. Tenemos que largarnos del barco. Cuanto antes.

Hubo un coro de aprobación. Masterson sentía la energía que emanaba de la cantina. Los presentes estaban escuchándolo con atención y ahora empezaban a entenderse. Vio que una de las botellas de whisky pasaba de mano en mano.

—¡Eh! Dejad de beber, maldita sea. Hemos de mantenernos todo lo serenos que podamos. Bastante tenemos con andar puestos de anfetas.

Alguien dejó la botella en una mesa avergonzado.

—Sabe Dios cuántos de nuestros compañeros están infectados. Y recordad: no hay forma de saberlo. Ninguna. Hasta que ya es demasiado tarde.

El comedor asintió.

—Vale. El puerto más cercano es el de Ushuaia, en Argentina. Queda a setecientas millas náuticas al noroeste de aquí. Si salimos ahora, a toda máquina, llegaremos allí en cincuenta y ocho horas.

Un nuevo coro de aprobación.

—Ahí arriba, en el centro de control, siguen a lo suyo, como si no hubiera pasado nada. Siguen convencidos de que pueden matar a ese monstruo. Son unos ilusos.

—¡Tal vez están infectados! —graznó alguien.

—También cabe esta posibilidad —convino Masterson—. Como decía, no hay forma de saberlo. Lo único que sé es que dentro de cincuenta y ocho horas podríamos estar a salvo en Ushuaia.

Esa observación fue saludada con un rugido de aquiescencia.

—Entonces ¿qué debemos hacer? Muy sencillo. Tomar las riendas. —Miró con ferocidad a su alrededor—. Entre todos los aquí presentes reunimos los conocimientos necesarios de mecánica, navegación y operaciones. Y contamos con un número suficiente de hombres. Podemos conseguirlo.

Una nueva pausa dramática.

—¡Podemos conseguirlo! —voceó la multitud exaltada.

Masterson oyó además que, por aquí y por allá, se hablaba en voz baja de «motín».

—Sí —afirmó a media voz—. Un motín. Pero uno necesario. No solo para salvar nuestra vida, sino también la de todos aquellos que no estén infectados a bordo.

La propuesta enmudeció las mesas. Podía oírse el vuelo de una mosca.

—¿Estáis conmigo? —preguntó Masterson a media voz.

Un tímido murmullo de asentimiento empezó a bullir.

—Es ahora o nunca. Levantaos si estáis conmigo.

Primero se levantó un solo hombre, luego dos, después un tercero y, en unos instantes, el comedor entero se había puesto de pie, arrastrando las sillas ruidosamente y reanudando el clamor.

—¿Hay alguien que no esté de acuerdo?

Nadie se manifestó en contra. Esto solo hizo que Masterson se reafirmara en la convicción de que debían amotinarse lo antes posible.

En ese mismo momento, de hecho.

57

Garza gateaba por el conducto horizontal de abastecimiento de aire que recorría el buque a lo largo, detrás de los dos hombres que le quedaban y delante de Moncton. Todos llevaban cascos de obra equipados con unos potentes focos. A pesar del ruido y de la suciedad, al menos por allí circulaba el aire fresco. Estaban llegando a la sala de máquinas, pero hasta aquel momento no habían visto ni rastro de más gusanos.

En la mano portaba un arma improvisada, una electrocutadora. Todos llevaban una. La idea se le había ocurrido a Moncton, que las había montado en un abrir y cerrar de ojos, sirviéndose de las carcasas de las linternas, un circuito para producir chispas en combinación con un entrehierro y un condensador eléctrico, todo ello alimentado por un par de pilas de tipo D. Moncton estaba resultando ser una especie de genio; el jefe de ingenieros, después de coger un trozo de un gusano y comprobar que conducía la electricidad con asombrosa facilidad, supuso que las sabandijas debían de ser muy vulnerables a los picos de voltaje. En cuestión de quince minutos había montado todas las electrocutadoras necesarias y ahora se dirigían a la sala de máquinas, para ver si daban con el nido de los gusanos.

Hasta ahora habían encontrado y frito un par de gusanos, ocasiones en las que las electrocutadoras habían funcionado de maravilla. Los gusanos electrocutados habían muerto, o al menos así lo parecía, tras quedar marchitos y reducidos a unos gurruños grisáceos.

Le había ordenado por radio a Bettances, el jefe de seguridad, que desplegase sus equipos en los conductos de las demás secciones del barco. Si no daban pronto con el nido de los gusanos, el barco no tardaría en verse tomado por la plaga.

Llegaron ahora a una intersección de los conductos. Garza consultó en su tableta el diagrama de la climatización y vio que se encontraban a pocos recodos del conducto de la sala de máquinas. Los dos hombres que lo precedían se servían de sendas cámaras montadas en sus respectivos palos de selfi para mirar antes de doblar la esquina, pero no vieron nada.

Aquel gateo parecía no tener fin. Debían hacer un alto en cada rincón, en cada junta, y comprobar si había gusanos. Garza creía que esos bichos se comportarían como las serpientes de cascabel, que se buscan las unas a las otras hasta conformar una masa nutrida para aparearse. Sospechaba que podría estar produciéndose un fenómeno similar en los conductos que corrían por encima de la sala de máquinas, dado que allí hacía más calor. Si estaba en lo cierto y las sabandijas se concentraban en el mismo nido, tal vez pudieran exterminarlas a todas a la vez.

—Por el conducto de la izquierda —indicó para reanudar la marcha.

Ya casi habían llegado.

Patrick Brambell se despertó sintiéndose maravillosamente revigorizado, aunque le dolía el cuerpo después de haber estado tumbado en el suelo. ¿Cómo había terminado ahí? Por lo que recordaba, se había echado a dormir en la silla. Al levantarse vio a Sax dormida en otra silla con los pies apoyados sobre la mesa del laboratorio, en la que todo seguía preparado para realizar los análisis de sangre. Tenía el rostro relajado por una expresión serena, los labios un tanto humedecidos y el lustroso cabello enroscado en torno al cuello.

—¿Doctora Sax?

Antonella abrió los ojos y se sentó derecha.

—Uf, lo siento. Se supone que no debería estar durmiendo. —Miró su teléfono—. Al menos, no tanto rato. La alarma del móvil tendría que haber sonado ya.

Brambell cogió su teléfono de la mesa.

—Parece que hemos seguido durmiendo a pesar de la alarma. En fin, ¡lo necesitábamos! —Rio entre dientes con un centelleo en los ojos—. Hemos sido muy traviesos al quedarnos así de dormidos. Será mejor que no se lo digamos a nadie.

—Me encuentro muchísimo mejor. Antes estaba medio muerta. Ahora soy una mujer nueva.

—Yo también. Un hombre nuevo, quiero decir.

Sax se permitió una risita. Se estiró, se levantó y miró los instrumentos preparados sobre la mesa.

—¿De verdad cree que puede desarrollar un análisis de sangre específico para esa cosa?

Brambell suspiró.

—Lo dudo. Me pareció que valdría la pena intentarlo pero ¿sabe?, pensándolo mejor, es una idea disparatada.

A decir verdad, era una locura creer que un sencillo análisis de sangre revelaría de alguna manera una infección producida por un parásito extraterrestre.

—Seguro que hay mejores maneras de emplear el tiempo —repuso Sax.

Brambell volvió a centrarse en el problema. Necesitaban con urgencia más información acerca de la criatura, comprendió. Ese era el verdadero problema, lo poco que sabían sobre el Baobab: qué era, cómo pensaba, por qué estaba allí. Todo eso le suscitaba una gran curiosidad. Había recorrido en solitario una distancia inconcebible y estaba demostrándose que su ciclo de vida era tan complejo como el de cualquier otro organismo de la Tierra, si no más.

—En este laboratorio estamos trabajando en vano —afirmó Sax—. No vamos a llegar a ningún lado.

—No, la verdad es que no.

—Ojalá pudiéramos ayudar de algún modo.

Brambell volvió a sumirse en sus meditaciones.

—El problema —señaló poco a poco— es que han enviado a las personas equivocadas para estudiar el Baobab. Gideon Crew, ingeniero nuclear. Lispenard, bióloga marina. Garza, otro ingeniero.

Sax asintió.

—Bien visto.

—Son todos tecnócratas. Ninguno de ellos es un humanista, como usted y yo.

Sax asintió y se pasó una mano por el lustroso cabello castaño para alisárselo. Brambell se descubrió admirando lo sano que parecía, y lo delicada y pálida que era su mano. Se preguntó por qué hasta ese momento no le había prestado más atención a la doctora.

—Lo que de verdad deberían haber hecho —dijo Brambell— es mandar allí abajo a alguien como usted o como yo. A usted, que posee un doctorado en Medicina y otro en Investigación, o a mí, que además del doctorado en Medicina acumulo décadas de experiencia. Nosotros estamos mejor preparados para entender cómo funciona un organismo extraterrestre como ese.

—No podría estar más de acuerdo.

Brambell cayó en un nuevo silencio meditabundo. Parecía tener la mente más despejada que nunca; no dejaba de asombrarlo lo beneficiosa que llegaba a ser una buena siesta. Al reflexionar sobre el progreso de la expedición hasta aquel momento, se convenció de que había sido un desastre desde el principio. Todo se había ejecutado de la forma equivocada. El objetivo principal, el propósito de matar a la criatura, carecía de sentido. Estaba claro que se trataba de un ser dotado de inteligencia y, por lo tanto, sería posible comunicarse con él. Razonar con él.

Comprenderlo. Prothero había abierto ese camino, pero después no se había seguido indagando en ese aspecto, no con plena dedicación. Si el Baobab había aprendido el idioma de las ballenas, seguro que también podía hacer lo mismo con el lenguaje humano.

—¿Sabe? —dijo Brambell, volviéndose hacia Sax—. Creo que uno de nosotros dos debería bajar allí e intentar comunicarse con esa cosa. Así solucionaríamos todos nuestros problemas de una vez.

Vio que Sax lo miraba con los ojos henchidos de admiración. Hasta ahora no había reparado en lo hermosa que era.

—Doctor Brambell, es una idea brillante. —Sax titubeó—. Sin embargo... ¿cómo bajamos hasta allí?

—Bastará con que tomemos prestado un VSP. Creo que *John* está en el hangar, listo para sumergirse. Estoy convencido de que, con una sencilla conversación, con un diálogo respetuoso entre nuestras mentes, podrá resolverse el problema.

—Tomarlo prestado... ¿sin más?

—Sí —afirmó Brambell—. Eso haremos. Solo podrá bajar uno de nosotros dos, eso sí, y seré yo.

—Soy yo quien debería bajar —opinó Sax—. Al fin y al cabo, tengo cierta experiencia en el pilotaje de VSP.

—No estoy seguro —dudó Brambell.

—Ah, por favor, déjeme bajar. Usted me acompañará durante todo el trayecto, si no en cuerpo, al menos en alma.

Brambell reflexionó sobre ello. Al final, asintió.

—Muy bien. Puesto que vamos a sumergir el VSP sin ninguna ayuda, supongo que es preferible que el equipo necesario lo maneje yo, al tener más fuerza.

—¡Gracias, gracias! —celebró Sax con los ojos destellantes.

—Doctora Sax, creo que no deberíamos perder ni un segundo más, ¿está de acuerdo?

—Doctor Brambell —dijo ella juntando las palmas de las manos—. No sabe lo mucho que admiro su sabiduría y su arrojo.

58

Según se acercaba a la sala de máquinas junto con su equipo, Garza sintió y oyó la vibración de las turbinas que recorría el conducto de ventilación. La confluencia de los haces de las linternas alumbraba con fuerza el conducto hasta la T en la que este terminaba. Más allá de la T y a la derecha, se encontraba el conducto de la sala de máquinas. Ahí era donde habían encontrado al principio el nido de gusanos.

Estaba bastante convencido de que había más.

Tocó el pie del hombre que avanzaba en cabeza y le hizo señas para indicarle que seguirían hasta la T y que después esperarían. Aunque era imposible gatear por los conductos sin generar mucho ruido y vibraciones, Garza confiaba en que los gusanos no se percatarían, dado que en la red de tuberías del barco ya había un gran número de ruidos y vibraciones.

Los conductos estaban fabricados en un robusto acero galvanizado y estaban instalados con firmeza pero, aun así, no habían sido diseñados para soportar el peso de cuatro personas, de manera que mientras avanzaban, el acero gemía en protesta, y el conducto se balanceaba ocasionalmente e incluso se combaba un poco. Se habían dispersado en un intento de distribuir el peso, pero de vez en cuando seguía pareciendo que el entramado de conductos estaba a punto de soltarse y que los precipitaría hasta el suelo de la sección sobre la cual estaban pasando.

Casi habían llegado al cruce cuando Garza ordenó hacer otra parada. Aguzó el oído para ver si percibía los arañazos de los gusanos al revolverse o los escalofriantes chillidos que emitían cuando se ponían nerviosos. Pero no oyó nada, tan solo el zumbido de los motores y el siseo del aire en circulación.

Si había una masa de gusanos a la vuelta de la esquina, no habría escapatoria. Los cuatro eran conscientes de eso. A gatas como estaban en un espacio tan estrecho, sin posibilidad de dar media vuelta, tendrían que quedarse allí y plantarles cara, como los defensores de las Termópilas.

El hombre que encabezaba la fila llegó a la T y, por medio de la cámara montada en el palo, miró tras la esquina.

La imagen apareció en la tableta de Garza. Tardó unos instantes en comprender lo que estaba viendo: el conducto seguía despejado hasta unos cinco metros más adelante, pero después quedaba bloqueado del todo por una enorme masa bulbosa que parecía un montón de gachas espesas y grasientas, o tal vez un hongo descomunal y reluciente. La superficie de la masa estaba repujada de lo que parecían ser pústulas gigantescas pero, en ese preciso momento, Garza vio cómo una de las vejigas reventaba y dejaba caer un gusano, que se alejó arrastrándose. Segundos después estalló otra pústula y un nuevo gusano se desprendió y echó a reptar.

De modo que, en efecto, los gusanos estaban criando, pero ni por asomo del modo que él imaginaba. Un solo organismo se encargaba de bombear todos los huevos. Bien, eso lo convertía en un blanco mucho más vulnerable.

Les pasó la tableta a los demás en silencio para que todos fueran conscientes de lo que había más adelante y luego les hizo señas para que retrocedieran un poco.

—Esa masa se encuentra justo sobre el motor principal —susurró después—. Es posible que haya llegado atraída por el calor.

Los demás asintieron.

—No podemos entrar en la sala de máquinas. Por lo tanto, tendremos que atacarla desde aquí, desde dentro del conducto.

—¿Cómo? —preguntó uno de sus hombres.

—Le daremos un calambrazo —susurró Moncton, que estaba situado detrás de Garza, mientras levantaba el aguijón eléctrico—. Puedo configurarlos para que suelten una descarga por contacto, como las pistolas eléctricas. Las lanzaremos contra la masa reina.

—La corriente de un par de pilas de tipo D no la matará —predijo uno de los hombres de Garza.

—Esta circuitería produce una corriente baja pero de voltaje alto —musitó Moncton—. Nueve mil voltios, para ser exactos. Así que sí, podría matarla. De hecho, seguro que lo logrará. Esa criatura conduce la electricidad mejor que el cobre.

—Somos carne de cañón aquí enlatados. ¡Ni siquiera podemos dar media vuelta!

—Pasadme las electrocutadoras —dijo Garza—. Lo haré yo. Le lanzaré dos y me quedaré una de reserva. Moncton, usted se encargará de la cuarta electrocutadora. Mientras tanto, ustedes tres empiecen a retroceder, y dispónganse a darse prisa.

El cruce en T ofrecía el espacio justo para que Garza se escurriera y adelantase a los dos hombres que lo precedían. Moncton desatornilló aprisa todos los dispositivos, los reajustó y volvió a montarlos.

—Basta con que lleve el interruptor de las linternas a la posición de encendido —indicó al tiempo que le entregaba tres de las electrocutadoras a Garza—. Luego la corriente circulará entre las puntas en cuanto se produzca el contacto, lo que sucederá en el mismo momento en que las puntas toquen esa cosa. ¿De acuerdo?

—De acuerdo.

Garza comenzó a reptar más allá del cruce en T y viró a la derecha.

La luz del casco alumbró la masa palpitante. Los gusanos reaccionaron de inmediato a la luz y aquella criatura hinchada también se agitó. La palpitación cesó en el acto. Los gusanos que pululaban en torno a ella se detuvieron en seco, se enroscaron y adoptaron una postura defensiva y de combate.

Garza se preparó, activó la primera electrocutadora y la tiró como si arrojara una herradura. Fue un buen lanzamiento, de manera que las dos puntas golpearon la masa al mismo tiempo; brotó un chispazo y aquella cosa se contrajo con violencia y generó una fuga flácida de aire cuando buena parte de las pústulas reventaron y liberaron otra generación de gusanos en distintos estadios de desarrollo.

Se produjo un momento de inmovilidad. Al cabo, los gusanos que rodeaban a la cosa empezaron a deslizarse hacia él dando coletazos, articulando lamentos y revolviéndose, con los colmillos negros en ristre.

Entonces Garza lanzó la segunda electrocutadora, volvió a acertar de pleno y provocó el subsiguiente chispazo. En ese momento la cosa se desgarró y expelió un revoltijo gelatinoso y fétido de gusanos a medio gestar.

Garza gateó hacia atrás tan rápido como pudo, pero los gusanos se arrastraban hacia él mucho más deprisa. Una vez que lo alcanzaron, los electrocutó con el tercer aguijón; en cuanto las tocaba, las sabandijas emitían un chirrido débil y se contraían formando unos repugnantes ochos.

—¡Salgan de aquí! —gritó—. ¡Retrocedan hasta la abertura más cercana!

En ese instante, un gusano lo alcanzó y le dio un coletazo; Garza lo electrocutó, a ese y después a otro más. Así uno tras otro y tras otro y tras otro. Pero la electrocutadora cada vez tardaba más en recargarse. Quedaba poco para que la batería se agotara por completo.

—¡Páseme la otra!

Moncton le entregó a Garza el último aguijón.

—¡Aquí hay una abertura amplia! —avisó alguien desde detrás.

—¡Salgan de aquí!

El grupo se dejó caer por la rejilla y Garza lo hizo en último lugar, seguido de un torrente de gusanos.

—¡Olvídense de los gusanos! —gritó—. ¡Corran!

Habían salido al pasillo que estaba al otro lado de la sala de máquinas, que abandonaron de inmediato escurriéndose por debajo de la puerta de un mamparo. Garza la cerró de golpe y la bloqueó a toda prisa.

—Mierda —renegó mientras se apoyaba contra la puerta y boqueaba para recobrar el aliento. Los gusanos le habían producido toda clase de cortes en las manos.

—¿Cree que habrá más reinas como esta? —le preguntó Moncton.

—Con la suerte que tenemos, me jugaría el cuello a que sí —dijo Garza, que sacó la radio para llamar a Bettances—. Y a juzgar por el ritmo al que bombeaba a los gusanos, le apuesto lo que quiera a que de aquí a la hora de comer todos nos habremos convertido en zombis.

59

Patrick Brambell y Antonella Sax salieron a la cubierta del hangar poco después de que el sol asomase tras el filo del océano.

—Estamos teniendo un tiempo espléndido —comentó un jovial Brambell mientras cruzaban el hangar—. Es muy amable por parte de la tormenta que se nos aproxima esperar hasta que llevemos a cabo nuestro objetivo.

—Espléndido, sin duda.

El VSP *John* aguardaba balanceándose en su soporte, amarrado y cubierto de lonas. No había nadie en los alrededores; el ambiente del barco estaba muy caldeado y todo el personal de seguridad había sido reasignado para colaborar en la búsqueda de gusanos.

—¿Seguro que sabe cómo se pilota este trasto? —preguntó Brambell.

—Forma parte de la costumbre que tiene Glinn de «duplicar recursos»; ya sabe, la seguridad de la redundancia. No, en serio, es como jugar a un videojuego. Se controla por medio de una palanca direccional. Es muy sencillo. Aunque en este caso tendré que deshabilitar la inteligencia artificial del piloto automático y la anulación de superficie. De lo contrario, esos santurrones podrían intentar traerme de vuelta y frustrar nuestra misión.

—¿Puede hacer eso?

—Estaba en el centro de control cuando forzaron el regreso

del VSP de Gideon Crew a la superficie. Y también cuando Alex Lispenard partió hacia su nuevo hogar. Los vi abrir la guía procedimental para consultar cómo se deshabilitaban la inteligencia artificial y el control del piloto del VSP. Vi los códigos. —Negó con la cabeza—. Si no se hubieran inmiscuido de esa forma tan innecesaria, quizá el doctor Crew también podría haberse dirigido a casa en aquel momento.

De nuevo, Brambell consideró lo equivocada que estaba la concepción de la misión. Un ser extraterrestre dotado de inteligencia visitaba la Tierra y ¿cómo le daba la bienvenida la humanidad? Matándolo. Qué lamentable. Y, aun así, qué previsible.

—De acuerdo, echémosle un vistazo a esto —dijo.

Cogieron la lona por los bordes y tiraron de ella para dejar a la vista el minisubmarino. Tenía un aspecto renovado y flamante, reluciente bajo las luces de sodio del hangar, listo para la siguiente inmersión, con el lastre de hierro ya incorporado. Sax caminó a su alrededor y fue soltando los cabos que lo mantenían sujeto al soporte. Montó en el carro motorizado que se utilizaba para transportar los VSP de un lado a otro, dio marcha atrás y lo ancló al eje de remolque.

—Abra las puertas del hangar —le pidió la doctora.

Brambell enrolló las puertas dobles, permitiendo que el sol inundase el cobertizo. Qué día tan magnífico hacía, pensó al otear el lejano horizonte del paisaje marino. Un día magnífico para abrir un canal de comunicación —de auténtica comunicación— con el ser. Este había intentado hablarles por medio de la lengua de las ballenas azules. Si había aprendido el idioma de esos animales, seguro que también podría hacer lo mismo con el lenguaje humano. De hecho, con todo el parloteo que debía de haber estado captando, lo más probable era que ya se supiese algunas palabras. Respiró hondo mientras asimilaba la trascendencia que entrañaba el paso que estaban a punto de dar, no solo para ellos, sino para el conjunto de la humanidad.

Se detuvo bajo el amable sol de la primavera y observó a Sax mientras esta remolcaba con habilidad a *John* hasta situarlo bajo la grúa triangular, luego salía del vehículo y lo desenganchaba. La doctora le hizo señas.

—¿Qué hace? —le preguntó.

—Sueño con los ojos abiertos. Con formar parte de un acontecimiento que pasará a la historia.

Sax se rio y le dio un empujoncito juguetón en el brazo.

—Vamos, tenemos trabajo que hacer. Ayúdeme a deslizar esa escalera hasta su posición.

Cogieron la escalera rodante y juntos la desplazaron hasta el VSP. Brambell la sujetó en su sitio y se deleitó mirándole el trasero a Sax mientras esta subía y acoplaba los dos cables de la grúa a los ganchos del VSP. Luego volvió a bajar.

—¿Qué mira?

—A usted.

La doctora sonrió complacida.

—Voy a montar. ¿Ve aquella consola de allí? Son los mandos de la grúa. También se maneja por medio de una palanca direccional. ¿Sabe cómo funcionan?

—Ay, Dios mío —suspiró Brambell—. Nunca he tocado una.

Sax lo tomó de la mano.

—Yo le enseñaré. Es fácil. Pero procure no bambolearme demasiado antes de introducirme en el agua.

Ante la consola, ella le mostró cómo se movía el aguilón hacia arriba, hacia abajo y hacia los lados, y de qué forma debían subirse y bajarse los cables. Por último, le indicó cuál era el botón para desenganchar el VSP.

—No lo pulse hasta que esté flotando en el agua con los cables ya aflojados.

—Entendido. ¿Está preparada?

—Estoy lista.

Brambell la ayudó a subirse a la escalera y la vio trepar hasta la escotilla superior. A decir verdad, el VSP sí que parecía el submarino amarillo de la canción. Brambell siempre había sentido una especial predilección por los Beatles, ya que su abuelo, el actor Wilfrid Brambell, había interpretado al ficticio abuelo de Paul McCartney en la película *¡Qué noche la de aquel día!*

—¡Perfecto, Patrick!

Sax se despidió con la mano y levantó el pulgar. Brambell sonrió y le devolvió el gesto; luego, la doctora se metió en el sumergible y cerró la escotilla.

Brambell miró a su alrededor para ver si alguien los estaba observando. Había un corro de gente en uno de los extremos de la cubierta de popa, conversando o discutiendo, pero ninguno de ellos parecía prestarle ninguna atención. Notaba la cabeza más despejada de lo habitual y recordaba las indicaciones a la perfección. Empezó a mover la palanca direccional. Los cables se tensaron y levantaron el sumergible del soporte. Una vez separado de este, llevó hacia un lado la palanca y el brazo se alejó con suavidad de la grúa triangular, trasladando el VSP hasta que este quedó suspendido sobre la popa. Tras asegurarse de que hubiera suficiente distancia, bajó a *John* al agua, donde se estabilizó, aún flotando. Pulsó el botón que desacoplaba los ganchos y el VSP quedó libre.

—Buena suerte, Antonella —murmuró para sí cuando un tropel de burbujas surgidas en torno al VSP le indicaron que Sax estaba llenando los depósitos de lastre. El minisubmarino se sumergió bajo la superficie. Brambell se quedó mirándolo unos minutos hasta que desapareció.

Lo asaltó entonces una cierta sensación de soledad. Debía admitir que se estaba enamorando un poco de Sax. Pero volvería a verla, y muy pronto, no le cabía la menor duda de ello.

Se apartó de la consola y volvió a cruzar el hangar, preocupado y nervioso. Se preguntó qué debía hacer ahora. Le parecía que tenía algo pendiente de hacer, y pronto se le ocurrió el qué: detener toda esa locura de detonar la bomba. No estaba seguro de cuándo pensaban colocarla, pero tampoco importaba: tenía que terminar con eso de inmediato.

Al fondo del hangar, apartado de todo lo demás, había otro sumergible tapado. No era un VSP con sitio para un piloto, sino un vehículo controlado a distancia, más pequeño. Sabía que ese era el que tenían intenciones de emplear para trasladar la bomba.

No le resultaría difícil asegurarse de que el VCD no pudiera colocar la bomba en ninguna parte.

Antonella Sax se puso a los mandos de *John* a medida que descendía hacia las profundidades. Localizó el panel principal y tecleó el código con el que deshabilitar la inteligencia artificial del batiscafo, que asimismo impedía que tomaran el control del piloto automático desde la superficie. Experimentó una sensación de calidez y seguridad mientras el VSP se adentraba en la oscuridad. Casi sentía cómo el peso descomunal del agua ejercía presión en el casco, implacable, y se acrecentaba con cada metro que se sumergía. Estaba expectante, emocionada, pues estaba a punto de llevar a cabo la misión más importante que nunca había realizado un ser humano.

Mientras descendía, tarareando una cancioncilla, percibió un movimiento; una cabecita salió de un hueco que había entre los mandos, dotada de dos ojos pequeños y brillantes y una boca diminuta y fruncida. Esta se abrió y dejó a la vista un colmillo.

—¿Quién eres tú? —le preguntó Sax en tono juguetón.

A modo de respuesta, la criaturita salió de su escondite, se acercó a ella y se enroscó junto a su muslo para calentarse.

Sax le pasó un dedo por encima.

—Buen chico —le dijo, acariciándola mientras la criatura se relajaba complacida—. Buen chico.

60

Greg Masterson había reunido a los amotinados en la sala de ocio, contigua a los camarotes del personal, para explicarles el plan de ataque. Todos se habían presentado bien pertrechados de armas. Muchos solo llevaban un cuchillo, pero algunos portaban además otras armas al cinto. En el último minuto se habían unido a la turba dos de los guardias de seguridad que habían participado en la búsqueda de gusanos, entre ellos el jefe de seguridad adjunto, un hombre llamado Vinter. Este parecía caído del cielo, pues no solo se sabía al dedillo la distribución del barco, sino que además conocía los protocolos y los códigos de seguridad.

Mientras los hombres y las mujeres se congregaban en la sala, Masterson reflexionó acerca de lo que se avecinaba. No se hacía ilusiones. Pero había que hacer lo que había que hacer. El hecho de que esa misión demencial siguiera su curso, a pesar incluso del evidente fracaso, invitaba a sospechar no solo que los oficiales de mayor rango habían perdido el juicio, sino que podrían estar infectados; acaso lo estuviera todo el centro de control, o incluso la totalidad del puente de mando.

Miró a su alrededor. Todos parecían estar preparados.

—De acuerdo, prestad atención.

Se hizo el silencio.

—Debemos dar las gracias por que el señor Eyven Vinter se

haya unido a nosotros. Era o, mejor dicho, sigue siendo el jefe de seguridad adjunto. Ahora le cederé la palabra para que detalle el plan que hemos trazado.

Vinter, con su robusta complexión y su presencia carismática, dio un paso al frente.

—El objetivo principal es tomar el puente del barco. El factor sorpresa será decisivo. La segunda meta es hacerse con el centro de control o, cuando menos, dejarlo inoperativo. Cumplidos estos dos objetivos, partiremos derechos hacia Ushuaia.

Su tono era terminante y directo, y hablaba con un sosegado y agradable acento escandinavo.

—El capitán y los oficiales defenderán el puente movidos por un férreo sentido del deber. Quizá debamos recurrir a la violencia. Pero es poco probable que alguien lleve armas en el puente. Solo el personal de seguridad puede ir armado allí y, en estos momentos, allí no hay ningún guardia.

Recorrió la sala con una mirada pétrea. Nadie se movió un ápice.

—El puente está diseñado para impedir la entrada a cualquiera que pueda intentar tomar el control de la nave. Solo hay dos puntos de acceso: la puerta de babor y la de estribor. Planchas de acero de medio centímetro de grosor. En circunstancias normales, ambos accesos permanecen abiertos. Por lo tanto entraremos rápido y con contundencia, los cogeremos por sorpresa y nos haremos con el control de las puertas para impedir que las cierren y las bloqueen. Una vez que hayamos tomado el puente, emplearemos las defensas que hay allí en nuestro beneficio y sellaremos las puertas.

Masterson dio un paso adelante y se colocó a su altura.

—Gracias, señor Vinter. ¿Alguna pregunta?

—¿Qué hay de la sala de máquinas? —inquirió alguien—. ¿No pueden parar los motores desde allí?

—Sí —afirmó Vinter—. Pero una vez que hayamos tomado el control del puente, podremos anunciarle nuestra postura por medio de la megafonía, que también quedará bajo nuestro control, al resto de la tripulación. Cabe la posibilidad de que apaguen los motores y la corriente, pero en ese caso el *Batavia* quedaría a merced de las aguas. Eso no serviría de mucho, y tampoco sería un buen método de persuasión. —Hizo una pausa antes de añadir con una convicción serena e inquebrantable—: Nos impondremos. Venceremos.

Al pasear la mirada por el grupo, Masterson observó que Vinter, con su presencia recia y su voz templada, estaba ejerciendo un efecto electrizante.

—No podemos esperar —advirtió—. Correrá la voz, siempre termina por pasar. Así que actuaremos ahora. ¿Estáis todos con nosotros?

Así era.

—Somos veinte. Nos dividiremos en cinco grupos de cuatro. Nos dirigiremos hacia el puente, recorriendo los pasillos con tranquilidad, charlando con toda la naturalidad del mundo, sin llamar la atención. Nos reuniremos en la cubierta inferior del puente bajo la escalera de toldilla, pero no nos detendremos. Aprovechad la inercia, asaltad las puertas y tomadlas. Los que llevéis armas de fuego, detened al oficial de guardia, al capitán y a los demás oficiales de puente. Si se resisten, disparadles, pero solo como último recurso. Los que llevéis cuchillos, defended las puertas.

Masterson hizo una pausa durante un momento. Cayó en la cuenta de que estaba sudando. Le entró miedo. Pero cuando miró a Vinter, firme como una torre a su lado, se sintió reconfortado. Él sí que no tenía miedo. Irradiaba confianza en sí mismo.

—¿Y si las puertas del puente estuvieran ya cerradas? —preguntó alguien.

—No lo estarán —dijo Vinter—. Iría contra los protocolos de seguridad. Pero en el improbable caso de que lo estuviesen, si se hubiera producido recientemente el ataque de un gusano, por ejemplo, entonces yo hablaría con ellos para que nos permitieran el paso, como jefe de seguridad adjunto que soy.

Masterson formó los grupos y los envió por distintos caminos, todos los cuales convergían en el puente. Él lideraba uno de ellos. Avanzaron dando un cierto rodeo, intentando aparentar despreocupación. Según recorrían la nave, a Masterson le llamó la atención la atmósfera que se respiraba a bordo; si bien algunos seguían haciendo su trabajo, una buena parte de la tripulación parecía estar ociosa, distribuida en corrillos agitados. Otros estaban a todas luces ebrios y uno, de hecho, yacía tumbado en un pasillo, aferrado aún a la botella vacía, inconsciente. La asignación de los equipos de seguridad a la búsqueda de gusanos, la falta de sueño y las cada vez más descontroladas sospechas entre los tripulantes por posibles infecciones habían socavado de forma alarmante la moral de la tripulación.

Todo esto solo sirvió para reafirmar a Masterson en su convicción de que debían llevar el barco a puerto lo antes posible. Ya se encargarían de la infestación de los gusanos una vez que desembarcaran: quemarían el barco hasta la línea de flotación, lo barrenarían si fuera necesario, pondrían a todo el mundo en cuarentena para identificar a los infectados. Pero descontaminar el buque no era su problema más inmediato. Ahora mismo, lo que les importaba era salir pitando de allí.

Mientras caminaba, sentía la presión de la pistola de calibre 45 que Vinter le había entregado. Masterson no era ningún entusiasta de las armas, pero en alguna ocasión había salido de caza con su padre y sabía cómo apuntar y disparar. Le rezó a Dios para no tener que usarla.

Guio a su grupo hasta la cubierta inferior del puente, donde ya se estaban reuniendo los demás. Sin decirse nada entre ellos, subieron la escalera que llevaba a la cubierta del puente. En efecto, la puerta de babor estaba abierta. Vinter avanzaba por delante de él con la pistola desenfundada. El jefe de seguridad adjunto cruzó la puerta con naturalidad, seguido de Masterson.

En el puente todos estaban tan enfrascados en sus respectivas tareas que nadie llegó a mirarlos siquiera. Masterson vio cómo Vinter levantaba el arma, apuntaba con disimulo y disparaba al oficial de guardia, acertándole en la espalda. El tiro produjo un estruendo ensordecedor y el hombre se desplomó como si lo hubieran golpeado con un mazo. La sangre fría con la que había actuado el jefe de seguridad adjunto dejó perplejo a Masterson. Esto no era lo que Vinter había dicho que iba a hacer.

La primera oficial Lennart, que se encontraba junto al oficial de guardia y que para sorpresa de Masterson portaba un arma al cinto, se dio media vuelta, desenfundó y disparó a una velocidad asombrosa. El balazo impactó en Vinter y lo envió de espaldas contra la pared. Lennart apretó el gatillo de nuevo, y el proyectil pasó silbando junto al oído de Masterson. La primera oficial se acercó mientras seguía disparando; Masterson se retiró y salía por la puerta cuando la bala rebotó en el acero de la jamba; mientras tanto, el resto de la dotación del puente desenfundó también sus respectivas armas —todos llevaban una— para responder al fuego de los amotinados.

Vinter, apoyado contra la pared interior del puente, disparó por segunda vez y derribó a Lennart con una bala que le reventó salvajemente el corazón y las arterias circundantes. Abrió fuego otra vez y alcanzó a otro oficial a la vez que él recibía otro impacto. Retrocedió dando tumbos hasta que salió por la puerta, mientras un enjambre de balas rebotaba y levantaba chispas a su alrededor. Se protegió tras la puerta, que un instante después se cerró de golpe. Masterson se arrojó contra ella para volver a abrirla, pero ya era demasiado tarde: ahora estaba sellada.

Una alarma empezó a sonar por el sistema de emergencia del barco.

—¡Cabrones! —rugió Vinter mientras la sangre se le escapaba por las feas heridas que tenía en el hombro y el antebrazo.

Apiñados tras ellos, los amotinados no sabían muy bien qué hacer. Se oyó un disparo en la escalerilla, y después otro más.

—¡Nos atacan por la retaguardia! —gritó alguien.

Vinter se dio media vuelta y, sangrando todavía, cargó escaleras abajo, con la pistola aún en la mano. Los demás lo siguieron. Varios guardias de seguridad que habían acudido a la escena empezaron a disparar y derribaron a un par de amotinados, pero enseguida fueron reducidos por Vinter y alguno de los otros.

—¡Retírense a los camarotes del personal! —gritó Vinter—. ¡A los camarotes!

Los amotinados echaron a correr por la cubierta principal, obligando a la gente que se encontraba allí a apartarse a su paso. Ya no había muchos más guardias a la vista. Vinter descendió disparado por la escalerilla en dirección a los camarotes del personal; cuando llegaron a esa zona, cerró la puerta de golpe y la bloqueó.

—¡Sellen las puertas! —gritó—. ¡Defenderemos esta sección!

Los amotinados aseguraron las puertas. Vinter se apoyó contra la pared, sin dejar de ejercer presión con la mano sobre la herida de bala que tenía en el hombro.

—Necesita atención médica —dijo Masterson.

Vinter articuló una risa espantosa.

—Tráigame unas vendas y unas compresas y me pondré bien.

Había una atmósfera de perplejidad y confusión entre los amotinados que habían conseguido retirarse hasta allí.

—¿Qué demonios ha ocurrido? —preguntó uno de ellos.

—Estaban armados —contestó Vinter—. La presencia de gusanos debe de haber influido para que haya cambiado la prohibición de llevar armas. Es culpa mía. —Se dejó caer en una silla mientras los demás formaban un círculo a su alrededor—. Nos haremos fuertes aquí; tenemos comida y agua. Y armas. Van a pasarlas putas para echarnos; necesitarían utilizar sopletes de corte o explosivos para atravesar esas puertas, pero ya estaré al tanto para impedírselo. Además, tienen otros objetivos en mente.

—Pero… —Masterson se sentía abrumado por la confusión—. ¿Qué vamos a hacer ahora?

—Seguiremos al plan. Tomaremos el puente. Hay varias cargas de C-4 en la armería de seguridad. Reventaremos las puertas. También puedo introducirme en el sistema de megafonía y hacer un llamamiento general a nuestra causa para que los demás se unan a nosotros. —Aspiró varias veces seguidas—. Hemos sufrido un revés. Pero todavía podemos conseguirlo. La disciplina en la nave se está desmoronando. Eso jugará a nuestro favor.

Empezó a oírse cómo aporreaban la puerta de los camarotes del personal, seguido de un griterío. Vinter se levantó y le hizo señas a Masterson.

—Hable con ellos. Dígales que queremos llevar el barco a Ushuaia para ponernos a salvo. Persuádalos para que se unan a nosotros, aunque solo sea para que ellos también salven la vida.

61

Garza miraba con atención el vídeo que se mostraba en su iPad, procedente de la cámara que habían hecho bajar doce metros por el conducto vertical del aire del motor.

—Dios bendito, es la madre de todas las reinas —se asombró mientras le pasaba el iPad a Moncton.

El jefe de ingenieros del buque dejó escapar un silbido.

—No es de extrañar. Ahí es donde el humero llega a un recodo de noventa grados para pasar de vertical a horizontal. Es llano, está protegido y el motor lo mantiene bien caldeado. —Le devolvió el iPad—. Sugiero que entremos por el lateral. Puede que ni siquiera nos haga falta hacer un agujero. Pero para eso tendríamos que volver a atravesar la sala de máquinas y acceder al compartimento que contiene el compresor y el turbocompresor.

Garza miró a los dos miembros restantes de su equipo.

—¿Ustedes qué opinan?

—Hagámoslo.

Volvieron a descender a las entrañas del buque, con Moncton a la cabeza. Garza no dejaba de admirarse ante el jefe de ingenieros. Era un tipo de lo más atípico, con una forma muy precisa de andar, muy parecida a la de un profesor de baile. Era menudo y elegante, pero imperturbable como una roca. A Garza le sorprendía lo duro que era aquel hombre. A lo largo de la última hora, Garza había empezado a considerar la idea de que podían acabar de verdad con los gusanos. Aunque las sabandijas estaban por todas partes, habían matado tres masas reinas gigantes y electrocutado una infinidad de gusanos sueltos, lo cual parecía haber amedrentado a aquellas criaturas. Ahora se mostraban menos agresivas y más partidarias de salir corriendo a esconderse antes que de atacar en tropel.

No había conseguido localizar por radio a Bettances, el jefe de seguridad, después de su última comunicación hacía veinte minutos. Le rezó a Dios por que eso no significara lo que se temía.

Tras recorrer un breve trecho llegaron a la puerta cerrada de la sala de máquinas. Aunque el barco no estaba en movimiento, los motores seguían ronroneando con suavidad; el motor principal mantenía la nave en una ubicación fija por medio del sistema de posicionamiento dinámico y los generadores sincronizados aportaban el suministro eléctrico.

Garza sintió una punzada cuando se congregaron ante la escotilla de acero que daba a la sala de máquinas. Tras el primer encuentro, Moncton había montado de forma improvisada una electrocutadora resistente en el extremo de un palo largo que habían arrojado contra la gelatinosa masa reina. Aquello había funcionado. La electricidad era mortal para los gusanos y no era necesaria una gran carga para acabar con ellos.

—Entraré yo primero —anunció Moncton.

Garza se hizo a un lado y los dos miembros de su equipo se colocaron detrás de él. Se bajaron la careta y se pusieron unos guantes gruesos, aunque no les aportaran demasiada protección. Garza abrió la escotilla. Moncton pasó adentro, electrocutadora en ristre, y él lo siguió. Hacía calor y faltaba ventilación. Por doquier yacían los trozos aplastados de los gusanos.

—Los cuerpos han desaparecido —dijo uno de sus hombres.

—Sí. Las víctimas duermen dos horas y después se levantan y actúan como si nada. En estos momentos deben de estar paseándose por el barco.

—De acuerdo, de acuerdo. Tal vez tendríamos que haber…
—El hombre titubeó.

—¿Haber acabado con su mísero estado? —finalizó Garza—.
Tal vez.

Los hombres se quedaron callados. En la sala de máquinas
todo parecía estar en orden, salvo por los gusanos muertos que
alfombraban el suelo. La rejilla colgaba abierta y un líquido oscuro goteaba de ella, veteando el motor principal. El líquido,
comprendió Garza, brotaba de la masa reina que habían matado
en un tramo del conducto a distancia de allí.

—El suministro de aire, el compresor y el turbocompresor
están en la parte de atrás —señaló Moncton.

Garza y los otros dos siguieron al jefe de ingenieros del buque por el pasillo central de la sala de máquinas. La potente iluminación de la sala no revelaba la presencia de más gusanos.
Moncton llegó al extremo del gigantesco motor principal, se agachó para pasar bajo una tubería, dobló una esquina estrecha y se
detuvo. Allí, frente a ellos, había un enorme humero galvanizado
que bajaba a través del techo y hacía un giro de noventa grados.
Se abría en una rejilla enorme con aspecto de boca, de dos metros
de alto, y se elevaba sobre un nudo de tubos y conducciones: el
compresor, el turbocompresor y el posenfriador. Estaba ubicado
tras un bosque de tuberías y válvulas.

—La reina está por dentro y por debajo del codo —susurró
Moncton—. Creo que deberíamos intentar electrocutarla a través
del humero galvanizado.

—¿No se generará una jaula de Faraday, al disiparse la carga?

—No, porque la reina es mejor conductora que el acero. La
mayor parte de la carga viajará derecha a ella.

—Ahí dentro hay el espacio justo para una persona —le dijo
Garza—. Entraré yo.

Moncton negó con la cabeza.

—No. Ahora me toca a mí.

Garza no tenía ninguna intención de discutir. Les hizo señas a los dos miembros de su equipo para que se mantuvieran atrás, con las electrocutadoras preparadas. Siguió a Moncton al interior del reducido hueco todo lo adentro que pudo.

—Prepárese para echar a correr —le susurró Moncton al oído mientras se agachaba, con el palo de la electrocutadora en la mano, y se adentraba un poco más en la jungla de tuberías de colores.

Garza empezó a perderlo de vista bajo las apretadas sombras y aguardó. De un momento a otro oiría el chasquido de la electrocutadora cuando Moncton tocase el lateral del conducto de acero, acompañado de los agudos chillidos que emitirían los gusanos al electrocutarse en el interior.

En lugar de eso oyó el murmullo de unos arañazos, procedente de detrás, seguido del ruido de cosas cayéndose al suelo.

Se dio media vuelta. Sus dos hombres se habían desplomado en silencio con la cabeza cubierta de gusanos retorciéndose; ambos sacudieron los brazos sin fuerzas hasta que terminaron por caer al suelo.

—¡Moncton! —gritó—. ¡Salga de ahí! ¡Es una emboscada!

Sin embargo, no oyó nada delante de él, aparte de más arañazos y susurros. Y ahora lo vio: los gusanos se escurrían por todos los conductos, derechos hacia él.

Garza encajó su electrocutadora en una tubería de metal y apretó el gatillo: entonces estalló un griterío súbito mientras las sabandijas empezaban a saltar y contraerse, cayendo de la tubería. Brincó hacia atrás y golpeó varios conductos más, electrocutando a un gusano tras otro, apartándolos y quitándoselos de encima a manotazos a medida que caían sobre él. Gritaba a voz en cuello, desgarrándose la camisa cada vez que un gusano se le metía por debajo de ella; saltó por encima de los cuerpos de los otros dos hombres, sepultados bajo un manto de sabandijas, y, al notar que también él tenía el cuerpo cubierto de gusanos por completo, dirigió la electrocutadora contra sí mismo, se golpeó el pecho con ella y apretó el gatillo desesperado.

Fue como si lo arrollara un camión; asaltado por una sacudida bestial y un fogonazo cegador, perdió el control de las piernas y cayó al suelo. Pero mientras se derrumbaba, apenas consciente, vio que los gusanos se habían desprendido de su cuerpo. A gatas y temblando, se asestó una segunda descarga. Y entonces se desmayó.

No estaba inconsciente, aunque no podía mover un solo músculo. Sentía como si una roca gigantesca le oprimiera el pecho y le robase el aliento. Aun así, los gusanos... los gusanos se alejaban en todas direcciones. Huían de él.

Se quedó allí tumbado, esforzándose por respirar y por extinguir el millón de estrellas que se habían encendido dentro de su cabeza. Al cabo de unos instantes, con una inmensa fuerza de voluntad, logró ponerse de rodillas y cruzó a gatas la sala de máquinas hasta llegar a la puerta, trepó sobre el borde metálico y la cerró una vez que hubo salido.

De nuevo cayó en el frío suelo de acero e intentó recuperar el control de sus músculos convulsos y hormigueantes. Fue en ese momento cuando cobró conciencia de que habían fracasado: jamás conseguirían exterminar a los gusanos del barco.

Porque estos se estaban adaptando.

62

Gracias a Dios, pensó Gideon, que la cámara de la bomba atómica, dotada de sistemas de máxima seguridad, era casi inexpugnable. El análisis conductual cuantitativo de Glinn había resultado ser correcto: la nave se había sumido en la anarquía. Acababan de avisarlos de que un grupo de amotinados había intentado tomar el puente, de que había matado a Lennart y al oficial de guardia y de que ahora se encontraba atrincherado en los camarotes de la tripulación. De alguna manera ese grupo se había hecho con el control de la megafonía y ahora estaba difundiendo un mensaje con el que no dejaba de captar nuevos conversos para su causa. Otro grupo había intentado robar el helicóptero del buque e incluso se las había apañado para despegar, pero el AStar apenas había volado medio kilómetro antes de iniciar una pirueta caótica que lo había llevado a estrellarse contra el mar. También había informes de que varias personas, aún por identificar, habían robado y lanzado el VSP *John*. El barco estaba infestado de gusanos. Garza acababa de dar parte de que los miembros que quedaban de su equipo, así como el jefe de ingenieros del buque, habían caído víctimas de un ataque de estas sabandijas.

Gideon sabía que, por supuesto, las personas atacadas por los gusanos no estaban muertas, sino que iban a seguir ocupadas en sus tareas habituales como si no hubiera pasado nada, aunque en realidad, de manera inconsciente, ahora se dedicaban a cumplir la voluntad de aquella cosa que había arraigado en el fondo del mar. Y lo hacían totalmente convencidos de que sus actos estaban justificados y cargados de lógica, pese a que en su mente ya solo hubiera cabida para el sabotaje y el asesinato.

Dentro de la cámara de la bomba atómica, Glinn y McFarlane habían cargado el arma con la ayuda de dos técnicos, por medio de un cabrestante de techo, en una carretilla eléctrica fabricada con el fin específico de transportarla a la cubierta del hangar, donde la montarían en el vehículo controlado a distancia. Todos los sistemas electrónicos habían sido verificados. Gideon efectuó una última comprobación del dispositivo; la bomba iba a funcionar a la perfección. Lo único que quedaba por hacer era poner en marcha el temporizador.

Ahora la bomba atómica colgaba balanceándose de una eslinga de lona enganchada al cabrestante del techo. Muy, muy despacio, los dos técnicos la bajaron hasta el soporte fabricado para acogerla, estabilizándola con las manos enguantadas y rotándola para encajarla.

Hecho.

Los técnicos desengancharon los cables del torno. Glinn se acercó a la puerta y aguzó el oído. De forma regular, Gideon oía ruidos amortiguados procedentes del pasillo.

Glinn se dirigió al fondo de la cámara de la bomba atómica y abrió un armario. Gideon se sorprendió al ver que el mueble contenía un pequeño arsenal de armas de fuego. Glinn las examinó y sacó cinco pistolas Colt del calibre 45 guardadas en sus respectivas fundas, una pila de cargadores y varias cajas de balas. Lo puso todo sobre un banco de trabajo.

—Puede que tengamos que defendernos —dijo—. Cojan todos un arma e inserten dos cargadores.

McFarlane se apresuró a elegir una y después Gideon hizo lo mismo. Los dos técnicos titubearon.

—¿Nunca han disparado un arma? —les preguntó Glinn.

Uno de ellos negó con la cabeza.

—No sé si es buen momento para empezar a hacerlo —respondió el otro.

Glinn se inclinó hacia ellos.

—No es momento para los escrúpulos.

Desenfundó una de las pistolas, extrajo el cargador, les mostró cómo llenarlo de balas, volvió a introducirlo y les indicó cómo funcionaba el seguro y de qué manera se alimentaba la recámara con la primera bala.

—Ambas manos en la empuñadura al abrir fuego. ¿Entendido? —Le entregó un arma a cada técnico—. Eso de ahí fuera es un campo de batalla. Debemos hacer todo lo necesario para llevar el dispositivo a la cubierta del hangar.

Gideon dejó la funda a un lado y se guardó la pistola en el cinturón. Glinn se volvió hacia la bomba, que descansaba sobre su soporte.

—Y, ahora, será mejor que la ocultemos.

Abrió un contenedor de chalecos salvavidas —había multitud de ellos repartidos por toda la nave—, sacó unos cuantos y los amontonó sobre la bomba.

—Cúbranla con la lona.

Los técnicos la extendieron por encima y la amarraron con unas correas hasta dar forma a un bulto indefinido.

—¿Qué diremos que llevamos? —preguntó Gideon.

—Calces e inmovilizadores —dijo Glinn.

—¿Y qué demonios es eso?

—Nadie va a preguntárnoslo. Vamos. Dos delante, dos detrás, con las pistolas desenfundadas y a la vista. Sam, usted vigile la retaguardia.

Glinn desbloqueó la puerta mientras uno de los técnicos se instalaba de un salto en el asiento de la carretilla motorizada. La cámara de la bomba atómica se ubicaba en el corazón del barco; tenían que recorrer media nave con ella y debían subir tres cubiertas para acceder al hangar.

Glinn abrió la puerta. El pasillo estaba vacío. Llegaron al ascensor sin incidente alguno: no se cruzaron con nadie y tampoco vieron ningún gusano.

Las puertas del ascensor se cerraron y Glinn pulsó el botón correspondiente a la cubierta del hangar.

Incluso antes de que las puertas se abrieran, Gideon oyó un griterío. Sacó el arma y los demás lo imitaron.

Al abrirse las puertas, se encontraron con un grupo de hombres que esperaba al ascensor. También ellos portaban armas —la armería principal debía de haber sido saqueada— y parecían alterados.

—¡Hombre, mirad a quién tenemos aquí! —exclamó uno de ellos, que se adelantó un paso—. Nada menos que al mismísimo Eli Glinn.

Se produjo un silencio tenso. Había seis personas frente a los cinco que formaban el grupo de Glinn. Gideon tenía la impresión de que se dirigían a la cubierta de marinería para unirse a los amotinados.

—Van a venir con nosotros —dijo el que parecía ser el líder, apuntando a Glinn con su AR-15.

En ese instante se oyó un disparo y la cabeza del líder se sacudió hacia atrás. Acto seguido, cayó desplomado al suelo a la vez que el fusil de asalto se disparaba sin causar daños. McFarlane dio un paso adelante, con la humeante 45 apuntada hacia el tipo que estaba detrás del líder.

—Tú serás el siguiente.

El estallido del disparo parecía haber dejado conmocionado al grupo por un momento. También con la pistola en ristre, Glinn salió del ascensor poco a poco, seguido de Gideon y McFarlane. El primero les hizo señas con la mano a los técnicos para que sacaran la carretilla.

Los amotinados siguieron apuntándoles con sus armas, pero nadie abrió fuego. Su líder yacía en el suelo y un charco de sangre se extendía desde la fea herida que tenía en la cabeza. Mientras lo miraban, un gusano se asomó por ella. Los otros cinco retrocedieron, asustados e indecisos.

Glinn les habló con una extraña calma, incluso con calidez.

—Tengan mucho cuidado sobre en quién depositan su confianza, caballeros. Ahora seguiremos nuestro camino.

Los miembros restantes del grupo, sudando, se hicieron a un lado para dejarlos pasar; McFarlane y Gideon no dejaron de apuntarlos hasta que no hubieron doblado la esquina.

Minutos después llegaron a la cubierta del hangar. Por fortuna estaba vacía y las puertas del cobertizo se encontraban abiertas. Las luces, ya encendidas, confirmaban la ausencia de *John*. Glinn les indicó a los dos técnicos de la bomba atómica que regresaran al centro de control y se uniesen a los equipos que estaban buscando los gusanos.

Al fondo del hangar, de pie y con la calva brillante por las luces de sodio, estaba Patrick Brambell. Había retirado la lona que cubría el vehículo controlado a distancia y, por alguna razón inexplicable, estaba aporreándolo con un mazo.

—¡Deténgase! —gritó Glinn, que alzó su arma.

Brambell levantó la cabeza.

—Doctor Glinn. Precisamente quería hablar con usted.

Le dio otro porrazo al VCD, haciendo resonar la cápsula de titanio con el mazo.

Gideon advirtió de inmediato que el VCD había sufrido un repaso integral. El sistema de propulsión estaba despedazado; el brazo mecánico, arrancado; la cesta, machacada; y todos los demás componentes accesibles, destruidos por completo.

—¡Apártese del VCD o disparo! —le advirtió Glinn en un tono templado.

—¿Se da cuenta de lo absurdo que es todo esto? —graznó Brambell—. Hemos recibido la visita de una especie extraterrestre.

—Le repito que se aparte del VCD.

Brambell dejó caer el mazo.

—No está bien matarla. Es una criatura inteligente, probablemente más que nosotros...

Glinn lo interrumpió.

—¿Quién se ha llevado a John?

—Me alegro de que me lo pregunte. La doctora Sax se ha sumergido para iniciar un diálogo con la criatura.

—¿Por qué?

—Porque está firmemente convencida, al igual que yo, de que lo que es necesario ahora no es actuar con violencia, sino propiciar la comunicación...

—¿Cuándo se lo ha llevado?

—Hará media hora.

En ese momento, un descamisado Manuel Garza apareció en el umbral del hangar. Lo seguían Rosemarie Wong, la auxiliar del laboratorio de Prothero, y un operario del VSP.

—¿Es usted cómplice de esto? —le preguntó Glinn a Brambell, sin dejar de apuntarlo con el arma.

—Sí, lo soy. Permítame explicárselo.

—Ya se ha explicado bastante. Apártese del VCD y tiéndase boca abajo en el suelo.

—¡No diga tonterías! Como ve, el VCD...

—Está infectado, no cabe duda —dijo McFarlane en voz alta.

—¿Infectado, yo? ¡Pamplinas! ¿Es que se ha vuelto loco todo el barco? Al menos, yo sé lo que me hago, al contrario que ustedes.

Brambell recogió el mazo y volvió a levantarlo.

Glinn apretó el gatillo y el disparo resonó en la inmensidad del hangar. Un gesto de asombro apareció en el rostro de Brambell, que bajó la mirada hasta su pecho. Glinn disparó de nuevo y el doctor cayó en la cubierta, como si lo hiciera a cámara lenta.

Glinn dio un paso atrás y se volvió hacia Garza.

—¿Viene de la sala de máquinas?

Garza respiraba con pesadez y su pecho desnudo estaba cubierto de sudor.

—Es inútil. Nunca lograremos exterminar a los gusanos; son inteligentes y se reproducen demasiado rápido. —Señaló con el pulgar a Wong y al operario del VSP—. Estos dos querían ayudar. Están limpios.

—Cómo no.

Glinn miró al operario, pero antes de que pudiera decirle nada, Wong profirió un grito de espanto. Un gusano estaba deslizándose del interior de la nariz de Brambell con un movimiento pausado y sinuoso. Gris y cubierto de una capa reluciente de fluidos corporales, no parecía tener fin.

Con un gruñido de asco, McFarlane se acercó y lo aplastó de un pisotón. Glinn no le prestó mayor atención.

—Por favor, evalúe los daños del VCD —le dijo al operario. Este efectuó una revisión superficial.

—La escotilla sigue sellada. —La abrió y echó un vistazo al interior con una linterna—. El habitáculo parece estar bien.

—¿Cuánto se tardará en repararlo? —inquirió Glinn.

El operario dedicó unos segundos a comprobar el sistema de propulsión trasera y a examinar el casco. Lo rodeó poco a poco, hasta que al final levantó la cabeza y extendió las palmas de las manos.

—¿Y bien? —preguntó Glinn.

—Me temo que es irreparable.

—¿Qué hay de la cápsula de titanio en sí?

—Está intacta. Se necesita algo más que un mazo para estropearla. Pero el VCD ha quedado inservible. Ha perdido la propulsión, el piloto automático, los sistemas de comunicaciones y el de alimentación interna. Ahora solo es un cascarón de titanio inerte.

—Pero ¿un cascarón capaz aún de soportar la presión de las profundidades?

—Sí.

—¿Qué flotabilidad ofrecería cargado con la bomba atómica?

—No sería neutra, pero se diseñó para que no fuese demasiado pesado, con el fin de que se equilibrara con el lastre.

—Así que sería posible cargar la bomba en la cápsula de titanio, transportarla hasta el punto de detonación... y hacerla estallar allí.

—¿Transportarla? —intervino McFarlane—. ¿Cómo? Creía que el VSP robado era el último.

—Hay uno de reserva —reveló Glinn—. Lo tenemos envuelto en lonas. *Pete*.

—¿*Pete*?

—Así bautizado en honor a Pete Best —explicó Garza.

—En fin... —McFarlane miró al operario—. ¿De verdad es posible transportarla hasta allá abajo?

—Tal vez se pueda —contestó el técnico, que no parecía del todo convencido.

—Hay que detonarla ciento ochenta metros por encima del *Rolvaag* —dijo McFarlane—. Dudo que funcione si lo hacemos más arriba o más abajo.

—Así es —confirmó Gideon—. La simulación provisional y algo chapucera que hice mostraba que ciento ochenta metros es el punto de detonación óptimo para provocar una explosión de líquido y líquido. A medida que la detonación se produce más cerca de los restos, los resultados son cada vez peores.

—Dicho de otro modo, hablamos de una misión suicida —resumió Glinn.

Silencio.

—Alguien tendrá que sumergirse con *Pete* —prosiguió Glinn— para colocar la bomba atómica a ciento ochenta metros por encima del *Rolvaag* y mantenerla allí hasta que explote.

—¿Por qué no bajarla sin más con un cable? —preguntó McFarlane.

—Si explota debajo del *Batavia* —adujo Gideon—, la onda de choque lo hundirá. Hay que establecer una distancia de al menos seis millas náuticas con el barco.

—¿No merece la pena hacer ese sacrificio? Dejemos que el barco se hunda. Tenemos botes salvavidas.

—Hay multitud de razones por las que eso no saldría bien —insistió Glinn—, y no sería la menor el caos que se desataría a bordo.

A esta afirmación le siguió otro largo silencio.

—Yo lo haré —se ofreció McFarlane—. Yo la bajaré con *Pete*.

Glinn lo escrutó con detenimiento.

—No. Usted nunca ha pilotado un VSP. Será preciso realizar maniobras muy complicadas para transportar un peso muerto suspendido. —Sus ojos pivotaron hacia Gideon—. Gideon —le dijo—, usted es la elección lógica. Ya es un experto en el pilotaje de VSP. Padece una enfermedad incurable. Habrá fallecido de aquí a nueve meses de todas maneras. No me andaré con rodeos: a cambio de renunciar a ese tiempo, salvaría el mundo.

Expuso su franca argumentación de forma mecánica, igual que un contable que le estuviera recitando una serie de números a un cliente.

—Quien mira a la muerte a la cara —añadió— es alguien especial. Alguien capaz de hacer cosas extraordinarias, como esta.

Gideon fue incapaz de hablar para articular una respuesta.

El silencio quedó roto por la risa repentina y sarcástica de McFarlane. Todas las miradas convergieron en él.

—Vaya, vaya —dijo en un tono amargo—. Parece que incluso las personas más obsesivas pueden conseguir a veces resultados positivos. —Le dio una palmada a Glinn en la espalda, tal vez demasiado enérgica—. Palmer Lloyd se sentiría orgulloso. —Se volvió hacia Gideon y le tendió la mano—. Enhorabuena, compañero.

63

Eyven Vinter estaba reclinado en una silla en un pequeño compartimento contiguo a la sala de ocio. A su lado se hallaba de pie el otro guardia de seguridad, Oakes, que se había unido al motín al mismo tiempo que él. Se sentía agotado por el dolor y también padecía un cierto desapego que él achacaba a la conmoción debida a las heridas de los disparos. Ninguna de ellas era mortal, al menos no si se las trataba a tiempo. Aun así, lo habían dejado fuera de combate. Y el fracaso de la toma del puente había minado la moral del grupo.

Pese a todo, en aquel momento la balanza del poder se inclinaba a su favor.

—Traiga a Masterson —le ordenó a Oakes.

—Sí, señor.

El siguiente paso consistía en exaltar un poco a Masterson. Sabía que él desempeñaba un papel decisivo; se le daba bien reclutar a nuevos miembros, tenía buen corazón y la gente confiaba en él. Como segundo maquinista de a bordo, sabía cómo funcionaban las entrañas de la nave y podría asumir su gobierno si era necesario. Muchos se habían sumado ya a la causa y los que todavía no lo habían hecho estaban paralizados por el caos y el terror que no dejaban de propagarse por el buque. El centro de control había sido neutralizado. De hecho, varios de los guardias de seguridad enviados para contenerlos en la cubierta de marinería habían desertado. Ya solo oponían resistencia el capitán y los oficiales del puente, además de la plana mayor de la EES, es decir, Glinn y sus hombres. No les costaría nada entrar en el puente, tal vez sin necesidad de disparar. Solo tenían que reventar las puertas del puente, que estaban diseñadas para mantener a raya a terroristas y a todo aquel que pretendiera asaltar la nave.

Masterson entró por la puerta.

—¿Cómo se encuentra? —le preguntó.

Vinter vio que Masterson necesitaba que lo guiasen, que lo alentasen. Lo tomó de la mano.

—Saldré de esta. —Titubeó, antes de añadir con cierta teatralidad—: Si logramos llevar el barco hasta Ushuaia, quiero decir.

Masterson pareció dudar.

—Las puertas de acceso al puente…

—Greg, ya lo tengo todo pensado. Oakes se las ha apañado para sacar un poco de C-4 de la armería de seguridad. Sabe cómo echar abajo esas puertas. —Esto no era del todo cierto, pero Oakes había recibido algo de formación en explosivos durante el adiestramiento—. Reventaremos las puertas y entonces todos ustedes entrarán. Contamos con la ventaja numérica, con el ánimo y con las armas.

—Lo entiendo. Pero en el puente están armados hasta los dientes.

—Si no sacamos este barco de aquí inmediatamente, estamos todos muertos. Cincuenta y ocho horas para estar a salvo, recuerde bien ese número. Cincuenta y ocho horas y todo habrá terminado.

Masterson asintió.

—Usted es el líder. Todos lo admiran. Usted lo empezó todo, y gracias a Dios que así fue. Ahora reúna a todo el mundo y acabe con esto. Deje que le cuente mi plan. —Se inclinó hacia delante con gran dolor—. Hay que ejecutar un asalto relámpago.

Y, esto es muy importante, asegurarse de que el puente no sufra daños.

Atrajo a Masterson un poco más hacia sí y empezó a detallarle cómo se desarrollaría el motín.

El capitán Tulley estaba de pie junto al timonel. Como el buen capitán que era, mantenía una apariencia impertérrita, pero en su fuero interno estaba hecho una furia. Su barco se había sumido en el caos. El orden se había quebrantado. Los gusanos se encontraban por todas partes, al menos en las secciones inferiores de la nave. El motín frustrado se había saldado con la muerte de su primera oficial y del oficial de guardia, además de heridas en más gente; todavía había charcos de sangre en el suelo del puente. Los amotinados habían tomado el control de la megafonía, mediante la que no dejaban de emitir llamamientos, mientras que los saboteadores habían interferido o destrozado el resto de comunicaciones. Los informes hablaban de vandalismo generalizado. Los guardias de seguridad desertaban para unirse a los amotinados. Y cada vez más personas parecían estar infectadas por los gusanos, aunque era casi imposible asegurar quién tenía un parásito alojado en la cabeza y quién no.

Tulley confiaba en que los oficiales que lo rodeaban estuvieran sanos; nadie había visto ningún gusano en el puente. Aun así, por seguridad, había ordenado a los presentes que se distribuyeran en parejas para vigilarse las espaldas.

Miró las órdenes que había recibido de Glinn y que Manuel Garza le había llevado en una nota redactada a mano. La misión seguía adelante: iban a detonar la bomba atómica. La nave mantendría la posición hasta que se recibiera la orden de zarpar a toda máquina rumbo al norte geográfico para escapar de la onda de choque de la explosión. Garza había venido acompañado de dos guardias de seguridad que se encargarían de organizar la defensa si el puente sufría un nuevo asalto. Estos dos hombres, explicó Garza, eran todos los que había podido reunir; de los demás, unos no eran de fiar y otros, posiblemente infectados, se habían sumado al motín, o tal vez ambas cosas.

Tulley sabía que en cualquier momento se produciría un segundo ataque. Y mientras consideraba la idea, un estallido atronador sacudió el puente y le hizo caer a la cubierta.

64

La bomba atómica había sido introducida en la cápsula de titanio del VCD y asegurada en el bastidor construido para transportarla. Ocupaba casi por completo la pequeña cavidad. Gideon se asomó al interior por la escotilla para realizar una última comprobación de los diversos componentes críticos. Todo permanecía en perfecto estado.

—Solo falta activarla y poner en marcha el temporizador —dijo—. ¿Cuánto tiempo?

—¿Para colocarla en su sitio? —le preguntó Glinn a Garza, que acababa de regresar de la misión que le había llevado al puente.

—Treinta minutos, más o menos —calculó Garza.

—Sugeriría un margen de quince minutos por contingencias. Si tardase más, se arriesga a que el Baobab lo intercepte. Si lo hiciese en menos, podría no estar en posición cuando estalle la bomba si se produjera una avería. ¿Ha desactivado el mecanismo de control remoto de la bomba?

Gideon asintió.

—Muy bien. No podrá abortar el temporizador una vez que se sumerja. Después de ponerlo en marcha, no habrá vuelta atrás.

Gideon asintió de nuevo. Luego se volvió hacia la bomba e introdujo el código de activación: el temporizador y la pantalla

LED se pusieron en funcionamiento. Comprobó que la bomba estuviera activada, tecleó con cuidado 45 MINUTOS y pulsó ASIGNAR.

Cuarenta y cinco minutos restantes de vida.

El operario cerró y selló la escotilla de titanio. Gideon dio media vuelta y recorrió la cubierta flotante de popa hasta llegar a *Pete*, que ya estaba a la vista y colocado bajo la grúa. El sumergible relucía bajo la luz de la mañana, amarilla y blanca. A su lado estaba el VCD, enganchado a *Pete* por medio de un grueso cable de remolque. Era preciso bajar los dos aparatos al agua al mismo tiempo, una operación complicada.

Gideon se quedó mirando a *Pete*. La escalerilla estaba colocada; la escotilla, abierta. Todo estaba preparado para que subiese. Pero no se movió.

—He deshabilitado manualmente la inteligencia artificial de *Pete* —le dijo Glinn con discreción, que estaba situado junto a la escalerilla del VSP—. He hecho lo mismo con la toma de control por parte de superficie, por si alguien del centro de control intentara detenerlo. —Hizo una pausa—. Ha llegado el momento.

Gideon se humedeció los labios y se dirigió hacia el pie de la escalerilla.

—Buena suerte —le dijo Rosemarie Wong.

—Buena suerte —le deseó también McFarlane, con una sonrisa glacial.

—Buena suerte —repitió Glinn.

Le tendió la mano y Gideon se la estrechó. Sin añadir nada, McFarlane hizo lo mismo. Gideon se volvió, se agarró al frío acero del escalón y, tras titubear un instante, empezó a subir. El operario estaba ocupado con los mandos de la grúa. El reducido grupo —McFarlane, Glinn, Garza y Rosemarie Wong— se quedó en la cubierta observándolo. Garza levantó el brazo en un gesto de despedida.

Gideon miró por última vez a su alrededor: el sol matinal que se alzaba en el cielo turquesa, los icebergs de formas imposibles, lamidos por un oleaje calmo y cadencioso, y sobre el horizonte, un banco lejano de oscuras nubes, heraldos de la tormenta inminente. Escudriñó por la escotilla el sombrío habitáculo del VSP. Se agarró al asidero externo, giró el cuerpo y accedió al interior. Mientras se acomodaba en el asiento, oyó que sellaban la escotilla por fuera. Casi de inmediato, sintió que la grúa levantaba el VSP y lo llevaba hacia el mar. Dadas las circunstancias, se saltaron las comprobaciones de seguridad y de funcionamiento. *Pete* era un VSP de reserva; no contaban con que tendrían que usarlo. Habían pasado dos meses de su última revisión, en Woods Hole. Existía la posibilidad de que se averiase.

En ese caso, pensó, moriría con unos minutos de antelación. No valía la pena darle demasiadas vueltas. Sí que debía centrarse en pensar en la muerte de Lispenard. Y en la vida infernal a la que se la había condenado tras la muerte, con el cerebro conservado de alguna manera, aún consciente, sepultado en las entrañas del Baobab. Qué raro y espantoso debía de ser que te despojasen de toda capacidad sensorial, que un organismo extraterrestre se sirviera de tus procesos mentales para poder «pensar». La mera idea le daba escalofríos. Aun así, podía salvarla: con la muerte.

Se abrochó el cinturón. Ese iba a scr un solitario viaje de ida hacia el olvido.

El capitán Tulley volvió en sí. Yacía en la cubierta, momentáneamente mareado, con los oídos pitándole y envuelto en una nube de humo acre. Instantes después, con la cabeza más despejada y la memoria recuperada, buscó su arma a tientas. Las siluetas de dos hombres se perfilaron en la penumbra grisácea. Lo agarraron, lo desarmaron y lo tendieron boca abajo, y sintió que dos fríos aros de acero se cerraban en torno a sus muñecas.

Intentó decir algo, pero no recibió más que un golpe en la sien por toda respuesta. El humo empezaba a disiparse y, echado en el suelo como estaba, vio que habían esposado a los demás oficiales del puente y que los estaban llevando a empujones hacia el mamparo del fondo. Todo había ocurrido muy rápido: una operación bien planeada y ejecutada.

—Así que es usted, Masterson —dijo al reconocer a uno de los hombres que lo habían esposado.

—Sí. Y lo siento, capitán, pero vamos a tomar el mando del barco. Vamos a salir de aquí y no pensamos correr más riesgos.

Levantaron a Tulley y lo llevaron hasta el mamparo del fondo, donde lo encadenaron. El piloto y el segundo de a bordo no tardaron en unirse a él y, en cuestión de un minuto, todos estaban aprisionados juntos. Cuando la nube de humo se despejó en el puente, Tulley vio varios cuerpos tendidos en el suelo: los dos guardias que había traído Garza y un marinero de primera, y todos parecían haber recibido un disparo. Las ventanillas cercanas a la puerta de babor habían sido reventadas y las demás estaban resquebrajadas. El puesto de navegación principal, que incorporaba el radar y los trazadores de cartas, presentaba graves desperfectos.

Pero los amotinados se habían organizado bien. En caso de emergencia, el restablecimiento de determinados controles maestros permitía que el buque se gobernase por completo desde el puente, obviando la sala de control de máquinas. El capitán Tulley se dio cuenta de que ahora Masterson estaba haciendo justamente esto. Sabía que, como segundo maquinista de a bordo, podía asumir el control de los motores y de la propulsión.

Pero ¿sabrían los otros amotinados comandar la nave?

Miró alrededor. Contaban con un piloto subalterno, un timonel, varios vigías y el mejor ingeniero electrotécnico del barco, así como con unos cuantos marineros de primera. Aunque la explosión parecía haber dañado los circuitos electrónicos del área de gobierno, aún disponían de las cartas y de los instrumentos de navegación. Además, en esos tiempos bastaba un simple teléfono móvil para obtener las coordenadas de GPS necesarias. Aun así, sabía que los destrozos ralentizarían el trayecto. Les esperaba un largo viaje a Ushuaia.

Observó a los amotinados mientras realizaban sus respectivas tareas con atención y eficiencia. Mientras evaluaba la situación, percibió el retumbo leve de los motores y notó que la nave empezaba a responder.

Querían salir de allí sin perder ni un solo segundo.

65

La grúa levantó el VSP *Pete* y Gideon notó el ya familiar balanceo al salvar la borda. Por el puesto de observación inferior vislumbró la cubierta de popa y al grupito que lo observaba, y al instante siguiente el VSP estaba abajo. Entrevió por última vez la superficie del mar, y también una franja de espuma blanca y revuelta que nacía de la popa del casco. ¿Qué significaba eso? ¿Estaría zarpando el *Batavia*?

Sus conjeturas las atajó la accidentada entrada en el agua, que se agravó con el incipiente movimiento del barco. Mientras las burbujas se arremolinaban en torno al puesto de observación, oyó cómo se desacoplaban los ganchos cuando la grúa soltó a *Pete* y su compañero controlado a distancia.

En cuanto los sumergibles quedaron libres, Gideon percibió un repentino y mareante movimiento de descenso. Por el puesto de observación vio el pesado VCD colgado de él, un peso muerto que no paraba de balancearse, y que arrastraba al VSP hacia el abismo como si se tratara de un grillete con bola, cada vez más rápido. El agua se oscureció hasta volverse negra casi de inmediato, ya que el VSP se hundía decenas de metros por segundo en su precipitada carrera hacia las profundidades.

Alarmado, Gideon se puso a manipular los mandos de *Pete* sin orden ni concierto. Si no frenaba el descenso, y además rápidamente, se estrellaría contra el lecho marino, y todo habría fracasado. Vació los depósitos de lastre, uno a uno, y los llenó de aire para aumentar la flotabilidad. Pero incluso después de esa maniobra, el VSP siguió hundiéndose como una losa. Gideon luchó contra el pánico y cayó en la cuenta de que podía intentar otra cosa: desprenderse de los lastres de hierro. En principio, debía soltar los cuatro al mismo tiempo cuando quisiese volver a la superficie... pero en esa ocasión no iban a ser necesarios.

Pulsó un botón para soltar uno de los pesos. El descenso se ralentizó, pero el VSP se inclinó un poco. Soltó uno de los pesos del otro lado y la velocidad de descenso se redujo de forma significativa. No obstante, el VSP, desestabilizado, se desplazaba ahora con no menos de veinte grados de inclinación.

La carrera hacia las profundidades se había frenado algo. Gideon se reclinó en el asiento y exhaló un suspiro de alivio. «Genial. Esto es genial. Ya puedo morir como había planeado.» Por el puesto de observación inferior, bajo la luz de los faros, vio el VCD suspendido del cable, meciéndose con lentitud de un lado a otro y provocando así el balanceo del minisubmarino.

Consultó el temporizador, que se mostraba en una ventana abierta en una esquina del monitor principal. Cuarenta minutos.

¿Dónde estaba? Aún no había tenido tiempo de iniciar muchos de los sistemas electrónicos y mecánicos. Activó los más importantes, a saber: la propulsión, el sonar, el medidor de profundidad, las cámaras y la ventilación. Varias de las pantallas se encendieron y los sistemas electrónicos entraron en la secuencia de arranque.

Pareció pasar una eternidad hasta que todo estuvo a punto, aunque en realidad solo habían transcurrido dos minutos. Por el sensor de profundidad comprobó que se hallaba a un kilómetro bajo la superficie y que seguía descendiendo, aunque ahora a solo un metro por segundo. El VSP estaba ladeado. Gideon encontraba muy incómodo viajar escorado, aunque recordó que solo tendría que aguantar así otros... treinta y siete minutos.

Ahora debía averiguar dónde se encontraban los restos del

Rolvaag. El sonar tan solo mostraba el lecho marino desierto. Aumentó la ganancia, en busca de la mancha que revelase la presencia de la nave. No estaba allí. Y tampoco hallaba la nube con que el Baobab se representaba en el sonar. Manipuló los mandos y cambió la ganancia, pero el lecho seguía apareciendo despejado. De alguna manera se habría desviado de la zona de destino. ¿Qué distancia había recorrido el *Batavia* antes de que lo depositaran en el agua?

Ahora sí sintió pánico de verdad. Quedaban treinta y cinco minutos y aún no tenía ni idea de dónde estaba. No tenía miedo a la muerte, pero tampoco quería morir en vano, sin conseguir nada.

Y entonces cayó en la cuenta de que la dichosa antena del sonar estaba inclinada. Miraba hacia un costado. ¿Podía enderezarla y reorientarla? Sí, era posible. Reguló los diales hasta que eliminó los veinte grados de sesgo y enseguida, para su alivio, aparecieron la mancha del *Rolvaag* y la extraña nube que indicaba la presencia del Baobab. Su posición se había desviado casi un kilómetro hacia el norte de ellos.

Eso era perfecto. Sería una locura descender derecho hacia el objetivo; se convertiría en un blanco fácil para el Baobab, que lo vería venir. Pero si bajaba desde su posición actual, a casi un kilómetro de distancia, aparecería a ras del lecho marino en el lado opuesto del *Rolvaag* con respecto al Baobab; después se acercaría a la criatura sin que esta lo viera, utilizando el casco de la nave a modo de protección.

Permanecería al acecho detrás de los restos, donde el Baobab no lo detectaría; y entonces, dos minutos antes de la detonación, elevaría el VSP a ciento ochenta metros, donde lo mantendría hasta el final.

Debía ponerse en marcha ya. Llenó de agua uno de los depósitos de lastre para acelerar el descenso del VSP.

Treinta minutos para la detonación.

Pasados cuatro minutos apareció el fondo del mar. Vació el

depósito de lastre para que *Pete* recuperase la flotabilidad neutra. Muy despacio y con extremo cuidado, permitió que el minisubmarino bajase hasta que el VCD pendió a solo cinco metros del lecho marino. A continuación, siguió adelante, en dirección al *Rolvaag*, del que lo separaba casi un kilómetro, procurando que en todo momento los restos quedasen entre el Baobab y él.

Pilotar el VSP con el peso de la bomba nuclear suspendido encima de él supuso una experiencia angustiosa. No paraba de balancearse y de arrastrar a *Pete* con ella, adelante y atrás, lo que requería efectuar constantes modificaciones del rumbo. Aun así, avanzó a buen ritmo y, al cabo de unos minutos, la mole del *Rolvaag* se alzó ante él. Desaceleró y puso a *Pete* a cubierto tras el barco. No se atrevía a apagar las luces antes de frenar su avance; confiaba en que el Baobab no percibiera el resplandor del batiscafo.

Las dos mitades de los restos del *Rolvaag* se erigían sobre él, con el gigantesco casco oxidado levantándose hasta perderse de vista. Se detuvo a escasos metros del barco, bien escondido del Baobab. Apagó las luces y aguardó un segundo, su última espera. No dejaba de parecerle curioso que ahora que acudía al encuentro con la muerte, con una muerte segura, no se le pasara nada por la cabeza. Tan solo pensaba en los últimos pasos que debía dar para situar la bomba en su sitio y cumplir su misión. Y, recordó con una sonrisa grave, para salvar el mundo.

Veinticuatro minutos.

De pronto, por el puesto de observación de estribor, vislumbró un resplandor que se aproximaba a él. Un racimo de luces brillantes. No entendía nada; ¿qué demonios era eso? Encendió los faros del minisubmarino y vio, sin dar crédito a sus ojos, el VSP *John*, que se deslizaba hacia él a toda velocidad.

66

En cuanto percibió la vibración de los motores, Eli Glinn supo lo que había ocurrido.

—¿Qué demonios es esto? —se extrañó Garza—. ¡El capitán no tenía órdenes de zarpar!

—No ha sido idea del capitán —repuso Glinn—. Los amotinados deben de haber tomado el puente.

Garza negó con la cabeza.

—Bien, pues lo han hecho con unos minutos de retraso, ¿no?

—Eso parece.

—Madre de Dios —dijo Garza con la vista puesta en la zona del mar por donde se había sumergido el VSP de Gideon—. Hay que ser muy valiente. Aunque te estés muriendo.

—Esto no ha terminado aún —le recordó Sam McFarlane.

Glinn lo miró: estaba demacrado. Parecía un espectro con aquellos ojos hundidos.

—Puede que a Gideon le falten un par de tornillos —comentó Garza—, pero es un tipo con suerte. Todavía no ha fracasado nunca.

Se oyeron unos gritos y, al momento siguiente, Glinn vio que un grupo de amotinados armados corría hacia ellos por la cubierta de popa, con las armas empuñadas. El operario del VSP los miró un segundo y después salió a la carrera hacia el hangar. La lluvia de balas que cayó sobre él lo redujo al instante.

—¡Al suelo! —les ordenaron los amotinados mientras los rodeaban—. ¡Túmbense boca abajo! ¡Las manos a la vista!

Con las manos en alto, Glinn, McFarlane, Garza y Wong quedaron cercados. Se arrodillaron y se tumbaron boca abajo. Los amotinados los registraron, los desarmaron y los esposaron antes de levantarlos de nuevo. Glinn observó que uno de ellos tenía la camisa salpicada de sangre; debía de haber sufrido una hemorragia nasal hacía poco.

—¿Dónde está el VCD? —exigió este último—. ¿Qué ha pasado aquí?

—Lo que ha sucedido, cabrones, es que han llegado tarde —respondió Garza, que escupió en la cubierta.

Los amotinados lo miraron. Parecían confundidos.

—¿A qué se refiere con que hemos llegado tarde?

—Ya lo verán.

—Los encerraremos en la bodega para que no causen más problemas —dijo el de la hemorragia—. Síganos.

Mientras los llevaban abajo, Glinn observó que el ambiente de terror y caos que invadía la nave se había calmado en buena medida. Se apreciaba una mejor organización; los tripulantes realizaban sus tareas con profesionalidad. Se respiraba una calma antinatural. ¿Se debía a que por fin iban a dejar atrás el peligro para poner rumbo a puerto o a que ahora estaban casi todos infectados?

Miró con mayor atención a la auxiliar del laboratorio de Prothero, Rosemarie Wong. Llevaba la bata de trabajo salpicada de sangre.

—¿Está herida? —le preguntó.

—La sangre no es mía —aclaró ella—. Se ha dado cuenta de lo que ocurre, ¿verdad?

—Me temo que sí.

—Casi todos han sido parasitados —afirmó ella en voz baja.

Glinn asintió.

—Y nosotros somos los siguientes. Van a encerrarnos en una

bodega infestada de gusanos para que también nosotros nos unamos a la causa.

Glinn se sintió apresado por un agotamiento infinito. Pero el Baobab no acabaría con ellos; Gideon conseguiría darle muerte. Se preguntó qué sucedería cuando el barco infestado de gusanos y la tripulación parasitada arribasen a Ushuaia. Pero concluyó que no servía de nada preocuparse por eso. Si el Baobab era aniquilado, los tripulantes infectados no podrían hacer mucho. Por otro lado, si Gideon fracasaba en su misión… sería solo cuestión de tiempo.

Consultó su reloj: veintiséis minutos para la detonación. Mientras los llevaban abajo, le llamó la atención algo: por el ruido del motor y la sensación de movimiento, estaba claro que el buque no había alcanzado la velocidad de crucero habitual de doce nudos. De hecho, parecía haberse estabilizado en cuatro o cinco nudos por hora. Desconocía por qué sucedía eso. Pero a ese paso la nave no rebasaría a tiempo el radio de diez kilómetros hasta el que tal vez llegaría la onda de choque de la explosión. «Puede que eso resuelva el problema de la infestación», supuso Glinn con gravedad según bajaban hacia la penumbra de la bodega.

Por la puerta de un mamparo los metieron a empujones en un compartimento ruidoso y lóbrego ubicado en las entrañas de la nave. Sonó el clac de la cerradura, seguido del chirrido de los pestillos, y se hizo la oscuridad absoluta.

Instantes después, procedente de todos los rincones, empezó a oírse un murmullo de roces y arañazos.

67

Gideon se dio cuenta de que *John* había emprendido una misión kamikaze; sin duda, la inteligencia artificial se encontraba desconectada o anulada, y el minisubmarino estaba decidido a embestirlo. Aceleró la propulsión e hizo pivotar a *Pete* para situarlo de cara a *John* a la vez que ascendía tan rápido como le era posible. Sin embargo, debido a llevar la bomba enganchada, el VSP resultaba difícil de manejar y era lento a la hora de responder a sus órdenes. Decidió que, por encima de todo, debía evitar que ninguna de las seis hélices de popa sufriera daños.

Lenta y agónicamente, con las hélices gimiendo, el VSP se elevó y la bomba enganchada se meció. *John* se le echaba encima a toda velocidad, pero de forma errática, así que, o bien por un error de cálculo o bien por un pilotaje poco hábil, no logró arremeter contra *Pete*, sino que lo rebasó por un lado. Según pasaba de largo junto a su minisubmarino, Gideon atisbó a Antonella Sax a los mandos, decidida a dar media vuelta sin la ayuda del piloto automático. Era increíble: la jefa de astrobiología esclavizada por la criatura extraterrestre. ¿En qué demonios estaba pensando?

Ahora *Pete* ascendía más rápido, mientras por debajo de él el VSP de Sax describía un giro y reanudaba la persecución. Gideon advirtió que, con la trayectoria que llevaba, lo golpearía en la popa con el lógico propósito de destrozarle el sistema de propulsión.

Comprendió que no podía hacer nada para evitar el impacto. Giró aprisa la palanca direccional para darle media vuelta al VSP y así resguardar las hélices y vio, impotente, como *John* venía derecho contra él. Por el puesto de observación de proa vio iluminado el rostro sereno e inexpresivo de Sax, que lo miraba con fijeza a medida que se aproximaba.

Se produjo una colisión tremenda que sacudió a Gideon hacia delante, sujeto por las correas de seguridad, mientras el VSP brincaba hacia atrás. Un monitor se resquebrajó al tiempo que una lluvia de chispas caía por todo el habitáculo. Aun así, la cápsula de titanio estaba concebida para soportar una presión aplastante, mucho mayor que la que se ejercía con una embestida así. Sax no conseguiría hundirlo a base de acometidas, aunque sí le impediría trasladar el arma a la altura necesaria.

Dieciséis minutos.

Al elevar el submarino por encima del *Rolvaag*, el Baobab apareció ante él. Se quedó conmocionado; ahora el ser irradiaba una suerte de fosforescencia interna, convertido en un organismo mastodóntico de un pálido color amarillo verdoso que ya no parecía un árbol sino más bien un colosal pólipo, y que se hinchaba y se deshinchaba según absorbía y expulsaba agua.

Se preguntó si podría comunicarse con Sax por medio del UQC, si existiría una remota posibilidad de disuadirla de que siguiera defendiendo irracionalmente al Baobab. Lo activó.

—¡Antonella! —gritó—. ¿Me oyes?

John se disponía a lanzarse de nuevo contra él. Para sorpresa de Gideon, oyó la voz de la doctora, tranquila y templada.

—Te oigo alto y claro.

—¿Qué demonios estás haciendo?

—La pregunta es: ¿qué estás haciendo tú?

—Intento matar a esa cosa, cuya intención es reventar el planeta. ¿No te das cuenta de que estás infectada? ¡Te está manipulando!

Al oírlo, Sax contuvo una risa.

—Veo que tú también te has tragado ese cuento, Gideon. Este ser formidable e inteligente visita la Tierra ¿y lo único que se nos ocurre es matarlo? Qué triste.

—Sí, porque es un parásito y va a exterminar a la humanidad si no acabamos con él primero.

Sax articuló otra risa de diversión.

—No tienes ni idea de cómo es. Yo me he comunicado con él, Gideon. Una experiencia inconcebible. Sé lo que quiere, lo que piensa, lo que siente. Ha venido aquí en paz y con buenas intenciones, y no entiende por qué os empeñáis en exterminarlo.

Menuda chifladura. Gideon reparó entonces en que estaba recibiendo algo además de la voz de la doctora, una especie de datos volcados en el UQC. ¿Estaría Sax intentando tomar el control de su VSP? Pero cuando se disponía a desconectarlo, Sax dirigió una vez más su sumergible hacia el de él. Gideon hizo rotar a *Pete* de nuevo a fin de proteger los propulsores. Pero en esa ocasión, no obstante, vio que la científica se dirigía hacia abajo.

«Va a embestir el VCD… ¡y la bomba!»

Giró la palanca direccional y ralentizó el ascenso para que Sax no chocase contra el VCD. Sin embargo, Gideon comprobó horrorizado que la maniobra solo le había servido para que la doctora, en lugar de embestir el VCD, pasara por encima de él y, con el brazo mecánico de *John,* rasgara el cable de remolque. Este último se partió con una violenta sacudida y, por el puesto de observación inferior, Gideon vio cómo el VCD se precipitaba a plomo hacia los restos del *Rolvaag* y desaparecía al entrar en la gran brecha del casco.

Libre repentinamente del peso de la bomba, *Pete* ascendió disparado como una burbuja de aire, ganando cada vez más velocidad mientras, por debajo de él, *John* se reducía a toda velocidad a un ramillete de destellos en medio de la oscuridad que había allí abajo. Por el puesto de observación lateral obtuvo una vista perfecta de la gigantesca criatura fosforescente, que no dejaba de tragar y regurgitar agua por su repulsivo orificio; el ser agitó las ramas hacia él en actitud amenazadora, pero Gideon se elevaba ya tan rápido que no le costó hacer unas piruetas y esquivarlas, de tal modo que en unos pocos minutos el VSP apareció de un brinco en la superficie, donde se revolvió como una bola de billar durante unos instantes hasta que recuperó su posición normal.

Atónito, Gideon se asomó por el puesto de observación de proa. *Pete* se bamboleaba como un corcho en la superficie del mar. A escasos kilómetros de él divisó la silueta menguante del *Batavia*.

Miró la cuenta atrás. Faltaban doce minutos.

«A la mierda», pensó Gideon; su misión había fracasado, pero ahora lo mejor que podía hacer era intentar salvar el pellejo. Llevó la palanca direccional hacia delante y orientó el VSP en dirección a la nave.

Nueve minutos para la detonación.

Mantuvo la palanca apretada al máximo, pero el VSP se deslizaba con lentitud por la superficie, donde debía hacer frente al fuerte oleaje generado por la tormenta que se avecinaba. Le era imposible avanzar a más de unos pocos nudos por hora. Por alguna razón que desconocía, saltaba a la vista que el *Batavia* tampoco navegaba a toda máquina, aunque de todas formas iba más rápido que él... Jamás lo alcanzaría.

Ocho minutos.

La bomba, por lo tanto, había caído dentro del propio *Rolvaag*. Según la simulación preliminar y algo chapucera que había podido hacer con tan poca antelación, la bomba, si estallaba justo encima o en el interior del buque, no causaría daños suficientes; el casco de acero absorbería en gran medida la onda de choque. Ahora solo podía esperar que sus cálculos fueran erróneos.

Seis minutos.

Sabía, además, que el *Batavia* debía encontrarse a más de diez kilómetros de distancia en el momento de la detonación, ya que de lo contrario la onda de choque desgarraría el casco. No había forma de que *Pete* consiguiera salir a tiempo de la zona crítica y, a juzgar por la lentitud de su retirada, comprendió que el *Batavia* tampoco lo lograría.

Cuatro minutos.

A la velocidad de dos nudos que llevaba en esos momentos, debía de estar a cinco kilómetros del *Rolvaag* desde la superficie cuando la bomba explotase. Tres al cuadrado más cinco al cuadrado... ¿Cuál era la maldita raíz cuadrada de treinta y cuatro? Cinco kilómetros y medio: esa sería la distancia en línea recta a la que estaría de la bomba atómica en el instante de la explosión.

Dos minutos.

Tenía que dejar de pensar en la explosión. Decidió centrarse en Alex. Visualizó su rostro. La recordó, libre de esa abominación. Así estaba mejor.

Un minuto.

El resplandor lo alcanzó primero, un fogonazo mortecino en el puesto de observación inferior. Y entonces, cuando tres segundos después llegó la onda de choque, sintió como si lo golpease un puño titánico, y todo se fundió a negro.

68

Cuando el improvisado carcelero hubo bloqueado la escotilla, Eli Glinn oyó el ruido de sus pasos mientras se alejaba. Los habían encerrado en la sección inferior de la bodega, en el llamado lazareto, que contenía los equipos de gobierno de la nave y albergaba los sellos del casco correspondientes a la cápsula de propulsión acimutal. Estaba oscuro y hacía calor. Por debajo de la rejilla de acero del suelo oyó el chapoteo del agua y el ruido de succión de una bomba de achique.

Oyó también un ruido que se acercaba por todas las direcciones hacia ellos, algo que se arrastraba y se deslizaba: los gusanos, que empezaban a abandonar sus escondites.

—La científica que hay en mí —dijo Wong— se pregunta cómo funciona. Quiero decir: el gusano se te mete por la nariz, se te aloja en el cerebro y empiezas a acatar la voluntad de la criatura. Pero tú no te das cuenta de que te estás comportando así. ¿Cómo racionalizan sus actos las personas infectadas?

Glinn sintió un cierto alivio al poder distraerse con esa cuestión.

—La capacidad del ser humano para racionalizar sus circunstancias y engañarse a sí mismo es infinita —explicó—. Los gusanos se limitan a aprovecharse de ella.

—Cierto. Pero ¿se sufre amnesia? ¿Uno no recuerda que se le ha metido un gusano por la nariz?

—Supongo que no tardaremos en averiguarlo —dijo McFarlane.

Glinn lamentó no poder consultar su reloj en la oscuridad para saber qué hora era. Quedaban apenas unos minutos para la explosión. Se preguntó si el barco se encontraría dentro o fuera de la zona crítica. Esperaba que aún no hubiera salido de ella y que la destrucción del buque fuese rápida.

—¡Hijo de puta! ¡Gusano de mierda! —gritó McFarlane.

Glinn lo oyó retorcerse, dar un pisotón y restregar el pie por el suelo.

—¡Aj! —Wong se sacudió un gusano y empezó a darse manotazos en la ropa—. ¡Están por todas partes!

Glinn oyó, en torno a sus pies, el murmullo de los gusanos al congregarse, que parecía el crepitar de la hojarasca otoñal. Notó que uno intentaba metérsele por una pierna del pantalón y después por la otra. Sacudió las extremidades y se aplastó la ropa con la mano, consciente de que solo estaba retrasando lo inevitable. Tal vez lo mejor sería rendirse. Aun así, sin saber muy bien por qué, no se veía capaz; la sensación de tener aquellas sabandijas deslizándose por su cuerpo le provocaba tal repugnancia que no podía parar de revolverse y lanzarles patadas, desesperado por quitárselas de encima. Pero eran muchas, demasiadas, y se aferraban a la piel pegándose a ella con insistencia.

Garza gritaba, McFarlane maldecía y Wong chillaba. El alboroto terminó por inundar la bodega. Y la masa de gusanos no dejaba de acrecentarse.

Y entonces ocurrió. Fue como si se encontraran dentro de un bombo y alguien lo hubiera aporreado de pronto, de forma brutal, con un mazo. El estruendo fue tan intenso y violento que Glinn sintió la vibración hasta en los huesos, hasta en el cerebro, hasta que cayó inconsciente.

Pero no por mucho tiempo. Estaba tendido en la rejilla cuando recobró el conocimiento, con un dolor de cabeza infernal y los oídos pitándole. La bodega seguía estando a oscuras. El murmullo de los gusanos había cesado, reemplazado por el rugido del agua.

—¿Sam? —carraspeó.

Un gruñido.

—¿Rosemarie? —Glinn la buscó a tientas y, cuando la encontró, le dio primero una palmadita en la mejilla y después otra—. ¿Rosemarie?

La asistente jadeó. Glinn la ayudó a sentarse.

—Mi cabeza —murmuró Wong.

—¿Oyen eso? —preguntó Garza—. La explosión ha partido el casco. El barco se hunde.

—Y estamos encerrados en la bodega —dijo Wong, la voz fortalecida—. Víctimas de los gusanos o del agua. Elijan cómo desean morir.

Mientras tanto, el retumbo de los motores dio paso a un chirrido angustioso. Segundos después, cesó por completo.

—¿Alguien tiene alguna idea de cómo salir de aquí antes de que nos ahoguemos? —preguntó Glinn.

—No —respondió McFarlane con un hilo de voz.

—Yo sí —contestó Wong.

—Este sería un buen momento para compartirla.

—Buscaremos el camino por donde entraron los gusanos. Y escaparemos por ahí.

—Exacto —aprobó Garza—. Y ya sabemos por dónde se han introducido los gusanos: por los conductos de ventilación. Incluso una bodega ubicada a tanta profundidad como esta y, de hecho, esta más que ninguna otra, debe de estar muy bien ventilada.

Glinn oyó que Garza se levantaba y empezaba a palpar el mamparo inclinado del lazareto mientras iba dándole palmadas. Entonces se oyó un clanc hueco.

—Aquí está —anunció—. Y aquí hay una junta. Sigan mi voz. Saldremos de aquí reptando.

69

Gideon volvió en sí, paralizado por el dolor. Le llevó unos cuantos minutos recordar todo lo que había ocurrido y convencerse de que no estaba muerto.

El VSP continuaba flotando en medio del mar, solo que ahora lo hacía del revés. El asiento ocupaba el techo, con las correas sueltas y colgando. Gideon se notó algo raro en el brazo y, al examinárselo, comprobó horrorizado que uno de los huesos del antebrazo asomaba por una herida encharcada de sangre. El interior de la cápsula estaba destrozado, invadido de cristales rotos y cables que colgaban por todas partes, con el olor acre del humo suspendido en el aire estancado. La única luz que tenía era la que entraba por los puestos de observación.

No obstante, la cápsula se conservaba intacta y él seguía vivo.

La onda de choque había provocado daños graves en el sumergible, pero no había llegado a abrir ninguna brecha en el titanio. Por el puesto de observación de estribor vislumbró el buque oceanográfico *Batavia*, a unos tres kilómetros de distancia. Flotaba escorado, inmóvil. Vio que la escora se acentuaba por momentos y que estaban procediendo al lanzamiento de los botes salvavidas naranjas.

«Aire estancado.» Respiró hondo, presa de un mareo repentino. Mientras examinaba los destrozos internos, comprobó que los sistemas de soporte vital estaban inutilizados. Solo le quedaba el aire que había en el habitáculo, y ya llevaba respirándolo varios minutos, si no más. Tuvo la impresión de que el volumen de oxígeno se reducía a toda prisa, puesto que estaba jadeando, aunque tal vez se debiera al dolor insoportable que le causaba el brazo roto.

Tenía que salir de allí. Y para ello debía descender y escapar por la parte inferior. Dado que el VSP flotaba boca abajo, la única escotilla quedaba en el fondo. Le rogó a Dios por que no se hubiera deformado con la fuerza de la explosión, dejándolo atrapado.

Apartó cualquier otro pensamiento y con la sola idea de salvarse en mente, intentó moverse. La cabeza estaba a punto de estallarle, tenía magulladuras y cortes por todas partes, esquirlas de cristal en el pelo, hilos de sangre en los ojos y el brazo convertido en un engendro. El menor movimiento le suponía un sacrificio imposible.

Tendría que inmovilizarse el brazo para poder manejarse. Y debía hacerlo rápido, antes de que perdiera el conocimiento a causa de la conmoción. Con el brazo sano logró desabotonarse y quitarse la camisa. Jadeando de dolor, se apretó el antebrazo roto contra el abdomen para mantenerlo en su sitio. Apartó los restos con el brazo sano y desbloqueó la escotilla, que, gracias a Dios, se abrió sin problema. El agua no inundó el habitáculo de golpe, pues el aire de la cápsula personal, al no tener ninguna vía de escape, formaba una suerte de burbuja. El agua iba a estar helada, a unos diez grados aproximadamente.

No tenía otra elección.

Se introdujo en el agua hasta el pecho. La gelidez repentina le alivió en parte el dolor del brazo. La escotilla exterior, más endeble, había desaparecido, arrastrada por la onda de choque. Tan solo tenía que contener la respiración, sumergirse y ascender hacia la superficie.

Y así lo hizo.

Emergió junto al machacado y medio hundido VSP. Se agarró

a un saliente metálico, trepó hasta salir del agua gélida y se tumbó en lo alto del maltrecho minisubmarino. Había multitud de asideros, lo cual agradeció porque el mar estaba picado, el cielo estaba cubierto por un manto de nubes revueltas y plomizas, y el viento borrascoso era cada vez más recio. Dios, qué frío tenía.

A pesar de todo, tumbado sobre el bamboleante *Pete*, aterido, se maravilló ante el mero hecho de seguir vivo. Sería una lástima que muriera ahora. Y estaba sumido en aquel pensamiento cuando oyó algo y, un instante después, divisó un avión que surcaba el cielo en dirección al escorado *Batavia* mientras arrojaba bengalas y boyas señalizadoras.

Ignoraba si la bomba atómica había destruido el Baobab. Cabía la posibilidad de que la fuerza de la detonación —amortiguada por el casco del *Rolvaag*— no hubiera bastado para generar una explosión de líquido y líquido. Pero de algo sí estaba seguro: iban a rescatarlos a todos. Y además había sobrevivido, al menos de momento.

Y en aquel preciso instante Gideon se desmayó.

Epílogo

Gideon Crew, con un brazo en cabestrillo, caminaba por Little West con la calle Doce, en el ahora distinguido Meatpacking District del Bajo Manhattan. Cuando llegó a la anodina entrada principal del Effective Engineering Solutions, aguardó bajo la mirada de la cámara de vigilancia hasta que la puerta exterior se desbloqueó con un zumbido para permitirle el paso. Recorrió un apagado pasillo decorado de forma concienzuda en tonos monocromáticos y, al llegar a la puerta interior, esta emitió a su vez otro zumbido para darle acceso al edificio en sí.

Ante sí se abrió aquella cavidad que tan bien conocía: una sala descomunal, de cuatro plantas de alto, bordeada de pasarelas que permitían el tránsito por los distintos niveles. La planta principal acogía un enorme surtido de maquetas tridimensionales, pizarras blancas, ordenadores, equipos bioeléctricos y biomecánicos, y asépticos compartimentos independientes cubiertos con plásticos. Varios técnicos ataviados con batas de laboratorio andaban de aquí para allá mientras tomaban notas en sus respectivas tabletas o conversaban en grupitos.

Solo faltaba una cosa y Gideon sabía cuál era. El enorme expositor que albergaba la figura del Baobab y el lecho oceánico circundante, y que antes ocupaba buena parte de la sección central de la planta, ya no estaba. De hecho, todo cuanto guardaba alguna relación con el proyecto había desaparecido… por completo.

—¿Doctor Crew? —Un hombre bien trajeado se acercó a él—. Lo esperan arriba. Acompáñeme, si es tan amable.

Gideon lo siguió de camino a un ascensor cercano que los llevó a la sexta planta. El hombre lo guio por una sucesión de pasillos pintados de blanco hasta que llegaron a una puerta sin ningún cartel, la abrió y lo invitó a pasar.

Gideon se vio en medio de una espaciosa cámara en la que no había estado nunca antes. Parecía ser una sala de conferencias, equipada con una decena de filas curvas de asientos escalonados, a modo de anfiteatro griego, y orientados hacia el estrado bajo que había enfrente. Los pequeños tragaluces, ubicados en el alto techo, permitían contemplar el cielo añil de diciembre. Por detrás del estrado se levantaba un largo muro de equipos electrónicos y mecánicos, tapados con discreción con paneles de cristal tintado. Una enorme maqueta ocupaba la mesa que había en el estrado.

El hombre salió y cerró la puerta y Gideon siguió caminando por el pasillo. Distribuidos entre los asientos de la sala de doscientas plazas vio a varios rostros conocidos: Manuel Garza; Rosemarie Wong, la auxiliar de acústica marina y de sonar, y Sam McFarlane. Este último estaba sentado en la primera fila, repantigado, con los tobillos cruzados ante sí. Al verlo llegar, el buscador de meteoritos le hizo una seña, aunque Gideon no acertó a decir si a modo de saludo o de rechazo.

Por supuesto, ya los había visto a todos ellos antes, de uno en uno y de pasada, mientras se recuperaban de las lesiones y del frío, y durante las varias reuniones informativas que se habían celebrado. Pero esa era la primera vez que los veía a todos juntos desde el espectacular rescate, dificultado por la mar gruesa, de los supervivientes del *Batavia*.

Se sentó en la segunda fila, junto a Rosemarie, y se fijó con más detenimiento en la maqueta que había en la mesa. Parecía ser otra recreación del lecho marino que representaba la zona donde se hallaban los restos del *Rolvaag* y había brotado el Baobab. No obstante, ese modelo era muy diferente del primero. En vez de la abominable criatura había un inmenso y accidentado foso en el fondo del mar, como si hubiera recibido el mazazo de un puño gigante. A Gideon le vino a la memoria el Aklavik, el inusual cráter abierto por un meteorito que McFarlane decía haber visto en el norte de Canadá, solo que en una escala mucho mayor; gigantesca, de hecho.

En ese momento se abrió una puerta situada en una de las esquinas de la sala de conferencias y Glinn se unió a ellos. Bordeó despacio el muro de dispositivos electrónicos, subió al estrado y se volvió hacia el reducido público para dirigirse a él.

—Gracias a todos por haber venido —dijo—. Me pareció apropiado ponerle fin a la misión de forma oficial con un breve debate, mantenido entre los actores que más contribuyeron a su éxito. —Dio un paso adelante y extendió la mano hacia la maqueta—. Porque, según hemos sido capaces de comprobar, la misión ha sido, en efecto, un éxito. La explosión de líquido y líquido, que Sam expuso en su teoría y que Gideon llevó a la práctica, parece haber funcionado. Enviamos un buque oceanográfico a la zona, a escondidas, por supuesto, y desde él se remolcó un sonar de barrido lateral por toda la zona. Los restos del *Rolvaag* ya no existen; ahora hay un cráter gigantesco en el lecho abisal, como se muestra en esta maqueta; y al parecer, la explosión llegó lo bastante hondo para matar todos los cerebros parasitados. En la superficie se encontraron flotando algunos pedazos inertes y putrefactos de la criatura, pero la vida ya ha empezado a repoblar la zona yerma.

—¿Qué hay de la radiactividad de la explosión? —preguntó Gideon.

—El océano es maravilloso. Su increíble vastedad, los miles de kilómetros cuadrados de agua que rodeaban la zona de la detonación la absorbieron y la dispersaron. Aunque no recomendaría sumergirse en el cráter abierto por la bomba, como decía, el área circundante parece haber resucitado. Y, como imaginábamos, tanto las estaciones sismológicas de la región como las del resto del mundo atribuyeron el temblor a la erupción violenta pero aislada de algún volcán submarino, nada más. —Se sentó en el borde de la mesa—. Ustedes conocen algunos detalles. Pero yo estoy aquí para ofrecerles la versión completa. Al parecer, los gusanos que infectaron a tantos miembros de la tripulación y del personal científico del *Batavia*, y que, de hecho, llegaron a apoderarse de la nave, enviados por el Baobab, perecieron con este. En el momento de la detonación volvieron a la inactividad. Por lo que sabemos ya se estaban descomponiendo, muriendo, mientras el barco, por supuesto, se hundía, arrastrándolos consigo al fondo del mar.

—¿Y las personas infectadas? —se interesó Rosemarie Wong.

El gesto de Glinn se oscureció.

—Por lo que hemos observado y según lo que se recoge en informes posteriores, en el mismo instante en que el Baobab fue aniquilado, las personas afectadas adoptaron un comportamiento apático y quedaron desorientadas. Se negaron a abandonar el buque. Mientras el *Batavia* se hundía, muchos sufrieron hemorragias cerebrales, suponemos que debido a la muerte de los gusanos que tenían alojados en el cerebro. —Hizo una pausa—. El informe oficial asegura que la erupción del volcán submarino fue lo que hundió el barco, algo que, al fin y al cabo, tampoco difiere mucho de la verdad.

—¿Cuántas? —indagó Sam McFarlane.

—¿Disculpe?

—¿Cuántas vidas se perdieron con el hundimiento del *Batavia*?

Esa vez fue Garza quien se ocupó de responder.

—Cincuenta y siete.

«Cincuenta y siete», pensó Gideon. Si se sumaban a las ciento ocho personas que se hundieron en el *Rolvaag*, podía achacarse la muerte de ciento sesenta y cinco personas al llamado meteorito. Eso sin tener en cuenta las muertes de Alex Lispenard, Barry Frayne, Prothero, el doctor Brambell… Era una tragedia, una auténtica tragedia; pero, sin lugar a dudas, podría haber terminado mucho, muchísimo peor.

McFarlane debía de opinar lo mismo porque, aunque en un primer momento endureció el semblante y pareció estar a punto de decir algo, después optó por relajarse y reclinarse en el asiento.

Glinn tuvo que percatarse también de ello, dado que se volvió hacia el buscador de meteoritos.

—Sam —le dijo—, nosotros somos empleados y directivos de la EES. Era un trabajo que debíamos afrontar. Pero usted no tenía por qué. Y, no obstante, fueron sus aportaciones, en cuanto a la profundidad de las raíces que contenían los cerebros y a la posibilidad de provocar una explosión de líquido y líquido, las que ayudaron a fulminar el Baobab.

McFarlane agitó la mano para quitarse importancia.

—El verdadero héroe fue Gideon. Él montó la bomba atómica. Él la activó y la colocó. Y lo hizo todo sabiendo que era una misión suicida. Estaba dispuesto a morir a cambio de que los demás nos salvásemos.

—Y Gideon cuenta con mi eterno agradecimiento, así como con el de toda la EES. Nos acompañará y disfrutará de ese agradecimiento, en sus diversas expresiones, durante los próximos meses. Pero usted… Me consta que tiene pensado marcharse de Nueva York. —Glinn se dio una palmada en el bolsillo de la chaqueta—. Tengo aquí un cheque por valor de quinientos mil dólares en señal de agradecimiento por su papel en la misión.

—Guárdese ese cheque —rechazó McFarlane.

Todos se volvieron hacia él. Incluso Glinn pareció sorprenderse.

—Palmer Lloyd se puso en contacto conmigo —contó el buscador de meteoritos—. Al parecer, usted ya había hablado con él.

Glinn inclinó la cabeza.

—En cualquier caso, él ya me ha enviado otro cheque que supera esa cantidad con creces. Además, desde que recibió las noticias, su salud no ha dejado de mejorar un poco más cada día. De hecho, ahora vuelve a comer sus mignonettes dijonnaise con tenedor en lugar de con pajita.

—¿Qué piensa hacer con todo ese dinero? —le preguntó Garza.

—Invertiré la mitad en el establecimiento de un fideicomiso de caridad en nombre de mi antiguo compañero, Nestor Masangkay. La otra mitad me la gastaré. —Se arrellanó en el asiento con aire lujurioso—. Hay una islita en las Maldivas a la que le tengo echado el ojo. No mide más de medio kilómetro cuadrado, pero casi la mitad de la superficie es playa. Cuando la noche se da bien, la acumulación de fitoplancton bioluminiscente es algo digno de verse.

Los demás le respondieron con un breve silencio.

—¿Qué hay de los gusanos? —preguntó Gideon—. ¿Se ha podido determinar cómo se comunicaba el Baobab con ellos para controlar el comportamiento de los tripulantes del *Batavia* de un modo tan específico?

—Ese es uno de los muchos misterios que aún debemos resolver, si somos capaces de hacerlo. Por lo que parece, y esta información es confidencial, la criatura emitía ondas de radio de frecuencia extremadamente baja, similares a las que se utilizan para comunicarse con los submarinos nucleares. Durante nuestra estancia en el Límite del Hielo, esas ondas fueron captadas por la Marina de Estados Unidos, que se encontraba a miles de kilómetros de distancia. Sospechan que los rusos podrían haber desplegado un nuevo sistema de comunicación entre submarinos, y eso está volviéndolos locos.

»Aun así, hay un enigma todavía más inexplicable. —Glinn volvió a ponerse de pie y empezó a caminar en círculos delante de la maqueta—. Aunque el UQC estaba encendido, cuando usted, Gideon, estableció la comunicación con Sax, se recibió una descarga digital. Tal vez se diera cuenta de ello. Recuperamos un volcado de esa transmisión, que se registró en las cajas negras del *Batavia*, justo antes de que abandonásemos el barco. Todo apunta a que la descarga procedía de la criatura o, mejor dicho, del cerebro extraterrestre con el que la criatura gestionaba sus procesos racionales y motrices. Sabemos que era un cerebro de gran volumen, al menos para los estándares humanos. Y también somos conscientes, gracias a Prothero y a la doctora Wong, aquí presente, de que llegó a la Tierra, en contra de su voluntad, procedente de una región del espacio ubicada a años luz de distancia, tras un viaje que duró millones de años.

—Eso debe de haberle dado mucho tiempo para pensar —observó McFarlane con ironía.

—No podemos sino dar por hecho que la descarga la emitió un ser de una especie más inteligente que la nuestra. El mensaje era un conglomerado de datos binarios, de ceros y unos. Nuestros ingenieros llevan tres semanas intentando descodificarlo. No parece guardar relación con ningún número, fórmula matemática o algoritmo conocido. Tampoco parece regirse por las reglas de un idioma determinado ni de ningún tipo de comunicación lógica. Y no se compone de imágenes. —Hizo una nueva pausa—. Creemos que el cerebro extraterrestre sabía lo que estaba a punto de ocurrir y que este sería el último mensaje que podría enviarnos. Por lo tanto, debe de entrañar alguna importancia. Pero el hecho es que aún estamos trabajando en ello, y no tenemos ninguna pista sólida.

—¿Han probado a reproducirlo? —planteó Wong con timidez.

Glinn la miró con el ceño fruncido.

—¿Disculpe?

—Pregunto si han probado a reproducirlo.

—¿A reproducirlo? —repitió Glinn—. ¿Como si fuese una canción, quiere decir?

—El medio acuático del que procedía la criatura era, por así decirlo, de carácter acústico. Reprodúzcanlo.

—Y exactamente, ¿cómo propone que se haga eso? —preguntó Garza.

—Sabemos que el extraterrestre oía, y comprendía, los cantos de las ballenas. Escuchaba y se comunicaba, de forma digital, por medio del Baobab. Lo más probable es que también oyese las muchas conversaciones que mantuvimos a través del agua, desde el barco a los VSP, desde un VSP a otro... y por el UQC.

Glinn lo consideró por un momento.

—Pero el UQC es un sistema acústico, analógico.

—Sí —afirmó Garza—. Y eso permitiría que el ser se comunicase tanto de forma analógica como digital. Aunque tampoco debió de servirle de mucho.

—El cerebro extraterrestre solo podía comunicarse de forma digital —dijo Wong—. Pero eso no quiere decir que no estuviera intentando enviar una señal analógica. Prothero me enseñó los fundamentos de esa tecnología. La criatura no habría sabido utilizar un códec de sonido, desde luego, pero eso no quita que pudiera enviar una secuencia binaria de datos de audio sin comprimir. —Miró a los demás—. ¿Qué otra cosa podría pesar tanto como ese tipo de comunicación?

—Suena descabellado —dijo Garza.

—Tal vez lo sea —admitió Wong—. Lo único que se necesita para demostrar que estoy equivocada es pasarlo por un conversor que convierta lo digital en analógico.

Glinn había escuchado la conversación en silencio. Se acercó al teléfono que había en una pared cercana y lo descolgó.

—¿Hola? Póngame con el laboratorio de audio. —Un silencio—. ¿Hablo con Smythefield? Soy Eli Glinn, estoy en el auditorio. Súbanme un conversor de digital a analógico y un par de altavoces. Sí, ahora mismo.

Colgó el teléfono y abrió una de las puertas de cristal tintado que había tras él para acceder a una columna de ordenadores. A continuación extrajo un teclado, encendió uno de los equipos, tecleó una serie de comandos y desenrolló un cable de fibra óptica TOSLINK, que se usaba para transmitir sonido estéreo digital y que había recogido en la batería de equipos.

—He transferido la descarga del extraterrestre a la memoria de esta CPU —anunció.

Gideon observó que Garza se removía en su asiento y resoplaba con desdén. Sin duda, estaba convencido de que aquello era una pérdida de tiempo. Al menos se abstuvo de decirlo.

Una de las puertas de la parte de atrás del auditorio se abrió para dar paso a dos hombres vestidos con batas de laboratorio que recorrieron el pasillo cargados con varios dispositivos. Gideon, como audiófilo que era, reconoció un caro controlador de monitor estéreo con conversor de digital a analógico de Grace Design y un juego de altavoces de gama alta fabricado por Dynaudio. Colocaron el equipo sobre la mesa, enchufaron los distintos componentes en las tomas de la base del estrado y, después de que Glinn hiciera un gesto en señal de agradecimiento, salieron de la sala. Glinn insertó el cable TOSLINK en la parte posterior del Grace y usó un par de cables XLR balanceados para conectarle los altavoces activos. Encendió los altavoces, deslizó hacia arriba los reguladores del volumen ubicados en los paneles traseros y ajustó la ganancia y el direccionamiento de la señal por medio del controlador para después acercarse al teclado del ordenador.

—Comienza la reproducción —dijo.

Al principio no sucedió nada. Pero al cabo de unos instantes empezó a oírse un rumor grave, agradable y sostenido al que no tardaron en unirse otros, y después algunos más, hasta formar un coro abrumador. Gideon se vio embargado por la sensación más extraña que había experimentado jamás. Era como si siguiera ocupando su asiento en el auditorio del cuartel general neoyorquino de la EES, pero al mismo tiempo estuviese en todas partes y, aun así, fuera del mundo. Tenía la impresión de estar escuchando, experimentando, la música más hermosa imaginable. Pero, sin embargo, aquello no era música. Era algo más, una forma de comunicación tan rica, tan profunda, tan maravillosa, que resultaba imposible de describir. Era, pensó Gideon, como si estuviera oyendo cantar a Dios. Notó también que una inconmensurable pesadumbre moral se desprendía de sus hombros. Los sufrimientos y las penas con los que cargaba, tanto los más nuevos como los más antiguos, y que a lo largo de cada día de su vida habían ido revistiéndolo como una segunda piel —el fallecimiento de sus padres, el de Alex, la muerte a la que lo condenaba su estado de salud—, desaparecieron por completo, reemplazados por una suerte de júbilo plácido y trascendente. Allí sentado, extático, sintió que las bisagras de su mente empezaban a aflojarse. Era consciente de que estaba experimentando la singular y extraordinaria sensación de hallarse en disposición de entender el verdadero significado de la vida, como si estuviera a punto de ser agraciado con una revelación incognoscible sobre el propósito mismo del universo, algo más allá de todo idioma, más allá incluso de la comprensión humana; pero sintió que, a fin de adquirir esos conocimientos, su individualidad, su percepción de sí mismo, se evaporaba en el cosmos.

Y entonces, de súbito, la música se interrumpió.

Con un jadeo, Gideon volvió en sí. En el estrado, Glinn, que se tambaleaba ligeramente como si acabaran de asestarle un mazazo, había apagado el equipo de sonido.

—No creo… —Hizo una pausa para respirar hondo y serenarse—. No creo que el mundo esté preparado para esto.

Sin embargo, aunque Glinn había parado la reproducción, la dicha inefable y el alivio a los que Gideon se había entregado no se disiparon; al menos, no del todo.

—Es un regalo —oyó decir a McFarlane, cuya voz sonó extraña—. Es la conciencia del extraterrestre, que nos obsequia con este regalo en agradecimiento… por haberlo liberado de su prisión.

—Un regalo —repitió Gideon.

Y, al mirar a McFarlane, vio que su expresión amarga y siniestra, que se antojaba cincelada en su rostro con la solidez de un retrato estampado en relieve, se había relajado. Era como si también él hubiera dejado atrás la tiniebla existencial que llevaba siguiéndolo a todas partes como una sombra desde hacía años.

Se miraron a los ojos. Poco a poco, McFarlane sonrió.

Gideon le devolvió la sonrisa. Al reclinarse en el asiento, elevó la vista hacia los tragaluces y el resplandor puro que entraba por ellos lo envolvió en su calidez áurea y lo sintió como si fuera la caricia de la propia creación.

Nota para los lectores

Hace más años de los que nos gustaría admitir, escribimos un thriller que titulamos *Más allá del hielo*. Trataba de una expedición a las baldías inmensidades del extremo helado de Sudamérica que tenía el propósito de apoderarse del mayor meteorito del mundo.

La expedición no acababa como estaba previsto. Era una historia trágica con un final desalentador y enigmático. En su momento creímos que no era necesario dar más explicaciones. Como ocurría con aquel famoso episodio de *La dimensión desconocida*, «Para servir al hombre», parecía que solo había una posible resolución de las cosas una vez que pasabas la última página.

Aun así, empezamos a recibir cartas y correos electrónicos en los que se nos preguntaba qué sucedía exactamente después de esa última página. Y en los que se nos pedía una secuela de la novela.

Pensábamos que con el tiempo dejaríamos de recibir esas solicitudes. Pero no fue así. Siguieron llegando hasta que empezaron a contarse por miles. Aún hoy, en casi todas las firmas de libros a las que nos invitan, alguien nos pregunta cuándo vamos a escribir por fin la continuación de *Más allá del hielo*.

Eli Glinn era un personaje que presentamos en *Más allá del hielo* y que siguió apareciendo en algunos de los libros que siguieron a este título. De esa forma misteriosa que en ocasiones los personajes ficticios te sorprenden y cobran vida propia, Glinn empezó a insistirnos para que contásemos el resto de la historia; en cierto modo, incluso trabajó entre bastidores para que así ocurriera. Glinn reclutó a Gideon Crew, el protagonista de nuestra nueva serie, para que lo ayudara a saciar la obsesión que le suscitaba el «meteorito». Fue entonces cuando nos dimos cuenta de que nuestros lectores tenían razón: tanto la historia como los personajes necesitaban una secuela. Una vez que lo entendimos, supimos que había llegado el momento de zarpar de nuevo.

Pusimos especial cuidado, sin embargo, en asegurarnos de que el nuevo libro no fuese una aventura solo para los entusiastas de *Más allá del hielo* o de Gideon Crew, sino más bien una novela independiente con la que cualquiera pudiese disfrutar, aun sin haber leído ninguna de nuestras novelas anteriores. Esperamos que ahora, en retrospectiva, estéis de acuerdo y que lo hayáis pasado en grande durante este viaje imaginario —ya sea por primera o por segunda vez— a los chillones sesenta del Atlántico Sur… y más allá del Límite del Hielo.

DOUGLAS PRESTON y LINCOLN CHILD

megustaleer

Descubre tu próxima lectura

Apúntate y recibirás recomendaciones de lecturas personalizadas.

www.megustaleer.club

megustaleerES

@megustaleer

@megustaleer